L'ÎLE *des* TRAHISONS

BARBARA JOSSELSOHN

Traduit de l'anglais
par Margot Stère

City
Roman

Retrouvez tous les titres City Editions :

www.city-editions.com

Publié pour la première fois en Grande-Bretagne en 2023
sous le titre *Secrets of the Italian Island*,
par Bookouture, une marque de Storyfire Ltd.

ISBN : 978-2-8246-2296-5
Code Hachette : 11 6260 7
Collection dirigée par Christian English & Frédéric Thibaud
Catalogues et manuscrits : city-editions.com

Dépôt légal : Mars 2024

À Betty et Irving ; Sarah et Jacob ;
Ida, Rose et Bessie ;
Mes grands-parents et mes grand-tantes,
Comme j'aimerais vous avoir mieux connus.

1

2018

Jeudi

— Je déteste quand il fait nuit tôt, disait la femme sur le siège derrière elle. Tu ne détestes pas cette période de l'année ? Et on est quoi… le 11 octobre, seulement ? Dire qu'on ne changera pas d'heure avant le mois prochain…

Celle qui l'accompagnait marmonna quelque chose, mais Mia ne chercha pas à distinguer sa réponse. Accoudée au bras de son fauteuil, elle regardait par la fenêtre. Le fracas des rails céda la place à un doux ronron métallique tandis que le train, comme expulsé des profondeurs de Manhattan, remontait à l'air libre. Cette dame avait raison, le paysage de la ville n'avait plus rien à voir avec ce qu'il était un quart d'heure plus tôt, lorsqu'elle était entrée dans la gare de Penn Station à la façade illuminée par le soleil couchant.

Mais contrairement à elle, elle ne s'en plaignait pas. Chaque année, elle attendait avec impatience l'arrivée de l'automne, quand les journées raccourcissaient. Elle adorait voir les lampadaires, les feux de signalisation, les phares des voitures et les écrans allumés des téléphones se substituer maladroitement à la lumière du jour. Ils s'efforçaient de faire croire que la nuit était domestiquée, apprivoisée, comme un tigre coincé derrière sa vitre au zoo. Mais ce pouvoir n'était qu'illusion. Personne ne contrôlait la nuit. Au mieux, on pouvait s'en faire une amie.

Mia ramena ses cheveux bruns derrière ses oreilles et pressa son front contre la vitre, la main en casquette devant ses yeux pour bloquer l'éclairage cru du wagon. C'était l'une des leçons que lui avait apprises sa grand-mère lorsqu'elle était petite : la nuit pouvait être une amie, mais seulement si on comprenait tout ce qu'elle offrait. En grandissant, elle avait connu beaucoup d'amis qui avaient peur de l'obscurité. Leurs parents aussi, à ce qu'il semblait. En ville, la plupart des familles gardaient la lumière sur le perron toute la nuit ; et quand elle allait dormir chez les unes et les autres, elle était toujours ébahie par la quantité de lampes allumées dans les salles de bains, les couloirs, même dans la chambre où elle dormait avec ses amies. Sa grand-mère, elle, avait toujours aimé la pénombre. Elle disait que les ampoules, les lustres, et ainsi de suite, étaient désagréables et nuisibles avec leur lumière crue et les ombres gênantes qu'elles projetaient.

« Le ciel nocturne brille pour qui sait l'observer, disait-elle. Il t'indique exactement où tu dois aller. »

Le téléphone de Mia se mit à sonner, troublant ses souvenirs, et elle se mordit la langue en baissant le regard sur son sac, posé à côté d'elle. Elle espéra que c'était son amie Erica qui l'appelait pour confirmer qu'elle serait à la gare à sept heures et demie, près des distributeurs de tickets, prête à l'emmener dîner. Mais quand elle sortit son portable, elle vit le numéro de Ryan s'afficher. Elle hésita avant de porter l'appareil à son oreille.

— Eh, dit-elle en essayant d'avoir l'air contente. Tu es où, à l'aéroport ?

— Sur le point d'embarquer, répondit-il. Et toi ?

— Dans le train.

— Vous allez directement à la maison ?

— Non, Erica me récupère. On va manger. Elle me déposera ensuite.

Il y eut un silence, puis Ryan continua :

— Tu es sûre de vouloir le faire ?

Mia serra les lèvres pour réprimer son soupir.

— Je suis obligée, dit-elle. Je ne peux pas laisser la maison comme ça.

— Mais je reviens bientôt. Deux semaines, ça ne change rien. Je pourrai être avec toi. C'est à cela que ça sert, un petit ami, tu sais. (Il étouffa un rire avant de reprendre, sur un ton plus sérieux :) Tu n'es pas obligée de faire ça sans personne. Tu n'as rien à prouver à…

— Je n'essaye pas de prouver quoi que ce soit.

Ils en avaient déjà parlé, et pas qu'un peu. Ryan aimait se croire indispensable, et ça l'embêtait qu'elle n'ait pas besoin de lui le jour où elle retournait dans la maison de sa grand-mère pour la première fois depuis sa mort.

— Je veux passer la nuit toute seule là-bas, ajouta-t-elle. Demain, je retrouverai Erica et on partira dans les Adirondacks.

Elle attendit, persuadée qu'il allait insister. Mais heureusement, une voix en fond sonore annonça que les derniers passagers pour le vol 1 642 à destination de Los Angeles étaient attendus.

— C'est pour toi ? demanda-t-elle.

— Oui, répondit-il, résigné. OK, mais assure-toi de prendre les mesures exactes pour les deux lits à l'étage et dans l'entrée. Je n'arrive pas à lire ce qui est écrit sur les vieux plans que tu as récupérés à la mairie, et je veux pouvoir en discuter intelligemment avec l'architecte si on décide de démolir le mur. N'oublie pas de vérifier le travail du jardinier. Il faut que la maison ait l'air entretenue, quoi que tu décides d'en faire ensuite. Et installe un programmateur pour la lampe du perron, s'il te plaît…

— Pas la peine de…

— Mia, je sais ce que je dis. Je travaille dans l'immobilier, tu te rappelles ? J'entends tout le temps des histoires. Un bien qui a l'air inoccupé, c'est comme une invitation envoyée aux cambrioleurs à vingt-cinq kilomètres à la ronde.

— OK, je m'en occupe. Allez, file, ne rate pas ton vol.

— Et appelle si tu flippes. *N'importe quand*, d'accord ?

— Je ne vais pas flipper. J'ai grandi là-bas.

— C'est exactement pour ça que tu pourrais flipper, Mia…

Elle entendit un grincement et elle l'imagina en train de se lever du fauteuil en plastique de la salle d'embarquement, et de mettre son manteau dans le creux de son bras avant de commencer à tirer sa valise vers la porte.

— Je dois y aller, dit-il. Je t'aime. Je t'appelle demain, ça te va ?

— OK. Bon vol.

Elle attendit qu'il raccroche, puis examina l'écran un instant avant de ranger le téléphone dans sa poche. Elle était toujours étonnée de la facilité avec laquelle il concluait leurs conversations par ce « Je t'aime ». Il avait commencé à le faire quelques mois plus tôt, et elle n'arrivait pas à savoir s'il le pensait ou si c'était un simple automatisme, juste parce qu'ils étaient ensemble depuis presque un an. Elle se demandait s'il avait remarqué qu'elle ne répondait jamais : « Moi aussi, je t'aime. » Pour l'instant, elle n'en ressentait ni le besoin, ni l'envie, et elle n'était pas du genre à dire des choses qu'elle ne pensait pas.

Elle comprenait sa frustration pour ce soir. Elle aurait pu s'arranger pour faire cette excursion à un autre moment, et l'accompagner. Mais elle avait tout programmé pendant qu'il serait en voyage d'affaires. Elle espérait qu'il croie qu'elle voulait simplement être seule. Elle ne prenait aucun plaisir à avoir des secrets pour lui, mais il lui était impossible de l'emmener dans la maison vide.

Car oui, il y avait là-bas quelque chose qu'il ne pouvait pas voir. Quelque chose qu'elle devait trouver et dont il lui fallait s'occuper avant de le laisser venir.

La dernière heure de trajet se déroula sans encombres, et lorsque le train ralentit en arrivant dans la gare de Soundport, elle enfila sa veste brune d'automne et passa son sac à son épaule. En se levant, elle adressa un petit sourire à la dame qui s'était plainte de la nuit trop précoce, récupéra sa valise dans le range-bagages en hauteur et traversa le wagon vers la sortie. La porte s'ouvrit en coulissant et, lorsqu'elle posa le pied sur le quai, elle sentit la fraîcheur presque imperceptible du vent qui s'infiltrait dans les jambes de son pantalon, effleurant ses chevilles. Un avant-goût du froid mordant qui s'abattrait bientôt sur eux. Un parfum familier de feu de bois flottait dans l'air, doux et rassurant, venu sans doute des cheminées toutes proches. Les grands chênes en face de la gare s'étaient parés d'un halo orange qui reflétait la demi-lune et le scintillement des étoiles. Cette vision, ces odeurs lui rappelaient son enfance, et bien qu'elle ne fût pas du genre à pleurer, elle ne put s'empêcher d'avoir la respiration un peu heurtée. C'était son premier automne ici sans sa grand-mère.

— Mia !

Elle baissa les yeux et, au pied des marches de ciment, vit Erica qui lui faisait signe depuis sa Honda Civic dont le moteur tournait. Elle prit une inspiration et descendit la rejoindre.

Après avoir jeté son sac à l'arrière, elle grimpa sur le siège passager et serra son amie dans ses bras.

— Je suis tellement contente, dit-elle. Ça va être génial d'être toutes les deux.

— Je sais, répondit Erica. Une semaine entière de randonnée. Tu as mangé ? Je crève de faim. Allons chez Caryn.

Elles roulèrent quelques centaines de mètres jusqu'à la rue principale, qui traversait le centre de la bourgade, jalonnée de bars, de restaurants, d'épiceries, de magasins de déco et de fringues. Erica se gara sur une place de parking devant un bâtiment dont la vitrine était éclairée d'un néon bleu : Caryn's Fine Eats. Mia était ravie que son amie sache où elle voulait d'aller. Elles venaient ici depuis qu'elles avaient l'âge de conduire, elles y traînaient avec leurs amis du lycée, s'y retrouvaient pendant les vacances universitaires, quand elles rentraient à la maison, et plus récemment, elles y passaient pour boire un verre ou manger un morceau chaque fois que Mia venait rendre visite à sa grand-mère.

Elles commandèrent des cheeseburgers, comme d'habitude, avec des frites de patate douce et des cornichons, le tout accompagné de bières qu'on ne trouvait nulle part ailleurs. Erica reposa la carte sur le présentoir et se pencha en avant, par-dessus la table.

— Alors. Comment ça va ?

Mia but une gorgée de la chope que la serveuse avait posée devant elle.

— Ça va. Ce soir, ça sera dur. Mais elle aurait voulu que je me sente bien chez elle, même sans elle.

Erica passa la main dans ses cheveux châtains ondulés.

— Je n'arrive pas à croire que Lucy est morte, dit-elle d'une voix triste. Je l'ai croisée en ville jusqu'à la fin. Elle avait tellement d'énergie ! On ne pouvait pas la rater avec ses sweats gris et ses cheveux blancs, sans parler de sa démarche décidée. Elle avait une de ces manières de regarder les gens quand ils lui parlaient, tu sais, son regard intense, ses yeux plissés, et sa lèvre légèrement retroussée. Comme s'il y avait un million de problèmes dans le monde et qu'elle voulait tous les connaître à fond avant de les régler un par un.

Mia hocha la tête. Elle revoyait très bien l'expression de sa grand-mère quand elle écoutait attentivement, avec les sourcils un peu froncés. Même petite, Mia essayait toujours de dire des choses sérieuses et intelligentes quand elle bavardait avec Lucy. Parce qu'il n'y avait rien de plus merveilleux que de dire quelque chose qui soit digne de son attention.

Erica pencha la tête de côté.

— Tu sais, tu as cette expression toi aussi, parfois, dit-elle doucement.

— Moi ? Vraiment ?

— Oui. Enfin, ce n'est pas que tu lui ressembles énormément. Vous n'avez pas la même forme de visage, le tien est plus rond que le sien, par exemple. Mais votre regard est très semblable, tu as les mêmes yeux noisette qu'elle, avec un reflet doré. Et quand tu te concentres sur quelque chose, il y a un je-ne-sais-quoi dans ta manière de tordre un peu la bouche, comme tout à l'heure quand tu lisais la liste des bières pour voir lesquelles ont été ajoutées à la carte. Je te jure que j'avais l'impression de la voir.

Mia écarquilla les yeux, surprise.

— Vraiment ? Elle était tellement forte. Ça rendait les gens dingues. Ryan n'a jamais pu s'habituer à elle. Mais j'ai toujours trouvé qu'il était facile de l'aimer, d'autant plus qu'elle était drôle. Tu ne trouves pas ?

— Oh que si ! Et elle t'adorait, Mia. Mes trois sœurs et moi, ça nous rendait toujours un peu jalouses. Quand je tombais sur elle en ville, elle ne me parlait que de toi. Elle était très fière quand tu as pris ce travail à l'hôpital et que tu as emménagé à Manhattan, un des plus grands instituts de recherche au monde, comme elle disait tout le temps. Elle avait hâte que tu retournes à la fac pour passer ton doctorat et que tu montes ton propre labo. Tout son monde tournait autour de toi.

Mia baissa les yeux, souriant modestement. Elle savait qu'Erica disait vrai. Sa grand-mère ne le disait pas souvent – c'était une femme de peu de mots, qui n'exprimait que rarement ses sentiments –, mais Mia savait depuis toujours que Lucy était fière d'elle. La serveuse revint avec leurs assiettes et elles se mirent à manger. Le burger était aussi généreux et savoureux que dans les souvenirs de Mia.

— Que vas-tu faire à la maison ? lui demanda Erica en appliquant une grande traînée de ketchup sur ses frites.

Son amie secoua lentement la tête.

— Je ne sais pas. J'ai besoin de dormir là-bas et de m'habituer à… son absence. (Elle acquiesça, comme pour se confirmer ses propres dires.) Ensuite, je pourrai prendre une décision.

— Moi, je sais ce que j'aimerais que tu fasses, répondit Erica. Je pense que tu devrais revenir vivre ici. C'est une belle petite maison au bord de l'eau. Il y a des tas d'hôpitaux et d'entreprises pharmaceutiques dans les environs ; tu pourrais y faire de la recherche. Tu ferais exactement la même chose qu'en ville.

Mia sourit.

— Toi aussi ? dit-elle.

Tout le monde savait mieux qu'elle ce qu'elle devrait faire de la maison. Ryan, qui demeurait agent immobilier à plein-temps, voulait l'aider à la rénover avant de la vendre ; il était convaincu qu'ainsi, elle pourrait en tirer un joli pactole. Milt, le notaire de sa grand-mère et son exécuteur testamentaire, pensait que Mia devrait la louer afin d'en tirer des revenus réguliers sans avoir à prendre de décision définitive. Et maintenant, voilà qu'Erica, institutrice de métier, qui vivait juste à côté avec son kiné de mari, espérait la voir revenir s'installer dans le coin.

Chacune de ces trois possibilités avait son charme. Mais Mia ne savait pas laquelle choisir, ni même s'il n'y en aurait pas une autre encore meilleure. Elle ne voyait pas comment se décider alors qu'elle n'avait pas remis les pieds dans cette maison depuis l'enterrement, un mois plus tôt. Il fallait qu'elle y aille, qu'elle parcoure les pièces, qu'elle entende ses pas faire grincer le plancher de la cuisine sans que le glissement des chaussons de sa grand-mère leur réponde ; qu'elle enfonce ses orteils dans les vieux tapis de laine que Lucy n'avait jamais daigné changer malgré les signes d'usure ; qu'elle éprouve les chaises et les fauteuils qui ne seraient plus jamais réchauffés par le corps frêle de son aïeule. C'était ainsi que Lucy lui avait appris à prendre des décisions : en affrontant la réalité dans tout ce qu'elle avait de tangible ; en l'explorant à travers ses sens ; ensuite, en allant de l'avant.

Mais avant d'en arriver là, il y avait autre chose. Quelque chose que sa grand-mère avait laissé derrière elle. Et Mia avait beau ignorer de quoi il s'agissait, elle savait qu'elle ne pouvait pas en parler. Pas même à Ryan ou à Erica.

Elle devrait découvrir cette chose toute seule.

2

2018

Après le dîner, Erica raccompagna Mia chez Lucy, dont la petite maison s'élevait sur plusieurs niveaux sur un chemin en terre bordé d'arbres longeant la côte du détroit de Long Island. Elle descendit de voiture et prit sa valise.

— Tu es sûre que tu ne veux pas rester chez moi ce soir ? demanda son amie. Ça va être super triste pour toi, ici. Dylan est déjà parti à Stanford, c'est l'enterrement de vie de garçon de son frère ce week-end ; il n'y aura que toi et moi. Tu dors chez moi demain de toute façon, alors pourquoi pas ce soir ?

— Non, ça ira, répondit Mia. J'ai besoin de passer une nuit toute seule ici. On se voit demain après ton travail, OK ? Je serai chez toi à quinze heures trente.

— Et on part à la montagne samedi matin, première heure ! lança Erica d'une voix enjouée.

Mia acquiesça et lui adressa un au revoir pendant qu'elle s'éloignait. Elle sortit le trousseau , puis tira sa valise vers la porte d'entrée. Elle eut du mal à trouver le trou de la serrure dans l'obscurité que venait troubler un seul lampadaire, au loin, mais après avoir vécu si longtemps avec sa grand-mère, elle y était habituée. Elle était soulagée qu'Erica ait accepté sa décision sans insister. Elle avait besoin de cette soirée pour fouiller les moindres recoins de la maison, elle le savait depuis que Milt l'avait appelée, la semaine précédente, au sujet d'un appel à renouvellement de bail d'une société de garde-meubles. Le courrier était arrivé dans la boîte aux lettres de sa grand-mère.

— C'est très bizarre, lui avait-il dit. Je me suis occupé de tout pour elle : les impôts, les fournisseurs d'eau, de gaz, d'électricité, les factures, tout ce qu'on peut imaginer. Mais elle ne m'a jamais parlé d'un garde-meubles… Je ne savais pas qu'elle avait des affaires dans un tel endroit jusqu'à ce que je commence à trier son courrier. J'imagine que la clé est quelque part dans la maison, avait-il continué. Je peux aller la chercher. Mais puisque tu viens en ville la semaine prochaine, tu pourrais peut-être t'en occuper toi-même, non ? Elle disait toujours que si une chose disparaissait, c'est toi qui saurais où la retrouver.

C'est cette conversation qui avait poussé Mia à passer la nuit seule dans les lieux. Sa grand-mère était très ordonnée et soigneuse, et elle avait tout remis entre les mains de Milt. S'il n'était pas au courant de l'existence de ce garde-meubles, c'est qu'elle avait choisi de ne pas l'en informer. Quant aux derniers mots de Milt, à savoir que Mia saurait où trouver toute chose… elle ne pouvait s'empêcher de croire que c'était une façon pour sa grand-mère de lui signaler que le contenu de cet espace lui était destiné.

Une fois à l'intérieur, elle alluma la lampe de la console de l'entrée. Grâce à l'entreprise de nettoyage qui continuait à venir une fois par semaine, l'endroit était impeccable et sentait vaguement l'eucalyptus, l'odeur préférée de sa grand-mère. Elle étudia un instant les quatre petites photos de famille disposées sur la console, les seules de la maison. La plus récente datait de la cérémonie de remise de diplôme de Mia, dix ans plus tôt. Une autre remontait à la fin du lycée. Elle montrait Mia seule, portant blouse et chapeau. Elle avait été prise par les photographes officiels de l'établissement, Lucy n'ayant jamais aimé prendre des photos, ni être prise en photo.

La seule exception était le troisième cliché : une image en noir et blanc du mariage de sa grand-mère, soixante ans plus tôt. Elle portait une robe fourreau blanche simple et avait ramené ses cheveux fins et courts, encore noirs à l'époque, derrière ses oreilles. Dans sa main, elle tenait une rose. Son regard fuyait l'objectif et elle semblait impatiente, comme si elle avait mille choses plus intéressantes à faire. Le grand-père de Mia, un homme plus âgé, élégant, avec des cheveux noirs gominés et une moustache parfaitement taillée, regardait sa nouvelle épouse avec amusement – sans doute, songea Mia, parce qu'il savait très bien ce qu'elle pensait à cet instant.

Sur la quatrième photo, prise dans le jardin à l'arrière, on voyait la mère de Mia. Elle devait avoir dix-sept ans. C'était une beauté aux cheveux blonds qui tombaient sur des épaules fines. Elle avait l'air sympa, le genre de fille avec qui Mia serait devenue copine si elle l'avait rencontrée à l'adolescence. Mais Mia n'avait pas connu sa mère. Ni son père, d'ailleurs. Ses parents étaient morts dans un accident de voiture quand elle était bébé.

Elle prit la photo du mariage de sa grand-mère et l'examina un moment en caressant du bout des doigts le cadre argenté. Elle ne paraissait pas joyeuse, pour une mariée. Ce n'était pas la première fois qu'elle se disait que sa grand-mère n'avait jamais eu l'air vraiment heureuse. Cependant, à mesure qu'elle avait grandi, elle avait fini par apprendre à reconnaître les moments où, à défaut de baigner dans un bonheur absolu, elle semblait sereine. Il y avait dans son maintien quelque chose qui dénotait, une vivacité, un enthousiasme, comme une étoile lointaine scintillant dans un ciel noir.

Mia guettait toujours cette expression et elle s'était réjouie chaque fois qu'elle l'avait vue : durant les cérémonies de fin d'études au lycée et à la fac ; quand elle avait reçu sa première proposition de boulot en tant qu'assistante de recherche dans un laboratoire de Long Island : quand elle avait trouvé son poste de directrice de labo à la Weill Medical College de Manhattan ; et chaque fois qu'elle était venue lui rendre visite après son emménagement dans un appartement à Manhattan, près de son travail. Lucy n'était profondément heureuse qu'en contemplant le bonheur de Mia, et celle-ci éprouvait de la culpabilité à ne jamais voir sa grand-mère heureuse par elle-même.

Elle observa encore un moment le visage sur la photo. Erica avait raison : elle ne ressemblait pas tellement à la grand-mère qu'elle avait connue. Elle avait le visage rond et les joues pleines alors que Lucy avait le visage presque creusé. Et Mia avait des cheveux épais et raides quand ceux de Lucy étaient fins. Mia se souvenait du mal que sa grand-mère avait à la peigner après le shampoing quand elle était petite : « Bon sang, Emilia, tes cheveux ! » s'exclamait-elle parfois quand un nœud lui résistait, tout en les aspergeant de démêlant, avant de se remettre à la coiffer.

— Emilia ? rouspétait Mia en regardant Lucy dans le miroir de la salle de bains. Je m'appelle Mia !

— Oui, oui, Mia, disait Lucy. Garde la tête droite, qu'on en finisse.

Avec un soupir, Mia reposa le cadre sur la console, puis saisit la poignée de sa valise et grimpa la première volée de marches. Laissant le bagage dans l'entrée du salon, elle se rendit dans la cuisine et approcha du bien le plus précieux de sa grand-mère, le télescope. Elle en effleura la surface métallique d'un doigt hésitant. Combien de soirées sa grand-mère et elle avaient-elles passé ensemble dans le patio, à observer le ciel et à contempler les étoiles dispersées là-haut ?

Comme elle aurait aimé que sa grand-mère vive assez longtemps pour la voir économiser l'argent nécessaire à quitter son boulot et reprendre un doctorat. Mia rêvait depuis longtemps d'intégrer l'un des programmes cardiovasculaires les plus réputés du pays – Boston University, Columbia, Duke – avant de rejoindre un grand institut de recherche universitaire. Elles se ressemblaient, d'une certaine façon : elles étudiaient toutes les deux le monde naturel. Sauf que sa grand-mère était attirée par les cieux et la profondeur des océans, tandis que Mia se passionnait pour l'infiniment petit : les cellules, les molécules, les anticorps et les enzymes. Au fond, elles étaient guidées par la même nécessité de scruter la nature pour y trouver des réponses.

Ouvrant la porte de la cuisine, elle sortit sur la terrasse et leva les yeux. Le ciel était encore plus noir que tout à l'heure, dans le train. À quelques pas, elle entendit le doux ressac de l'eau contre les rochers. Sa grand-mère adorait ce son.

Revenue à l'intérieur, elle chercha dans les tiroirs la clé du garde-meubles. Comme toute la maison, les tiroirs – gadgets, livres de recettes, calendrier, paires de lunettes – étaient soigneusement rangés, et elle n'y trouva aucune clé. Elle ne s'imaginait pas que ce serait simple, de toute façon. Cette clé devait être bien cachée si sa grand-mère avait souhaité que personne ne tombe dessus. Mais Mia n'avait pas le cœur à chercher ce soir. Elle était fatiguée, sa grand-mère lui manquait, elle avait envie de se déshabiller et de se mettre au lit.

Reprenant sa valise, elle la monta dans l'escalier. Avant qu'elle arrive à son ancienne chambre, son regard se posa sur la porte du grenier, droit devant elle. C'était l'endroit préféré de Mia dans cette maison, avec ses toits en pente, ses poutres apparentes et sa grande fenêtre qui produisait sur le sol des ombres mystérieuses dont la forme suivait la course du soleil dans le ciel. Quand elle était à l'école élémentaire, à force de supplier sa grand-mère de la laisser faire ses devoirs là-haut, elle avait obtenu un petit bureau sous les toits.

Mia se figea soudain. Si sa grand-mère avait voulu qu'elle seule trouve la clé du garde-meubles, c'est dans le grenier qu'elle l'aurait laissée.

Arrivée en haut de l'escalier, elle alluma la lumière. Comme les femmes de ménage n'y montaient jamais, il y avait de la poussière, mais les lieux restaient ordonnés. Son petit bureau de bois était encore contre un mur, et son fauteuil en cuir, calé contre lui. Il y avait des cartons, tous scotchés et annotés de l'écriture dure de sa grand-mère : « Photos » ; « Cours et manuels scolaires de Mia » ; « Livres » ; « Draps » ; « Divers ».

Pourtant, quelque chose était étrange. Mia comprit bientôt ce que c'était. Dans un coin de la pièce, il y avait un dressing où sa grand-mère remisait ses vêtements hors saison ; les gros pulls et les écharpes en laine, l'été, et les robes et les shorts, l'hiver. La porte était légèrement entrouverte. Dans la plupart des maisons, cela n'aurait pas été étrange, mais Mia savait que Lucy n'aurait pas laissé cette porte entrebâillée sans intention : ici, on refermait les tiroirs et les placards quand on avait pris ce qu'on voulait. Il était évident que sa grand-mère savait qu'elle viendrait ici chercher la clé. Elle avait entrouvert cette porte pour l'inviter à regarder à l'intérieur.

Elle monta les deux petites marches, entra dans le dressing et sentit un frisson parcourir sa nuque. L'endroit état presque entièrement vide, très différent de ce qu'il avait été pendant toute la vie de Mia, avec des vêtements suspendus à des cintres espacés de manière régulière sur les tringles, ou soigneusement pliés et rangés sur les étagères. Le dressing ne contenait plus rien. La seule chose visible était un sac de tissu gris pendu à la tringle du fond, qui enveloppait un objet volumineux. Elle s'approcha, l'effleura du bout des doigts. Puis, à gestes lents, elle ouvrit la fermeture Éclair. Et dut se retenir de crier.

Il contenait une robe de mariée.

Elle défit le sac, le laissa tomber par terre et étudia la robe suspendue, laissant ses doigts courir sur le tissu. C'était le vêtement le plus sophistiqué qu'elle ait jamais vu. Le corsage était couvert de centaines de petites perles qui scintillaient, les manches ainsi que le col étaient en dentelle, la jupe, composée de couches de tulle, l'ourlet, festonné. La fermeture était dissimulée par de délicats boutons semblables à des galets aux reflets roses, opalescents. La robe datait à l'évidence de plusieurs décennies ; la soie avait jauni, le tulle était fatigué et il manquait quelques boutons à la taille. Néanmoins, elle était bien différente de la simple robe fourreau que sa grand-mère portait à son propre mariage, comme elle l'avait vu sur la photo du rez-de-chaussée. À qui appartenait cette robe de mariée et que faisait-elle dans le grenier de sa grand-mère ? Pourquoi celle-ci avait-elle souhaité que Mia la découvre ?

Elle passa de nouveau les doigts sur le corsage. Chaque perle semblait avoir été cousue à la main. Elle se demanda qui avait conçu ce vêtement. Il n'était pas seulement beau, mais extraordinairement imaginé, les différents tissus et textures s'imbriquaient les uns dans les autres de manière organique, comme si chaque partie de la robe n'était qu'une extension des autres. Elle glissa les doigts à l'intérieur du col en se demandant comment un vêtement aussi délicieux pouvait supporter le poids de toutes ces perles…

Et c'est là qu'elle la sentit : une petite poche en tissu cachée dans le corsage. Sûre que sa grand-mère voulait qu'elle la trouve, elle cassa le fil qui la retenait et l'ouvrit. À l'intérieur se trouvait une clé métallique attachée à un petit médaillon en argent sur lequel était écrit : « Garde-meubles Hempstead ».

Mia regarda la clé en frissonnant, puis elle la mit dans sa poche et descendit l'escalier en la serrant contre sa poitrine. Il y avait une histoire derrière cette robe de mariée, elle en était sûre, et l'information se trouvait dans le garde-meubles ; sinon, sa grand-mère n'aurait pas cousu la clé dans le corsage. Demain, elle irait au garde-meubles pour en avoir le cœur net.

Dans sa chambre, Mia posa la poche contenant la clé sur sa table de nuit. Sa grand-mère n'avait rien changé dans la pièce depuis son départ pour la fac. Sur les étagères près de la fenêtre trônaient toujours ses trophées de jeunesse, gagnés lors de concours scientifiques, et les prix et certificats reçus pour son excellence scolaire étaient restés épinglés au panneau en liège, sur le mur. Elle sortit son téléphone de son sac et s'aperçut qu'elle avait manqué un appel du notaire de sa grand-mère, Milt, pendant qu'elle dînait au restaurant. Il ne la contactait jamais le soir. Quand elle ouvrit le texto, ce qu'elle lut la surprit au plus haut point :

Je sais que tu t'apprêtes à partir avec ton amie pour les Adirondacks, mais pourrais-tu trouver le temps de passer me voir quelques minutes demain matin ? J'ai trouvé dans le courrier de ta grand-mère quelque chose qui devrait t'intéresser.

Un peu plus tard, allongée dans son lit, Mia repensa au message de Milt.

Il ne lui avait jamais demandé de venir comme cela à la dernière minute. C'était l'une des qualités qu'elle appréciait chez lui, son calme. En tant qu'exécuteur testamentaire de sa grand-mère – des mots qui lui semblaient un peu grandiloquents, car celle-ci ne possédait que sa maison et sa voiture –, il lui avait ponctuellement demandé de signer un document, de vérifier une facture ou une déclaration fiscale. Mais elle sentait qu'il y avait autre chose cette fois. Il avait l'air… peut-être pas alarmé, mais perplexe. Comme étonné.

Mais elle ne pouvait rien faire pour le moment, il était beaucoup trop tard pour l'appeler. Elle éteignit la lumière et ferma les yeux. Le message de Milt l'empêcha de dormir un moment. Pour ce qu'elle en savait, sa grand-mère ne recevait que peu de courrier en dehors des circulaires adressées aux citoyens et des factures. Qu'avait-il pu arriver qu'elle doive impérativement voir ? Y avait-il un prêt non remboursé dont on ignorait tout ? Un problème avec la maison ou la voiture ? Tout cela ne lui semblait guère plausible, d'autant que Milt connaissait tous les aspects de la vie de Lucy depuis des années.

En même temps, ce n'était pas forcément une mauvaise nouvelle. Cela pouvait aussi être une carte de condoléances envoyée par quelqu'un qui n'avait pas son adresse à New York. Cependant, Milt n'aurait pas été aussi énigmatique si ça avait été le cas. Elle continua à y réfléchir un moment, puis se tourna sur le côté. Si sa grand-mère avait été là, elle lui aurait dit qu'il ne servait à rien d'y penser. L'explication l'attendait dans le bureau de Milt. *Tu iras là-bas demain et tu auras la réponse.*

3

2018

Vendredi

Le lendemain matin, elle se réveilla tôt et enfila un jean et un sweat en coton bleu. Elle se fit une queue-de-cheval et ramassa la clé sur la table de chevet pour se rendre au garde-meubles après avoir vu Milt. Cela lui laisserait amplement le temps de revenir ici, de garer la voiture dans le garage, de récupérer sa valise et de prendre un taxi afin d'être chez Erica à quinze heures trente, comme prévu. Elle se dirigea vers la porte de la chambre, puis s'arrêta net et revint en arrière afin de faire son lit. Sa grand-mère n'aurait pas toléré les couvertures rejetées ni les oreillers écrasés et en désordre. Non, prendre soin de chez soi, disait-elle souvent, est un acte de courage, un défi, même. C'est déclarer à l'univers que, quoi qu'il arrive dans la journée, vous avez la certitude que le soir venu, vous rentrerez chez vous. Alors, vous serez heureux de retrouver une maison en ordre.

Elle tira les draps, les remit en place, puis étendit le couvre-lit en passant la main à plat dessus pour en enlever les plis. Une fois sûre que son travail aurait été approuvé par Lucy, elle ramassa son sac et descendit dans la cuisine se faire un café en vitesse. Mais elle changea d'avis à la seconde où ses doigts touchèrent la machine. Tout lui rappelait trop sa grand-mère. Sortir les tasses et les cuillères ; ouvrir les fenêtres pour laisser entrer l'air frais de l'automne ; organiser sa journée – peut-être une promenade sur la plage ou un aller-retour en ville à vélo. Dans le silence et le vide, Mia n'arrivait pas à allumer la machine ni à remplir d'eau le réservoir. Elle prendrait un café quelque part dehors, plutôt.

En descendant les marches, elle jeta un regard vers le petit bureau sur le côté du vestibule. Même si elle n'avait que cinq ans quand son grand-père était mort, elle avait toujours su que c'était sa pièce. Elle l'imaginait, assis dans le fauteuil en cuir marron, en face de la cheminée, par des journées pluvieuses ou des soirées glaciales, lisant des livres sur la physique quantique ou se creusant les méninges sur un puzzle, ses lunettes cerclées tombant au bas de son nez et sa pipe au coin de la bouche. C'était drôle, comme ses grands-parents étaient différents. Sa grand-mère ne voulait jamais aller dans cette pièce. Elle disait qu'elle préférait être dehors à observer le monde plutôt qu'enfermée chez elle à en étudier des représentations.

Sur le seuil, Mia prit une profonde inspiration en se rappelant où elle devait se rendre. Puis, d'un pas décidé, elle traversa la pièce, emprunta la porte derrière le canapé, et s'engagea dans le petit couloir qui menait au garage. Là, elle approcha de la vieille Toyota Camry rouge – sans pouvoir détacher le regard des deux vélos bleu ciel dans le coin, chacun ayant un casque blanc suspendu au guidon. On aurait dit des animaux abandonnés, des créatures autrefois élancées, intrépides, qui n'étaient plus que l'ombre d'elles-mêmes. Quand elle était ado, Lucy et elle les chargeaient à l'arrière de la voiture tous les étés, et elles prenaient le ferry pour Shelter Island, où elles passaient une semaine de vacances, à visiter des musées nautiques, à explorer des réserves naturelles et à manger des fruits de mer, des pêches et des fruits rouges.

Mais ce qu'elles aimaient le plus pendant ces vacances, c'était rouler ensemble sur la côte accidentée, au bord de l'océan. Les soirées étaient chaudes, il faisait jour jusqu'à vingt heures trente, et la violence de la houle accompagnait la beauté renversante des couchers de soleil. Sa grand-mère était une cycliste chevronnée, et la nature l'émerveillait. La lune, les océans, les nuages, les plages de galets. Mia se souvenait des larmes de sa grand-mère au moment où elles avaient remis les vélos sur la voiture pour rentrer, six ans plus tôt. Elle venait de trouver son travail à Weill Cornell et d'emménager en ville. Elle avait sous-loué un studio minuscule à un collègue muté à Los Angeles. La maladie cardiaque de Lucy s'aggravait d'année en année, et avec l'arthrite aux genoux qui s'intensifiait, même pédaler doucement devenait douloureux et éreintant. Elles n'en avaient pas parlé, mais elles savaient toutes les deux que ce serait les dernières vacances à vélo de sa vie.

Essayant de chasser ces pensées, Mia plongea la main dans son sac et en sortit la clé de la voiture. Dans l'habitacle flottait l'odeur habituelle, presque mentholée, de l'eucalyptus, qui était partout dans la maison pendant l'enfance de Mia. Tous les matins, Lucy disposait des feuilles d'eucalyptus au centre de la table, avec un lys au milieu – parce que, disait-elle : « La table du petit-déjeuner doit être parfumée et esthétiquement plaisante. » Mia ne savait pas comment elle faisait pour dénicher cette décoration, même au cœur de l'hiver, quand la variété de plantes et de fleurs était limitée dans les magasins du coin. La vie de Lucy n'avait rien d'extravagant, mais lorsqu'elle voulait quelque chose, elle trouvait un moyen de l'obtenir. Elle aimait avoir le contrôle. Cela avait dû être dévastateur pour elle de sentir sa santé se dégrader. Mais elle ne se plaignait jamais. Elle n'aurait pas aimé peser comme un fardeau sur les épaules de Mia.

Installée derrière le volant, cette dernière démarra le moteur et se mit en route. Elle se rendait à l'angle de Main Street et de First Road. C'était l'une des choses qu'elle aimait à Soundport : la simplicité des noms de rue. Front Street courait le long du front de mer ; First, Second et Third Road étaient des perpendiculaires ; Bridge Street traversait l'étroit bras de mer, entre First et Second ; et North Road délimitait la frontière nord de la ville. Cela avait un côté rassurant. Pas de mots étranges ou incompréhensibles ; rien d'absurde non plus – pas de rue avec un nom de fleur, pas de quartier dont tous les noms de rue commencent par une même lettre de l'alphabet. Lucy était d'accord avec elle sur ce point. Elle aimait que cette route s'appelle Shore Lane, le Chemin côtier. Son nom n'aurait pas pu être plus exact. Mia l'entendait encore : « C'est toujours bien de savoir où on est. Reste concentrée sur ce que tu as sous les yeux et tu ne te perdras jamais. »

Elle se gara et pénétra dans le bâtiment de brique qu'elle connaissait bien et dont l'entrée était encadrée côté par une boulangerie et un magasin de vêtements. Au fond du hall se trouvait la porte sur laquelle était gravé, en lettres blanches : « Milt Kander, notaire ». Elle adorait venir ici avec Lucy quand elle était petite. Chaque fois, Milt lui donnait une sucette colorée, un crayon et un bloc-notes pour dessiner, histoire de l'occuper pendant que sa grand-mère et lui discutaient.

Elle ouvrit la porte et l'assistante de Milt, Janet, une femme aux cheveux blancs, amatrice d'écharpes à motifs, leva les yeux du comptoir. Veuve comme sa grand-mère, Janet était l'une de ses rares amies. Quelques années plus tôt, elle avait insisté auprès de Lucy pour qu'elle l'accompagne dans un tour d'Europe. Mais Lucy avait refusé. Même si elle était née en Italie, sa grand-mère n'avait jamais éprouvé l'envie d'y retourner.

— Ma belle, comment vas-tu ? lui demanda Janet en se levant et en prenant ses mains dans les siennes. Milt m'a dit que tu étais restée seule à la maison cette nuit. Ça a dû être très dur…

Mia sourit, sachant que sa grand-mère aurait voulu qu'elle réagisse avec calme, sans hystérie.

— Bonjour, Janet. Ça va, je te remercie. Milt m'a envoyé un message hier soir. Il voulait que je vienne ce matin. Tu sais de quoi il s'agit ?

— Non, je sais juste qu'il va te recevoir tout de suite. Il m'a demandé de l'interrompre dès que tu franchirais cette porte. Je crois qu'il est au téléphone. Assieds-toi, je vais le prévenir de ton arrivée.

Elle entra dans le bureau de Milt et en sortit presque aussitôt en lui faisant signe d'approcher. Mia se leva et entra dans la pièce modeste mais ensoleillée, où seules quelques œuvres d'art contemporain décoraient les murs.

— Mia ! s'exclama le notaire en se levant et en lui ouvrant grands les bras.

Elle fit le tour de son bureau et le serra contre elle. Elle le connaissait depuis toujours, mais n'avait aucune idée de son âge. Il était chauve, athlétique, mince, avec un maintien élégant. Sa chemise et sa cravate étaient toujours impeccables, le nœud, parfaitement exécuté, mais ses yeux bleus gardaient un éclat presque juvénile.

Néanmoins, il avait une manière chaleureuse et paternelle de s'adresser à elle, ce qu'elle avait toujours apprécié, n'ayant eu ni père ni grand-père. Il devait avoir environ soixante ans, depuis le temps qu'elle le connaissait. Mais on lui aurait donné moins.

Il recula et la prit par les épaules pour la regarder.

— Tu vas bien, Mia ? C'était comment, hier soir ?

Elle décida d'être plus honnête avec Milt qu'elle ne l'avait été avec Janet. Sa grand-mère aurait compris. Comme Lucy n'avait ni frère ni sœur, et donc pas de neveux, Milt faisait office de neveu de substitution. Il prenait un café hebdomadaire chez sa grand-mère quand Mia était partie pour une conférence de deux semaines à La Nouvelle-Orléans l'année précédente, il avait appelé Lucy tous les jours et l'avait même emmenée dîner deux ou trois fois. En décembre dernier, toutes deux avaient été invitées à la fête de Noël annuelle de Milt. Son mari Danny et lui étaient des cuisiniers extraordinaires, et, comme toujours, ils avaient préparé un buffet à tomber.

— C'était dur, avoua-t-elle tandis qu'ils s'asseyaient en face l'un de l'autre. Voir nos vélos… Je n'ai pas eu le cœur de me faire un café ce matin. Je n'arrivais pas à me dire que j'allais avaler quoi que ce soit sans elle à mes côtés.

— Oui, ça va prendre du temps. Un pas après l'autre… Pour le café, je vais régler ça. Janet ? appela-t-il en direction de la porte. Une tasse de café, s'il te plaît ?

— Merci, dit-elle en souriant. Je te remercie. Pas uniquement pour le café. Merci pour tout ce que tu as fait pour elle, et pour ce que tu fais encore. Qu'est-ce que tu voulais me montrer ? demanda-t-elle, pressée d'en venir au fait. Ton message m'a fait un peu peur.

— Rassure-toi, répondit-il d'un ton qui n'était cependant guère convaincant.

Janet entra et déposa le café de Mia sur le bureau. Milt la remercia, et quand il lui demanda de refermer la porte derrière elle, Mia se crispa un peu. Elle ne savait pas ce qu'il voulait lui montrer, mais ce n'était pas une simple carte de condoléances s'il ne voulait pas que Janet entende quoi que ce soit.

Il croisa les mains sur le bureau.

— Mia, ta grand-mère t'a-t-elle parlé d'un voyage en Italie, qu'elle aurait projeté ? Parce qu'elle avait quelque chose à y faire ?

— Non. Elle ne voulait pas retourner en Europe. Tu le sais bien. Elle n'a même pas souhaité y accompagner Janet…

— Oui, dit-il en se grattant la tête. T'a-t-elle parlé de quelqu'un en Italie ? Ou d'une île en Méditerranée ? Enfin, tu savais qu'elle était née en Italie, non ?

— Oui, bien sûr. Mais elle est arrivée ici quand elle était petite. Et elle n'en parlait jamais. Pourquoi ? Que se passe-t-il, Milt ?

Il ouvrit un dossier sur son bureau et en sortit une enveloppe.

— Ce pli est arrivé ici, il était adressé à ta grand-mère. Il vient d'un cabinet d'avocats à Rome. Il doit y avoir une erreur. Mais je ne voulais pas y répondre sans que tu y aies jeté un coup d'œil.

Il sortit la lettre et la lui tendit. Un papier à en-tête qui lui conférait une dimension officielle.

Chère Mrs Abrams,

Le propriétaire de l'Isola di Parissi a mandaté mon cabinet pour récupérer un objet d'importance historique. Notre client, qui travaille actuellement à la rénovation du château historique de l'île, a récemment appris que cet objet avait été volé dans les lieux au début des années 1940.

Nous avons découvert que vous y résidiez à cette époque, où l'on vous connaissait sous le nom d'Annalisa, ou Pippa. Nos informations vous relient également à l'objet dérobé. Nous aimerions que vous nous aidiez à le restituer à son propriétaire de plein droit.

Merci de répondre promptement par courrier afin que nous puissions résoudre cette affaire.

Veuillez croire en l'expression de mes meilleurs sentiments,

Enzo Battista

— Oh mon Dieu ! s'exclama Lisa. (Elle se sentait essoufflée, comme si on l'avait elle-même accusée d'avoir commis un crime.) Qu'est-ce que c'est que ça ? Annalisa et Pippa ?

Milt fit un geste, l'air de dire : « Aucune idée. »

— Le courrier était accompagné d'une photo de l'objet prétendument volé.

Du fond de l'enveloppe, il sortit un deuxième document, le dessin photocopié d'un grand bol avec une base noire et des bandes circulaires alternant gris et rose, veinées d'or. Sur le bord était fixé un gond duquel pendait un minuscule pilon au manche doré se finissant par une boule rose. Au bas de la feuille se trouvaient deux mots italiens.

Mia les lut à voix haute avec difficulté.

Schianto… Grandioso

— « Le grand mortier », ou « le mortier grandiose », si on cherche sur Internet, expliqua Milt. On dirait un saladier. Avec une drôle de cuillère au bout.

— C'est fou, dit Mia en lui rendant le dessin. Quel rapport avec ma grand-mère ? Et elle n'a jamais eu d'autres noms !

— Je sais. Mais cette Isola di Parissi existe bel et bien, et il existe un château qui s'appelle château de Parissi. Un grand financier italien vient de racheter le tout, c'est-à-dire l'île et son château.

Milt baissa les yeux sur la lettre, puis haussa les épaules.

— Ça doit être une erreur, répéta-t-il. Lucy a peut-être une homonyme et ils se sont trompés. Ou alors c'est une arnaque. Il y a énormément d'escrocs qui essayent de dépouiller les personnes âgées. En général, ils les piègent pour leur soutirer les codes de leurs comptes en banque, les informations de leurs cartes de crédit, etc. Ils officient généralement sur Internet, mais ils peuvent aussi poster des courriers traditionnels. La lettre n'a peut-être même pas été envoyée d'Italie. Ces gars peuvent se révéler très astucieux pour leurs combines.

— Alors qu'est-ce que je dois faire ? demanda Mia.

— Rien, répondit fermement Milt. J'écrirai une lettre pour leur demander d'arrêter immédiatement leur manège, en les menaçant de les attaquer pour harcèlement s'ils insistent. Erreur ou arnaque, peu importe, ça devrait les faire réfléchir. Je voulais juste t'en parler, histoire de m'assurer que ça ne te disait rien.

— Pas du tout, répliqua Mia. Cette histoire est vraiment bizarre. Et si ma grand-mère avait vu ça ? Elle aurait été terrifiée.

— Non, elle m'aurait apporté la lettre et je lui aurais recommandé de ne pas s'en faire. Comme je le fais avec toi. Ce genre de chose arrive, malheureusement, mais je vais m'en occuper. Maintenant que je t'ai inquiétée, j'ai fait mon travail. (Il remit le courrier dans l'enveloppe en riant doucement.) Vraiment, n'y pense plus. Tu as d'autres chats à fouetter. As-tu réfléchi à ce que tu veux faire de la maison ? Tu veux vendre ou louer ?

Mia secoua la tête. Elle avait conscience que Milt essayait de lui changer les idées, la sachant ébranlée par le contenu du pli, et elle appréciait l'effort.

— Pas encore.

— Ryan te pousse toujours à vendre ?

— Oui, dit-elle, mais il est parti à L.A. pour des réunions. Ça me laisse le temps de souffler un peu avant qu'il revienne à la charge.

Elle rit, espérant que ce rire paraisse un signe de légèreté plutôt que d'agacement.

Ryan pensait défendre ses intérêts, sans doute, mais elle devait souvent se forcer à s'en souvenir.

— Et le garde-meubles ? Tu as réussi à trouver sa clé ? demanda Milt.

La question prenait de court Mia qui remua sur son fauteuil, mal à l'aise.

— Euh... non, pas encore, balbutia-t-elle. Oh, il est tard. Je ferais bien d'y aller. J'ai plein de trucs à faire à la maison, il faut que je prépare ma valise, ajouta-t-elle en espérant qu'il n'ait pas remarqué qu'elle avait parlé de l'heure avant de la vérifier sur son téléphone.

— Tu pars bientôt faire un tour avec ton amie Erica ? demanda Milt.

— Demain. Elle sera en vacances pour une semaine.

Elle se leva, voulant partir aussi vite que possible pour ne pas avoir à mentir davantage à propos de la clé. Elle s'en voulait de tromper Milt, mais elle était certaine que sa grand-mère avait souhaité que personne d'autre qu'elle ne voie le contenu de son espace de stockage. Il fallait qu'elle décampe pour ne pas avoir à s'enfoncer encore dans son mensonge.

— Parfait, dit-il en se levant à son tour pour la raccompagner à la porte. Passe un très bon moment et ne t'inquiète de rien. Je m'occupe de cette lettre et je garderai un œil sur la maison. On en reparlera à ton retour, OK ?

— Merci, Milt, dit-elle en l'embrassant avec affection.

Un salut de la main à Janet, et elle se retrouva dehors, puis dans la voiture de sa grand-mère. En quittant le parking, elle expira lentement. Puis ses pensées se détachèrent de la clé pour revenir à la lettre effrayante que Milt lui avait montrée. Il avait raison, c'était sans doute une erreur ou une arnaque. Mais c'était quand même perturbant. Elle ne pouvait s'empêcher de se dire que sa grand-mère avait été particulièrement vulnérable pendant toutes ces années, seule dans sa maison. Elle était persuadée qu'elle n'aurait rien fait sans en parler d'abord à Milt. Mais comme il l'avait dit, il y avait des escrocs en ce monde, et certains étaient malins. Elle avait toujours pensé sa grand-mère en sécurité ici, à Soundport, et elle se demanda soudain si elle ne s'en était pas convaincue uniquement parce que cela l'arrangeait.

Elle cala son cou sur l'appuie-tête tout en roulant dans Main Street. Pourquoi s'était-elle laissée aller à angoisser à ce point ? Milt disait que la lettre n'avait rien d'inquiétant, et elle le croyait. Peut-être que revenir seule dans cette maison lui pesait plus qu'elle l'avait imaginé. Peut-être Ryan avait-il raison et aurait-elle dû attendre de retourner avec lui dans cette maison. Sa grand-mère était sa seule famille. Maintenant, elle n'avait plus personne.

Mais elle ne pouvait pas aller retrouver Ryan, se rappela-t-elle. Parce que sa grand-mère voulait qu'elle seule voie la robe de mariée et la clé du garde-meubles.

Elle prit l'autoroute en direction du garde-meubles, en espérant qu'elle n'y trouverait rien de grave. Peut-être un message signalant que la robe appartenait à une amie. Ou à la fille d'une amie. Ou alors que Lucy l'avait achetée afin que Mia puisse se marier dedans. Il y avait peut-être au garde-meubles du matériel de couture et des instructions pour la remettre à neuf. Ou une simple lettre de Lucy, expliquant pourquoi elle revenait à Mia.

Cette dernière n'attendait rien d'autre de sa visite. Aucune information sur des avocats à l'autre bout du monde, pas d'escrocs, pas de mystères. Des informations. De quoi mettre fin proprement à ses interrogations.

Alors elle pourrait dire que ses vingt-quatre heures à Soundport avaient été une réussite.

4

1943

Août

Le petit bateau de pêche tanguait dans l'obscurité, ballotté par les vagues. Quelques gouttes froides venaient parfois mouiller la jupe d'Annalisa, ses mains ou son visage.

Si ça continuait, songea-t-elle, elle serait trempée le temps d'arriver sur l'île. Mais ça ne la dérangeait pas. La nuit était chaude, l'eau, fraîche, le contraste était plaisant, et anticiper chaque nouvelle aspersion lui offrait une distraction bienvenue. Elle adorait la mer. La voir scintiller, se laisser happer par son roulis hypnotique et puissant. Chaque vague qui venait frapper l'embarcation avait plus de force qu'on ne s'y attendait, comme une décharge électrique soudaine avant le retour du calme.

Ce qu'elle n'aimait pas, c'était entendre ses petites sœurs se disputer sur le banc, derrière elle. Elle se tourna et vit Emilia collée à Giulia, qu'elle agrippait par le coude. Le coin de couverture qu'Emilia avait fixé sur sa tête tombait d'un côté, et l'humidité faisait boucler et gonfler ses cheveux, lui donnant un visage encore plus rond que d'habitude. Avec ses yeux noirs baignés de larmes, elle ne faisait pas du tout ses quinze ans.

— J'ai peur ! s'écria Emilia. Je veux que ça s'arrête.

Giulia grogna en dégageant sèchement son bras.

— Emilia, ça suffit ! Lâche-moi !

Elle s'écarta et pencha la tête d'un côté puis de l'autre pour redonner du volume à ses cheveux blonds. Ils étaient légèrement frisés aux extrémités, à hauteur des épaules, comme dans les magazines de mode. Annalisa la regarda tenter d'ajuster la partie qui était censée onduler, juste au niveau des yeux, alors que le vent gâchait ses efforts.

— On ne peut pas faire machine arrière, ajouta Giulia, fâchée, même si Annalisa la soupçonnait d'être plus énervée par sa coupe de cheveux que par Emilia. Alors arrête de te plaindre.

— Mais si, on peut, insista Emilia. Si on fait demi-tour…

— On gâcherait *tout*. C'est ça que tu veux ?

— Non, mais…

— On a franchi le point de non-retour, décréta Giulia avec un geste définitif. Si tu ne voulais pas venir, il fallait rester à la maison.

— Je n'allais pas rester à la maison alors que vous partiez tous les deux…

— Tu es vraiment un bébé…

— Et toi, t'es méchante…

— Arrêtez, leur ordonna Annalisa à mi-voix. Vous faites trop de bruit.

À dire vrai, le silence n'était pas nécessaire. Ils étaient encore loin de l'île, et il n'y avait personne pour les entendre, à part Vincenzo, le fils d'un commerçant local qui transportait régulièrement des marchandises sur l'île et avait accepté de sortir discrètement le bateau pour elle ce soir. Mais elle voulait le silence pour réfléchir à ce qu'elles feraient une fois sur place. Ce ne serait plus très long, maintenant.

Elle était descendue sur le rivage la veille au soir pour explorer le sable, l'eau, le ciel, et s'était efforcée de se concentrer sur tout ce qu'elle voyait, entendait et ressentait, en calculant à la minute près la durée du voyage. Elle avait toujours eu l'esprit cartésien, et elle appréhendait les problèmes et les questions de tous les jours à la manière d'une scientifique : en prenant en compte les éléments factuels à sa disposition, en les explorant avec ses sens puis en se décidant pour la solution vers laquelle la faisaient osciller les données.

Le calme régna quelques instants à bord du bateau. Puis Emilia murmura :

— Au moins il n'est pas trop tard. C'est toujours ça. Pourquoi le ciel est-il de cette couleur ?

Annalisa approuva d'un hochement de tête. Elle était la petite dernière, l'enfant pourrie gâtée de la famille, mais elle était attentive et curieuse, des qualités qu'Annalisa appréciait et qui manquaient à l'impulsive et tempétueuse Giulia, malgré ses deux ans de plus. Emilia avait remarqué un phénomène fascinant, se dit Annalisa en regardant autour d'elle. En effet, la nuit était étrangement brillante alors qu'il n'y avait que quelques étoiles et pas de lune en vue. C'était le ciel lui-même qui semblait secréter cette lueur bleue, presque marine. Elle éclairait le ciel d'une manière précise quoique subtile, de sorte qu'elle ne l'aurait pas remarquée si elle n'avait pas été dehors, dans le noir, concentrée sur son environnement, aux aguets.

Elle leva la tête pour observer les étoiles. Elle aurait aimé comprendre pourquoi un ciel quasiment dénué d'étoiles pouvait être aussi lumineux. Pourquoi étaient-elles nimbées de cette teinte aussi loin que le regard portait ? Était-ce lié à l'eau, au sol sous l'eau ? ou bien à l'île vers laquelle elles se dirigeaient ? Dans ce coin de Méditerranée, les îles étaient des formations rocheuses escarpées : le reflet de celle-ci avait-il un rapport avec la luminosité du ciel ? ou fallait-il s'intéresser plutôt au temps, au climat, à l'eau et à sa teneur en sel et en oxygène, qui variait selon les saisons ? Depuis toujours, des questions comme celles-ci la maintenaient éveillée la nuit. Des questions qui n'avaient pas encore de réponse. Mais les réponses devaient bien exister quelque part. C'était sûr. Sinon, comment habiter cette planète ?

— Je trouverai, se murmura-t-elle.

Oui, un jour, elle saurait ce genre de choses.

— Regardez ! s'écria Giulia.

Annalisa tourna la tête et vit sa sœur pointer le doigt à tribord. Un château de pierre se découpait au sommet d'une montagne.

Cette vision émerveilla Annalisa. Ce château, elle y pensait, elle se renseignait dessus et se le représentait depuis si longtemps qu'elle avait du mal à croire qu'il existait et que chaque mouvement de rame de Vincenzo les en rapprochait. Il s'appelait le Castello di Parissi mais il était plus connu sous celui de Castello del Poeta, le château du Poète. L'île et son château apparaissaient dans d'innombrables livres, journaux et magazines. La célèbre et fortunée famille Parissi avait acheté l'île et bâti le château il y avait des siècles, et il avait été transmis de génération en génération. Au fil du temps, il était devenu une destination de prédilection pour les inventeurs, scientifiques, philosophes, écrivains et artistes du monde entier, qui rêvaient tous d'y être invités.

Annalisa contempla le château. Il était éclairé de l'intérieur, à ses fenêtres les plus élevées. D'après la rumeur, deux élèves de Michel-Ange, qui avaient par la suite sculpté quelques-unes des plus sublimes fontaines de Florence, y avaient esquissé des croquis, et le duo d'architectes français Blanchet et Allaire, qui avait participé à la rénovation de Paris au XIXe siècle, y avait posé les principes généraux de son ouvrage. Bon nombre des plus grands peintres européens des XVIIe et XVIIIe siècles y avaient séjourné, et trois prix Nobel de sciences avaient entamé leurs recherches dans sa tour. Le château avait aussi abrité de nombreux compositeurs qui avaient écrit des symphonies mondialement connues, et plusieurs appareils scientifiques – dont le télescope qui avait précédé celui de Galilée – avaient été conçus entre ses hauts murs.

Telle était l'histoire singulière de ces lieux qui avaient dès le début captivé Annalisa. Mais c'est la personne qui y vivait aujourd'hui, et dont l'invention pourrait sauver son père, qui l'avait décidée à tout risquer et à embarquer pour l'île.

Vincenzo se racla la gorge.

— C'est le moment, dit-il doucement. On approche.

Elle se pencha et prit le sac en tissu qu'elle avait rangé sous le banc. Ouvrant le cordon, elle en sortit une longue chemise blanche qu'elle enfila par-dessus sa blouse de coton. Puis elle ôta sa jupe, révélant le pantalon d'homme qu'elle portait dessous. Elle tira une paire de bottes de son sac et, retirant ses chaussures, glissa les pieds dedans. Elles étaient beaucoup trop grandes pour elle, mais elle les laça aussi fermement qu'elle le put pour s'assurer de marcher.

La dernière étape consistait à réunir ses cheveux noirs, qu'elle attachait d'ordinaire sur le côté pour ne pas être gênée, et à les fourrer sous la casquette noire qu'elle trouva au fond du sac. Ne restait qu'à ajuster la visière et à ramener les dernières mèches égarées sous la bande. Quand elle se tourna vers ses sœurs, Emilia pouffa, ce qui fit lever les yeux au ciel à Giulia.

— Ça ira, dit-elle à Annalisa d'un ton ferme.

Ce n'était peut-être pas la meilleure partie de son plan. Mais elle était nécessaire. Par le biais des cartes sur lesquelles elle avait mis la main, elle avait calculé, en tenant compte de l'obscurité et des valises que ses sœurs et elle porteraient, qu'il leur faudrait une heure pour rejoindre le château après que Vincenzo les aurait débarquées. Il était peu probable qu'elles croisent quelqu'un : elles se mettraient en route à deux heures du matin, et dans ses recherches, elle n'avait trouvé trace d'aucune construction sur l'île, à part le château et le hangar à bateaux, sur le rivage. La plupart des habitants et des invités dormiraient entre les murs du château. Mais sait-on jamais, elle avait jugé plus sûr d'adopter l'apparence d'un homme accompagné de deux filles.

Elle rangea sa jupe et ses chaussures dans sa valise, puis se frotta les mains. Elle avait soudain les paumes moites, malgré la douceur de la nuit, et elle serra les dents en s'efforçant de rester concentrée. Elle ne pouvait pas laisser ses nerfs prendre le dessus. À dix-huit ans, elle était l'aînée, il fallait qu'elle garde la tête froide. Elle avait la charge de ses deux sœurs, et même si elle avait longuement hésité à les laisser l'accompagner, force lui avait été de constater qu'elle n'avait pas d'autre alternative que de les autoriser à venir. Elle s'était confiée dès le départ à Giulia car il lui semblait important que quelqu'un, à la maison, sache la vérité, mais ensuite Giulia l'avait menacée de révéler son plan si elle partait sans elle. Une fois qu'elle avait admis la présence de cette dernière, il aurait été cruel de laisser Emilia toute seule.

Cruel pour Emilia, mais encore plus pour papa, qui aurait dû supporter les jérémiades de sa benjamine. Sa position de chef la mettait en situation de responsabilité. C'était à elle de s'assurer que tout se passe bien.

Son plan était bon, se répéta-t-elle pour la énième fois. Solide, complet, et il avait fonctionné jusqu'à présent. Si tout continuait sur cette lancée, elles arriveraient assez tôt au château pour dormir un peu avant l'aube. Elle supposait que les cuistots se levaient dès potron-minet afin de préparer les repas de la journée. Après leur avoir laissé le temps de se mettre au travail, elle conduirait ses sœurs à l'intérieur et chercherait la personne en charge des domestiques du château. Elle espérait que d'ici la fin de la matinée, ses sœurs et elles seraient engagées.

Vincenzo accosta doucement, puis sauta par-dessus bord et aida les trois sœurs à poser le pied sur le sable humide. Annalisa passa la dernière, et, après que Vincenzo eut assisté Giulia, il garda la main tendue alors qu'elle lui demandait de tirer les valises loin de la mer. Au lieu d'obéir, Giulia laissa ses doigts courir sur l'avant-bras de Vincenzo. Elles n'avaient rencontré ce cousin de leur voisin que trois jours plus tôt, à leur arrivée dans la ville côtière d'Anzalea. Ils n'avaient pas vraiment eu l'occasion de bavarder, et encore moins celle de développer une relation sentimentale. Mais Giulia était une romantique, elle aimait tomber amoureuse, et Vincenzo lui avait fait forte impression. Ils avaient passé deux délicieuses soirées ensemble, à profiter de la vie nocturne et de la foule, le temps que la météo et la mer se calment. Annalisa espérait que Giulia oublie Vincenzo comme elle avait oublié tous les autres garçons dont elle était tombée amoureuse dès qu'ils avaient quitté son champ de vision. La dernière chose dont elle ait besoin était une Giulia éperdument amoureuse.

Emilia s'approcha d'elle par-derrière et posa la tête sur son épaule ; Annalisa lui caressa la joue tout en levant les yeux vers le château. On s'agitait à l'intérieur ; maintenant qu'elles étaient plus près, elle distinguait des silhouettes aux fenêtres. Ils paraissaient tout petits à cette distance, mais elle était presque sûre de voir des couples danser, elle devinait les femmes, des robes de bal rouges, jaunes, mauves et mille autres couleurs éclatantes. Et par-dessus le bruit des vagues qui venaient lécher la plage, elle entendait une mélodie enchanteresse, une valse viennoise, sans aucun doute.

— Tu crois que ça ira pour papa ? demanda Emilia.

Annalisa savait pourquoi Emilia lui posait cette question. Leur père était en grand danger, en partie à cause de sa mauvaise santé, mais aussi à cause de tout ce qui se passait dans le monde, de cette menace croissante qui pesait sur les Juifs. Ce n'était un secret pour personne : l'Italie avait choisi le mauvais bord en s'alliant avec l'Allemagne, et les batailles que le pays avait lancées au nord de l'Afrique étaient un désastre. La nourriture se faisait rare. Sans parler des lois qui interdisaient aux Juifs de nombreux emplois ou leur interdisaient les mariages avec des non-Juifs. Elles auraient empêché leurs parents de s'unir si elle avait été en vigueur par le passé. Pour l'instant, elles n'étaient pas appliquées dans la plupart des petites villes, y compris la leur, Caccipulia, au sud de Rome. Mais le monde était si instable, et l'Allemagne, si implacable… Qui pouvait dire combien de temps durerait le *statu quo* ? Beaucoup de Juifs fuyaient le pays pour l'Amérique, et pour Annalisa, sa famille aurait dû les imiter. Mais la santé chancelante de son père, un tailleur ayant toujours énormément travaillé, ne lui permettait pas de faire un tel voyage.

— Je suis sûre que oui. Pour l'instant.

Malgré sa réponse, Annalisa sentait qu'il fallait agir vite, avant que sa maladie s'aggrave. Après avoir obtenu une place dans les cuisines, elle rencontrerait Patricio Parissi, qui était à la tête de la dynastie familiale. Elle avait lu quelque part qu'il vivait seul dans la tour du château. D'une manière ou d'une autre, il lui montrerait ce qu'elle était venue voir.

La question d'Emilia sur leur père lui rappela le petit paquet blanc qu'elle avait cousu dans sa blouse. Elle plongea la main dans son corsage et arracha le fil afin de donner le colis à Vincenzo. C'était la lettre qu'elle avait rédigée pour son père. Elle l'avait écrite dans sa tête la veille de leur départ, et elle se l'était si souvent répétée – en y modifiant un mot ici, une formule là – qu'elle en connaissait le contenu par cœur :

Cher papa,

Tu dois être surpris que Giulia, Emilia et moi soyons parties. Nous ne voulions pas en faire un secret, mais tu aurais essayé de nous dissuader si nous t'avions dit ce que nous allons faire.

S'il te plaît, ne nous en veux pas de t'avoir laissé seul avec la boutique, et ne t'inquiète pas, sinon tu vas te rendre encore plus malade. J'ai un plan pour que tu ailles mieux et que nous puissions tous partir en Amérique. Prends soin de toi, n'oublie pas tes médicaments. Tu vas nous manquer et nous penserons bien à toi jusqu'à ce que nous soyons de nouveau réunis.

Ta fille qui t'aime,

Annalisa

Elle dégagea doucement la tête d'Emilia de son épaule et se dirigea Vincenzo pour lui donner le paquet.

— Tu peux le lui remettre en mains propres ? demanda-t-elle.

— Bien sûr, répondit Vincenzo avant de déposer un tendre baiser d'adieu sur la joue de Giulia.

Puis il recula vers son bateau, leur lança :

— Au revoir, mes amies, et bonne chance !

Alors il monta dans son embarcation. Lorsque Vincenzo empoigna les rames, Annalisa sentit l'atmosphère changer, comme si le poids du monde lui tombait sur les épaules. Elles le regardèrent s'éloigner, puis Annalisa prit sa valise et attendit que ses sœurs fassent de même. Le plus dur les attendait. Plus vite elles arriveraient en haut de la colline, plus vite elles pourraient se reposer.

Regardant autour d'elle, elle avisa entre les buissons derrière la plage une trouée qui signalait sans doute le départ du chemin vers le château. D'un signe de tête, elle indiqua à ses sœurs de la suivre et se mit en marche. Mais elles n'avaient pas fait deux pas qu'une voix les interpella dans leur dos.

— Stop ! Où allez-vous comme ça ? Si vous ne voulez pas que je vous arrête, vous feriez bien de remonter dans ce bateau !

5

2018

Une demi-heure après avoir quitté le bureau de Milt, Mia se garait sur le parking du garde-meubles.

N'ayant que la clé, elle s'attendait à devoir expliquer à l'homme de l'accueil qui elle était et pourquoi il devait la laisser accéder à son espace, mais après avoir jeté un coup d'œil à sa pièce d'identité et pianoté un moment sur le clavier de son ordinateur, il lui dit qu'elle était enregistrée comme copropriétaire du contenu de la pièce. Elle était donc libre d'en faire ce qu'elle voulait. Mia le regarda avec étonnement, ne sachant si elle devait s'agacer ou s'émerveiller de ce que sa grand-mère ait tout prévu dans les moindres détails sans jamais lui en parler. C'était comme une chasse au trésor perverse, un peu comme celles que la maman d'Erica organisait pour ses goûters d'anniversaire. Sauf que Mia n'avait plus dix ans. Pourquoi sa grand-mère avait-elle fait tant de mystères ?

L'homme lui montra l'ascenseur et, suivant ses indications, elle monta au quatrième étage. Le couloir sentait la peinture fraîche et le sol était couvert d'une moquette grise qui avait l'air toute neuve. Sur les côtés se succédaient des portes métalliques, comme dans un garage souterrain, et tout était d'une propreté impeccable. Les gens trouvaient sans doute que c'était une bonne chose : qui aurait envie de stocker ses affaires dans un endroit mal tenu ? Mais au goût de Mia, c'était excessivement aseptisé, comme si la simplicité et l'ordre qui régnaient faisaient diversion. Son sentiment ne renvoyait pas à la sécurité, mais aux petits secrets dissimulés derrière toutes ces portes. Elle eut un frisson.

Elle inséra la clé dans la serrure. Elle avait beau savoir qu'elle était au bon endroit, elle s'étonna qu'elle tourne si facilement. D'une main tremblante, elle retira le cadenas et glissa la barre sur la gauche. Puis, après s'être penchée pour saisir la poignée, elle fit coulisser la porte en hauteur et entra.

L'espace était à peine plus grand qu'un placard, avec un sol en ciment et une lumière automatique qui s'alluma tout de suite. Au centre de la pièce se trouvait une commode poussiéreuse qui lui arrivait à la hauteur de l'épaule, avec trois tiroirs profonds. Comme elle avançait, le mot *armadietto* lui vint à l'esprit, en même temps qu'un souvenir précis de ce meuble dans le grenier. Elle devait être toute petite, pas plus de cinq ans, et elle se souvenait avoir ouvert le tiroir du haut.

— Non, n'ouvre pas ! s'était écriée sa grand-mère. Ne touche jamais l'*armadietto* !

— Pourquoi ? avait-elle demandé. C'est quoi, un *ama... armadeee...*

— Mon Dieu, regarde l'heure, avait répondu sa grand-mère, l'air soudain pressé. On va rater la pleine lune si on ne mange pas tout de suite.

Elle avait pris Mia par la main et l'avait ramenée au rez-de-chaussée, où elles avaient dîné avant d'aller dans le jardin. Mais il n'y avait pas de lune ce soir-là. Et maintenant qu'elle y pensait, Mia ne se souvenait pas d'avoir jamais revu cette commode.

Elle fit courir ses doigts dessus. Malgré la poussière, c'était un beau meuble. D'un geste lent, elle saisit la poignée du tiroir du haut, celui qu'elle avait tenté d'ouvrir il y avait tant d'années. Les glissières en métal coulissèrent sans encombre. Mais le tiroir était vide. Comme le deuxième. S'agenouillant, elle ouvrit le dernier, tout en bas.

Celui-là n'était pas vide du tout. Il contenait une petite boîte en carton blanc, comme un coffret cadeau. Elle le prit et le posa par terre. Puis elle souleva le couvercle et écarta la feuille de papier immaculé qui couvrait son contenu.

La première chose qu'elle remarqua fut un petit manche argenté avec une boule rose au bout. Puis elle découvrit l'intérieur d'un grand bol avec des bandes circulaires alternant entre granit gris et marbre rose, striés de veines d'or. Le bord était serti d'une plaque dorée sur laquelle il était écrit : « *Schianto grandioso* ».

— Oh mon Dieu, laissa-t-elle échapper.

C'était l'objet que Milt lui avait montré dans son bureau. *Le mortier volé.*

L'avocat italien avait donc raison. Sa grand-mère savait où il se trouvait.

Là, dans ce garde-meubles.

— Je ne sais pas quoi penser, dit Mia à Erica plus tard, lorsque les deux amies furent assises l'une à côté de l'autre dans le canapé d'Erica, deux verres de vin posés sur la table basse à côté d'elles. (À l'autre bout de la pièce, le *schianto grandioso* reposait, telle une énigme au milieu de la bibliothèque.) Et je sais encore moins ce que je dois faire.

Elle était contente qu'Erica ait accepté sans s'énerver de remettre à plus tard leur voyage, le temps de régler cette affaire. Après avoir quitté le garde-meubles, elle était revenue à Soundport et avait patienté dans un café sur Front Street jusqu'à quinze heures quinze, heure à laquelle, l'école terminée, Erica rentrerait chez elle. Elle ne savait pas quoi faire en attendant. Sans se l'expliquer, elle n'avait aucune envie de repasser chez sa grand-mère. Soudain, Lucy lui semblait une étrangère, et sa maison n'était plus celle où elle avait grandi. Elle était arrivée chez Erica au moment où celle-ci se garait dans son allée.

Erica se leva du canapé et approcha de l'étagère. Elle effleura du bout du doigt le sommet du mortier.

— C'est superbe, dit-elle. Regarde les couleurs de ce marbre. Et la délicatesse de ce petit marteau. (Elle se tourna vers Mia d'un air hébété.) D'où vient cette lettre, déjà ?

— Milt a dit qu'elle avait été envoyée par un cabinet d'avocats romain. J'imagine qu'ils ont trouvé son adresse ici. Elle aurait aussi eu d'autres noms : Annalisa, et un autre qui commence par un P. C'est l'une des raisons pour lesquelles Milt et moi étions certains qu'ils cherchaient quelqu'un d'autre.

— Je ne savais pas que ta grand-mère venait d'Italie, dit Erica en se rasseyant. Tu étais au courant, toi ?

Mia acquiesça.

— Oui, mais elle n'en parlait jamais. C'est peut-être mon grand-père qui me l'a dit. Ou alors Milt, une fois, quand j'étais petite. Je ne me rappelle plus.

— J'ai toujours trouvé qu'elle avait une sorte d'accent, mais je n'arrivais pas à trouver d'où. C'est juste qu'elle ne parlait pas comme les autres mamans, enfin les autres adultes.

— Je lui ai demandé quelquefois de me raconter d'où elle venait, se rappela Mia. Mais elle changeait de sujet.

C'était tabou. À l'époque, ça ne me dérangeait pas. C'était déjà étrange de ne pas avoir de parents et d'être élevée par ma grand-mère. Je ne cherchais pas à me sentir encore plus différente.

— Donc, où est cet endroit, duquel elle est censée venir ? Et qui la cherche ? demanda Erica.

— Je ne sais pas. J'aurais dû garder la lettre que Milt a reçue. Mais j'ai pensé comme lui que c'était une erreur, ou une arnaque. Et il en avait besoin pour savoir où répondre. (Elle se gratta le front.) Attends, laisse-moi réfléchir. Une île… Isola di Parisso, ou Parissio. Je crois que Milt a trouvé sur Internet. Je vais regarder.

Elle s'installa devant l'ordinateur d'Erica et tapa le nom comme elle imaginait qu'il s'épelait.

— C'est ça, le Castello di Parissi, sur l'île de Parissi, dit-elle en cliquant sur un lien qui la conduisit vers un site appelé ItalianIsland-Castle.com.

L'écran d'accueil montrait une image superbe d'un château en haut d'un sommet rocheux sur une île minuscule, entourée d'une eau turquoise et d'un immense ciel azuréen.

— C'est… à couper le souffle, murmura Erica en regardant par-dessus son épaule. Qu'est-ce qui est écrit ?

Mia fit défiler la page et elles lurent ensemble le texte sous l'image.

Le Castello di Parissi, édifié au XVIe siècle, se dresse en haut de l'Isola di Parissi, une petite île au large de la côte ouest de l'Italie. Propriété pendant des siècles de la riche famille de Parissi, qui accueillait depuis toujours des hôtes distingués, le château est devenu célèbre au début du XXe sous la houlette de Patricio

Parissi, un scientifique qui invita les plus grands esprits de son temps à y vivre.

Comme Paris à la même époque, l'île, avec la bâtisse, qui fut surnommé le « Castello del Poeta », le château du Poète, attira des écrivains, des savants, des peintres et des inventeurs renommés ou prometteurs, qui appréciaient son climat tempéré, sa côte somptueuse et le cadre luxueux offert par leur bienfaiteur. Habiter au château, c'était jouir de bals, de fêtes, de repas somptueux, et avoir un espace pour rêver et créer.

Les lieux furent envahis et ravagés par les nazis en 1943, et le château servit à héberger des officiers de haut rang de l'armée allemande. Après la guerre, l'île changea de main à plusieurs reprises. Récemment, un hôtelier prévoit d'en faire un hôtel cinq étoiles.

— Eh ben… fit Erica. Tu crois que ta grand-mère y est allée ? C'était peut-être la fille d'un invité ? Si ça se trouve, tu es l'arrière-petite-fille d'un écrivain ou d'un peintre connu…

— Non, je ne crois pas, répondit fermement Mia. Je ne sais pas quel rapport elle a eu avec ce château, mais ce n'est pas ça. Elle n'avait ni argent ni parent célèbre, j'en suis sûre.

— Eh, qu'est-ce que c'est alors ? s'enquit Erica en plissant les yeux pour lire un encadré au bas de la page web. *Isola della Notte Brillante ?* Je ne comprends rien.

Mia cliqua sur le lien, qui ouvrit une autre page donnant à voir l'île de Parissi au crépuscule, avec un ciel d'un bleu profond mais lumineux. Sous l'image s'afficha un autre texte.

Isola della Notte Brillante – l'île de la Nuit-Brillante

– était le surnom donné à l'Isola di Parissi, île privée au large de la côte italienne où de nombreux artistes et écrivains du début du xxe siècle vécurent quelque temps. D'après la légende, les marées et la topographie des lieux conféraient au ciel nocturne une intensité lumineuse unique en son genre. Beaucoup d'invités relayèrent cette caractéristique en des termes poétiques, attribuant à ce ciel brillant la présence de leur muse en ce lieu. Malheureusement, cette luminosité particulière la rendit également désirable aux nazis, qui y virent un moyen de convoyer plus facilement de nuit des plans et des documents du continent à l'île, et inversement.

— L'île de la Nuit-Brillante, dit rêveusement Erica. C'est romantique. Enfin, sauf la partie avec les nazis, évidemment.

Mia hocha la tête.

— *Le ciel nocturne brille pour qui sait l'observer. Il te dit exactement où tu dois aller,* murmura-t-elle. Ma grand-mère me disait souvent ces phrases. Elle les prononçait de manière positive, mais parfois, l'idée de devoir compter sur la nuit pour aller quelque part m'effrayait. Si elle avait entendu ce nom, l'île de la Nuit-Brillante, il l'aurait intriguée. Elle aurait voulu en savoir plus. (Elle marqua un temps avant de reprendre.) Sauf que... Peut-être qu'elle en savait plus. Peut-être même qu'elle connaissait très bien cet endroit. Elle a pu le fréquenter sans m'en avoir jamais parlé.

Mia retourna s'asseoir sur le canapé et prit un coussin qu'elle serra contre sa poitrine.

— Qu'y a-t-il ? lui demanda Erica.

— Je ne sais pas, c'est gênant, rétorqua lentement son

amie. Je veux dire… on est là, à parler de l'île, de ces gens, des nazis et de ma grand-mère, comme si c'était un personnage dans une histoire. La fille d'un peintre, ou…

— Je suis désolée, Mia. Je ne voulais pas donner l'impression que…

— Je sais. (Mia se prit la tête à deux mains.) Je dis juste que c'était ma grand-mère. Elle m'aimait tellement. Elle faisait tout pour que je me sente aimée. Malgré l'absence de mes parents, je me suis toujours sentie aimée. Et en sécurité. (Elle leva la tête et croisa le regard de son amie.) Maintenant, il y a des gens qui traînent son nom dans la boue, qui l'accusent d'avoir volé quelque chose et qui veulent se mêler de choses si intimes qu'elle ne m'en avait même pas parlé.

Erica vint s'asseoir près d'elle.

— Tu devrais peut-être avouer à Milt que tu as trouvé le mortier, non ?

Mia y réfléchit, puis secoua la tête.

— Si je le lui révèle, il voudra le renvoyer. Il dira que c'est la seule chose à faire. Sauf que ma grand-mère ne s'est pas confiée à lui alors qu'elle lui racontait tout. Je crois qu'elle ne voulait pas qu'il sache. Il n'y a que moi qui devais savoir. Et c'est à moi de décider quoi en faire. C'est ce qu'elle voulait.

Elle réfléchit un moment, puis reprit ;

— Il y a autre chose dont je ne t'ai pas encore parlé. Hier soir, dans le grenier, j'ai trouvé une robe de mariée superbe, très sophistiquée. La clé du garde-meubles était cousue derrière le col. Ils doivent avoir un lien, Erica, le *schianto* et cette robe. Elle voulait que je trouve les deux, d'abord la robe, et ensuite le mortier. Elle m'a guidé jusqu'à eux, je le sais. Mais je ne comprends pas pourquoi. Et tu sais quoi ? Il y a une chose dont je suis sûre, ajouta-t-elle en sentant sa voix se raffermir. Ma grand-mère n'aurait jamais rien volé et elle n'aurait pas gardé un objet en le sachant volé. Elle était beaucoup trop intègre. Il y a forcément une explication au fait qu'elle l'ait caché. Et je dois la découvrir avant de dire à Milt, ou à n'importe qui d'autre, qu'il est en ma possession.

— Alors qu'est-ce que tu vas faire ? demanda Erica.

— Je pense… non, je *sais* que je dois aller sur cette île. Pour faire toute la lumière sur cette histoire et innocenter ma grand-mère. Il ne va pas s'arrêter, cet avocat italien. J'ai lu la lettre qu'il a envoyée et il sait qu'il est sur la bonne piste. Je suis navrée, Erica, dit-elle en regardant son amie, mais je ne peux plus partir randonner avec toi. Je n'ai qu'une semaine de congé, et je dois régler ce problème.

— Tant pis pour les montagnes ! s'exclama Erica en souriant. Bien sûr que tu dois t'envoler pour l'Italie. Mais tu n'iras pas toute seule. Je pars avec toi !

6

2018

Au cours de la soirée, entre deux gorgées de vin blanc et les nouilles au sésame, les raviolis de crevette et le poulet à la noix de cajou livrés par le resto thaï d'à côté, Mia et Erica, installées à la table de la cuisine, planifièrent leur voyage.

Mia était contente que son amie ait décidé de l'accompagner. Elle serait partie seule si elle n'avait pas eu le choix, mais elle n'était jamais allée en Europe et la présence de sa meilleure amie rendait cette perspective moins intimidante. Elle était heureuse, aussi, qu'Erica prenne la main sur l'organisation : elle connaissait bien les voyagistes, ayant travaillé dans un hôtel en bord de plage pendant ses études.

— On peut prendre le vol de vingt heures quinze demain de l'aéroport John-F.-Kennedy à New York. On atterrirait à Rome dimanche matin, dit Erica en quittant l'ordinateur des yeux le temps de plonger ses baguettes dans le carton de raviolis. (Tout en mâchant, elle se remit à étudier les horaires.) Il vaudrait sans doute mieux rester à Rome une nuit, histoire de se remettre un peu du vol et du *jet-lag*. Si on est en forme, ça nous laissera une journée pour visiter. Ça ne peut pas faire de mal, non ? Lundi matin, on prend le train pour la côte méditerranéenne, au sud – enfin, techniquement, c'est la côte tyrrhénienne, mais ça fait partie de la Méditerranée, alors… bref. (Elle cliqua sur les liens des diverses gares sur la ligne.) Apparemment, il faut qu'on s'arrête à Anzalea. C'est de là que partent les ferries pour les petites îles. Tu vois la carte ? Il y a un tas d'îles dans le coin.

Erica tapa quelque chose dans le moteur de recherche, puis valida.

— Ah… on dirait qu'il n'existe aucun moyen de transport jusqu'à ton île de Parissi. Elle ne doit pas être ouverte aux visites. Il faudra rejoindre une autre petite île et voir sur place.

Mia crut que sa mâchoire allait se décrocher.

— Vraiment ? On va faire tout ce chemin juste pour aller ailleurs, mais pas trop loin, et puis on verra bien comment faire de là ?

— Je ne vois pas d'autre moyen. Je sais que tu aimes bien que tout soit carré, mais ça ira. Vois les choses comme une aventure et essaye d'apprécier l'incertitude.

Mia soupira en se disant qu'Erica avait de la chance d'être aussi à l'aise avec l'inconnu. C'était l'une des choses qu'elle disait aimer dans son métier d'institutrice : avec vingt-cinq élèves remuants dans sa classe, la journée était toujours à deux doigts de virer au chaos. Elle se pencha sur l'ordinateur pour mieux voir la page web qu'Erica venait d'ouvrir. C'était la liste de toutes les îles reliées par un ferry, avec une brève description de chacune.

— Bon, on ferait bien d'éviter les endroits paumés, dit-elle. Il nous faut un hôtel habitué à recevoir des Américains, où on parle anglais.

Erica hocha la tête d'un air peu convaincu, ce qui fit rire Mia. Si elle avait pu choisir, Erica aurait sans doute opté pour le lieu le plus éloigné de la civilisation.

— Je suis sérieuse, insista Mia. Tu ne parles pas italien, et moi non plus.

— OK, OK.

Erica fit défiler la liste des îles, cliquant sur les liens puis revenant à la page principale. Au bout de quelques minutes, elle se renversa en arrière dans sa chaise, bras croisés.

— Je pense qu'on devrait aller sur l'île de Piccino, dit-elle d'un ton énergique en accompagnant sa déclaration d'un geste du menton vers l'écran.

Mia y vit la photo d'un charmant petit hôtel, avec de grandes baies vitrées ouvertes donnant sur la mer qui scintillait au loin.

— C'est parfait pour des touristes. Il y a un jardin, un restaurant sur la terrasse, et c'est proche d'un front de mer très mignon avec des cafés et des boutiques. Regarde cette page… ajouta-t-elle en basculant vers un autre onglet. L'hôtel a de très bonnes critiques. Les gens disent que le personnel est adorable. S'il y a un endroit où l'on peut nous aider à rejoindre Parissi, je pense que c'est celui-là.

Erica poursuivit en rentrant les informations requises dans le formulaire de réservation, réglant la question du voyage aussi facilement que si elle avait commandé à manger au restaurant. Mais pour Mia, ce périple avait quelque chose d'irréel. Elle avait du mal à se dire qu'à la même heure le lendemain, elle serait dans un vol pour Rome, puis qu'elle rejoindrait la côte italienne avant de prendre un ferry pour une île minuscule à peine visible sur la carte, tout cela pour tenter d'en rejoindre une autre, encore plus petite, où aucune visite n'était autorisée. Elle avait bien un passeport, mais elle n'était allée à l'étranger qu'une fois, au Canada, à Québec, parce que le club de biologie de son lycée avait participé à une compétition, et tout avait été organisé par la direction de l'école. Il lui était difficile de s'imaginer monter dans un avion à New York pour se retrouver de l'autre côté de l'océan sept heures plus tard.

Lucy ne lui avait jamais expliqué pourquoi elle refusait de voyager, et Mia savait que le sujet n'était pas ouvert. Petite, elle volait au secours de sa grand-mère quand le sujet arrivait sur le tapis.

— Ma grand-mère aime trop New York pour partir, disait-elle à ses amis à l'école quand on lui demandait où elle était allée pendant les vacances. Elle trouve qu'on n'est jamais mieux que chez soi.

Elle aimait dire cela, comme si elle savait quelque chose que le reste du monde ignorait. Peut-être parce qu'elle n'avait pas connu ses parents, elle était rassurée de savoir que sa grand-mère ne désirait que leur vie ensemble. À toutes les deux.

Mais ce n'était pas aussi simple, elle le savait. Non, il y avait quelque chose de désespéré, voire de forcené, dans ce refus de dépasser Shelter Island pour leurs vacances annuelles, comme dans sa réticence à parler avec d'autres gens que ceux qu'elle connaissait en ville. Elle était toujours mal à l'aise quand il fallait dire plus de deux mots aux parents des amies de Mia, et elle annulait souvent les réunions parents-profs, les reprogrammant à l'infini jusqu'à ce que les enseignants finissent par y renoncer.

L'avion et l'hôtel réservés et les détails de dernière minute réglés, comme l'ajout de communications internationales sur leurs téléphones, Erica referma son ordinateur en poussant un petit soupir satisfait.

— Tu ne veux pas dormir ici ce soir ? Je te conduirai demain chez ta grand-mère pour récupérer ta valise. Ensuite on partira directement à l'aéroport.

Mia secoua la tête.

— Je n'ai que des affaires de randonnée dans ma valise. De toute façon, mon passeport est chez moi, en ville. Je vais repasser chez ma grand-mère maintenant, prendre ma valise et déposer la voiture. Ensuite, j'appellerai un taxi pour rejoindre la gare.

— Non, c'est idiot, je peux au moins t'y conduire, dit Erica. Pars devant, et je passe te prendre chez ta grand-mère. Je te laisse quelques minutes d'avance.

C'était une bonne idée. Mia remballa précautionneusement le *schianto* dans le papier de soie, le remit dans sa boîte, et le ramena chez sa grand-mère. En se garant devant la maison, elle prit conscience qu'il faisait noir à l'intérieur, ce qui lui rappela qu'elle n'avait pas pris le temps d'installer un programmateur pour la lumière extérieure, comme Ryan le lui avait recommandé. Elle n'avait pas non plus fait venir de société pour installer un détecteur de mouvements autour de la propriété. Il faudrait qu'elle pense à confier ces tâches à Milt. Elle savait qu'il s'en occuperait avec plaisir. Mais en dépit de la culpabilité qu'elle ressentait pour avoir négligé les demandes de Ryan, elle ne regrettait pas l'obscurité qui régnait. Non, elle s'en réjouit même, après avoir rangé la voiture au garage, pendant qu'elle remontait le chemin d'ardoises jusqu'à la porte d'entrée. Une fois à l'intérieur, elle alluma la lampe sur la console de l'entrée, mais laissa la lune éclairer le salon par les fenêtres donnant sur le jardin. Cela lui rappelait les soirs où elle rentrait d'une fête quand elle était au lycée et que sa grand-mère dormait déjà à l'étage.

Elle posa le *schianto* sur la console le temps de monter chercher sa valise. Mais elle se retrouva à fixer une fois de plus la photo de mariage de sa grand-mère. Sa robe lui paraissait encore plus simple que la veille, lorsqu'elle l'avait observée. À vrai dire, elle semblait même triste, comparée à la parure ornée de perles et de dentelles du grenier. Sa grand-mère possédait-elle ce vêtement sublime depuis longtemps ? Depuis qu'elle était aux États-Unis, peut-être ? Au fond de son cœur, Mia était sûre et certaine que si Lucy avait eu le choix entre les deux robes pour son mariage, elle aurait opté pour la plus simple.

— Oh, Nana, soupira-t-elle en fixant la photo. Pourquoi pensais-tu que tu ne méritais pas l'autre robe ?

Puis elle monta dans sa chambre prendre sa valise. Elle redescendait lorsque son téléphone sonna. Avant même de regarder, elle sut que c'était Ryan. Assise sur une marche, elle prit un instant pour décider ce qu'elle devait lui dire. Elle n'était pas sûre de réussir à lui expliquer pourquoi elle partait en Italie, en tout cas d'une façon compréhensible. Il faudrait lui parler de la lettre et du *schianto* caché dans le vide-grenier – et il lui conseillerait certainement de dire la vérité à Milt afin qu'il contacte l'avocat romain et qu'il lui renvoie l'objet. Il ne comprendrait pas pourquoi elle ressentait le besoin de prouver l'innocence de sa grand-mère.

En même temps, elle n'avait pas envie de lui mentir. Pourquoi lui faire croire qu'elle se rendait à quelques heures au nord de New York alors qu'elle s'apprêtait à traverser l'Atlantique ? Ryan faisait toujours des projets d'avenir comme s'il n'y avait aucune chance qu'ils se séparent. Il comptait quitter son entreprise l'an prochain pour lancer sa propre agence immobilière, et il espérait qu'à un moment, Mia envisage d'abandonner sa carrière pour l'aider à faire prospérer son affaire. Au stade où ils en étaient, se dit-elle, il ne devrait plus y avoir de secrets entre eux, si ce n'est pour se cacher un cadeau d'anniversaire ou de Noël.

— Eh, dit-elle en décrochant. Comment ça va, à L.A. ?

— Aucune idée. Je n'ai rien vu d'autre que la salle de conférences de mon hôtel. J'ai une réunion qui commence dans deux minutes, et j'enchaîne avec un dîner. Je suis crevé. Et toi ? Vous êtes prêtes à partir demain, Erica et toi ?

— Ouais… Enfin, il y a du changement, dit-elle. Je sais que ça va te paraître dingue : on ne part pas dans les Adirondacks, en fin de compte. On va en Italie.

— *Quoi ?*

Ryan était éberlué, et cela s'entendait.

— Qu'est-ce que tu racontes ?

— Je sais, je sais, poursuivit-elle en essayant de s'exprimer le plus normalement du monde. Moi non plus, je n'avais pas prévu ça. Mais il y a eu du nouveau quand je suis arrivée ici.

— Quoi ? Qu'est-ce qui peut bien t'obliger à partir en Italie ?

— Je suis tombée sur un drôle d'objet. Ma grand-mère l'avait depuis très longtemps et elle ne m'en a jamais parlé. Je devais prendre une décision, alors je… je me suis dit que je devais vérifier cette histoire. C'est pour ça que je vais en Italie, et Erica a proposé de m'accompagner puisqu'elle a une semaine de congé et qu'on devait partir toutes les deux, de toute façon. (Elle marqua une pause, attendant sa réaction.) Je sais que ça a l'air fou…

— Complètement, oui, la coupa-t-il, comme si ses pensées étaient obstruées et que le mot « fou » avait tout débloqué. C'est quoi, cet objet ? Quel rapport avec l'Italie ?

— Ce n'est pas un simple objet. Il comptait beaucoup pour elle. D'après ce que je sais, il viendrait de là-bas.

— Mais qu'est-ce que c'est ? Ça a de la valeur ?

— Aucune idée. Enfin, ça en avait pour elle. Mais je ne sais pas ce que c'est ni ce que ça signifie. Et encore moins où est sa place, vu qu'elle n'est plus là pour me le dire. Je dois en apprendre plus pour…

Elle ne finit pas sa phrase, ne voulant pas expliquer que sa grand-mère était accusée d'avoir volé le *schianto*. Ryan avait toujours trouvé son aïeule un peu étrange. « Bizarre », c'est le mot qu'il utilisait. Il ne se lassait jamais de lui répéter qu'il avait failli refuser de la fréquenter de peur que leur éventuelle progéniture soit elle aussi « bizarre ». Sa grand-mère n'avait jamais beaucoup aimé Ryan non plus, mais elle avait de toute façon tendance à ne pas laisser grand monde l'approcher. Cependant, elle lui avait dit un jour qu'il ferait sans doute un bon époux.

— Donc tu veux aller jusqu'en Italie pour en apprendre plus sur ce truc… cet objet ? Je ne comprends pas. Ça vient d'Erica, non ? Elle a toujours de ces idées…

— Ce n'est pas le cas, répliqua Mia d'une voix tendue.

Ryan lui reprochait souvent de se laisser influencer, comme si elle n'avait pas de personnalité.

— C'est moi qui ai eu cette idée.

— OK, et pourquoi faire si vite ? Je rentre dans deux semaines. Tu ne veux pas qu'on en parle à mon retour ?

— Ça ne peut pas attendre.

— Pourquoi ?

— Parce que… En Italie, il y a des gens qui pensent que cet objet leur revient. Ils veulent le récupérer. Il faut que je m'en occupe cette semaine.

— Quoi ? Ça commence à avoir l'air dangereux, dit-il. Si ces personnes veulent récupérer un bien qui appartenait à ta grand-mère, je ne crois pas que ce soit à toi de t'en occuper. Tu devrais laisser Milt faire.

— Non, ce n'est pas possible. C'est à moi de gérer la situation.

— Mais pourquoi, Mia ? *Pourquoi ?*

Elle leva les yeux vers le plafond, réfléchissant un instant. Pourquoi ne lui disait-elle pas toute la vérité ? Elle aussi aurait eu du mal à accepter des réponses évasives si la situation avait été inversée.

— Voilà l'histoire, dit-elle. Un avocat italien a envoyé à Milt une lettre dans laquelle il affirme que cet objet a été volé. C'est une sorte de bol ou de mortier, il a peut-être une importance historique. Mais ma grand-mère ne l'aurait jamais volé. Elle devait avoir une bonne raison de le posséder.

— Alors laisse Milt le leur expliquer, répondit Ryan d'une voix pleine d'assurance.

— Sauf qu'ils croient qu'il a été dérobé, et ils ne vont pas s'arrêter. Moi, je ne veux pas qu'on associe le souvenir de ma grand-mère avec un vol.

Ryan poussa un profond soupir, et elle l'imagina lever les yeux au ciel comme il le faisait toujours quand il trouvait un argument illogique.

— Écoute, Mia, elle est morte. C'est triste, et je sais qu'elle comptait beaucoup pour toi. Mais qu'est-ce que tu en as à faire, de ce que quelqu'un pense d'elle en Italie ? Si cette personne est propriétaire de ce bol, laisse-la le récupérer.

— Mais je ne veux pas. C'est important pour moi ! Et puis il y a autre chose, une robe de mariée que je n'avais jamais vue avant. Je l'ai trouvée dans le grenier. Elle ne m'aurait pas caché ces éléments depuis mon enfance tout en me les laissant les découvrir à sa mort si elle n'avait pas voulu me dire quelque chose. Je ne peux pas me contenter de renvoyer le *schianto* en Italie.

— Le quoi ?

— Le *schianto grandioso.* C'est le nom de ce bol. Ça veut dire le « grand mortier » ou le « mortier grandiose », quelque chose comme ça.

— Le mortier grandiose ? Mia, c'est ridicule…

— Peut-être, mais c'est comme ça. Elle a voulu que je le retrouve après sa mort. Il y a une raison à cela, sinon elle se serait arrangée autrement. Je ne vais pas faire comme si ça n'avait pas eu lieu…

Elle soupira. Pourquoi finissait-elle toujours par se justifier face à lui ? Évidemment, il n'avait pas complètement tort. Il était en Californie et il recevait soudain toutes ces informations. Peut-être qu'elle se serait énervée, elle aussi, s'il était parti en Italie avec un ami sur un coup de tête. Mais ce n'était pas un coup de tête. Sa grand-mère était morte. Elle avait passé la nuit chez son aïeule qu'elle venait de perdre. Il y avait des choses qu'elle ressentait le besoin de faire pour avoir l'esprit en paix. Pourquoi ne pouvait-il pas lui dire : « D'accord, si tu en as besoin, vas-y. Je serai là pour toi » ?

— Écoute, je dois aller à ce dîner, dit-il. Pense à ce que je t'ai dit, tu veux bien ?

— Il n'y a rien à penser, Ryan.

— Je… je crois qu'on devrait encore en parler, Mia. Je ne sais pas sur quel genre de personnes tu vas tomber, ni ce qu'elles vont exiger. C'est Milt qui devrait s'en occuper. Je te parle demain, d'accord ?

Il dit au revoir et raccrocha. La dissipation de sa voix au bout du fil la fit frissonner. Le fait que la conversation s'arrête ainsi la perturbait, lui faisait remettre en question sa décision, même si elle savait au fond d'elle-même qu'elle était dans le vrai. Elle détestait que le poison du doute s'infiltre en elle. Et elle détestait que Ryan la fasse douter de ce qui lui avait semblé si évident jusque-là.

Elle se leva et rumina ses interrogations, mais bientôt, elle entendit le crissement des pneus d'Erica sur le gravier. Un instant, elle tourna sa colère contre sa grand-mère. Pourrait-elle un jour lever le voile d'ombre sur sa vie ? Pourquoi fallait-il qu'elle ait fait tant de cachotteries ? Elle n'avait pas envie, quand elle penserait à elle, de ne voir que des complications insensées. Elle était comme Lucy, elle aimait la simplicité. Pourquoi sa grand-mère avait-elle choisi de lui infliger toutes ces découvertes ?

Prenant le *schianto* sur la console, elle éteignit la lampe et sortit de la maison. Le verrou résonna dans l'air chaud du début de soirée. Elle marcha vers la voiture d'Erica en laissant derrière elle la maison plongée dans le noir. Étrangement, la vue des phares avait quelque chose de réconfortant.

Pourrait-elle un jour embrasser l'obscurité, comme sa grand-mère le faisait, sans se demander ce qu'elle cachait ?

Elle espérait trouver une issue en Italie. Pour redevenir celle qui était satisfaite avec Ryan. Celle qui aimait sa grand-mère sans équivoque. Celle qui savait qu'elle connaissait sa grand-mère.

Celle qu'elle était encore la veille.

7

1943

Août

Après la menace d'arrestation, Annalisa s'obligea à réfléchir pour évaluer la situation.

Il s'agissait d'abord de calmer ses sœurs, proches de l'hystérie. Elle entendait Emilia haleter, le souffle coupé, et quand elle se tourna vers elle, elle la vit trembler. Giulia, elle, pointait du doigt la mer avec de frénétiques signes de tête, comme pour demander si elle devait se mettre à courir vers le rivage pour attirer l'attention de Vincenzo. Elle leur lança un regard grave pour leur intimer de se tenir tranquille pendant qu'elle prenait la situation en main. Elles reçurent toutes les deux le message : Giulia baissa le bras et s'approcha d'Emilia pour la prendre par le coude.

Assurée que ses sœurs ne feraient rien d'irréfléchi, elle se tourna ensuite vers l'homme qui marchait dans leur direction. Elle s'en voulait de n'être pas préparée à ce qui allait se passer. Pourquoi n'avait-elle pas anticipé cette complication ? Elle avait lu tant de choses sur l'île et le château avant leur départ ; après avoir aidé son père à accueillir les clients à la boutique, elle allait chaque jour à la bibliothèque dévorer tous les articles qu'elle avait pu trouver dans des magazines, sans compter les chapitres sur la famille Parissi. L'île était un paradis, et le château, un havre où tous les désirs des invités étaient comblés. Pendant des siècles, nul n'aurait songé à poser le pied sur cette terre sans y être invité. Mais tout avait changé. La guerre s'était répandue en Europe, et des gens erraient, livrés à eux-mêmes. Évidemment, Patricio Parissi voulait protéger son Shangri-La, cette forteresse d'artistes unique en son genre, qu'il avait créée avec acharnement.

Certaine que le silence valait mieux qu'une réaction de panique, elle continua à regarder le garde qui se pressait de les rejoindre. Bientôt, elle s'aperçut que ce n'était pas du tout un garde, ou du moins qu'il n'avait pas l'air bien menaçant. À la lumière du ciel et grâce à la lanterne qu'il portait, ses traits devinrent visibles à mesure qu'il approchait. Malgré son ton autoritaire, c'était à peine un homme en réalité : il ne devait pas être plus âgé qu'elle, dix-neuf ou vingt ans au maximum.

Mais très beau, ne put-elle s'empêcher de remarquer. Ses cheveux ondulés, avec quelques mèches bouclées qui lui tombaient sur le front, étaient d'un noir de jais, comme le sirop de caroube que sa mère faisait couler sur les figues et les poires fraîches. Il avait une bouche épaisse, ronde, surtout la lèvre inférieure, dont elle avait du mal à détacher le regard. Elle lui donnait un air de vulnérabilité, de tendresse, et elle se sentit rougir en se faisant cette remarque.

Quand elle parvint à détacher ses yeux de son visage, elle s'aperçut qu'il y avait plus à admirer. Son corps était athlétique, brut : il avait la poitrine large et solide, la taille svelte et de longues jambes. Au moment de monter dans le bateau de Vincenzo, plus tôt dans la soirée, elle s'était résolue à demeurer concentrée sur son objectif, impassible, à ne pas baisser la garde ne serait-ce qu'une seconde durant cette longue nuit si cruciale. Elle s'agaça donc de noter avec quelle intensité ses entrailles réagissaient à l'apparition de ce jeune homme. Il portait un pantalon de couleur claire – brun léger ou vert, c'était difficile à dire – avec des revers aux chevilles, et une chemise de coton fin dont les premiers boutons étaient ouverts, de sorte que le haut de sa poitrine était exposé. Elle ne put s'empêcher d'imaginer ses doigts effleurer ses épaules – sa peau douce, ses muscles fermes et ses os durs.

Tenant d'une main sa lanterne, il se frotta les yeux de l'autre, et Annalisa serra les dents en se rappelant où elle était et ce qui était en jeu. Tout aussi important, elle se souvint de son adversaire. Elle analysa son attitude encore un moment, profitant de son seul avantage : le fait qu'elle était alerte alors qu'il venait visiblement de se réveiller. Elle décida que pour obtenir ce qu'elle voulait, elle devait se montrer offensive avant de lui laisser le temps de l'être.

— Arrêter ? s'exclama-t-elle. Savez-vous à qui vous parlez ? Nous sommes les nouvelles cuisinières, on vient de nous engager.

Il marqua un temps d'arrêt, et elle aurait juré qu'il esquissait un sourire sceptique.

— Cuisinières ? (Son incrédulité était évidente.) Et vous débarquez en pleine nuit ?

— Nous arrivons maintenant parce que nous commençons dès demain matin, répondit-elle. Le *signor* Parissi nous attend pour préparer le petit-déjeuner à son réveil. Nous avons été prévenues au dernier moment et n'avons pu faire autrement. Nous devons être au château avant l'aube.

— Attendez voir, je veux être sûr de comprendre, dit le jeune homme, les mains sur les hanches, la lanterne pendant le long de sa jambe. Vous arrivez dans ce rafiot en pleine nuit parce que le *signor* Parissi vous attend ? (Il rit encore.) Je suis censé croire une chose pareille ? Comme je suis censé croire que je parle à… un *garçon* ?

Elle sursauta et, baissant les yeux sur sa tenue, sentit son cœur accélérer. Elle avait oublié comment elle était habillée et n'avait par conséquent pas pensé à adopter une voix grave. Soudain, l'idée de se déguiser en garçon lui parut ridicule.

En vérité, elle n'avait pas prévu qu'il puisse y avoir à leur arrivée quelqu'un qui leur pose des questions. Il savait qu'elles n'étaient pas vraiment des cuisinières engagées par le propriétaire des lieux, elle était prise en flagrant délit de mensonge. Cependant, ses railleries – et la perspective d'un échec – la mirent en colère. Elle n'avait aucune intention de battre en retraite.

— Et nous sommes censées croire que vous avez le droit de nous interroger ? Alors que vous êtes à moitié endormi ? Et *pieds nus* ? Nous sommes censées penser que vous êtes le genre de personne à qui le *signor* Parissi demanderait de surveiller son île ?

— C'est exactement ce que je suis, rétorqua-t-il. Je vous l'accorde, je me suis endormi. Mais je suis réveillé maintenant. Et vous devez partir. Faites signe à votre homme de revenir sur la plage. Il n'est pas si loin. Rappelez-le.

Voyant Giulia mettre les mains autour de sa bouche, Annalisa se dépêcha de lui tirer le bras et de l'empêcher de crier.

— Non, dit-elle. Nous ne le rappellerons pas. Nous allons au château. Nous trouverons un emploi…

— Oh, donc vous n'êtes pas déjà engagées ? sourit-il. Cela ne fonctionne pas de cette façon. C'est une île privée, vous n'êtes pas au courant ?

— Je le sais parfaitement. Et nous sommes venues parce que nous voulons y travailler. Mes sœurs et moi – nous sommes sœurs, toutes les trois –, nous sommes travailleuses. Et intelligentes. Le *signor* Parissi voudra nous employer quand il nous aura rencontrées.

— Vous n'avez pas compris ? Vous ne le verrez jamais, rétorqua le jeune garde. Si vous ne partez pas tout de suite, vous aurez de gros ennuis. C'est ce que vous voulez ?

— Si on nous découvre, vous aurez des ennuis parce que vous vous êtes endormi et que vous ne nous avez pas empêchées d'accoster. Vous serez chassé avec nous. C'est ce que vous voulez ?

Il voulut répondre mais resta comme deux ronds de flan. Puis, secouant la tête, il jeta un coup d'œil du côté de l'océan en se grattant le menton. Elle sourit de s'être montrée plus intelligente que lui. Il n'était pas aussi dur ou effrayant qu'il le pensait.

— On dirait que nous avons un problème en commun, dit-elle d'un ton conciliant. Soit nous nous protégeons mutuellement, soit nous y perdons tous.

Elle lui tendit la main.

— Je m'appelle Annalisa, et voici Giulia et Emilia.

Il la regarda, puis examina ses deux sœurs avant de revenir à elle. Après quoi il passa sa main sur sa nuque, les yeux levés vers les étoiles, et décida finalement d'approcher d'un pas tranquille.

— Je ne sais pas quand vous avez mangé pour la dernière fois, dit-il, mais si vous voulez grimper jusqu'au château, il va vous falloir toutes vos forces. Il vaut mieux que vous ne perdiez pas connaissance à mi-chemin, ce ne serait bon ni pour vous, ni pour moi. J'ai des fruits et du fromage dans le hangar à bateaux.

Il lui serra la main.

— Je m'appelle Aldo. Suivez-moi.

Quelques minutes plus tard, ils étaient assis tous les quatre sur les marches à l'extérieur du hangar, à manger des raisins, du pain et des morceaux de fromage. Emilia, assise au bas, avait posé sa tête sur la cuisse d'Annalisa.

Comme il fallait s'y attendre, songeait cette dernière, ses sœurs avaient paniqué en entendant Aldo les interpeller : Emilia était comme un animal pris au piège tandis que Giulia avait failli rappeler Vincenzo, prête à remonter à bord dès qu'il aurait fait demi-tour. Mais c'est à elle-même qu'elle en voulait. Elles étaient là parce qu'elles l'aimaient, qu'elles lui faisaient confiance et qu'elles n'avaient pas voulu rester à la maison sans elle. Elles se sentaient en sécurité avec elle, peut-être même plus qu'avec papa et sa santé fragile. Et elle chérissait leur amour. Néanmoins, dans ce genre de moments, quand elle prenait conscience du poids sur ses épaules, elle trouvait difficile de toujours être celle sur qui l'on compte. Elle aussi aurait bien aimé pouvoir s'appuyer sur quelqu'un, parfois. Quelqu'un qui lui permette de se détendre, de se laisser porter. Pas en permanence, mais une fois de temps en temps.

Seulement il n'y avait personne, du moins plus maintenant. La mort de leur mère avait été atroce, mais son père avait réussi à donner de la force à leur famille. Il les aimait tellement, toutes les trois. Sauf qu'il avait changé depuis que son cœur avait commencé à flancher, quelques années plus tôt. Soudain, il s'était éparpillé, était devenu moins fiable. Il fallait absolument réussir à le soigner pour qu'il les emmène en Amérique, et chaque seconde comptait. Elle avait quatre ou cinq semaines au plus pour accomplir son devoir. Au-delà, elle n'était pas sûre que son père tienne.

C'est pour cela que l'île l'avait attirée. Elle était la clé vers une autre vie.

Quand ils eurent fini de manger, Aldo entra dans le hangar puis en sortit avec une deuxième lanterne qu'il leur donna. Ils retournèrent à la plage, où elles avaient laissé leurs valises, et, éclairés par le ciel lumineux, commencèrent la pénible ascension de l'escalier en pierre qui menait au château. Aldo portait la valise d'Emilia, ce qui agaça Annalisa au départ – ce n'était pas une bonne idée qu'Emilia s'habitue à ce qu'on lui facilite la vie –, mais ce geste dénotait sa gentillesse envers elle, ce qui était forcément un bon signe. Leur première rencontre n'avait pas été sans heurts mais il se montrait généreux et serviable avec elles, ce qui le rendait encore plus agréable à regarder. Dans un élan de solidarité, elle prit la valise de Giulia en plus de la sienne. Aldo hocha la tête en lui souriant, un éclat rieur dans les yeux, et elle sentit son visage chauffer sous cette attention.

Les marches étaient étroites et inégales, et ils avançaient lentement, à la file, Aldo en tête. Annalisa suivait, Giulia et Emilia derrière elle. La route était sinueuse, chaque vingtaine de marches menait à un palier avant un changement de direction. Plus ils approchaient du château, plus la musique devenait forte, et quand il arrivait à Annalisa de lever les yeux vers les fenêtres, elle apercevait des danseurs, des femmes en robe de bal tournoyant sur elles-mêmes.

— C'est tous les soirs comme cela ? demanda-t-elle discrètement à Aldo lorsqu'ils s'arrêtèrent pour reprendre leur souffle.

Aldo acquiesça.

— Parfois, il y a un opéra ou une lecture. Le plus souvent, de la musique et des danses. Les soirées sont importantes. C'est le moment où tout le monde se retrouve.

— Elles se poursuivent toujours aussi tard ?

— Non. Mais l'été, c'est courant. Surtout cet été.

— Pourquoi ?

— Parce que la guerre s'aggrave. Tout le monde le sait, même si personne n'a envie d'y croire. Alors ils dansent. Comme si ça pouvait empêcher l'avenir de s'assombrir. Ils savent que ce n'est pas le cas. Mais ils font comme si.

Il haussa les épaules en accompagnant ce geste d'un sourire d'excuse, comme s'il était désolé de révéler l'horrible vérité. Elle remarqua que ses yeux marron étaient dotés de cils incroyablement longs. Sur la plage, elle avait cru que l'intensité de son regard était le signe d'un tempérament colérique. Mais elle commençait à se dire que c'était simplement sa franchise qui donnait cet éclat à son regard. Il jouait cartes sur table, tout le temps.

Comme il reprenait la montée, elle le suivit en levant encore une fois la tête vers les fenêtres du dernier étage. La musique avait accéléré, et, d'où elle était, les danseurs donnaient l'impression de flotter dans les airs. Bien qu'elle refusât d'oublier pourquoi elle était là, elle se laissa aller un moment à s'émerveiller de la scène. Pour elle qui adorait apprendre, c'était extraordinaire d'être aussi près de gens dont les capacités et le talent excédaient de loin tous ceux qu'elle avait connus jusque-là. C'étaient des génies. Des virtuoses et des visionnaires. Comme elle aurait aimé pouvoir rester parmi eux et s'imprégner de toute cette intelligence.

Ils arrivèrent au sommet et Annalisa s'arrêta, Giulia et Emilia à ses côtés. L'entrée du château était spectaculaire.

Elles se trouvaient dans une vaste cour, entre deux groupes de buissons disposés en diamant. Devant elles courait une allée de pierre bordée de grands lampadaires en fer noir, dont les flammes alimentées au gaz nimbaient les environs d'une lumière dorée. Au bout de l'allée, un escalier de marbre menait sous une arcade. Là, plongée dans le noir et à peine visible, se trouvait la porte.

— Allons ! On ne s'arrête pas ! leur souffla Aldo, qui était déjà au milieu de l'allée.

Annalisa se réveilla et, d'un coup de coude, fit signe à ses sœurs de le suivre. Il avait raison, elles ne pouvaient pas rester là, on risquait de les voir. Il aurait été ridicule de se faire attraper maintenant alors qu'ils avaient promis de s'entre-protéger, Aldo et elles. Si tout avait capoté parce qu'elle avait regardé, bouche bée, autour d'elle, elle ne se le serait jamais pardonné.

Aldo les conduisit sur le côté du château, puis s'engagea sur un chemin de terre qui passait par une forêt d'oliviers, de hêtres et d'eucalyptus à l'odeur entêtante. Ils continuèrent ainsi quelques minutes jusqu'à ce qu'il s'écarte pour s'enfoncer au cœur du bois, dont les feuilles formaient une canopée impénétrable. Puis il posa la valise d'Emilia par terre et s'assit dessus. Annalisa et Giulia firent de même avec les leurs tandis qu'Emilia s'agenouillait.

— Vous feriez sans doute bien de dormir un peu, dit Aldo. Assurez-vous seulement de vous réveiller à l'aube. La journée commence tôt, et vous ne pouvez pas vous faire attraper à dormir ici. Il y a un… (Il sembla chercher le mot approprié.) Un… bâtiment sanitaire pour les gardiens, un peu après ces arbres, et je suis pratiquement sûr que personne ne s'y trouve. Si vous voulez… Enfin, vous m'avez compris. Parissi promeut l'hygiène, c'est pour cela qu'il a fait construire ce bâtiment. Il a l'eau courante.

Elle acquiesça, le trouvant mignon de ne pas oser parler de toilettes.

— La cuisine est à l'arrière du château, reprit-il. À la lumière du jour, vous n'aurez aucun mal à la trouver. Une fois à l'intérieur, demandez à parler à la *signora* Russo. Elle dirige les lieux et est très occupée le matin, donc tant que vous arrivez tôt, elle ne devrait pas poser trop de questions. Avec un peu de chance, elle vous mettra tout de suite au travail.

Il se leva, les salua d'un geste et commença à s'en aller.

— Attends… tu repars ? demanda Annalisa d'une voix hésitante.

Autant son apparition sur la plage l'avait catastrophée, autant son départ soudain la désolait. Elles venaient de le rencontrer, mais en une heure, il avait réussi à se montrer aussi essentiel qu'aimable. Il les avait guidées jusqu'à cet endroit abrité qu'elle n'aurait sans doute pas trouvé toute seule. Elle se sentait en sécurité avec lui, ce qui était assez remarquable puisqu'elles avaient débarqué ici comme des intruses.

Néanmoins, elle n'aimait pas le ton désespéré sur lequel elle tentait de le retenir.

— C'est juste que… nous n'avons même pas eu l'occasion de te remercier. Tu es obligé de partir tout de suite ?

— Je dois retourner au hangar, dit-il. C'est plus rapide de descendre que de monter, mais ça demande quand même du temps.

— Est-ce que… On se reverra ? demanda-t-elle doucement.

Elle espérait tellement qu'il réponde oui.

— Bien sûr, la rassura-t-il d'un ton enjoué. Ça a l'air grand, vu de l'extérieur, mais ça ne l'est pas tant que cela quand on est dedans. Et je fais un tas de choses différentes, donc je vais et je viens en journée. Je vous guetterai. (Il les regarda toutes les trois.) Bonne chance, Emilia, Giulia et… Annalisa. (Il avait marqué une pause et prononcé son prénom en la regardant droit dans les yeux.) Bonne chance en cuisine. Ou ailleurs. Quelque chose me dit que vous n'êtes pas là uniquement pour cuisiner. J'espère que vous trouverez ce que vous êtes venues chercher.

Il hocha la tête tandis que Giulia et Emilia le remerciaient.

— Au revoir, Aldo, dit doucement Annalisa en le regardant disparaître dans les ténèbres.

Quand elle se retourna, elle vit que ses sœurs la regardaient et que leurs yeux brillaient à la lueur de la lanterne qu'elle avait toujours à la main.

— Quoi ?

— Tu le trouves mignon ! s'exclama Emilia.

Anna posa sa main libre sur sa taille.

— Pas du tout, répondit-elle d'un ton dédaigneux.

— Si, il te plaît, railla Giulia. Ça se voit.

— Non, il ne me plaît pas, insista-t-elle malgré le rouge qui lui montait aux joues. J'ai été gentille avec lui parce qu'on avait besoin qu'il nous mène ici. Cessez donc d'être ridicules ! Allongez-vous et reposez-vous.

— Mais, Pippa, je n'ai pas envie de dormir dehors, se plaignit Emilia.

Annalisa lui jeta un regard noir.

— Tu sais très bien que je n'aime pas ce surnom idiot que papa a inventé. Ne mets pas ma patience à l'épreuve !

— Je suis désolée, Annalisa, d'accord ? Mais je n'ai pas envie de dormir par terre.

— C'est juste pour cette nuit, dit l'aînée en se radoucissant.

Elle se sentait mal de l'avoir grondée un instant plus tôt.

— Dès demain, on aura un meilleur endroit où dormir, je te le promets.

— Mais il y a des bosses…

— Alors sors des affaires de ta valise et utilise-les comme oreiller, répondit Annalisa. Cela fait longtemps que nous sommes debout. Je suis sûre que tu vas facilement t'endormir.

— Et si on oublie de se réveiller et qu'ils nous découvrent ici ? demanda Giulia. Tu crois qu'ils nous arrêteront, comme Aldo l'a dit sur la plage ?

— J'ai tellement peur, dit Emilia. J'aurais préféré que vous ne me parliez pas de tout cela.

— Emilia, tu es *impossible* ! s'emporta Giulia. Tu n'aurais pas voulu qu'on te laisse derrière nous et tu le sais. Alors ne commence pas à pleurer.

— Bon, arrêtez, toutes les deux.

Annalisa avait conscience que la situation n'était pas facile. Dormir à la belle étoile avait l'air beaucoup plus agréable quand on y pensait depuis un lit confortable. Mais elle était la chef de famille tant qu'elles étaient ici et c'était à elle de calmer ses sœurs.

— De toute façon, je crois que je ne réussirai pas à fermer l'œil. Vous deux, profitez-en pour vous reposer. Je vais monter la garde en attendant l'aube. Je vous réveillerai avant qu'on puisse nous repérer. Si vous ne dormez pas, vous le regretterez.

— Ne t'avise pas de t'endormir, l'avertit Giulia. Ne ferme pas les yeux, d'accord ?

— Et ne t'éloigne pas trop, ajouta Emilia. Reste à l'abri.

— Ne vous inquiétez pas, répondit-elle.

Elle attendit qu'elles soient installées, puis elle sortit du couvert des arbres et s'assit, le dos contre un tronc, pour contempler l'arrière du château. D'ici, elle ne voyait plus les danseurs aux fenêtres mais elle entendait encore la musique. Elle était un peu plus dynamique maintenant. Elle se demandait comment la fête pouvait encore durer. Ces gens n'étaient-ils jamais fatigués ? Arrivaient-ils à travailler sur leurs inventions et leurs créations toute la journée après avoir fait la fête jusqu'à l'aube ?

Mais ensuite, elle repensa à ce que lui avait dit Aldo sur la guerre qui s'aggravait. L'île n'était pas à l'abri de la marche du monde, même si les danseurs voulaient le croire. Si la guerre arrivait jusqu'ici, cela signifiait qu'elle devrait se montrer encore plus rapide et stratège pour rencontrer Patricio Parissi. C'était lui qu'elle était venue voir. Lui qui pouvait sauver son père. Seulement si elle réussissait à le convaincre de le faire, ce qui serait sans doute le plus difficile.

Parce que Parissi détestait son père.

Il n'y avait personne au monde qu'il détestait davantage.

8

2018

Samedi

Je pars vraiment en Italie, songea Mia le lendemain soir en descendant du taxi à l'aéroport JFK.

Elle déposa sa valise au comptoir d'enregistrement et passa les différents portiques de sécurité, en tendant l'oreille chaque fois qu'une annonce était faite aux haut-parleurs pour un changement de porte ou un dernier appel d'embarquement. Elle ne comprenait pas pourquoi elle était autant sur les nerfs. Ce n'était pas le fait de prendre l'avion ; non, elle faisait confiance aux ingénieurs. C'était l'idée de quitter un monde où elle avait ses repères, où elle savait sur quoi elle pouvait compter. Les meubles du studio qu'elle sous-louait, par exemple. Son lit, avec sa couette bleue et ses deux oreillers confortables. L'appartement à l'est de la ville, avec le type en bas qui promenait son bouvier bernois tous les matins d'un air renfrogné – elle avait toujours l'impression qu'il était fâché même quand il disait bonjour. La maison de sa grand-mère. Le rire d'Erica. Le bureau de Milt. Les écharpes de Janet. Ryan, aussi, sa voix grave et ses cheveux bien peignés, ses chemises ajustées. Tout ce qu'elle connaissait.

Mais ce qu'elle connaissait tout aussi bien, c'était la voix de sa grand-mère lui expliquant avec sa détermination coutumière que la seule manière de résoudre un problème était de l'affronter. « Tu dois utiliser tes sens. Examine les faits avec tes yeux, tes oreilles, tes mains. » C'est pour cela que sa grand-mère détestait les puzzles : c'étaient de simples représentations des choses, pas les choses en elles-mêmes. Le raisonnement valait pour les clichés, une perte de temps selon elle, comme le prouvait sa tête sur sa photo de mariage. « Ne commémore pas les choses, explore-les. Connais ce que tu connais et découvre ce que tu ne connais pas. » Mia avait toujours trouvé que c'était un bon conseil, mais désormais il sonnait un peu faux venant d'une femme qui s'était donné tant de mal pour dissimuler le *schianto* et la robe de mariée pendant des décennies. Qu'est-ce qui l'avait poussée à agir à l'encontre de ses propres principes ?

Mia entra dans une boutique et prit une bouteille d'eau et une barre énergisante avant de rejoindre la caisse. Devant elle, dans la queue, un jeune père de famille achetait une glace. Sa petite fille la lorgna avec de grands yeux ronds pendant qu'il sortait le cône de son emballage.

— C'est bon ? demanda-t-il quand elle eut mis un premier coup de langue.

Elle hocha la tête.

— Merci, papa !

Après avoir payé ses articles, Mia les regarda s'éloigner. La fillette tenait la main de son père et le suivait en sautillant. Elle n'y pensait pas souvent mais parfois elle était frappée par ce constat comme si c'était une révélation : elle n'avait jamais eu de père à qui tenir la main en sautillant. Elle ne se rappelait pas la moindre conversation sur son père à la maison.

En revanche, il y avait eu *une* conversation sur celui de Lucy. Par une chaude soirée de septembre, quand Mia avait sept ou huit ans. Elle cherchait Lucy pour lui souhaiter bonne nuit et l'avait trouvée dans le patio, installée dans un des fauteuils. Cela n'avait rien de surprenant, elle s'asseyait souvent dehors, même par temps glacial. Mais ce soir-là, elle avait un mouchoir à la main et reniflait doucement.

— Que fais-tu ? lui avait demandé Mia avec inquiétude. (Elle n'avait jamais vu sa grand-mère dans cet état.) Que se passe-t-il ?

— Je vais bien, dit Lucy après s'être éclairci la voix et tamponné les yeux.

— Alors pourquoi tu pleures ?

— Je ne pleurais pas. Je réfléchissais.

— À quoi ?

— À mon père, répondit abruptement Lucy. Ça ne m'arrive pas souvent. Mais c'est l'anniversaire de sa mort.

Mia s'était rapprochée du bras du fauteuil.

— Je n'ai même pas connu mon papa, dit-elle pour tenter de la consoler. Et toi, tu as connu le tien ?

Lucy avait hoché la tête.

— De quoi est-il mort ?

— Il était malade. C'était son cœur.

— Tu avais quel âge ?

— J'étais beaucoup plus grande que toi. Presque une adulte.

Elle secoua la tête.

— J'ai essayé de le sauver. Je pensais que j'y arriverais. Quelle idiote. Je ne pouvais sauver personne…

Mia tira un fauteuil et s'y installa à genoux pour pouvoir caresser les cheveux de sa grand-mère. Elle se rappelait avoir pensé qu'elles étaient toutes les deux identiques, des filles qui avaient perdu leur père. Elle n'avait pas demandé pourquoi Lucy s'était crue capable de sauver le sien ni qui d'autre elle avait voulu sauver. Malgré son jeune âge, elle savait que sa grand-mère en avait sans doute raconté plus qu'elle en avait l'intention. Alors elle avait continué à caresser les cheveux de sa grand-mère en s'estimant chanceuse qu'elle soit là pour prendre soin d'elle.

C'est ce soir-là que Mia avait décidé de devenir une scientifique. Pour aider à soigner les maladies du cœur. Et pour trouver le remède qui aurait sauvé le papa de sa grand-mère.

Ensuite, elle ne se souvenait plus de rien. Elle s'était réveillée dans son lit le lendemain matin. Lucy et elle n'avaient plus jamais parlé de leurs pères. Mia ne se rappelait pas être montée dans sa chambre. Mais elle s'était fait la promesse de ne plus rien demander à sa grand-mère sur son père. Elle ne voulait pas la revoir pleurer. Ç'avait été trop dur. Oui, elle aimait poser des questions et apprendre des choses. Mais il y a certaines choses, avait-elle pensé ce jour-là, qu'il vaut sans doute mieux ne pas savoir.

Et maintenant, qui pouvait dire ce qu'elle allait découvrir et comment cela l'affecterait ? Jusqu'à présent, si on le lui avait demandé, Mia aurait juré qu'elle avait eu la meilleure enfance possible, avec une grand-mère qui la protégeait et lui était dévouée. Mais assise à l'aéroport, dans cet endroit où rien ne lui était familier, elle se rappela soudain avoir connu d'autres sentiments en grandissant. Des sentiments moins faciles quand elle avait neuf, dix, onze ans, et même après, jusqu'à son départ pour l'université.

Un soupçon de vague menace imminente flottait toujours dans l'air, presque imperceptible. Elle avait souvent l'impression de marcher sur une chaussée en plein hiver, sans savoir où le verglas risquait de la faire déraper. Elle s'accrochait à sa routine, à la permanence des meubles dans la maison, aux cycles réguliers de la lune que sa grand-mère aimait tant contempler, parce que tout cela était d'une stabilité rassurante.

Arrivée à la porte d'embarquement, elle s'assit, but un peu d'eau, et sa main se posa instinctivement sur son bagage de cabine. Elle avait décidé la veille au soir de prendre le *schianto* durant ce voyage ; il lui semblait dangereux de le laisser sans surveillance chez elle. Au départ, elle l'avait emballé et placé dans son sac, mais elle s'était demandé ensuite si la charnière métallique reliant le bol au pilon ne risquait pas de faire sonner les portiques de sécurité, et elle avait fini par l'envelopper dans deux gros pulls avant de le ranger tout au fond de la valise qui était partie en soute. Elle s'était inquiétée la veille de ce qu'elle ferait si, pour une raison ou une autre, elle ne récupérait pas sa valise à la descente de l'avion, et la pensée lui traversa de nouveau l'esprit. Mais elle se rappela que malgré toutes les histoires qu'on racontait, l'immense majorité des bagages enregistrés arrivaient à destination avec leur propriétaire. Les probabilités jouaient pour elle. De toute façon, il était trop tard : la valise était désormais dans les entrailles de l'aéroport ; elle avait beau détester l'incertitude, ce n'était plus entre ses mains.

Après avoir posé son sac à dos sur le siège à côté d'elle afin de réserver la place pour Erica, elle déchira l'emballage de sa barre énergisante. C'était le parfum préféré de Ryan, chocolat et beurre de cacahuète. Il l'avait appelée ce matin pendant qu'elle faisait sa valise et avait à nouveau insisté pour qu'elle laisse Milt gérer la situation, ou au moins qu'elle attende son retour de Californie, et lui avait répété qu'elle voulait tirer les choses au clair avant que l'avocat italien revienne à la charge. Elle lui avait dit aussi qu'elle le trouvait mignon de s'inquiéter et de chercher à la protéger ; mais c'était surtout parce qu'il lui restait pas mal d'affaires à mettre dans sa valise et que cela paraissait le meilleur moyen de clore la discussion.

Or elle voulait que cette conversation se termine vite. Elle était encore énervée contre lui à cause de la manière dont il avait parlé de sa grand-mère la veille. « Ta grand-mère est morte… Qu'est-ce que tu en as à faire, de ce que quelqu'un pense d'elle en Italie ? » *Quelle horreur*, songea-t-elle. Comment ne comprenait-il pas qu'elle n'ait aucune envie qu'on accuse sa grand-mère d'être une voleuse ? D'autant plus maintenant que Lucy n'était plus là pour se défendre. Et même s'il n'était pas d'accord avec elle et qu'il n'arrivait pas à se mettre à sa place, pourquoi continuer à lui assener qu'elle se trompait ? Pourquoi appeler de nouveau ce matin pour se répéter ? Qu'espérait-il ? Que, de guerre lasse, elle renonce ? Il ne pouvait pas simplement donner son avis une fois puis accepter que c'était à elle de prendre la décision ?

Elle termina la barre et, en se levant pour mettre l'emballage à la poubelle, leva les yeux vers l'horloge numérique au mur. Sept heures et demie. Que faisait Erica ? Elle se rassit et tenta de se détendre, mais l'agent annonça que l'embarquement commencerait cinq minutes plus tard. Elle ramena nerveusement une mèche derrière son oreille en scrutant la foule qui arrivait depuis les portiques de sécurité. Erica n'allait sans doute pas tarder à apparaître. Elle était parfois un peu légère, mais elle ne raterait pas leur vol. Elle ne laisserait pas son amie seule dans un moment pareil.

Lorsque l'agent annonça le début de l'embarquement, Mia envoya un texto à Erica, mais elle n'obtint aucune réponse. Elle termina son eau en essayant de maîtriser sa respiration. L'employé demanda aux passagers suivants de se présenter au comptoir. Mia jeta sa bouteille vide dans une poubelle vide et envoya un deuxième message. Il était sept heures cinquante. Ce serait bientôt au prochain groupe d'embarquer. Ensuite, ce serait leur tour à toutes les deux.

Enfin son téléphone sonna, et l'écran afficha le nom d'Erica.

— Eh, ça va ? lança Mia d'une voix trop aiguë et un peu tremblante. L'embarquement est en cours.

— Oh, Mia, c'est la tuile ! s'écria Erica. Mon passeport a expiré. Ils ne veulent pas me laisser passer !

Mia en eut le souffle coupé, comme si quelqu'un avait bloqué tous les muscles nécessaires à sa respiration.

— *Quoi ?* finit-elle par dire, se forçant à réagir. Comment ça ?

— Il a expiré il y a deux mois. Je n'avais pas fait attention.

— Ce n'est pas possible. Tu voyages tout le temps…

— Je ne suis pas sortie du pays depuis que j'ai commencé dans ma nouvelle école. Je n'en ai pas eu besoin. Et j'ai oublié.

— Alors qu'est-ce qui se passe maintenant ? Qu'est-ce qu'on fait ?

— Il n'y a rien à faire, je crois. Les bureaux de l'état civil n'ouvrent pas avant lundi, et je n'arriverai peut-être même pas à avoir un rendez-vous. De toute façon, quand bien même, il me faudra plusieurs jours pour obtenir un nouveau passeport.

— Donc ? Tu ne viens pas ?

— Je ne vois pas comment faire. Je n'ai pas le temps. On n'a qu'une semaine.

— Mais… mais…

Cette nouvelle tétanisait Mia. C'est Erica qui était habituée à voyager et qui avait tout organisé. Sans elle, comment se débrouillerait-elle ?

— Je ferais peut-être mieux de ne pas partir. Je peux reporter.

— Non, il faut que tu y ailles, répondit Erica d'une voix ferme. L'avocat pense que ta grand-mère a volé cet objet, tu te souviens ? Tu voulais partir avant que je te dise que je t'accompagnerais.

— C'est toi qui as concrétisé les choses ! Je ne sais pas si j'aurais osé m'embarquer là-dedans sans toi. Peut-être que c'est Ryan qui a raison et que je devrais annuler. Il trouve que c'est une mauvaise idée. Il ne voit pas où est le problème. Je ferais peut-être mieux d'attendre qu'il revienne pour en parler avec lui…

— Non ! Ne change pas d'avis ! Tu verras, ce ne sera pas si dur.

— Mais je ne parle pas italien…

— Moi non plus. Beaucoup de gens vont en Italie sans parler un mot. Tout le monde parle un peu anglais là-bas.

— Mais…

— Je me sentirais trop mal si tu annulais ton voyage par ma faute. Et toi aussi, je le sais. Tu m'appelleras autant que tu voudras, jour et nuit, dès que tu en auras besoin. Mais ne laisse pas Ryan te faire douter. Et ne remets pas tout en cause pour ma bêtise, sinon je ne me le pardonnerai jamais…

Mia tourna la tête vers la porte, là où les gens faisaient la queue. Elle pouvait encore faire demi-tour. Quitter l'aéroport. Sauf, bien sûr, que sa valise s'envolerait jusqu'à Rome sans elle. Elle se demanda ce qu'il lui arriverait là-bas. Que ferait-on en découvrant qu'il n'y avait personne pour la récupérer ? Elle ne reverrait peut-être jamais son bagage, ni le *schianto* par la même occasion.

Elle regarda les pistes par les baies vitrées. La nuit était tombée, le ciel était d'un noir teinté de bleu. Sa grand-mère lui avait appris à se tourner vers la nuit lorsqu'elle angoissait. Cette vision l'apaisa. Des avions roulaient et décollaient comme par magie. Tout était en ordre et très beau.

Elle sentit son esprit se vider de toutes les idées parasites. Bien sûr, ç'aurait été plus facile avec Erica, mais sa présence n'était plus possible. En fin de compte, ça ne changeait rien. Erica était une très bonne amie, mais ce n'était pas son voyage. Ce n'était pas non plus à Ryan de prendre cette décision. C'était son histoire, sa décision. C'était à elle de découvrir la vérité sur ce mystère que sa grand-mère lui avait laissé. Ce n'était pas le moment de se défiler.

Marchant vers la porte, elle jeta un dernier coup d'œil dehors. Le ciel nocturne était vaste et paisible, ponctué d'étoiles qui brillaient d'un éclat franc.

Sa grand-mère lui avait toujours dit d'embrasser le ciel nocturne. Parce qu'il contenait les réponses à toutes les questions.

Il fallait espérer qu'elle ait raison.

À bord, elle commanda une vodka-tonic. Elle n'était pas fan de ce genre de mélange, mais elle avait besoin de se détendre. Elle ferma les yeux et, comme de bien entendu, lorsqu'elle les rouvrit, la lumière du jour filtrait sous le volet du hublot : l'avion avait entamé sa descente.

Un peu plus tard, elle émergeait de la passerelle. Elle vit avec soulagement que l'aéroport Leonardo-da-Vinci n'était pas différent de JFK, on y parlait anglais partout et toutes les directions étaient indiquées en plusieurs langues. Elle trouva les carrousels à bagages et fut heureuse de découvrir sa valise qui l'attendait déjà. Après avoir posé dessus son sac de voyage, elle sortit du terminal. Le soleil brillait et il faisait une chaleur agréable, entre vingt et vingt-cinq degrés. *Pour l'instant tout va bien*, se dit-elle.

Elle prit un moment pour examiner les parages. À sa droite, la station de taxis ; les voitures étaient blanches et non jaunes comme à New York, et plus petites, mais facilement reconnaissables. Elle s'inséra dans la queue, derrière une demi-douzaine de clients, puis remarqua, en regardant l'intérieur d'un véhicule, qu'il n'y avait pas de lecteur de carte de crédit à l'avant. C'était déstabilisant, d'autant qu'elle payait toujours par ce biais quand elle se déplaçait à New York. Elle sortit sa carte de son portefeuille, la montra au chauffeur par la vitre ouverte, mais il secoua la tête et lui désigna le terminal des arrivées où, derrière les panneaux vitrés, elle aperçut ce qui devait être un distributeur automatique. Hochant la tête pour remercier, elle alla retirer des euros, puis réintégra la file. *Un contretemps mineur*, songea-t-elle. Si c'était le pire qui puisse lui arriver, cela irait.

Quelques minutes plus tard, elle montait dans un taxi avec bien plus d'argent qu'il n'en fallait pour payer sa course jusqu'à l'hôtel. Sortant son téléphone, elle trouva la page d'accueil de l'hôtel choisi par Erica et la montra au chauffeur, un monsieur âgé qui fit signe qu'il avait compris avant de démarrer le moteur. Les panneaux de signalisation n'avaient pas la couleur habituelle et elle ne comprenait pas vraiment les symboles qu'ils affichaient. C'était comme un drôle de miroir déformant, on s'y retrouvait, mais tout était un peu bizarre et différent.

Elle remarqua bientôt une grande muraille en pierre le long de l'autoroute. Elle comprit qu'il s'agissait d'une partie du mur d'Aurélien, l'enceinte construite pour protéger Rome des invasions, dont on lui avait parlé en cours d'histoire. C'était une chose d'entendre parler de ce monument et une autre de l'avoir devant soi – abîmé par endroits, solide à d'autres. Ce n'était pas tant son ancienneté qui était saisissante – après tout, elle avait grandi en observant des étoiles et des planètes qui avaient des milliards d'années – que le sentiment que cette vision faisait naître. Elle se souvenait de ses voyages à New York avec l'école de Soundport. Le train s'enfonçait dans les ténèbres et accélérait dans le tunnel pour traverser l'East River avant d'émerger à la gare de Penn Station. Elle avait toujours détesté cet endroit. Elle n'avait jamais vraiment compris pourquoi il y avait des tunnels sous l'eau, ni comment ils évitaient l'engloutissement ou l'inondation, et cette pensée la mettait toujours mal à l'aise.

Ils atteignirent rapidement le Trestavere où se trouvait son hôtel. C'était un quartier charmant, avec des ruelles pavées, de vieux bâtiments de pierre aux couleurs orangées et brunes, et des fenêtres encadrées de lierre et de vigne. Mais le plus étonnant était de voir à quel point ces rues étaient vides. Il y avait des vélos et des scooters garés le long des immeubles, et des terrasses en abondance, mais aucun client. Seuls un ou deux serveurs nettoyaient les tables ou déplaçaient les chaises. Même à Soundport, un petit bourg comparé à Rome, il y avait du monde dans les rues dès huit heures du matin, voire plus tôt. Les gens prenaient un café, allaient voir leur banquier ou acheter quelque chose à manger avant de filer à la gare.

Ce calme lui semblait étrange et perturbant. Non pas qu'elle eût quoi que ce soit à dire à qui que ce soit pour l'instant, mais dans un lieu aussi étranger, observer quelques personnes commencer leur journée l'aurait rassérénée. Même les véhicules se faisaient rares, et elle avait l'impression de fomenter un mauvais coup.

Ils arrivèrent à l'hôtel, L'Albergo Carina, un bâtiment jaune avec une petite terrasse fermée et une entrée bordée de bacs de pierre débordant de fleurs roses. Elle paya le chauffeur, récupéra sa monnaie et murmura « *Grazie* », l'un des rares mots italiens qu'elle connaissait. Il sortit ses bagages avec un sourire et les déposa devant elle. Elle prit un moment pour regarder les alentours avant de se présenter à la réception.

Au même instant, en haut du mur d'enceinte de l'immeuble voisin, elle repéra un chat tigré avec des taches rousses sur les flancs. Il lui rappela celui que sa grand-mère et elle avaient trouvé au cours de ses années d'école primaire. Elles étaient assises à l'arrière de la maison par une soirée d'été lorsqu'elles avaient entendu miauler, et un instant plus tard, le félin s'introduisait sur la terrasse. Il avait un collier et semblait soigné, mais en l'entendant appeler, Lucy avait pensé qu'il avait faim. Mia était allée chercher un bol de lait à la cuisine ; le temps de revenir, deux gamins voisins étaient arrivés et l'avaient ramené chez eux.

Le lendemain, le professeur d'anglais de Mia avait demandé aux élèves d'écrire une série d'histoires liées les unes aux autres, dont la fin de l'une menait au début de la suivante. Ayant toujours le petit tigré en tête, l'adolescente avait décidé de proposer une série d'histoires mettant en scène un chat qui se perdait sans cesse.

— Les enfants à qui il appartient sont embarqués dans une grande aventure en essayant de le retrouver, avait-elle expliqué à grand-mère tout en mettant la table, excitée par son idée. Et chaque fois qu'ils vont lui mettre la main dessus, ils voient sa queue rayée disparaître. Il s'échappe, et c'est là que l'histoire suivante commence.

— Et comment le ramènent-ils chez eux, alors ? avait demandé Lucy.

— Ils n'y arrivent pas. C'est le truc.

— Ils ne trouvent jamais le chat ?

— C'est l'idée, avait répété Mia. Ils repartent toujours dans une nouvelle aventure et…

— Il n'y a pas de fin ?

— C'est une série…

— Mais ce chat n'a pas de maison ? Et s'il a faim ?

— Des gens lui donnent à manger, j'imagine. Comme toi avec celui qui est venu ici. Nana, c'est juste une histoire…

— Ce chat ne peut pas s'échapper sans cesse, avait dit Lucy en oubliant son poulet dans la poêle. Il va tomber malade, avoir besoin de nourriture. De soins. Trouve une autre histoire. Je n'aime pas ce devoir.

— Mais…

Alors que Mia allait protester, Lucy avait éteint la gazinière et quitté la cuisine.

Mia l'avait regardée partir avec stupéfaction. Pour elle, il n'arrivait aucun ennui à cet animal. C'était juste des histoires, et il servait à relancer l'intrigue. Il n'y avait rien de mal à ça, elle en était sûre. En fin de compte, elle avait écrit la série comme elle en avait envie, et le prof lui avait donné un A. Mais elle n'avait jamais montré la note à sa grand-mère. Ni le commentaire du professeur : « Beaucoup d'imagination ! Bravo ! »

Là, dans cette rue du Trastevere, elle comprenait ce qui avait fait fuir son aïeule de la cuisine. C'était l'idée que le chat ne soit jamais retrouvé. Que l'histoire ne soit jamais terminée. Qu'on ne sache jamais ce qu'il adviendrait de lui. Il manquait une conclusion. Et Lucy détestait cela.

Mia regarda la bestiole se carapater le long du mur jusqu'à ce qu'il disparaisse derrière l'immeuble. Puis elle entra dans l'hôtel d'un pas décidé.

9

2018

Dimanche

Heureusement, le réceptionniste parlait anglais. L'hôtel était charmant, comme Erica l'avait prédit, et la chambre de Mia, au premier étage, bien que petite, était joliment décorée, avec un couvre-lit à motifs floraux et un tas de serviettes dans la salle de bains. Il y avait même un petit balcon aux volets verts qui donnait sur la rue pavée et les cafés toujours déserts en contrebas. Sachant qu'elle avait intérêt à s'ajuster le plus vite possible au décalage horaire, Mia résista à l'appel de la sieste et se changea, enfilant un pantalon propre et un petit haut bleu ciel en coton. Avant de quitter la chambre, elle s'assura de la présence du *schianto*, douillettement calé entre ses pulls.

En bas, elle demanda au réceptionniste où manger. Il lui indiqua un café, de l'autre côté de la rue, dont les serveurs accueillaient leurs premiers clients sur une terrasse. Il commençait à y avoir un peu de monde dehors, ce qui la mit un peu plus à l'aise. En montrant du doigt ce qu'elle voulait sur le menu, elle réussit à commander un cappuccino et un appétissant sandwich à la tomate, au fromage et aux épices, sur une épaisse tranche de pain grillé. En attendant sa nourriture, elle envoya des messages à Ryan et Erica pour leur dire qu'elle était arrivée et qu'elle allait prendre son premier repas. Aucun d'eux ne répondit immédiatement. Il faisait nuit noire à L.A. et il n'était pas encore six heures du matin à New York. Mais elle vit qu'Erica lui avait envoyé un texto la veille, avec un itinéraire. « Voilà quelques idées de visites pour aujourd'hui. Tout est accessible à pied depuis l'hôtel. Je m'en veux tellement de rater ça ! » ajoutait-elle avec un émoji de tête triste.

Mia examina la liste : la fontaine de Trevi, le Panthéon, les marches espagnoles, le Colisée, un tas d'églises, de places et de monuments. C'était trop ambitieux, il était probablement impossible de visiter tous ces endroits en un seul après-midi. Cependant, il aurait été idiot de rester enfermée dans sa chambre à attendre le train et le ferry du lendemain, qui seraient sans doute plus difficiles à trouver que son prochain avion. Le *schianto* était à l'abri dans sa chambre, et demain matin était encore loin. Puisqu'elle n'était jamais allée en Europe, autant profiter au maximum de cette belle journée et de son temps libre. Et puis un peu de distraction lui ferait du bien.

Après avoir consulté le chemin sur son téléphone, elle décida de rejoindre le centre historique de Rome à une demi-heure de marche. Évidemment, elle n'aurait pas envisagé de visiter la ville de cette façon en temps normal. Si elle avait fait ce voyage avec Ryan, elle se serait renseignée des semaines à l'avance afin d'avoir le contexte historique en tête, tandis que son amoureux aurait mis au point des cartes avec les trajets les plus optimisés d'un site à l'autre. Elle aimait préparer, et la liste proposée par Erica semblait un peu dressée à la hâte. Cependant, il fallait avouer qu'il y avait quelque chose de magique à traverser un grand pont piéton et à voir la rivière couler en contrebas, puis à sortir son téléphone pour découvrir qu'elle se trouvait sur le pont Sisto, qui datait de la Renaissance. Un trio de musiciens y jouait du jazz, elle s'arrêta un moment pour les écouter, puis, comptant quelques pièces, les jeta dans l'étui de guitare ouvert au sol. Au loin, un immense dôme blanc se dressait au-dessus de la végétation. Elle s'abîma un moment dans sa contemplation avant de se voir confirmer par son téléphone qu'il s'agissait de la basilique Saint-Pierre.

En arrivant sur l'autre rive, elle comprit où se trouvaient tous les gens qu'elle s'était attendue à voir dans le Trastevere : ici même, entassés dans ce quartier populaire. Les rues étaient si pleines que les visiteurs débordaient des trottoirs sur la chaussée, entravant la circulation des voitures et des taxis. Rien à voir avec les rues bondées mais relativement ordonnées du centre de Manhattan, où les piétons attendaient sagement que le feu passe au vert avant de traverser. Elle n'avait jamais arpenté une ville aussi chaotique que Rome. Et elle avait du mal à comprendre comment tous ces gens parvenaient à contempler les monuments en marchant.

Son premier arrêt, suivant la liste d'Erica, était la fontaine de Trevi avec ses grandes statues, ses fresques et son immense bassin de pierre. Les touristes étaient partout, couples romantiques, groupes d'amis, familles… riant et s'embrassant et prenant des photos tout en jetant des pièces dans l'eau. Deux hommes dégustaient de grands cônes de crème glacée rose et blanche saupoudrée de morceaux de biscuit. Son téléphone apprit à Mia que d'après la légende, jeter une pièce dans la fontaine permettait de s'assurer de revenir à Rome. L'histoire avait une suite, mais on la bousculait de toutes parts, les gens essayant de se rapprocher du bassin, et elle ne parvint pas à la lire.

Attrapant une pièce dans son sac, elle prit un selfie en jetant quelques centimes par-dessus son épaule, se disant qu'elle l'enverrait à Ryan et Erica. Mais son sourire semblait forcé, artificiel. Il y avait quelque chose de triste à être là, toute seule. Elle se demanda une fois de plus pourquoi sa grand-mère ne l'avait jamais amenée dans cette ville. Pourquoi n'avait-elle pas voulu montrer à Mia le pays où elle était née ?

Elle passa le reste de l'après-midi à suivre la foule de-ci de-là, au milieu de monuments centenaires devant lesquels elle ne se sentait pas à sa place, bien qu'elle tentât de faire taire ses pensées en s'intéressant aux prouesses architecturales et à l'importance historique des sites. En fin d'après-midi, épuisée, elle se sentit prête à retrouver le quartier paisible du Trastevere. Mais à sa grande surprise, les rues étaient tout aussi prises d'assaut que celles du centre historique. Les boutiques étaient ouvertes, les terrasses, noires de monde. La densité de la foule, ajoutée au volume sonore dans des langues qu'elle ne connaissait pas, ne fit que renforcer son sentiment d'être une étrangère indésirable. Elle décida finalement de retourner dans sa chambre pour se faire livrer à manger. Elle s'était rarement trouvée dans une ville sans avoir aucun repère. Elle aurait voulu que sa grand-mère soit encore vivante pour pouvoir retourner chez elle, à la maison. Dîner dans le patio, auprès d'elle. Que n'aurait-elle pas donné pour admirer le lever des étoiles à la nuit tombée !

Et puis ce fut le matin et l'aventure continua, l'entraînant toujours plus loin de chez elle.

Le trajet vers la côte lui avait semblé compliqué, mais tout se passa comme dans un rêve. Depuis son hôtel, elle prit un taxi jusqu'à la gare, où elle trouva son chemin sans difficulté dans l'immense terminal. Un agent de renseignement qui parlait anglais lui indiqua le bon quai, puis elle embarqua sans encombre. Assise à sa place, sa valise visible dans l'espace bagages à l'avant du wagon, elle se dit qu'elle avait réussi : la première étape de son voyage était achevée.

Le train se mit en route le long de la côte et, hormis quelques zones industrielles, traversa un paysage de falaises spectaculaires, de montagnes abruptes et de collines luxuriantes, bordé par une Méditerranée turquoise scintillant au soleil. Son éloignement ne la taraudait pas autant que la veille. Elle se sentait même revigorée et pleine de curiosité. Malgré le décalage horaire, elle n'avait pas envie de fermer les yeux, ni de rater la moindre miette de spectacle. Pour la première fois depuis qu'elle avait quitté son appartement pour l'aéroport, elle se sentait heureuse d'être là où elle était.

Les deux heures s'écoulèrent à la vitesse de l'éclair, puis elle embarqua dans un train local qui l'amènerait à Anzalea. De là, elle fit le trajet à pied jusqu'au quai du ferry en tirant sa valise. Comme Erica l'avait dit, Anzalea était un port important, beaucoup de passagers avançaient dans la même direction, et elle n'eut qu'à suivre la foule. Des ferries accostaient, d'autres étaient en partance ; celui qui se rendait à l'île de Piccino était bien indiqué, facile à repérer. Ayant chargé son ticket sur son téléphone la veille au soir, elle monta à bord sans difficulté et put souffler sur le pont. Elle était exaltée de naviguer sur la Méditerranée, de voir le continent s'éloigner et une myriade d'îles apparaître à l'horizon. Le soleil brillait de mille éclats, et elle était contente d'avoir mis un haut à manches courtes et une jupe de coton, qui lui permettaient de savourer la légère brise sur ses bras, ses jambes et sa nuque.

Après vingt minutes de navigation, le ferry accosta et elle suivit les passagers qui débarquaient. À terre, comme elle cherchait un kiosque pour s'informer, elle repéra un gros bus blanc dont le chauffeur, debout à côté de son véhicule, tenait un panneau « Piccino Hotel ». Constatant avec étonnement que la plupart des passagers du ferry se dirigeaient vers le car, elle se joignit à eux. Au fond ce n'était peut-être pas si surprenant, se dit-elle. Il était possible qu'il n'y ait qu'un hôtel sur l'île.

Ils étaient une trentaine, quarante au maximum, et elle remarqua que tout le monde parlait anglais. D'ailleurs, ils avaient même l'air américain. Ils évoquaient le temps qu'il faisait cet automne aux États-Unis, leurs projets pour Thanksgiving le mois prochain, ou comparaient le paysage avec celui de diverses villes de Floride. Ils portaient des jeans ou des shorts floqués de noms d'équipes américaines, et ils étaient nombreux à se badigeonner de crème solaire sortie de tubes dont elle reconnaissait sans peine les marques. Elle avait du mal à croire qu'il y ait tant d'Américains ici. Comment se faisait-il qu'Erica et elle ne se soient pas rendu compte que la destination était si prisée ?

Le chauffeur les accueillait tous d'un « *Welcome* » teinté de soleil. Quand son tour fut venu, il prit son bagage et elle murmura « *Grazie* » tandis qu'il le rangeait avec les autres dans la soute. Elle trouva un siège libre. Quelques minutes plus tard, le bus quitta le rivage et emprunta une route escarpée vers la colline, un peu trop étroite au goût de Mia. Nul ne semblait s'en inquiéter. Plus ils montaient, plus la vue sur la mer était belle. D'autres îles apparaissaient à l'horizon. Pendant l'ascension, le chauffeur tendit le doigt sur la gauche et annonça dans le micro : « Castello del Poeta. »

Mia tourna la tête et le vit, fidèle aux photos qu'elle avait vues en ligne. Le château de pierre grise, perché au plus haut point de l'île, était flanqué de parois raides et verdoyantes. Plusieurs dômes s'élevaient au sommet de la structure et une tour se dressait à l'arrière. L'océan et le ciel azuréen se fondaient au loin, rendant l'horizon à peine perceptible. Cette vision semblait issue d'un autre monde, songea Mia, comme tirée d'un vieux livre de contes. Ou d'un rêve.

Elle se demanda quelle atmosphère y régnait à son apogée, lorsque les plus grands génies du monde venaient y écrire leurs livres, composer leur musique et travailler à leurs inventions. Elle ne pouvait qu'imaginer l'énergie qui animait alors ce lieu dédié à la quintessence de l'esprit humain. Et se lamenter que cette créativité, ce talent aient été détruits.

Le bus tourna sur un chemin de gravier qui conduisait à un bâtiment circulaire, avec des fenêtres à claire-voie et de vastes terrasses. Il se gara, et elle descendit avec les autres passagers tandis que deux hommes installaient les valises sur des chariots. À l'entrée de l'hôtel, trois serveurs portant chemise blanche, veste et cravate noires, apparurent, les bras chargés de plateaux remplis de flûtes de champagne. Ses compagnons de route commencèrent à se servir, pas le moins du monde surpris par cet accueil cinq étoiles. Quand Erica avait réservé au téléphone, Mia avait imaginé un établissement modeste dont les deux gros points forts étaient le restaurant et le réceptionniste anglophone.

Un instant plus tard, un homme d'une beauté frappante vint à leur rencontre. Proche de la quarantaine, il arborait une chemise blanche cintrée et un pantalon de toile kaki. Ses cheveux noirs mi-longs à la coupe déstructurée lui tombaient presque sur les épaules, et sa barbe était parfaitement taillée.

— Bonjour ! Puis-je avoir votre attention, s'il vous plaît ?

Entre sa peau mate et ses cheveux sombres, il ne pouvait qu'être italien, jugea-t-elle d'abord. D'autant qu'il parlait comme tous les Italiens qu'elle avait rencontrés, avec cette langueur sensuelle qui accentuait les voyelles. Cependant, en l'écoutant, elle se rendit compte que son anglais était teinté d'un soupçon de prononciation américaine.

— *Buongiorno*, dit-il d'une voix chaleureuse lorsque le groupe se fut rassemblé autour de lui sur la terrasse.

Il mit la main derrière son oreille et les clients lui lancèrent en chœur un « *Buongiorno* » enthousiaste.

Il hocha la tête avec un sourire séducteur.

— Je m'appelle Leo Bonetti, et je serai votre guide cet après-midi. Vous avez choisi une semaine fabuleuse pour nous rendre visite, la météo nous annonce du soleil et des températures plus élevées que d'habitude en octobre. C'est parfait pour profiter de notre paradis méditerranéen. Un déjeuner d'accueil vous attend sur la terrasse arrière, où vous trouverez aussi les badges à votre nom et quelques informations. Nous entamerons notre première excursion juste après. Profitez de votre repas, nous nous retrouvons ici dans une heure pour prendre le bus. *Benvenuti*. Bienvenue.

Regardant autour d'elle, Mia vit les gens avec lesquels elle était arrivée s'engager dans l'allée que Leo venait de leur indiquer. Elle commençait à comprendre : elle s'était mêlée par erreur à un voyage organisé. Laissant le groupe s'éloigner, elle entra dans le bâtiment principal.

Il faisait frais dans le hall, et un parfum de citron flottait dans l'air. À sa droite, un canapé et deux fauteuils à motifs floraux encadraient une table basse carrée sur un tapis rouge. Croisant les doigts pour que la réceptionniste parle anglais, et vaguement honteuse de ne pas connaître un traître mot d'italien, elle s'avança vers le comptoir en souriant.

— Oui, *signorina* ? dit la jeune femme.

— Bonjour, je suis Mia Abrams. J'ai réservé une chambre.

La femme pianota sur son clavier, attendit quelques secondes, recommença.

— *Si*, je vous ai trouvée. Je vois que vous avez fait une réservation sans passer par notre site. Ce n'est pas un problème. Vous trouverez votre badge dehors, avec les autres, et un déjeuner vous attend. Vous êtes accompagnée ?

— Je devais l'être, mais mon amie a eu un empêchement de dernière minute.

— Oh, je suis désolée. Votre chambre a deux lits individuels. Préférez-vous un lit *king-size* ?

— Avec plaisir, dit Mia. Merci.

— Aucun problème. Maintenant, *signorina*, je vous propose de profiter de votre déjeuner avec les autres. Votre visite du Castello del Poeta part bientôt.

— Oui, mais justement, je...

Elle s'arrêta au milieu de sa phrase. Son interlocutrice venait-elle de lui dire que le groupe partait en excursion sur l'île de Parissi ?

— Je croyais que le château n'était pas ouvert aux visites, dit Mia.

— En principe... Vous êtes le seul groupe autorisé à le voir avant son ouverture l'année prochaine.

— Donc... personne ne peut aller au château sauf... ce groupe ? Pas même les autres clients de votre hôtel ?

— C'est exact. Uniquement votre groupe, et seulement cet après-midi. Vous n'avez pas regardé le programme de vos excursions ?

— Si, bien sûr, répondit Mia... C'est juste... Avec le décalage horaire, je n'ai plus toute ma tête.

Elle se força à rire en faisant rouler ses yeux dans ses orbites pour montrer à quel point elle était larguée.

La femme sourit d'un air impatient.

— Vous trouverez d'autres programmes sur les tables, à côté de votre badge, dit-elle, visiblement désireuse de se débarrasser de sa cliente pour s'occuper du suivant.

— Merci, dit Mia en s'éloignant du comptoir.

Elle sortit par une porte donnant sur la terrasse où était servi le déjeuner. Devant elle, une douzaine de petites tables rondes pour quatre étaient dressées, avec des décorations florales et des couverts. À côté de chaque serviette nouée par une tige de vigne, un carton présentait un nom manuscrit. L'hôtel se pliait en quatre pour ses clients.

Et c'était aussi le cas pour la nourriture. Au bout de la terrasse attendait le buffet, avec ses assiettes de fromages, d'antipasti, d'olives et de poivrons, et des paniers remplis de pains croustillants. Des bols de raisin vert et noir et de superbes oranges aux couleurs vives complétaient l'ensemble. Sur le côté, un barman se tenait derrière une rangée de bouteilles de vin aux étiquettes chatoyantes, et près du buffet, quatre serveurs s'apprêtaient à venir en aide aux clients.

Ne sachant quelle contenance adopter, Mia décida de s'approcher du muret pour contempler la vue. Elle était là, l'île de Parissi, l'endroit où les artistes, les écrivains et les scientifiques les plus influents des derniers siècles s'étaient rassemblés ; l'endroit où le *schianto*, quels que soient son usage et son histoire, avait été volé ; l'endroit qui était lié d'une manière ou d'une autre à sa grand-mère, où, peut-être, son aïeule était venue à un moment de sa vie. L'endroit qui détenait peut-être la clé de ses secrets.

Et voilà que se présentait à elle le moyen d'aller sur cette île. Il suffisait de faire semblant d'avoir sa place dans ce groupe. Soudain, elle sentit quelqu'un approcher dans son dos.

— *Scusi, signorina*, dit l'un des serveurs. Le déjeuner va être servi. Puis-je vous aider à trouver votre place ?

Elle le regarda, jeta un dernier coup d'œil à l'île de Parissi, puis se tourna vers lui.

— *Si*, répliqua-t-elle avec un grand sourire. Je m'appelle Mia Abrams. *Grazie*. Tout a l'air délicieux.

10

1943

Août

À l'orée du bois, Annalisa se laissait aller à l'assoupissement, revenant à la conscience chaque fois qu'elle sentait son esprit dériver. Elle savait qu'elle ne s'assoupirait pas complètement.

Elle se contrôlait sur ce point, contrairement à ses sœurs, qui pouvaient dormir jusqu'à midi à la maison si personne ne venait les réveiller. Son père l'avait toujours admirée, à la fois parce qu'elle était la plus capable et celle qui se connaissait le mieux. Sa mère était comme ça aussi, à l'entendre. C'était l'une des raisons pour lesquelles elle lui manquait tant. « Ta mère était mon ancre dans la vie, lui avait-il dit un jour. Sans elle, je suis à la dérive. »

Elle espérait que son message lui parvienne à la boutique. S'il était perdu depuis la mort de leur mère, ce serait encore pire maintenant, sans ses filles. Elle priait pour qu'il place ses espoirs dans la lettre qu'elle lui avait écrite, et qu'il comprenne le dessein qu'elle nourrissait. Elle était venue sur cette île pour lui, et elle croyait sincèrement pouvoir lui faire recouvrer la santé.

La quatrième fois qu'Annalisa ouvrit les yeux, l'aube commençait à se lever. Le soleil était une boule orange à l'horizon, et le ciel se parait d'une lumière blanche éclatante. Elle se leva en plissant les paupières, sentant la chaleur envelopper ses membres. Elle aurait aimé rester là des heures, à examiner le pouvoir du soleil sur cette île, à suivre son évolution, à voir la couleur du ciel changer au fil du temps. Mais Aldo leur avait donné des instructions. Il fallait qu'elle réveille ses sœurs et qu'elles entrent dans le château

Elle retourna vers l'endroit abrité où elles dormaient. Les rayons filtraient entre les feuillages et parsemaient le sol de taches. Elle s'agenouilla et secoua doucement l'épaule de Giulia, puis d'Emilia, en mettant un doigt sur ses lèvres pour leur rappeler de ne pas faire de bruit. Elle retira ses vêtements de garçon, et elles enfilèrent toutes les trois une jupe et une blouse propres. Puis elles passèrent aux sanitaires. Heureusement, la cahute était équipée d'un lavabo et il y avait même des miroirs fissurés aux murs, de sorte qu'elles purent se nettoyer le visage et ajuster leurs épingles à cheveux pour se les attacher en un chignon présentable.

Ensuite, elles cachèrent leurs valises sous des buissons. Avec un peu de chance, elles reviendraient les récupérer avant qu'un gardien les découvre et pose des questions. Elle fit signe à ses sœurs de la suivre et rejoignit le chemin qu'elles avaient emprunté la veille, qui contournait le château. Aldo n'avait pas menti, la cuisine était facile à trouver, impossible de rater les bruits de casserole et les odeurs appétissantes. Elle approcha de l'entrée en prenant une profonde inspiration.

— Ne dites rien, conseilla-t-elle à ses sœurs. Laissez-moi parler.

Elle n'avait jamais vu une cuisine aussi grande, et une douzaine de jeunes gens au moins – de leur âge, ou guère plus vieux – s'affairaient, un tablier blanc leur couvrant le corps des épaules jusqu'aux genoux. Ils couraient partout, ouvraient des tiroirs, allumaient des fours, disposaient de la nourriture sur des plats de porcelaine. C'était un chaos, mais un chaos excitant, débordant d'énergie. Un changement bienvenu après le silence et l'isolement de la nuit précédente.

Une fille passa à côté d'elles avec un plateau chargé de tasses de thé. Annalisa l'interpella doucement.

— Excusez-moi… La *signora* Russo ?

Du menton, l'inconnue désigna une femme, entre trente et quarante ans, qui pétrissait une pâte sur un bloc de marbre. Elle était très belle, avec une taille fine et d'élégantes boucles qui encadraient son visage. Elle aurait eu davantage sa place dans une rue de Milan que dans cette pièce débordant d'énergie. Annalisa ne s'attendait pas à ce que la cheffe d'une cuisine pareille soit si jeune et gracieuse.

Après un signe de la tête à ses sœurs, elle se dirigea vers la femme. Comme elle ne savait pas exactement ce qu'il fallait dire, elle décida de faire court.

— *Signora* Russo ? Nous sommes ici… pour travailler.

— Ah, enfin, on nous envoie du renfort !

Sa voix de matrone contrastait avec son apparence. Annalisa se dit qu'elle devait faire ce travail depuis longtemps pour parler avec autant d'autorité.

— On croule sous le travail, et j'attends depuis des jours, continua-t-elle. Bon… attendez… laquelle d'entre vous est la boulangère ?

— Euh… ma sœur… celle-ci, dit Annalisa en désignant Giulia.

À l'évidence, la *signora* Russo attendait des commis, dont un boulanger, et par chance Giulia savait faire le pain. Il fallait seulement espérer que les employés attendus n'arrivent jamais, ou alors pas tout de duite. Ou que la *signora* Russo soit tellement surmenée qu'elle ne s'apercevrait pas que le nombre de nouveaux employés avait doublé.

— Oh, vous êtes sœurs ? Je n'avais pas compris qu'on m'envoyait une famille. Comment vous appelez-vous ? Donnez-moi juste vos prénoms, vos noms ne m'intéressent pas, je vais mentionner votre lien pour que vous puissiez partager une chambre.

Elle alla vers un petit cabinet de métal et en sortit un carnet qu'elle ouvrit à une page déjà à moitié remplie de noms. Certains étaient suivis d'un triangle, d'autres, de quelques mots additionnels qu'Annalisa ne parvenait pas à déchiffrer, mais le triangle semblait une sorte de code. La femme ajouta leurs trois noms et les relia d'un crochet, ce qui était sans doute sa manière de signaler qu'elles étaient sœurs.

— Maintenant, toi, la boulangère, dit-elle en se tournant vers Giulia. Va aux fours là-bas, on y prépare les desserts de ce soir. Et toi, la petite, rejoins cet évier et aide à nettoyer les marmites. Il y en a d'autres qui arrivent, alors ne perds pas de temps. Compris ?

Emilia regarda Annalisa d'un air implorant, mais celle-ci la toisa fixement jusqu'à ce qu'elle baisse la tête et se dirige vers l'évier.

La femme se tourna vers Annalisa.

— Et toi, la grande, tu vas porter les plateaux aux troisième et quatrième étages, ainsi que dans la suite du *signor* Parissi en haut de la tour si tu es la première à revenir. Ne te mélange pas les pinceaux avec les plateaux, chacun a ses exigences pour le petit-déjeuner. Et couvre les plats chauds ! J'ai cru comprendre qu'ils ont fini tard hier soir, donc certains seront peut-être lents au démarrage ce matin. Pour l'amour de Dieu, n'oublie pas de laisser les plateaux sur la table devant chaque porte. Surtout, ne frappe pas ! Il est interdit d'interrompre le processus créatif, d'accord ?

Annalisa hocha vivement la tête.

— Si tu as des questions, n'hésite pas. On s'entraide tous ici. Après le petit-déjeuner, je vous montrerai où vous dormirez, tes sœurs et toi, et où manger. Puis vous pourrez ouvrir vos valises. Mais pour l'instant, pas le temps... Allons, tout le monde ! lança-t-elle à la cantonade. La journée commence. Service du petit-déjeuner !

Soulagée par la fluidité de cette entrée en matière, Annalisa suivit les indications de la *signora* Russo. Sur une longue table métallique, étaient alignés des plateaux. S'efforçant d'avoir l'air pleine d'assurance, elle prit l'une des listes sur un coin de la table puis examina les cartons posés sur chaque plateau, où étaient calligraphiés des noms. Elle essaya de ne pas se laisser décontenancer, mais certains qu'elle lisait la laissaient bouche bée. Celui de Gunther Wilde par exemple, le sculpteur néerlandais qui travaillait sur une scène de *L'Enfer* de Dante à une échelle jamais vue jusque-là. Ou Marietta Basi, la soprano française. Annalisa reconnut deux autres noms, celui d'un poète nigérian dont elle avait étudié quelques poèmes à l'école, et celui d'un célèbre savant indien. C'était remarquable que tous soient là, en même temps, sous le même toit qu'elle.

En soulevant le premier plateau, elle comprit aussitôt pourquoi la *signora* Russo lui avait confié ce travail plutôt qu'à une de ses deux sœurs. C'était éreintant. Il fallait en prendre un à la fois, emprunter le grand escalier à tapis rouge jusqu'à l'étage indiqué, suivre de longs couloirs ornés de peintures et de sculptures, puis déposer le plateau sur la table installée près de chaque porte. Ensuite elle n'avait qu'à redescendre pour aller en chercher un autre. Certains arrivaient à porter deux, trois, voire quatre plateaux à la fois, qu'ils empilaient les uns sur les autres afin de gagner du temps. Mais elle n'osa pas s'y essayer. N'ayant presque pas dormi de la nuit, elle se sentait faible, fébrile ; elle n'avait pas envie de tomber dans l'escalier et d'envoyer valser fromages, fruits et paniers de croissants.

Lors de l'un de ses allers-retours, elle passa devant la salle de bal où avait dû avoir lieu la fête de la nuit précédente, et elle s'arrêta un instant pour apprécier sa beauté. Le sol en marbre brillait, et de longues frises décoraient les murs. Il y avait deux grands pianos devant celui du fond, et trois immenses lustres pendaient au plafond, chacun de la taille de sa chambre d'enfant.

— C'est quelque chose, hein ?

C'était une autre des filles d'étage qui venait d'arriver à sa hauteur. Elle lui parlait à voix basse.

— J'adore le château, mais cette pièce est ma préférée. Je n'ose même pas imaginer ce que les nazis en feraient. Je prie tous les soirs pour qu'aucun soldat ne pose le pied sur cette île paradisiaque.

Elle repartit et Annalisa la regarda s'éloigner en repensant à ce que lui avait Aldo, la veille, à propos des tensions qui montaient. Elle avait bien conscience que la guerre s'intensifiait, mais jusqu'alors, le cœur défaillant de son pauvre père avait été son souci le plus pressant, et elle se disait qu'elle avait le temps de le faire soigner avant qu'ils quittent l'Italie, tous les quatre. Mais le commentaire de cette inconnue laissait penser que le conflit était imminent, et, l'espace d'un instant, son cœur se mit à battre plus fort.

De retour dans la cuisine, elle approcha de la table en métal pour prendre le plateau du signor Parissi, qu'il lui fallait monter dans la tour. Elle ne savait pas si elle le verrait, attendu qu'en dehors des gens avec qui elle travaillait, tout le monde semblait dormir au château. Mais peu importait. Ce serait déjà bien de localiser sa chambre et de savoir à quoi la tour ressemblait. Ce genre d'information ne pouvait qu'aider, et plus elle en aurait, mieux ce serait.

Elle fut donc très déçue de constater que le plateau du *signor* Parissi avait disparu. Elle grogna. Un garçon d'étage avait dû terminer de porter les siens, et se charger de celui de Parissi. Peut-être celui qui prenait les plateaux quatre par quatre ; il finissait certainement son travail très vite. Elle s'en voulait d'avoir manqué cette opportunité de mettre le pied dans la partie réservée au *signor Parissi.* Elle décida qu'elle commencerait par ce plateau le lendemain, même si la *signora* Russo lui avait expressément demandé de s'attaquer d'abord aux étages inférieurs. Elle ne pouvait pas se permettre de gâcher une autre chance de voir ses appartements.

Si la guerre menaçait d'arriver sur l'île, elle avait encore moins de temps qu'elle l'avait cru.

— C'était drôle… enfin, parce que… Aïe ! s'exclama Emilia plus tard ce soir-là, assise en chemise de nuit sur le matelas du lit superposé du bas.

Elle grimaça en se tournant vers Annalisa, qui essayait de démêler ses cheveux tout juste lavés.

— Tu ne peux pas être plus délicate ?

— J'essaye, mais bon sang, Emilia, tes cheveux !

Annalisa prit une autre mèche dans ses mains et, fronçant les sourcils, essaya de peigner plus doucement.

Comme elles n'avaient pas de mère, c'est elle qui s'occupait de l'épaisse chevelure d'Emilia, magnifique quand elle était sèche, avec des nuances de brun caramel et de terre de Sienne, mais cauchemardesque quand elle était mouillée. Néanmoins, elle était contente qu'elles soient installées, qu'elles aient pu prendre un bain et mettre leurs chemises de nuit.

La chambre n'était pas luxueuse, loin de là : elle ne comportait aucun des petits réconforts auxquels elles étaient habituées – les couvre-lits jaune tournesol que leur mère leur avait faits longtemps auparavant ; les draps agréables et les oreillers douillets ; la petite bibliothèque avec les livres scientifiques d'Annalisa, les histoires d'amour de Giulia et les contes qu'Emilia voulait donner un jour à ses propres enfants. Mais la chambre était propre et fonctionnelle. Dans leurs quartiers, reliés à la cuisine par une sorte de tunnel, les domestiques étaient censés loger par deux, mais la *signora* Russo avait jugé qu'il ne fallait pas séparer les sœurs et s'était arrangée pour faire venir un lit superposé et une armoire supplémentaire.

— D'accord, tout doucement, dit Annalisa en donnant un petit bisou à l'arrière du crâne d'Emilia avant de séparer ses cheveux en deux masses pour les lui natter. Alors qu'est-ce que tu disais ? Qu'est-ce qui était drôle ?

— Pas de frotter le fond noirci des marmites en tout cas, répondit Emilia. La *signora* Russo veut que ce soit *très* propre. Elle m'a renvoyé deux casseroles pour que je recommence. Mais l'autre fille est gentille et le garçon, très mignon. Tu savais qu'ils laissent les domestiques utiliser la bibliothèque et assister aux conférences et aux concerts ? Certains deviennent même les apprentis des invités.

— Ils t'ont dit ça ? demanda Annalisa.

Emilia hocha la tête.

— Ils m'ont raconté que le *signor* Parissi croit en l'éducation et voudrait que tout le monde, même les gens qui travaillent pour lui, apprenne quelque chose chaque jour. Il offre des cadeaux comme des livres ou des crayons de couleur à ceux qui montrent de l'intérêt pour l'apprentissage. C'est à ça que servent les triangles dans le carnet de la *signora* Russo, elle garde la trace de tous les cadeaux. Tu ne trouves pas ça extraordinaire ? J'espère que j'en aurai un.

— Je suis content que tu te plaises ici, mais ne t'attache pas trop aux gens, la prévint Annalisa. On n'est pas là pour passer du bon temps.

Elle se leva et alla vers l'autre lit, qui était collé contre le mur du fond.

— Je sais, je sais. Mais ça fait du bien d'être dans un endroit… spécial, soupira Emilia.

Elle roula sur le dos et donna un coup de pied dans le matelas au-dessus de sa tête.

— Et toi, Giulia ? Ça t'a plu ?

Étendue sur la couche du haut, Giulia grogna.

— C'est agréable de travailler dans une cuisine aussi bien équipée, répondit celle-ci en se rasseyant pour faire face à Annalisa. Mais vous savez ce que j'ai appris ? Qu'il y a un peintre qui a besoin d'apprentis afin de coudre les robes d'un modèle, pour une fresque qu'il vient de commencer. Quand j'ai appris à la *signora* Russo que notre père était tailleur, elle a dit que je pourrais peut-être le rencontrer.

Elle baissa soudain les yeux.

— Mais Vincenzo me manque. Et papa aussi.

Emilia se tourna vers Annalisa.

— Moi aussi, je m'inquiète pour lui. Tu crois qu'il va bien ?

— Je suis sûre que rien n'a changé depuis notre départ, répondit Annalisa. Ça ne fait pas bien longtemps.

— Et c'est quoi maintenant, le plan, Pippa ? s'enquit Giulia d'un ton un peu trop agressif au goût d'Annalisa, sans compter l'usage de ce surnom atroce qu'elle détestait depuis l'enfance. Maintenant qu'on est là ?

— Vos idioties me fatiguent beaucoup trop pour avoir envie d'en parler avec vous maintenant, dit Annalisa. Dire que Vincenzo te manque… Franchement, tu le connais à peine ! Je pense qu'on ferait mieux de dormir avant de raconter des bêtises plus grosses que nous. J'éteins la lumière. Et je vous l'ai déjà dit, ne m'appelez pas Pippa !

Elle tendit la main vers la petite lampe sur la table de chevet et tira sur la chaîne. Avec les rideaux tirés, la chambre était plongée dans le noir. Elle se tourna sur le côté en espérant que les halètements venant de l'autre bout de la pièce étaient simplement des bruits d'endormissement et qu'Emilia ne pleurait pas. Elle n'avait pas voulu rabrouer ses sœurs. Mais elle était frustrée de n'être pas allée dans la tour et de n'avoir pas aperçu le *signor* Parissi. Elle n'arrivait pas à croire qu'elle avait été idiote au point de ne pas prendre son plateau en premier. Elle n'aurait pas d'autre occasion de le croiser, comme elle l'avait appris par les autres filles et garçons d'étage, qui lui avaient expliqué qu'à la différence des invités, il ne descendait pas pour le déjeuner et le dîner. En dépit du fait qu'elle avait réussi à se faire employer avec ses sœurs au château, elle considérait donc cette journée comme un échec. Et elle ne pouvait pas se le permettre.

Mais plus que frustrée, elle était fatiguée. Elle avait mal aux bras d'avoir porté les plateaux, et aux jambes d'avoir monté et descendu l'escalier toute la matinée. Elle changea de côté et ferma les yeux en essayant d'ignorer les lattes qu'elle sentait sous le matelas trop fin. Elle espérait qu'une bonne nuit de repos l'aide à voir les choses sous un meilleur jour. Cela ne faisait qu'une journée, mais elle avait l'impression d'avoir vieilli de dix ans.

Soudain, elle entendit toquer légèrement à la porte. Elle se raidit dans son lit. Quelqu'un avait-il découvert qu'elles n'avaient rien à faire ici ? Elle resta étendue un moment, incertaine de ce qu'il convenait de faire. Puis elle entendit une voix de l'autre côté du battant.

— Annalisa ? C'est moi !

Aldo ! Elle reconnut immédiatement sa voix. Soulagée, elle sortit de sous les draps. Comme elle était en chemise de nuit, elle entrouvrit la porte.

— Qu'est-ce que tu fais ici ? murmura-t-elle.

— Je voulais voir comment vous vous en êtes sorties aujourd'hui, répondit-il à mi-voix. Et je t'ai apporté des douceurs. J'ai du vin et des restes de desserts du dîner. Tu ne connais rien en matière de cuisine tant que tu n'as pas goûté les spécialités de la *signora* Russo.

Annalisa regarda derrière elle, par-dessus son épaule, le lit superposé de ses deux compagnes.

— Je ne peux pas te laisser entrer. Mes sœurs dorment.

— Alors viens avec moi. Le ciel est extraordinaire ce soir. Fais-moi confiance, tu n'aurais pas envie de rater ça.

— Mais il est tard…

— Tard ? répéta-t-il d'un air surpris. Pas pour moi. Mais peu importe, on se verra une autre fois.

— Non, attends ! l'appela-t-elle dans l'embrasure.

Aldo était différent de la veille. Plus propre. Ses cheveux étaient coiffés, et il portait une chemise blanche et un pantalon marron large aux cuisses. Sans doute avait-il en journée d'autres responsabilités que le hangar à bateaux, qui l'obligeaient à soigner son apparence. Il était attirant la veille, mignon même, mais elle le trouvait encore plus beau ainsi. Elle était curieuse d'en savoir plus sur lui. Comment était-il arrivé sur l'île ? Et comment avait-il pu mettre la main sur les desserts de la *signora* Russo alors qu'on ne leur en avait même pas proposé, à ses sœurs et à elle ?

Elle aurait mieux fait de retourner se coucher, elle le savait. Elle n'avait besoin ni de vin, ni de sucreries. Mais quelque chose se passait en elle lorsqu'elle regardait les yeux noirs d'Aldo et son grand sourire, ainsi que sa petite fossette au menton, qu'elle n'avait pas remarquée auparavant. Si elle le laissait partir, elle n'arriverait jamais à dormir en sachant qu'elle aurait pu être dehors avec lui, sous les étoiles.

— Laisse-moi le temps de me rhabiller, dit-elle en se disant qu'elle faisait peut-être la plus grosse erreur de sa vie en laissant ses sentiments déterminer ses actions à la place de sa tête.

Mais elle n'y pouvait rien.

11

2018

Lundi

Mia suivit le serveur sur la terrasse, en quête du badge portant son nom. Elle se demanda ce qu'il se passerait si elle n'en trouvait pas. Jusqu'où était-elle prête à mentir ? Mais il était là, son badge, sur la grande table, et il y avait aussi un carton à son nom sur l'une des tables rondes. Quelqu'un avait dû faire une erreur, et Erica avait été ajoutée au groupe. Aux yeux du personnel, elle pouvait donc bénéficier du même accueil que tous les autres sur cette terrasse.

Le serveur désigna sa chaise vide à une table de quatre, où les autres convives avaient déjà pris place. À sa gauche était assise une dame plus âgée avec des lunettes rondes et un grand chapeau de paille ; en face d'elle, un homme du même âge environ avec des cheveux gris clairsemés et un cou incroyablement long ; à sa droite, elle découvrit un jeune homme d'une vingtaine d'années qui ressemblait assez au précédent. Elle posa sa serviette sur ses genoux et la lissa gravement du plat de la main tout en se demandant comment faire croire à ces gens qu'elle était l'un d'eux.

— Bonjour, lui dit la dame en tournant vers elle le badge attaché à sa poitrine. Je suis Missy Caruthers, et je vous présente mon mari, Charlie, et notre fils Pete. Nous sommes de Baltimore.

— Bonjour, je m'appelle Mia Abrams, sourit-elle, en saluant chacun d'un geste de la tête qui lui parut absolument ridicule.

Un autre serviteur apparut, et elle déclina poliment le vin qu'il proposait. Mieux valait rester à l'eau.

— Oh, et je suis de Long Island, ajouta-t-elle.

— C'est votre première fois en Italie ? Ou vous avez déjà fait ce genre de choses ? demanda Missy.

Ce genre de choses ? *Mon Dieu,* se dit Mia, *de quoi parle-t-elle ?*

— Première fois, répondit-elle.

Cette réponse paraissait sûre.

— Nous aussi. Les Italiens sont toujours petits. Évidemment, on en a fait d'autres. En France, surtout, mais aussi en Espagne et en Grèce.

— Alors, comment vont les affaires à Long Island ? demanda Charlie.

— Oh. Euh… ça va, répondit Mia, comme après mûre réflexion.

Elle regrettait de ne pas avoir pris le programme dont la réceptionniste lui avait parlé. Cela lui aurait sans doute donné un indice.

— C'est assez dur pour nous, je ne vais pas mentir, anonça Charlie en prenant un pain dans le panier sur la table et en mordant généreusement dedans. Il y a cinq ans, je vous aurais juré que la boutique fermerait pour de bon. Mais grâce à notre fils, nous avons changé de modèle économique. Uniquement du haut de gamme, avec une grosse offre de services. On a une clientèle aisée qui recherche des endroits exotiques. Des vacances dignes de son statut, vous voyez ? Ça marche magnifiquement. Bien sûr, plus elle est riche, plus on a d'options. Par exemple…

Il écarta les bras d'un air entendu.

— Ça a vraiment aidé, confirma Missy. On a changé notre nom cette année : *Voyages Caruthers* est devenu *Aventures Incomparables SEE. SEE* pour *Service, Exclusivité et Excellence.* On a hâte de découvrir le château. On a déjà trois clients qui veulent réserver.

— Oh, vraiment ? fit Mia en buvant une gorgée d'eau.

Tout commençait à s'éclairer. Elle se trouvait parmi un groupe d'agents de voyages et de tour-opérateurs en pleine promotion pour divers hôtels, dont celui qui était prévu sur l'île de Parissi. Pas étonnant que le château soit la première étape de cette escapade.

Le premier serveur revint et versa un filet d'huile d'olive sur leur assiette à pain tandis que le second disposait des plats avec une jolie sélection de viandes, de fromages, de fruits et de pain. Charlie enfourna un morceau de *prosciutto* et plongea un quignon dans l'huile avant d'avaler le tout.

— Et vous, quelle est la recette de votre réussite ? lui demanda-t-il en reposant le reste du pain et en essuyant ses lèvres avec sa serviette.

— Oh, j'ai moi aussi une clientèle réduite, répondit-elle en étudiant son assiette.

— Vous travaillez dans le secteur depuis longtemps ?

— Pas vraiment. Je suis tombée dedans un peu par hasard. C'était une idée de… ma grand-mère.

— Oh, une entreprise familiale, comme la nôtre ! s'exclama Missy. Qu'est-ce qui l'a poussée à se lancer dans cette activité ? L'amour des voyages ?

— Non, dit Mia. Elle vient d'Italie et elle a un passé très inhabituel. Alors je me suis spécialisée dans les voyages dans la région. Je tente de recréer sa vie. Oui… voilà ce à quoi je m'essaye, dit-elle, soudain convaincue par son idée.

Assise là, avec cette famille d'inconnus, dans l'obligation d'improviser, elle avait enfin réussi à exprimer les raisons de sa présence. Oui, elle avait fait le voyage pour le *schianto*, et pour répondre aux accusations de l'avocat italien. Mais il y avait plus que cela. Tellement plus qu'elle en était venue à voyager seule, à échanger avec des étrangers, à mentir en toute impunité et à endosser une fausse personnalité. Parfois, mentir est nécessaire. Quand votre identité même est en jeu.

Parce qu'au fond, elle avait entrepris ce périple pour comprendre la femme qui l'avait élevée. Pour savoir vraiment qui était sa grand-mère.

Après le déjeuner, le groupe remonta à bord du bus, et quand ils arrivèrent au bord de l'eau, Mia fut enchantée, plus qu'elle l'aurait cru, de revoir leur guide, Leo, près du quai. Il portait un chapeau de paille à larges bords et des lunettes fumées qui, s'ajoutant à sa minceur et à ses épaules carrées, lui donnaient un air de star de cinéma. Il proposa sa main pour aider les uns et les autres à monter dans le bateau, qui était beaucoup plus petit que celui qu'ils avaient pris dans la matinée. Comme il tanguait beaucoup, Mia apprécia sa présence. Il avait la peau douce, et des doigts fins mais puissants.

— *Ciao*, dit-il, et elle l'examina, passant de ses yeux dissimulés par les verres noirs à son sourire, jusqu'à son menton carré, couvert d'un début de barbe qu'elle trouva aguichant.

Elle savait que c'était puéril de sa part de l'étudier autant, comme si elle était une gamine faisant une fixette sur la nouvelle idole d'une série TV, mais elle trouvait qu'il dégageait quelque chose de magnétique. Elle lui murmura « *Ciao* » en retour et il libéra sa main. En s'installant sur un banc vide, elle vit qu'elle n'était pas la seule à avoir remarqué sa beauté.

— Mon Dieu, il sort tout droit d'un rêve, n'est-ce pas ? dit une femme assise devant elle, et ses deux compagnes acquiescèrent.

— Un véritable Adonis, répondit une autre à voix basse.

Leo échangea un salut avec le capitaine, qui remonta en courant la passerelle avant de se placer derrière la barre. Puis il retira ses lunettes, les rangea dans la poche de sa chemise et attrapa un micro dont le fil vint s'enrouler autour de lui.

— *Ciao*, dit-il en remettant sa main derrière son oreille, à quoi les voyageurs répondirent « *Ciao* » en chœur.

Il rit.

— Bien, bien ! Content de voir que vous avez tous déjà appris l'italien ! Nous partons pour l'île de Parissi, et pendant le trajet, je vais vous donner quelques explications sur son histoire.

Il posa un pied sur le banc devant lui, révélant sous l'ourlet remonté de son pantalon une cheville nue et bronzée.

— La famille Parissi a acquis l'île et son magnifique château au XVIe siècle, commença-t-il. Elle y a accueilli au fil du temps d'innombrables sommités, mais c'est dans la période qui a précédé la Seconde Guerre mondiale que la bâtisse est devenue le cœur battant de l'art et du génie créatif européens. Ironiquement, c'est ce statut qui a fait de l'île une cible privilégiée pour les nazis. Son invasion a abrégé la vie des penseurs et des savants les plus illustres de cette époque et a privé leurs descendants, ainsi que l'humanité, d'un trésor d'inventions et de créations plus stupéfiant que notre imagination saurait le dire.

Mia croisa les jambes et se cala contre son dossier, écoutant attentivement les paroles de Leo. Elle avait assisté à bon nombre de conférences au cours de sa vie, à l'université mais aussi au laboratoire, car les scientifiques faisaient régulièrement des exposés sur leur travail, ouverts à tous les autres collaborateurs. Elle adorait entendre parler des études en cours, elle y voyait toujours la preuve manifeste de la complexité du corps humain et des mystères qu'il recelait, attendant seulement que quelqu'un les révèle. Il y avait pour les chercheurs bien des opportunités de jeter une lumière nouvelle même sur des phénomènes connus, et c'est cela qui l'avait motivée à aller au bout de ses études et à entamer une carrière universitaire.

Mais les mots de Leo s'adressaient à une autre partie de son âme. Sa voix avait une harmonie plaisante – ni trop haut perchée, ni trop grave – et il conversait comme avec un ami, de manière étonnamment intime pour quelqu'un qui s'adressait à un bateau rempli d'étrangers. Son regard croisait celui de chacun, y compris les siens, et cela lui donnait l'impression qu'il voulait vraiment qu'elle saisisse ses paroles. Son débit avait quelque chose d'intense et de captivant. Presque autant que ses grands yeux noirs et son sourire.

— Mais c'est aussi l'histoire d'une famille divisée, et celle du dernier héritier de la dynastie Parissi, poursuivit-il. Patricio Parissi a hérité de la fortune familiale à vingt-cinq ans, et cela n'a pas été sans conséquences pour de nombreuses personnes.

Le bateau était plongé dans le silence, excepté le bruit du moteur et celui des vagues sur le flanc du ferry. Mia se rendit compte qu'elle n'était pas la seule à être fascinée par ce qu'il disait. L'histoire que racontait Leo était à la fois universelle et particulière, monumentale et minuscule. Elle parlait d'une famille, mais aussi du monde entier, de générations. C'était fou de penser que sa grand-mère, qui avait vécu si tranquillement, était liée à ces événements historiques aux conséquences dévastatrices.

Après un moment de pause, Leo reprit :

— Patricio et sa sœur cadette, Olivia, étaient les enfants du patriarche, Francisco, dont la femme était morte des années plus tôt. On raconte qu'Olivia était une jeune femme vive et ravissante, la prunelle des yeux de son père, et qu'elle suscitait l'intérêt de nombreux prétendants. Mais parce qu'elle était passionnée et qu'elle écoutait son cœur, elle tomba amoureuse et décida d'épouser un petit tailleur juif qui venait de temps en temps au domaine de Parissi, depuis une petite ville du sud de Rome, afin de raccommoder les vêtements hors de prix de la famille. Cette décision scandalisa son père, qui la désavoua et coupa tout lien avec elle. Aussi, à la mort de Francisco, Patricio demeura son seul héritier.

Mia buvait ses paroles. Dans son laboratoire, à New York, elle adorait les histoires que lui racontaient les réactions entre cellules, enzymes et produits chimiques. Elle se rendait compte que l'histoire n'était peut-être pas très différente de la science. Les intrigues qui s'étaient déroulées au château du Poète impliquaient des facteurs et des variables multiples. L'île ne serait sans doute jamais devenue ce qu'elle était si les conditions n'avaient pas été changées. Elle sentait au plus profond de son cœur que c'est ce que voulait leur faire comprendre Leo. Et elle était émue par sa passion, sa manière de raconter qui les touchait tous.

— Patricio était très différent de sa sœur, continua Leo. Petit, d'après ce que nous savons, il était toujours plongé dans les livres, introverti. Il rêvait d'inventions et de traitements pour soigner les maladies, toutes les maladies : rhume, cancer, maladie cardiaque, peu importait. Ses capacités cérébrales et ses manières douces lui attiraient l'ire de son père, qui aurait voulu que son fils s'affirme davantage. On sait que Patricio tenait un journal, et bien qu'il ait été détruit comme presque tout le reste durant la guerre, une page unique et déchirante a été retrouvée au château, qui contenait une réflexion poignante, sans doute à propos de Francisco : « Il déteste l'homme qu'Olivia a épousé, mais je crains qu'il me haïsse davantage. L'ironie, c'est qu'en ne la défendant pas, en courant me cacher à l'étage quand il lui criait dessus, j'ai prouvé qu'il avait raison. Je serai toujours faible et bon à rien à ses yeux. Il ne me verra jamais autrement. »

« Ainsi, oui, Patricio était un jeune homme sensible. Mais nous savons qu'il a beaucoup changé en vieillissant. Traumatisé par le mauvais caractère de son père et par la perte de sa sœur, il se retira au château, ne parlant presque à personne si ce n'est à un apprenti qu'il prit en charge et à une domestique qui était sa confidente. Alors que le château était rempli d'artistes et d'intellectuels, il vivait et travaillait isolé dans la tour.

Leo marqua une nouvelle pause. Les gens sur le bateau ne bougeaient pas. Les mots poignants du journal de Patricio flottaient dans l'air. Il savait tenir en haleine son auditoire, c'était indéniable ; mais son talent ne masquait pas, aux yeux de Mia en tout cas, un attachement authentique à son sujet. On aurait presque dit que Leo appréciait personnellement la personnalité d'Olivia et qu'il sympathisait avec la détresse de Patricio. Elle était envoûtée par son récit, et curieuse aussi. De tous les endroits où il aurait pu officier comme guide touristique, pourquoi avait-il choisi celui-ci ? Avait-il un intérêt personnel dans cette île et avec cette famille tourmentée ?

Leo regarda le château par-dessus son épaule, puis se tourna de nouveau vers le groupe.

— Je vais m'arrêter pour l'instant, dit-il, et vous laisser profiter du paysage sans vous distraire.

Le calme régnait dans le bateau, toujours bercé par un léger roulis. Le moteur ronronnait doucement, la mer scintillait sous le soleil. En regardant l'île grandir peu à peu, Mia se rappela les photos dans ses manuels scolaires de la Terre vue de l'espace. Mais ce qu'elle vivait était plus intense qu'une page dans un livre.

Les couleurs ne ressemblaient à rien de ce qu'elle avait connu – le bleu magnétique du ciel, les verts sombres et l'orange sanguin des buissons accrochés aux falaises, les nuances de gris des murailles, les reflets dorés de la tour à la surface de la mer. Perché en haut d'une colline escarpée sur une côte elle-même spectaculaire, le château paraissait immense et occupait une bonne partie des lieux. Avec ses deux dômes, son imposante tour, ses portes et ses fenêtres cintrées, il semblait tout droit sorti du Moyen Âge, si bien que Mia n'avait pas l'impression de voyager seulement dans l'espace, mais aussi dans le temps.

Ils atteignirent le quai, et Leo sauta à terre pour proposer sa main aux passagers, tendant à chacun une bouteille d'eau sortie tout droit sortie d'une glacière. Même si la brise marine était agréable, la chaleur était étonnante, et Mia se reprocha de ne pas avoir pris de chapeau, comme les autres. Au moins, elle avait ses lunettes de soleil, songeat-elle en levant les yeux vers le château tout là-haut, qui semblait toucher le ciel. À cet instant, une ombre tomba sur elle, elle se tourna et vit Leo qui tendait son chapeau dans sa direction.

— Tenez, vous serez plus à l'aise, *signorina*, dit-il en le lui posant sur la tête. Moi, je suis habitué à ce climat.

Alors qu'elle allait décliner son offre, lui dire qu'elle ne voulait pas qu'il marche crâne nu par sa faute, et le remercier pour sa proposition, il repartit au petit trot pour prendre la tête du groupe.

— Je suis au regret de vous annoncer que l'ascenseur prévu à l'arrière du château n'est pas encore en fonctionnement, dit-il. Bien entendu, si vous préférez ne pas monter, vous pouvez rester ici et profiter de cette belle après-midi. Pour ceux qui m'accompagnent, allons-y.

Deux ou trois personnes retournèrent vers le ferry, mais les autres s'engagèrent après lui dans l'escalier en pierre. Leo ouvrait la voie et s'arrêtait à tous les paliers pour laisser les voyageurs savourer le panorama et reprendre leur souffle. Mia avait peine à croire que sa grand-mère était déjà venue ici. Le château était si grandiose, et sa grand-mère, si petite, à la fois par la taille et par la manière dont elle avait conduit sa vie. Sans compter que les lieux étaient romantiques, comme tirés d'un conte de fées, et que sa grand-mère était la personne la moins sentimentale au monde. Mia s'était toujours imaginé son enfance en Italie sous le signe de la faim et de la privation. Sinon, pourquoi aurait-elle refusé d'en parler ?

Parce que cette île en pleine Méditerranée, ce joyau naturel, et ce sublime château, qui aurait refusé d'en parler ? Qui n'aurait pas aimé se remémorer ses couloirs, ses fenêtres et ses panoramas ? Sa grand-mère était-elle venue ici ? Si oui, que lui était-il arrivé pour qu'elle tourne le dos à ses souvenirs ?

Pour finir, ils parvinrent au sommet, où ils débouchèrent sur une grande cour.

— Mon Dieu, dit Charlie, essoufflé, en se tamponnant le visage avec un mouchoir, les invités devaient-ils faire cette expédition ?

— C'est le seul accès au château, répondit Leo. À part les cuisines à l'arrière, mais elles présentent une montée identique. Maintenant, tournez-vous et regardez en bas, de ce côté, dit-il en pointant l'index à gauche, et vous verrez le hangar à bateaux, la grande structure en bois au bord de l'eau. Patricio disposait d'innombrables embarcations pour transporter les invités, les employés, ainsi que pour ravitailler l'île. Il y avait en permanence des gardes pour s'assurer que personne ne débarque sans autorisation. C'est pour cela que l'invasion nazie les a pris par surprise. Ils n'ignoraient pas ce qui se passait sur le continent, mais ils se sentaient à l'abri. Ils n'auraient jamais imaginé que des indésirables puissent mettre les pieds ici.

Il leur laissa un moment pour observer le hangar, puis leur fit signe de le suivre.

— Entrons, maintenant. Et n'oubliez pas, le château est en cours de rénovation. Il y a des travaux un peu partout, cela peut être dangereux. Pour votre sécurité, ne vous éloignez pas du groupe.

Ils entrèrent dans un tunnel voûté qui menait à une grande porte avec un anneau en fer. Leo la poussa et le groupe pénétra dans le hall. Mia fut saisie par le luxe des couleurs et des textures : le tapis rouge, les canapés en tissu bleu, les fauteuils à bras, les tables en acajou, les bibliothèques. Elle n'osait même pas imaginer combien coûterait une seule nuit dans un tel endroit lorsqu'il finirait par ouvrir.

Ils continuèrent leur chemin, et elle retira le chapeau que Leo lui avait prêté. Elle remarqua à cette occasion qu'il sentait le bois de santal, avec une petite touche de citron. Le rouge lui monta aux joues quand elle comprit que c'était le parfum de Leo. Elle avait l'impression de lui voler un secret. Ou de partager avec lui quelque chose de très intime.

— Ici, ce sera la réception, dit Leo en écartant les bras. L'alcôve sur votre droite donne sur le petit salon où il y aura des animations, le soir. Si vous me suivez, vous aurez droit à ce qui est sans doute la plus belle vue de toute la Méditerranée, en tout cas pour moi. Voyez par vous-même.

Ils le suivirent à travers une double porte vitrée sur un grand balcon qui s'étendait sur l'arrière du château. De là, la vue était panoramique et on distinguait une myriade d'îles minuscules sur la mer étale.

— Oh mon Dieu, murmura quelqu'un, et les autres hochèrent la tête.

— Les architectes ont refait cette terrasse exactement comme elle était pour les invités de Patricio lorsqu'ils descendaient prendre leurs repas, ou le soir avant de remonter se coucher. Le personnel adorait aussi cette vue. Il arrivait souvent aux domestiques de s'attarder un instant pour en profiter.

Il leur accorda encore un moment, puis leur fit signe de retourner à l'intérieur. Au lieu de suivre le mouvement, Mia resta un instant accoudée au garde-corps en ferronnerie. Sa grand-mère aurait adoré cette vue, surtout le soir. Submergée par le sentiment du deuil, elle la revit à Soundport, l'œil rivé au télescope ou contemplant sans aucun appareil les ténèbres, avec pour seule compagnie le bruit de l'eau sur le rivage. Elle imaginait Lucy découvrant cette terrasse, il y avait des années, avant son arrivée à New York. À quoi pensait-elle en fixant cette immensité ? Mia repensa à l'histoire que Leo avait racontée à bord du bateau et au fait que le traumatisme de jeunesse de Patricio l'avait poussé à se retirer. Qu'est-ce qui avait fait de sa grand-mère cette femme discrète, et même secrète ? Était-ce lié à quelque chose qui lui était arrivé ici ?

— *Signorina* ?

Leo l'attendait sur le pas de la porte. Il n'y avait plus qu'elle sur la terrasse, et elle se dépêcha de rentrer. Il referma les portes en appuyant son geste, comme pour souligner qu'il ne souhaitait vraiment pas que quiconque s'éloigne du groupe. Elle se sentit mal d'avoir traîné. Déjà qu'elle n'avait rien à faire parmi eux, elle n'avait pas envie d'attirer l'attention par son attitude.

— Je suis désolée, dit-elle. *Scusi.*

Il la regarda un instant sans rien dire, puis reprit sa place à la tête du groupe.

Ils retournèrent à la réception, et montèrent un grand escalier tournant. Au premier étage, Leo les entraîna dans un couloir où étaient suspendues des peintures à l'huile, éclairées chacune par une petite lampe. Il y avait des portes un peu partout et, arrivé au milieu du couloir, il ouvrit des doubles battants sur sa droite, révélant une salle de bal extraordinaire, vide, à l'exception de quatre immenses lustres en cristal suspendus au plafond. Le sol de marbre blanc scintillait sous la lumière des fenêtres cintrées qui allaient du sol au plafond, à l'autre bout de la pièce.

Leo avança.

— C'est ici que les soirées avaient lieu, et elles étaient très festives. Elles commençaient souvent par une conférence ou une lecture, mais au fil des heures, l'atmosphère virait presque à la bacchanale. Les invités s'habillaient de façon formelle et les musiciens jouaient de tout, depuis les valses majestueuses jusqu'aux sambas les plus endiablées, on dansait et on buvait parfois jusqu'à l'aube. Patricio évitait ces fêtes, même si l'on raconte qu'il a assisté à un concert de violon. Mais c'était un événement exceptionnel.

Il se retourna vers la porte à double battant.

— Il nous reste une dernière pièce à voir, et c'est celle qui m'intéresse le plus à titre personnel, dit-il. Il s'agit de la salle d'exposition des objets et documents anciens qui révèlent la teneur de la vie ici avant que les nazis envahissent l'île. La plupart de ces objets sont en cours d'analyse par notre équipe, et certains n'ont été découverts que récemment. Quand ils seront tous réunis, ils raconteront l'histoire de ce lieu hors du commun, on saura ce qui y a été créé et, plus important encore, ce qui a été perdu ou qui n'a jamais pu voir le jour.

Il les conduisit par une autre porte, qui ouvrait sur une salle rectangulaire. Des vitrines étaient positionnées contre les murs et au centre de la pièce.

— Pour l'instant, ces vitrines ne sont pas pleines, mais quelques pièces sont déjà en place. Près de la fenêtre, sont affichées des entrées de journaux de deux grands écrivains qui ont séjourné ici dans les années 1930. Vous verrez aussi des essais réalisés par le sculpteur danois Hans Jerenski. À côté se trouvent des croquis de Savio Peralta, un peintre argentin qui prenait pour modèles des cuisinières. Ensuite, vous pouvez voir un prototype de microscope avec des capacités de mise au point inouïes pour l'époque. Nous n'avons pas encore identifié son inventeur.

Missy approcha d'une vitrine au centre de la pièce, la plus grande de toutes, montée sur une estrade.

— Qu'est-ce qu'il y a dans celle-là ?

— Ah, c'est très intéressant, répondit Leo en la rejoignant. Elle a été installée pour accueillir l'objet le plus important de cette pièce. On a cru pendant des années qu'il avait été détruit durant la guerre, mais on pense aujourd'hui qu'il a été volé avant que les nazis s'emparent du château. Nous espérons le récupérer bientôt. Ceux qui sont en sa possession seront poursuivis en justice. Il est très important parce qu'il a été inventé par Patricio lui-même, ajouta-t-il. C'était une sorte d'appareil médical. Il l'appelait le *schianto grandioso.*

12

2018

Lundi

— Signorina ? l'appela Leo d'une voix un peu plus insistante.

— Quoi ? Oh oui, pardon, dit Mia en sursautant.

Les autres avaient déjà quitté la pièce et Leo se tenait près d'elle. Elle ne les avait pas entendus partir et n'avait pas non plus senti sa présence dans son dos. Elle s'était approchée presque sans le vouloir de la vitrine centrale, et elle fixait une page sur laquelle figurait le dessin même qu'elle avait vu dans le bureau de Milt. Celui du bol qu'elle avait dans sa valise.

— *Scusi*. Je…

Elle se sentit rougir une fois de plus.

Elle était gênée d'être prise en train de rêvasser et d'obliger Leo à la rattraper une fois encore par la manche. Elle passait vraiment pour une gourde. Les autres étaient sans doute habitués à ce qu'on leur demande de ne pas s'éloigner du groupe et ils devaient trouver ahurissant qu'elle soit incapable de suivre une instruction aussi simple. Le pire, c'est qu'elle attirait l'attention sur elle alors que c'était la dernière chose à faire dans ces circonstances. Mais elle ne pouvait pas s'en empêcher. Parce qu'il y avait une nouvelle information à digérer, une nouvelle menace à intégrer. Le propriétaire de l'hôtel ne souhaitait pas seulement récupérer le *schianto* : il voulait traîner au tribunal celui ou celle qui le détenait. Ce qui signifiait qu'elle risquait de finir dans une prison italienne si on l'attrapait avec l'objet. Or à cet instant, elle ne savait même pas où dans l'hôtel se trouvait sa valise.

— *Scusi*, répéta-t-elle. C'est très intéressant. Beau. *Bella*. Ou *bello*.

Elle disait n'importe quoi, espérant seulement que la visite se termine et qu'elle puisse rentrer rapidement pour s'assurer que le *schianto* était à l'abri.

Mais alors qu'elle se dirigeait vers la porte, elle se cogna contre une autre vitrine et faillit s'étaler par terre. Leo se précipita pour la retenir, mais par bonheur elle parvint à rétablir son équilibre avant qu'il arrive. Elle aurait eu le plus grand mal à ne pas vivre comme une humiliation de lui tomber dans les bras. Elle avait envie de se couvrir le visage avec son chapeau, qui lui était resté dans les mains.

— Ça va ? demanda Leo en la regardant de ses yeux extraordinairement noirs.

Elle hocha la tête et il lui sourit, puis tapota son couvre-chef comme pour lui confirmer qu'il voulait qu'elle le garde. Dans un autre contexte, elle aurait volontiers prolongé de quelques secondes cette interaction. Mais elle préféra se dépêcher de rejoindre le groupe dans le couloir. Il la suivit, referma les portes puis s'y adossa.

— Donc, comme je vous le disais, le *schianto*, c'est un bol dans lequel on écrase ou on concasse quelque chose, un mortier, et *grandioso* signifie « grandiose », « magnifique », dit-il tandis que Mia se félicitait d'être enfin oubliée de tous.

Évidemment, quelqu'un avait demandé le nom de l'objet manquant et il continuait son explication. Elle avait de la chance qu'il soit aussi charismatique, le genre de guide qui sait captiver les groupes dès qu'il prend la parole.

— Patricio pensait qu'en extrayant certains minéraux des dépôts le long de la côte, puis en les broyant avec des herbes selon une méthode précise, il pourrait produire un mélange puissant, capable de soigner des maladies. Le bol a été fabriqué selon ses indications, avec des bandes alternées de granit brut d'Espagne et de marbre rose poli du Portugal, et il a engagé d'innombrables artisans à travers l'Europe avant de parvenir à un prototype satisfaisant à ses yeux. Vous avez peut-être remarqué le petit mortier sur le dessin : il a travaillé pendant des années sur son design afin d'obtenir la force exacte permettant de moudre les composants en fins granules sans abîmer leur composition essentielle. Les derniers mois de sa vie, il travaillait aussi à faire prendre son remède aux malades, il hésitait entre dissoudre la poudre obtenue dans un liquide et la transformer en gaz à inhaler.

— Et il pensait vraiment que ça marcherait ? demanda Charlie.

— C'était un rêveur, dit Leo. C'était sa force. Et aussi sa faiblesse, je dois dire. Il n'a pas pris la menace nazie au sérieux. Il n'était pas très réaliste. En tout cas, ajouta-t-il, d'un point de vue scientifique, son objectif n'avait rien d'insensé. Déjà à l'époque, on connaissait les bienfaits pour la santé des vitamines et des minéraux. Il savait que le magnésium aide les muscles à se contracter, et c'était la base de son travail sur les maladies du cœur. Il pensait qu'un mélange intensif de magnésium, de fer et de sodium, mélangé à des plantes médicinales, pouvait améliorer la fonction cardiaque, soigner certaines maladies du cœur et même guérir d'autres troubles musculaires.

— Fascinant, commenta quelqu'un dans le groupe. Il pensait réussir tout cela avec un petit bol et un pilon ?

— Cela vous semble peut-être peu plausible, dit Leo en souriant. Pourtant, cette approche peut être considérée comme une sorte de médecine holistique. Et le mécanisme général, l'idée de broyer des minéraux pour produire un effet plus puissant, eh bien… cela ressemble aux extracteurs à grande vitesse qu'on vend aujourd'hui, non ? Comment dit-on… Qu'ils pulvérisent, c'est cela ? Qu'ils pulvérisent les ingrédients pour augmenter la valeur des nutriments. Vous voyez, cette idée n'est pas si farfelue qu'elle paraît au premier abord. Maintenant, est-ce que le *schianto* de Patricio aurait pu réellement soigner des malades ? La triste vérité, c'est que nous ne le saurons jamais. Comme il est impossible de savoir ce que les autres convives auraient accompli. Leur nom ne sera jamais célèbre parce qu'ils n'ont pas eu le temps de le devenir. Ils sont morts ici, sur cette île, ou bien ont été déportés dans des camps de concentration.

Le groupe garda le silence un moment, se recueillant en pensant au sort funeste qu'avaient connu tous ces gens.

— J'espère que vous retrouverez le *schianto*, finit par dire Missy. Sa place est ici.

— Oh, nous remettrons la main dessus, dit Leo, à la fois sûr de lui et irrité par la situation. Le nouveau propriétaire de l'île est déterminé. Depuis le début des travaux il y a quelques mois, il a mené en parallèle une enquête qui commence à porter ses fruits. Quand l'hôtel ouvrira, le *schianto* sera ici et les responsables de sa disparition seront traduits en justice.

Mia en fut tétanisée, et elle dut faire de grands efforts pour suivre le groupe qui retournait déjà en bas.

Sur le bateau, le chapeau de Leo sur sa tête, elle s'installa au milieu d'un banc vide en espérant que personne ne s'assoie à côté d'elle. Elle n'avait pas envie de discuter ; c'était déjà un effort de sourire à Leo, qui distribuait des dépliants avec les prix des futures chambres de l'hôtel, dont tout le monde s'accorda à dire qu'ils étaient élevés mais pas immérités. Elle n'arrivait pas à se remettre du fait que sa grand-mère avait possédé un objet aussi central dans l'histoire de cette île et considéré comme volé depuis des décennies. Même si elle continuait à croire qu'elle n'aurait jamais dérobé sciemment quoi que ce soit, elle ne voyait pas comment le prouver.

Sans parler des menaces proférées par Leo. Apparemment, la volonté du nouveau propriétaire de l'île avait conduit ses avocats jusqu'à sa grand-mère. Ils avaient relié Lucy au château, puis retracé son parcours d'Italie jusqu'à New York. Mais grâce à quels éléments, et comment pouvait-elle y accéder à son tour ? Comment amener Leo, qui semblait au courant de tout, à lui donner ces informations sans révéler qu'elle avait le *schianto* ?

Le bateau accéléra, et elle mit la main sur le chapeau pour l'empêcher de s'envoler. Si sa grand-mère avait intentionnellement pris le *schianto*, c'est qu'elle devait penser qu'il lui revenait. Lucy avait toujours été à cheval sur l'intégrité. Elle faisait très attention à sa réputation. Une fois, quand Mia était à l'école primaire, elle avait décidé de s'impliquer dans l'association des parents d'élèves dans l'intérêt de sa petite-fille. Comme il fallait se porter volontaire pour certaines missions, elle avait accepté d'organiser le déjeuner parents-professeurs. Mia ne se souvenait plus des détails, cela remontait, mais une règle interdisait de placarder des affiches sur le grand panneau à l'entrée de l'école, et il se trouvait qu'une pancarte pour le déjeuner avait été épinglée dessus.

À l'époque, la jeune fille n'avait pas trop vu où était le mal. Un jour l'affiche était là, et le lendemain elle avait disparu. Un membre de l'école avait dû l'enlever. Mais Lucy avait été horrifiée de l'apprendre : on allait croire qu'elle avait dérogé au règlement et mis elle-même ce panneau. Elle avait donc décidé qu'il fallait à tout prix blanchir son nom. Le soir même, sa petite-fille l'avait entendue passer des coups de fil à toutes les mères de l'association pour essayer de trouver qui avait provoqué ce bazar. Elle finit par découvrir le nom de la coupable, et le lendemain matin elle accompagna Mia à l'école pour la dénoncer au directeur.

Mia avait vu l'air perplexe de celui-ci à cette annonce. Au déjeuner, elle avait entendu trois mères de famille, qui aidaient à la cantine, s'exclamer en riant qu'elle était quand même « bizarre ». Deux d'entre elles étaient des mères de camarades de classe, et elle savait qu'elles parlaient de Lucy.

Assise à sa table, elle n'avait rien mangé du déjeuner et avait eu le plus grand mal à se retenir de pleurer. Elle ne supportait pas qu'elles se moquent de sa grand-mère, et elle avait honte pour elle. Par la suite, elle avait refoulé cet épisode, ne voulant pas s'appesantir sur l'impression qu'avait laissée sa grand-mère.

Cependant, même elle avait trouvé sa réaction excessive.

— Où est le problème ? avait-elle demandé à Lucy quand celle-ci lui avait annoncé le matin même qu'elle voulait parler au directeur. L'affiche n'est même plus là.

— Ce n'est pas une question d'affiche, avait répondu sa grand-mère. On passe sa vie à chercher qui on est. Quand on le sait… on ne fait plus de compromis.

Ayant compris que sa grand-mère ne changerait pas d'avis, Mia avait enfilé son manteau, prête à aller à l'école. Sa plus grande inquiétude était alors de devoir entrer dans le collège avec sa grand-mère. En quatrième, cela faisait longtemps que plus personne n'y pénétrait avec ses parents. Aucun élève n'avait envie de voir un parent ou un grand-parent se comporter de manière étrange devant les autres. Alors elle avait baissé les yeux jusqu'au bureau du directeur, et elle avait préféré oublier dès que l'affaire avait été derrière elles. Elle n'y avait plus jamais pensé.

Mais à cet instant, comme elle s'éloignait du château, elle se remémora le cours des événements et l'importance pour Lucy de prouver son honnêteté aux yeux du monde entier.

Pourtant, elle lui avait caché un gros, un immense secret. Comment faire coïncider cela avec la personne qu'elle disait être ? Dans quelle histoire cet événement pouvait-il s'intégrer, qui disculperait sa grand-mère ? Elle se rappela que Leo avait parlé d'experts qui analysaient les récentes découvertes faites au château. Peut-être… Oui, peut-être avaient-ils des réponses à offrir sur le rapport de Lucy au *schianto*. Mais maintenant que la visite était terminée, une visite qu'elle n'aurait même pas dû effectuer, comment en apprendre davantage ?

De retour sur l'île de Piccino, ils reprirent le bus pour l'hôtel. Il était presque dix-sept heures, et le ciel était différent de celui de la matinée. Le soleil était plus bas et plus gros sous cet angle, occupant une partie de l'horizon. Il brillait d'un jaune vibrant, une couleur si vive que Mia aurait voulu lui donner un nom spécial. « Jaune » ne rendait pas justice à ce qu'elle avait sous les yeux.

Le bus était à la moitié de la montée lorsque la fatigue finit par la submerger. Réveillée avant l'aube pour prendre son train, elle avait désespérément besoin d'une douche et d'une bonne nuit de sommeil. Elle se rappelait qu'elle avait promis de donner des nouvelles à Erica ce soir ; elle devait aussi appeler Ryan. Elle lui avait envoyé un texto la veille pour lui dire qu'elle était arrivée à Rome, mais ils n'avaient pas parlé depuis samedi, quand elle préparait sa valise et qu'il insistait pour qu'elle annule son voyage.

Lorsque le bus se gara devant l'hôtel, Leo annonça que des cocktails et une sélection de fruits, de légumes, de chocolats et de fromages les attendaient à la réception.

— Vous avez quartier libre pour le dîner, dit-il. Vous pouvez profiter du restaurant en terrasse ou commander dans votre chambre si vous préférez vous coucher tôt. Vos lits sont prêts, et la réceptionniste vous donnera vos clés. Demain, nous avons prévu une journée shopping sur le continent. Malheureusement, comme je ne suis pas un expert de la mode, ajouta-t-il avec une touche charmante de modestie, je ne vous accompagnerai pas mais j'ai été ravi de vous guider aujourd'hui, et j'espère que vous avez passé une bonne journée. N'hésitez pas à venir me voir à n'importe quel moment cette semaine si vous avez des questions.

Mia descendit du bus avec les autres et lui murmura « *Grazie* » comme tout le monde, en essayant de rester discrète. Elle était mal à l'aise d'avoir par deux fois été au centre de l'attention, la première, sur la terrasse, et la deuxième, dans la salle d'exposition. Elle regrettait d'avoir commis l'erreur de se perdre dans ses pensées. Elle entra dans l'hôtel en espérant ne plus avoir à le croiser.

À l'intérieur, elle passa devant le bar où étaient disposés des cocktails et alla directement réclamer sa clé, en se disant qu'elle serait contente de manger dans sa chambre. Après avoir remercié la réceptionniste, comme elle se dirigeait vers l'ascenseur, elle se rendit compte qu'elle portait toujours le chapeau de Leo. *Ce n'est pas vrai*, songea-t-elle en faisant demi-tour. Elle allait devoir lui parler.

Comme elle le cherchait du regard, elle remarqua que la réceptionniste la désignait à un homme plus âgé, vêtu d'un costume gris avec une pochette de chemise bleue. Cet intérêt pour sa personne semblait de mauvais augure, mais il n'était plus temps de s'éclipser. Déjà, l'inconnu l'approchait, la mine grave.

— *Signorina* ? dit-il en se plantant devant elle, les bras croisés.

— *Si ?* fit-elle d'une voix tremblante.

— Je suis le *signor* Dorria, le manager de l'hôtel, lui dit-elle. Je crois qu'il y a un problème avec votre réservation. Nous ne trouvons aucune information sur votre agence de voyages. Et Jacqueline me dit que vous avez passé commande à part au lieu d'utiliser le formulaire que nous avions mis en ligne.

— Oh, fit Mia. Oh… je…

Elle ne savait pas quoi répondre.

Cela aurait été si facile s'il l'avait abordée plus tôt, avant la visite du château. Elle aurait expliqué qu'elle n'était pas agent de voyages. Il l'aurait peut-être même invitée à participer tout de même à la visite, même si cela paraissait peu probable. Mais elle avait laissé croire à la réceptionniste, Jacqueline, qu'elle faisait partie du groupe. Elle pouvait difficilement feindre l'ignorance en prétendant n'avoir pas compris qu'elle se mêlait à un voyage organisé.

— Travaillez-vous dans le tourisme ? insista le *signor* Dorria. Voyez-vous, le château n'est pas ouvert au public. Et nous savons qu'il y a des blogueurs influents qui aimeraient bien se faufiler pour avoir des images en avant-première, donc si c'est votre cas…

— Oh, non, dit-elle. Je ne suis pas blogueuse. Pas du tout.

Elle cherchait comment se sortir de ce guêpier sans causer d'esclandre.

— C'est une erreur. Quand je suis arrivée…

— Oui, c'est ma faute, j'en ai peur, la coupa une voix derrière elle.

La même voix qu'elle avait entendue sur la terrasse du château, puis à côté de la vitrine qui attendait le *schianto*. Leo.

— C'est moi qui ai pris sa réservation, *signor* Dorria, dit-il. J'étais au comptoir quand elle a appelé, et je n'ai pas dû entrer correctement les informations. Je m'excuse de ce quiproquo, j'irai mettre à jour sa fiche dès que j'aurai un moment. Et je vous prie de m'excuser, *signorina* Abrams, de vous avoir mise dans cette situation délicate. C'est ma faute. J'espère que vous me pardonnerez.

Il les salua tous deux et s'éloigna, et le manager s'excusa auprès de Mia pour ses questions avant de l'inviter à boire un cocktail et à manger quelque chose.

— À moins que vous préfériez monter directement dans votre chambre, auquel cas je m'occuperai de votre repas. Je transmettrai personnellement à la cuisine votre demande.

Mia le remercia, mais elle n'écoutait pas vraiment. Elle était trop occupée à regarder Leo disparaître dans la foule. Elle se demandait pourquoi il l'avait protégée ainsi. Et si elle le reverrait jamais.

Et soudain, elle comprit qu'il le faudrait. Parce qu'elle avait toujours son chapeau.

S'en était-il rendu compte ?

13

1943

Août

Discrètement pour ne pas réveiller ses sœurs, Annalisa enfila un haut en coton et un jean large avec des boutons sur le côté. Si elle avait décidé que toutes trois devaient porter des jupes ce matin pour rencontrer la *signora* Russo, elle préférait de loin les pantalons et était contente de s'habiller plus confortablement ce soir. Fermant la porte derrière elle, elle partit sur la pointe des pieds, rejoignit la cuisine, et sortit du château par la porte où elle était entrée le matin même. Quelle journée extraordinaire cela avait été !

Dehors, elle s'arrêta sur la terrasse, éclairée par trois lampes à gaz enfermées sous des globes de verre, en haut de poteaux de bronze. Elle regarda un instant les ombres s'agiter autour de ses pieds. La brise lui tombait délicieusement sur les épaules, balayant ses cheveux tenus par des épingles, dont les mèches effleuraient ses épaules. Repérant Aldo assis face aux arbres sur un muret ceignant la terrasse, elle se sentit soudain excitée.

— Bonsoir, dit-elle en se forçant à l'approcher doucement pour masquer son intérêt.

Il se tourna vers elle avec aux lèvres un sourire qui creusa la fossette de son menton, et dans les yeux une lueur qui la mit en joie.

— Ah ! fit-il. Viens t'asseoir. Comment s'est passée ta journée ? Ça a fonctionné comme tu voulais ?

Elle acquiesça et s'assit, un genou sur le muret, pour être face à lui.

— On te doit un grand merci. On a demandé à parler à la *signora* Russo et c'est comme si elle nous avait attendues, elle nous a mises au travail tout de suite. Tant que les employés prévus ne viennent pas réclamer leur place, ça devrait aller pour nous.

— Oh, ne t'inquiète pas pour ça. Une fois que tu es en place, on ne te renvoie pas comme ça. Tu veux boire quelque chose ?

Elle hocha la tête et il se pencha pour prendre une bouteille de vin par terre, puis remplit deux verres en cristal posés à côté de lui sur le muret. Il lui en tendit un.

— *Salute !* lança-t-il avant de trinquer avec elle.

Elle but une gorgée de vin, qui avait des bulles et un parfum citronné, plein de saveurs. Puis elle en but une autre et posa son verre. Poussant un soupir de contentement, elle renversa la tête en arrière et contempla les étoiles. Le ciel était d'un bleu nuit profond, parsemé de fils d'or presque imperceptibles mais fascinants. Elle secoua la tête sans cesser de regarder en l'air.

— Je ne m'habituerai jamais au ciel d'ici, murmura-t-elle.

— C'est quelque chose, n'est-ce pas ? dit-il. L'île de la Nuit-Brillante.

Elle baissa les yeux sur lui.

— Qu'est-ce que tu dis ?

— C'est un vieux nom familier. On appelle l'île ainsi depuis des siècles. Ce sont les marins qui l'ont baptisée de cette façon. C'est pour cette raison que la famille a voulu la posséder, au départ.

— Pourquoi le ciel est-il comme cela ? Qu'a-t-il de particulier ?

Il haussa les épaules.

— Je ne sais pas. Je ne crois pas qu'on sache.

— Pourtant, il doit y avoir une raison, insista-t-elle. La composition de l'île, la côte escarpée ? La végétation, le climat ? La proximité du continent, l'humidité de l'atmosphère nocturne…

— De bonnes hypothèses, dit-il d'un air amusé, comme si sa curiosité lui plaisait. Laquelle préfères-tu ?

— La question n'est pas de savoir laquelle je préfère, répondit-elle. Il s'agit d'examiner les faits, de tester les hypothèses et de voir laquelle tient. Parce qu'il y a sans doute d'autres solutions possibles. La taille de l'île, son angle relatif par rapport aux étoiles… la densité de l'oxygène dans l'eau… la salinité…

— La salinité ? dit-il en lui donnant un petit coup de coude à la fois provocant et amical.

— Oui, la salinité ! Quel est le problème avec la salinité ? demanda-t-elle, faussement offusquée, en lui renvoyant un coup de coude.

Elle était enchantée à la fois de son audace et de ce contact avec le corps d'Aldo.

— Quel est le problème ? répéta-t-il avec un grand sourire. Je vais te dire le problème. On est là, sous un ciel sublime et mystérieux, et tu veux attribuer ce phénomène époustouflant… au sel ? Si tu veux rester au château, il faut que tu apprennes que les gens d'ici préfèrent des explications plus romantiques. Comme celle que j'ai entendue l'autre soir. Quelqu'un disait que le ciel nocturne que nous voyons est le reflet des voix de l'Antiquité dont l'écho se répercute encore de nos jours… ou qu'il vient des sortilèges jetés par les anges et les dieux de la mythologie…

— Non, non, non, protesta-t-elle. Personne n'a étudié ce phénomène ? Sérieusement ?

— Pas à ma connaissance.

Il tendit la main et lui massa gentiment l'arrière de la tête avec sa paume.

— Qu'est-ce qui se passe dans ta tête ?

Elle rit tandis qu'il retirait sa main, ce qu'elle trouva dommage.

— C'est fou, dit-elle. Il y a les gens les plus intelligents de la planète ici. Des scientifiques, des inventeurs. On a imaginé des télescopes dans ces murailles, des théories sur la vie, l'évolution, l'avenir. Mais pour ce que tu en sais, personne n'a étudié le ciel ?

— Ah mais tu ne vois pas les choses comme elles sont, dit-il en penchant la tête, l'air taquin. Oui, il y a des scientifiques, des inventeurs et des créateurs. Mais avant tout, ce sont des rêveurs. Le château du Poète, tu es au courant que c'est le nom qu'on donne à cet endroit, je suppose ? Ils n'étudient pas le ciel parce qu'ils ne veulent pas savoir pourquoi il est ce qu'il est. Sinon, il serait détruit à leurs yeux. Ils veulent juste profiter de sa magie.

— Non, ce ne sont pas des gens frivoles. J'ai lu tout ce qu'il y a à savoir sur eux. Ils ne croient pas à la magie. Ils aiment la connaissance…

— Ils aiment la connaissance qui les intéresse, dit-il d'un ton plus sérieux. Ils veulent la connaissance qu'ils recherchent. Tu as peut-être lu des choses sur eux, mais moi j'ai vécu avec eux. Les génies aussi croient en la magie, c'est juste qu'ils y mettent davantage d'intention.

— Ça veut dire quoi ?

— Ça veut dire : ne te laisse pas berner. Tous les gens que Parissi a invités ici ne viennent pas pour trouver quelque chose, mais pour échapper à quelque chose. Comme quand ils ont dansé jusqu'au bout de la nuit, hier. Ils voient ce qu'ils veulent voir, et ils font barrage à ce qu'ils ne veulent pas voir.

Elle baissa les yeux sur ses mains, soudain refroidie.

— Tu penses à la guerre, c'est ça ? Un garçon d'étage parlait des nazis aujourd'hui. Tu crois que le danger existe et que les habitants refusent de s'y confronter ?

— Je dis qu'il vaut mieux éviter de se laisser ensorceler par cette île. Les gens comme nous, qui ont la tête sur les épaules, doivent garder les yeux ouverts.

Il hocha la tête comme pour confirmer sa sentence, puis prit une assiette de confiseries posée derrière lui sur le muret.

— Même si avec ce genre de petit luxe, c'est dur de ne pas être ensorcelé.

Elle examina les gâteaux et les biscuits miniatures, suffisants pour une bouchée, délicatement posés sur des napperons individuels. Après avoir choisi un mets rectangulaire couvert d'une coquille de chocolat, elle le porta à sa bouche, mâcha un moment et savoura la pâtisserie spongieuse infusée d'une liqueur qu'elle n'aurait su définir. La nuit, le ciel, le vin, et ce délicieux dessert : Aldo avait raison, tout venait renforcer la magie des lieux. Pas étonnant que les gens soient prêts à y rester si longtemps et à y travailler si dur. C'était l'endroit idéal pour se perdre dans ses propres rêves. Dans une vision du monde tel qu'on souhaitait qu'il soit.

Tandis qu'Aldo reposait l'assiette sur les genoux pour étudier les desserts, elle observa son profil, qui était plus facile à voir ici, à la lumière des lampes à gaz, que la veille dans l'obscurité. Comme tous les visages, le sien mélangeait différents traits. Son front large, son long nez avec une légère bosse, le renflement juvénile de ses joues, sa lèvre inférieure enflée et la fossette de son menton composaient un ensemble d'une beauté harmonieuse. Soudain, elle eut envie de le comprendre mieux, de savoir ce qu'il y avait derrière cette façade plaisante.

Il leva les yeux vers elle.

— Quoi ?

Elle le dévisagea un moment encore, contente de le voir perturbé.

— Qui es-tu ? finit-elle par demander. Pourquoi es-tu ici ? Si tu as l'impression que ces convives vivent hors des réalités, pourquoi restes-tu ? Qu'y a-t-il pour toi sur cette île ?

— Je ne pense pas de mal d'eux. Vraiment. Je suis là pour eux. Enfin, pour l'un d'eux.

Il porta une pâtisserie à sa bouche, puis lécha le chocolat resté collé à son pouce avant de reposer l'assiette. Il tourna la tête vers les bois où elles avaient dormi la veille, et Annalisa suivit son regard. Derrière une trouée entre les arbres, près du chemin, un ruisseau scintillait.

— J'ai grandi près de Naples, raconta-t-il. On vivait dans une petite maison, jolie mais pas luxueuse. Notre bien le plus précieux était un grand piano que nous avions hérité de mon arrière-grand-père. Un objet immense et fascinant. Ma mère raconte qu'un jour, alors que je n'avais même pas trois ans, j'ai grimpé sur le siège et j'ai commencé à jouer. Pas des morceaux pour enfant, de la vraie musique, des mélodies que j'avais entendues.

À quatre ans, j'ai appris tout seul à lire une partition. Et à sept ans, je jouais en public, dans un foyer communautaire d'abord, puis dans des salles de concert. J'étais assez impressionnant à voir, paraît-il.

— Tu étais un prodige, souffla-t-elle.

Elle ne l'aurait jamais deviné. Il n'avait pas l'air d'un de ces enfants surdoués. Et il ne se comportait pas comme tel non plus.

— Mes parents ont économisé tout ce qu'ils pouvaient, en plus des revenus des concerts, pour me faire enrôler à l'académie de musique. Là, j'ai mis la main pour la première fois sur un violon. Oh, je me souviens de ce jour… Oui, la musique du piano était belle, mais les sons qui sortaient de ce petit instrument courbe… comment dire ? Si quelque chose prouve que Dieu existe, c'est le son d'un violon solo.

— Donc tu es poète, dit-elle en souriant. En plus d'être un prodige.

Il rit avec elle.

— J'ai commencé à l'académie quand j'avais dix ans, et j'ai écrit mon premier concerto à treize. Mon professeur, tu n'as pas entendu parler de lui, personne ne le connaît, mais son nom serait devenu aussi célèbre que celui de Vivaldi ou de Verdi s'il avait vécu assez longtemps. Il avait commencé à composer des symphonies, et Parissi l'a invité ici. J'avais quatorze ans, et il m'a proposé de l'accompagner au château comme apprenti.

Il laissa retomber ses épaules en soupirant.

— Il travaillait sur son chef-d'œuvre quand il est tombé malade, il y a deux ans. Les semaines précédant sa mort, il a essayé de me transmettre tout ce qu'il cherchait à communiquer dans son travail, ses rêves et ses émotions. Il a tout voulu me dire. Ensuite il m'a fait promettre de poursuivre son œuvre sans lui.

— Alors tu ne travailles pas ici ? demanda-t-elle. Tu es un *invité* ?

Il secoua la tête.

— Je n'ai pas autant de talent que lui. Et en vérité, je ne suis pas sûr que tout ce travail en valait la peine, même pour lui. Il s'est caché pendant des années et des années, et il a fini par mourir sans avoir achevé son œuvre, sans rien laisser derrière lui. Ni maison ni famille, personne avec qui partager son histoire à part un élève idiot à qui il avait tendu la main, même pas un ami ou un membre de sa famille… Quelqu'un qui l'aurait aimé, pas comme professeur mais pour ce qu'il était…

Il se pencha, les mains posées sur ses genoux. Elle prenait peu à peu conscience de la tristesse de son histoire. Elle se demandait s'il s'identifiait à son professeur et s'il remettait en cause les choix de celui-ci parce que lui aussi était seul, désormais.

— Je suis navrée, Aldo, murmura-t-elle. Je suis désolée que tu aies perdu ton mentor, ton ami.

Sans réfléchir, elle passa doucement la main dans son dos. Elle sentit sa chaleur sous sa chemise fine.

Ce contact était très différent de ceux qu'ils avaient eus auparavant. Jusque-là, c'était pour jouer, ils s'étaient donné des coups de coude, ce genre de chose. Là, c'était tendre. Intime. Elle n'avait jamais touché personne ainsi, et elle pensait qu'elle n'aurait jamais envie de toucher personne de cette façon. Jamais elle ne se soucierait autant de quelqu'un d'autre. Elle l'avait rencontré la veille. Mais ce qu'elle ressentait, elle savait qu'elle ne pourrait l'expliquer. Les forces qui l'attiraient vers Aldo étaient au-delà de la science. Au-delà des conclusions logiques qu'elle pourrait tirer d'hypothèses formées à partir d'éléments factuels.

— Je ne sais pas si je suis capable de tenir ma promesse, dit-il doucement.

On aurait dit qu'il prononçait une prière, belle comme une sonate.

— Je ne sais même pas si je peux tenter d'écrire de la musique. Parfois, j'ai l'impression que je voudrais tout abandonner pour une passion unique comme il l'a fait, et comme les invités ici le font. Ils sont tous si jeunes, certains ont à peine plus que mon âge. Ils pourraient vivre leur vie, voyager, voir le monde, tirer profit de chaque journée, s'amuser, tomber amoureux, ou du moins ils l'auraient pu, avant la guerre. C'est plus difficile maintenant. Ils ont eu leur chance.

— Ils croient peut-être qu'ils sont en train de tenter leur chance, supposa-t-elle. Peut-être que pour eux, c'est ça, tirer profit de chaque journée.

— Sans doute, dit-il. J'imagine que c'est ce que pensait mon professeur. Je devrais probablement imaginer la même chose. Mais ce n'est pas le cas, pas encore. Alors je travaille au hangar à bateaux. Je dors quand je peux. Je fais des petits boulots ici, je répare un meuble abîmé, je graisse des portes qui grincent : les artistes ne supportent pas les portes qui grincent, ajouta-t-il en souriant. Je prends les messages de la *signora* Russo et j'emmène les bateaux vers le continent. Je ne sais pas ce qu'ils contiennent mais elle me fait confiance, et je le fais parce qu'elle me le demande. Elle croit en moi, alors je continue.

« Mais je ne suis pas sûr que ça vaille la peine de croire en moi, dit-il en secouant la tête. J'écris de la musique quand j'ai le temps et je fais ce qu'il faut pour gagner ma vie. Et je pense à la guerre. Je me demande ce que j'aurai accompli quand tout s'effondrera.

Ils restèrent ainsi quelques minutes, Aldo, la tête baissée, Annalisa, la main posée dans son dos. Elle comprenait ce qu'il avait dû ressentir quand son professeur était tombé malade, en sachant que quelqu'un qu'il aimait, quelqu'un qui lui avait tout donné, s'apprêtait à partir. C'est ce qu'elle vivait avec son père. Elle savait qu'il allait mourir. Sa respiration devenait si pénible qu'il arrivait à peine à se concentrer et à réaliser les travaux de couture pour lesquels il était connu. Elle le sentait aussi à la manière dont il lui caressait la joue, plus affectueusement que jamais. Cela faisait des mois maintenant qu'il disait qu'il ne tiendrait plus longtemps. C'est pour cela qu'elle était venue ici, dans ce lieu où elle n'aurait jamais imaginé mettre les pieds, pour tenter l'impossible et le guérir. Elle n'était pas prête à lui dire adieu.

Aldo se redressa et essuya les larmes qui roulaient sur ses joues.

— Je suis désolée, *signora* Pippa, dit-il. Je ne voulais pas gâcher cette belle soirée par le récit de mes malheurs.

Il attendit un instant puis lui adressa un clin d'œil.

— Tu as entendu Emilia m'appeler par ce surnom hier soir, hein ? dit-elle en fronçant les sourcils. Alors tu m'as aussi entendu lui interdire de l'utiliser !

— Pourquoi ? C'est un nom mignon.

— C'est mon père qui l'a inventé quand j'étais petite. Un surnom pour son bébé, sauf que maintenant mes sœurs l'utilisent pour m'énerver. Mon père m'a dit un jour que c'était une manière de me dire que j'étais une petite fille adorable. Mais je n'ai pas envie qu'on me voie comme ça, idiote et faible. En tout cas, c'est ainsi que je l'entends quand mes sœurs le prononcent.

— Mais personne ne peut te prendre pour une fille idiote et faible, je te le promets, répondit Aldo. Toi,

Annalisa, tu as de la force. Tu es aussi solide que les rochers à côté du hangar à bateaux. Tu t'es débrouillée pour venir sur cette île, tu m'as embobiné afin que je vous conduise au château…

— Je ne t'ai pas embobiné. On a passé un accord, c'est tout…

— Tu as porté deux valises jusqu'en haut depuis la plage, tu as dormi dans les bois, tu as trouvé du travail pour tes sœurs et toi, et maintenant tu contemples le ciel en buvant du vin et en mangeant les pâtisseries les plus délicieuses de la terre. C'est beaucoup en moins de vingt-quatre heures.

Elle sourit timidement en se disant qu'il n'avait pas tout à fait tort. Et quoi qu'il en soit, c'était agréable de l'entendre de sa bouche.

— Merci, dit-elle. Mais je crains que le plus dur soit devant moi.

Il haussa les sourcils, et elle regretta immédiatement d'avoir prononcé cette phrase. Elle avait réussi à ne parler de sa mission à personne. Même ses sœurs ne connaissaient pas toute la vérité.

— Donc tu as une raison pour être venue sur l'île. Il ne s'agit pas seulement de travailler aux cuisines. Maintenant que je t'ai raconté mon histoire, tu dois m'instruire de la tienne. Je connais tout le monde ici. Tu peux te confier à moi. Je pourrai peut-être t'aider.

Elle se frotta le front. Il avait raison, il était le genre de personne à qui elle pouvait se confier. Il connaissait bien l'île, et même la *signor*ina Russo semblait l'apprécier. Peut-être pourrait-il se rendre utile. Mais elle devait avancer avec prudence. Elle ne pouvait pas tout lui dire.

— Ce n'est pas si compliqué, dit-elle. Je veux rencontrer Patricio Parissi. J'ai lu des articles sur son travail, sur l'appareil qu'il fabrique pour traiter les maladies du cœur. Mon père a le cœur malade, et il n'a plus beaucoup de temps. Je veux rapporter cette machine chez moi pour le soigner.

— Le soigner ? Ton père a vu un médecin ? Un vrai médecin ?

— Bien sûr, répondit-elle. D'après lui, la médecine ne peut plus rien et mon père n'a plus que quelques mois à vivre. Ma mère est morte il y a quelques années, et mes sœurs et moi, nous ne voulons pas le perdre aussi. C'est pour cela que je suis ici. C'est mon seul espoir.

Aldo secoua la tête avec véhémence.

— Annalisa, il faut que tu saches… Ces inventions dont on parle au château… Elles sont théoriques. Certaines sont de pures chimères. Si quelque chose doit fonctionner, ce ne sera pas avant des années…

— Non, ce n'est pas vrai. Les articles j'ai lus disaient que Patricio est proche d'une découverte importante. C'est un vrai scientifique. Il est sérieux. Je *dois* le rencontrer.

Il ouvrait de grands yeux, toujours peu convaincu.

— Très bien, mais à supposer que ces textes disent vrai, et je ne suis pas persuadé que ce soit le cas, tu vas quand même avoir du mal à le faire. Il ne parle à personne. Il ne communique que par écrit, et seulement avec des gens à qui il a quelque chose à dire. Mon tuteur ne l'a jamais rencontré. Quand ils ont échangé, c'était uniquement par lettres interposées.

— Il ne parle à personne ?

Aldo hocha la tête.

— J'espérais le croiser… Je pensais que si je lui apportais le petit-déjeuner, il finirait par ouvrir sa porte et par me parler.

— Ça n'arrivera pas, je le crains.

— Pourquoi ? Pourquoi se comporte-t-il de cette façon ?

— C'est une longue histoire. On raconte qu'il avait une petite sœur qu'il adorait. Mais elle est tombée amoureuse d'un tailleur juif, qu'elle a épousé, ce qui a rendu son père furieux. Il l'a renié, et Patricio a eu trop peur pour protester. À la mort de son père, Patricio a hérité de l'île et du château, mais il avait perdu la trace de sa sœur. Tout cela l'a troublé. Il est furieux contre tous les protagonistes de cette histoire. Son père, sa sœur, le mari de sa sœur, et surtout lui-même.

— Oh non, dit Annalisa. Je ne savais pas. On m'avait raconté les brouilles familiales, mais j'ignorais qu'il était si isolé et furieux. Au point de ne pas… parler aux gens.

Elle porta la main à ses lèvres, oubliant presque la présence d'Aldo à ses côtés, tandis qu'elle digérait ces informations.

— Je suis désolé si ce n'est pas ce que tu voulais entendre, dit-il. C'est assez compliqué.

— Plus que tu ne penses… murmura-t-elle pour elle-même.

Mais il avait entendu.

— Quoi ? Pourquoi ?

Elle regarda ses yeux noirs, ses pommettes rondes, ses lèvres tendres. Il y avait un secret, un secret dont elle n'avait jamais parlé à personne. Pas même à son père. Mais elle avait besoin de s'en décharger maintenant. Il lui fallait un ami. Et même si elle ne le connaissait que depuis la veille, elle aimait beaucoup Aldo. Leur conversation de ce soir était sans doute la plus profonde qu'elle ait jamais eue. Ils avaient parlé de la vie, de l'art, de l'amour, de l'avenir et du passé, et des décisions que les gens prennent.

Il lui avait confié son histoire. En retour, elle allait lui faire confiance.

Elle ouvrit la bouche, eut une dernière seconde d'hésitation, puis se lança. Elle prononça les mots qu'elle ne s'était jamais imaginé dire à quelqu'un qu'elle venait de rencontrer.

— Tu sais, la sœur dont tu viens de parler… c'est ma mère. Et le tailleur juif qu'elle a épousé, c'est mon père. L'homme qu'il accuse d'être responsable d'avoir déchiré sa famille, c'est celui que je veux lui demander de sauver.

14

2018

Lundi

— Il a dit au manager de l'hôtel que tu étais agent de voyages ? s'étrangla Erica.

— Oui ! Je croyais que le manager allait me virer, voire me confisquer ma valise…

— C'est dans ses cordes ?

— Je ne sais pas. Mais peu importe. Leo, le guide, a expliqué qu'il s'était trompé en prenant ma réservation. Il a été tellement convaincant que le manager s'est excusé auprès de moi !

Assise en position du lotus sur le duvet blanc de son lit *king-size*, Mia, le téléphone calé entre sa joue et son épaule, discutait avec son amie tout en séchant ses cheveux encore humides. Face à elle, les fenêtres offraient une vue somptueuse sur la Méditerranée. Dans le crépuscule, elle distinguait encore la silhouette du Castello di Parissi, qui paraissait presque assez proche pour être rejoint à la nage.

— Mon Dieu, dit Erica. Pourquoi a-t-il fait ça, d'après toi ? Il essaye de te draguer ?

— Non, non, pas du tout, répondit Mia. Il est très poli. Et respectueux. Et il prend son travail au sérieux. Pour tout te dire, il est très beau. Même mieux que ça.

— Oh là là ! Pourquoi ne suis-je pas avec toi ? J'aimerais bien qu'un bel Italien me sauve d'une expulsion honteuse. Je n'ai vraiment pas assuré avec ce passeport…

— Non, arrête, il ne m'a pas sauvée. Et je ne l'intéresse pas. D'ailleurs, j'ai un petit ami, tu te souviens ? Mais je crois… je ne sais pas… qu'il me trouve bizarre. Non, plutôt suspecte.

— Suspecte ? Comment ça ?

— Rien de grave. Il est très gentil. Il m'a prêté son chapeau pour me protéger du soleil quand on a grimpé jusqu'au château. Mais disons que je me suis fait repérer. Déjà, je suis toute seule alors que les autres sont en couple ou en groupe.

— Ça n'a rien de suspect. J'étais censée être avec toi.

— Ensuite, il m'a surprise quand j'étais à la traîne. Une fois sur la terrasse extérieure, et l'autre dans la salle d'exposition, devant la vitrine prévue pour le *schianto*. Il a insisté sur le fait qu'ils voulaient le récupérer et traduire les voleurs en justice. C'est ce qu'il a dit. Ils espèrent qu'ils seront condamnés.

— Ça ne veut pas dire qu'il sait que c'est toi qui l'as.

— Non, bien sûr, mais il sait quelque chose. Il a remarqué comment je regardais le dessin du *schianto*, je crois. Personne n'y a prêté attention plus de quelques secondes à part moi. Il n'a rien dit, mais il se doute que je cache quelque chose. C'est pour ça qu'il a menti au manager.

— Te voilà parano. Peut-être qu'il te trouve juste mignonne. Il se dit peut-être que tu t'es retrouvée dans ce groupe par erreur mais qu'il ne veut pas que tu partes.

Tu te sens coupable alors que tu n'as pas à l'être. Tu n'as rien fait de mal.

— Ce n'est pas vrai. Je cache un objet volé.

— Non, tu essayes de découvrir à qui il appartient. Et de les empêcher d'accuser ta grand-mère à tort. Peut-être même que tu les empêches de te le voler ! Il est possible que Lucy en ait été propriétaire de plein droit, et tu es son héritière. Et si ça avait de la valeur ?

— Je ne crois pas. C'est juste un bol. Une invention ratée, une expérience scientifique absurde. C'est ce que j'en ai compris, même si Leo tentait de le dépeindre comme une avancée. (Elle posa sa serviette sur ses genoux.) Je suis crevée, dit-elle. Je n'arrive pas à croire que je ne suis arrivée qu'hier. C'est quoi, le début d'après-midi, pour toi ? Je te parle alors que tu as sans doute des tas de trucs à faire.

— Non, à part prendre rendez-vous à l'état-civil pour mon passeport, et ensuite me tamponner la date sur le front pour que ça n'arrive plus. (Elle se tut un instant avant de continuer :) Donc, tu fais quoi demain ?

— Je ne sais pas. Les agents de voyages partent pour une virée shopping. Mais j'en ai assez de faire semblant d'appartenir à ce groupe.

— Tu crois que tu vas encore tomber sur le guide ?

— Aucune idée. Je ne sais pas exactement ce qu'il fait. Quand on est revenus du château, il a souhaité un bon séjour au groupe, comme s'il pensait ne pas nous revoir. Mais il nous a aussi expliqué comment récupérer nos clés de chambre, et il est intervenu pour ma réservation, alors j'ai l'impression qu'il travaille ici.

— Hum. Tu ferais peut-être bien de l'éviter. Par sécurité.

— Oui. Bon, je ne vais quand même pas l'avoir tout le temps dans les pattes, non ?

Mia se voyait déjà aux aguets à tout moment, à la réception ou dans les couloirs de l'hôtel. Ce serait stressant. Soudain, son regard tomba sur le chapeau qu'elle avait jeté sur la commode en entrant.

— Mince. J'ai encore son chapeau. Il faut que je le lui rende. Enfin, je ne suis pas obligé de le lui remettre en mains propres. Je n'ai qu'à le laisser à la réception.

— Oui, qu'il trouve une autre belle Américaine à qui le prêter.

— Très drôle. Je te l'ai dit, ce n'était pas ça du tout. Bref, je vais le rendre à la réception et me faire discrète.

— Puisqu'on parle d'hommes, que pense Ryan de tout cela ? demanda Erica. Comment a-t-il réagi quand tu lui as dit que je ne pouvais pas venir ?

— Il n'a pas réagi. Parce qu'il n'est pas au courant.

— Quoi ? Tu ne lui as pas dit pour mon passeport ?

— C'était impossible. Ça lui aurait donné une raison supplémentaire d'insister pour que je ne parte pas. Et si je le lui avoue maintenant… il se fâchera. Il ne comprend rien à la situation. Il pense que j'aurais dû demander à Milt de rendre le *schianto*. Pour lui, ma grand-mère est morte, alors qu'est-ce que ça peut faire ?

— Sympa, rétorqua Erica d'un ton sarcastique, ce qui fit rire Mia.

Erica et Ryan s'entendaient bien, même si elle trouvait qu'il manquait un peu de sensibilité.

— Je finirai par tout lui dire, reprit Mia. Mais pour l'instant, je dois me commander à manger et dormir un peu. Je t'appelle demain, OK ?

— Tu as intérêt ! répondit son amie. Je veux savoir ce qui se passe. Surtout avec le bel Italien. Blague à part, tu sais que j'adorais Lucy moi aussi. Comme toi, je veux qu'elle soit innocentée.

— Je sais, dit Mia avant de raccrocher et de poser le téléphone à côté de la serviette qu'elle avait utilisée pour ses cheveux.

Elle se sentait chanceuse d'avoir une amie comme Erica, qui aimait sa grand-mère. Lucy n'avait jamais été accueillante, en particulier avec les enfants, ce qui mettait souvent mal à l'aise ses amis. Elle les revoyait sortir de sa chambre après une après-midi passée à réviser ou à travailler sur un exposé, et descendre l'escalier en espérant ne pas rencontrer sa grand-mère sur le chemin de la sortie. Quand ça leur arrivait, ils marmonnaient un « merci » rapide avant de prendre la porte le plus vite possible. Mia avait souvent assisté à cette scène, et il lui arrivait de les exfiltrer de la maison lorsqu'elle savait que Lucy était dehors sur la terrasse ou au sous-sol, à s'occuper du linge. Elle avait peur que ses amis ne veuillent plus venir la voir.

Avec Erica, c'était différent. Lucy et elle avaient une vraie relation, qui s'était prolongée même après le départ pour la ville de Mia, quand Erica était devenue institutrice et était revenue vivre à Soundport. Erica sentait que Lucy avait un grand cœur, et elle savait d'instinct que son attitude parfois revêche ne reflétait pas la personne qu'elle était vraiment. C'était comme un masque qu'elle mettait pour se cacher. Elle n'avait jamais voulu expliquer pourquoi elle tenait tant à se cacher.

Se levant du lit, Mia resserra la ceinture de son peignoir confortable avec le logo gris acier de l'hôtel sur la poche de poitrine, et alla suspendre sa serviette. La salle de bains était d'une élégance rare, avec une grande douche vitrée, une baignoire îlot en pierre, des dalles chauffantes au sol et une pleine étagère de lotions, de crèmes et autres produits de beauté. La chambre était très belle elle aussi, avec ses draps blancs, sa causeuse en demi-cercle et la table basse ovale incrustée de marbre. Erica ne se doutait certainement pas qu'elle leur avait déniché un endroit aussi luxueux ; à Soundport, elle s'était contentée de chercher un hôtel proche de l'île de Parissi, où l'on parlait anglais. Penser à son amie lui fit de nouveau regretter son absence. Elle aurait aimé pouvoir compter sur sa personnalité insouciante et joyeuse parce qu'à cet instant, elle avait du mal à se défaire de son sentiment d'imposture et à se convaincre qu'elle méritait tant de splendeurs.

En revenant dans la chambre, elle vit que l'écran de son téléphone était allumé. Ryan avait envoyé un texto. Elle l'ouvrit et le lut. Il était court :

Eh, comment ça va ? J'ai essayé de t'appeler mais tu n'as pas décroché. Je pars en rendez-vous et tu dormiras sans doute quand je rentrerai. Neuf heures de décalage horaire, c'est dur ! Je retenterai ma chance demain matin, l'après-midi pour toi. J'espère que vous vous amusez bien, Erica et toi ! Je t'aime

En lisant son message, Mia se sentit coupable de ne pas lui avoir dit qu'Erica n'était pas avec elle. En plus, elle se sentait mal de ne pas l'avoir appelé avant de prendre sa douche. Elle n'avait même pas remarqué qu'il avait essayé de la joindre alors qu'elle était au château, où elle n'avait pas de réseau. Pourquoi n'avait-elle pas pensé à lui de la journée ? Une fois de retour à l'hôtel, pourquoi avait-elle appelé Erica, et pas lui ? N'aurait-il pas dû la connaître mieux qu'elle se connaissait elle-même, et n'aurait-il pas dû l'aider à mettre de l'ordre dans ses idées quand elle était confuse, perdue, jetée tête la première dans cette aventure douteuse ?

Elle se laissa tomber sur le lit en soupirant, le téléphone à la main. Oui, elle se sentait coupable, mais ce qui la chagrinait le plus dans ce texto, c'était sa dernière phrase : « J'espère que vous vous amusez bien, Erica et toi. » Elle lui avait tout expliqué, elle lui avait parlé du *schianto*, du fait que sa grand-mère l'avait caché. Qu'elle était convaincue que cette dernière était dans son bon droit de l'avoir en sa possession. Il savait que l'histoire ne pouvait pas être celle que l'avocat italien racontait dans la lettre envoyée à Milt, et qu'elle ne le laisserait pas traîner le nom de sa grand-mère dans la boue. Alors non, elle n'était pas là pour s'amuser ! Il fallait qu'il comprenne, comme Erica le comprenait, qu'elle refusait de laisser calomnier sa grand-mère. Mais Ryan ne voulait rien entendre.

Ou alors il avait entendu, et ça n'avait aucune importance pour lui.

Or c'était important pour elle.

Il était comme ça, songea-t-elle en s'asseyant sur le lit. Il avait toujours le sentiment très clair de ce qui le concernait, ou non. La règle était simple : les choses pratiques l'intéressaient, le travail émotionnel pouvait attendre. Il avait montré cet aspect de sa personnalité quand ils s'étaient rencontrés, un an plus tôt. Le promoteur pour lequel il travaillait avait acheté les deux maisons voisines de chez Lucy, et il espérait que Lucy vende elle aussi, pour démolir l'ensemble des habitations de l'impasse et les remplacer par une seule demeure immense avec vue sur la mer. Il avait appelé Lucy pour prendre rendez-vous avec elle, et elle l'avait renvoyé vers Milt. Plus tard dans la semaine, Milt avait appelé Mia pour l'informer de sa proposition, qui méritait réflexion, d'après lui.

— Lucy a plus de quatre-vingt-dix ans, Mia, et ce sera bientôt l'hiver, avait dit Milt. Ça fait beaucoup à entretenir, cette maison. Évidemment, je peux toujours aller la voir quand elle a besoin d'un coup de main. Mais il y a de très beaux appartements en ville, avec des tas de services à proximité, des voisins, un gardien joignable en permanence. Elle serait peut-être plus à l'aise dans un lieu de ce genre ?

Mia avait donc accepté un rendez-vous le dimanche suivant. Même si elle détestait l'idée de vendre la maison et de la voir démolie, elle avait admiré à quel point Ryan était à l'aise et ses arguments, logiques.

— Mon entreprise est prête à vous dédommager largement, avait-il expliqué. Je pense que vous pouvez en demander le prix que vous voulez.

Mais Lucy n'était pas intéressée. Elle ne s'était pas montrée grossière. C'était une belle journée, elle l'avait accueilli à son arrivée avec du café et des pâtisseries sur la terrasse à l'arrière. Elle avait même dressé la table avec sa décoration habituelle, un lys blanc entouré de feuilles d'eucalyptus. Elle avait écouté la proposition, posé quelques questions sur les délais et la maison qu'ils envisageaient de construire. Mais elle lui avait fermement répondu qu'elle aimait sa vie, qu'elle n'avait pas besoin d'argent et qu'elle n'était pas vendeuse.

Ryan avait accepté sa réponse de bonne grâce et aidé à ranger la vaisselle, et après avoir dit au revoir à Lucy, Mia l'avait raccompagné à sa voiture.

— Je suis désolé de vous avoir fait perdre votre temps, avait-elle dit. J'aurais dû vous prévenir. Mais je voulais qu'elle entende la proposition de votre bouche et qu'elle vous réponde directement. Je ne parle jamais à sa place. Elle ne le tolère pas.

— Aucun problème, avait-il répondu, les mains dans les poches de son jean.

Dans sa chemise d'une blancheur impeccable, il avait donné un coup de pied dans un caillou, l'air indifférent, comme si cela ne changeait rien à sa vie.

— Ça arrive tout le temps. C'est le travail. La plupart de nos idées ne voient jamais le jour. Même si j'y ai cru un instant devant le petit-déjeuner. J'ai pensé qu'elle voulait me choyer pour obtenir une meilleure offre.

— Je suis au regret de vous apprendre que c'était une collation tout à fait ordinaire pour elle, répliqua Mia en souriant. Elle met toujours un lys et des feuilles d'eucalyptus sur sa table. Pour elle, une table de petit-déjeuner doit être parfumée et esthétiquement plaisante.

— Sympa, réagit-il. Bon, j'aurai essayé. En général, les gens ont un prix. Mais parfois, les sentiments se mettent en travers.

— Oh, ce n'est pas sentimental, avait répondu Mia. Ce n'est pas son genre.

— Alors qu'est-ce que c'est, d'après vous ?

— Elle n'est pas sentimentale, répéta Mia. Mais elle connaît la valeur des choses. Vivre ici, où elle peut s'asseoir sur sa terrasse, regarder le ciel nocturne et les étoiles sans que la lumière de la ville perturbe la vue, écouter l'eau clapoter contre le rivage… pour elle, ça a plus de valeur que l'argent. La valeur n'est pas une constante, c'est une variable.

— Vous parlez comme une économiste, dit-il.

— Je suis scientifique, répondit-elle. Je veux le devenir, en tout cas. À sa manière, ma grand-mère l'est elle aussi.

Comme ils arrivaient près de la voiture, il lui avait demandé si elle accepterait d'aller dîner un soir avec elle, et elle s'était surprise à accepter. Elle n'aurait pas cru qu'il puisse être son type. Il était tellement bien mis, presque lisse. Mais il y avait quelque chose de séduisant dans son assurance, la manière dont il faisait son travail sans prendre un refus de manière personnelle. Les semaines suivantes, au cours desquelles ils avaient appris à se connaître, elle avait fini par admirer son savoir. Il avait des connaissances sur des choses qu'elle ignorait totalement. Comme les systèmes de sécurité, les lois d'urbanisme ou les matériaux de construction. Le moyen de distinguer une fissure bénigne d'une fissure symptomatique d'un problème de fondations, ou bien de savoir si une légère décoloration sur un mur signale la présence de moisissure. Il lui parlait d'incendies à l'intérieur de murs, de balcons qui s'écrasaient de huit ou dix étages, de la manière dont il fallait s'y prendre pour éviter ces dangers. Quand il lui disait tout cela, quand il montrait l'étendue de son expertise, elle ressentait quelque chose qui lui avait parfois manqué.

Elle se sentait en sécurité.

Plus tard dans la soirée, après s'être vidé la tête avec une assiette de pâtes à la bolognaise, une sélection de chocolats et un verre de chianti qu'on avait apporté dans sa chambre sur une table roulante avec une rose au centre, Mia se mit au lit.

Elle pensait à ce sentiment de sécurité que Ryan avait suscité chez elle. Il avait énormément compté pour elle ces derniers mois, tandis que la santé de sa grand-mère déclinait malgré les médicaments de plus en plus nombreux qu'elle prenait. Elle entendait l'inquiétude du médecin quand elle appelait après un rendez-vous. Il lui expliquait que cela devenait dur de trouver le bon équilibre chimique, parce que le corps de Lucy devenait trop faible pour supporter les doses fortes dont son cœur avait besoin. Elle avait eu beaucoup de mal à supporter l'état d'angoisse et… de terreur dans lequel la mettait la perspective de perdre sa grand-mère. Elle avait des amis, bien sûr, notamment Erica. Elle avait aussi des collègues, et des voisins dans son immeuble en ville. Elle avait Milt. Elle avait Ryan. Mais sa Lucy, c'était différent. Depuis qu'elle était toute petite, sa grand-mère avait été la seule personne constamment présente dans sa vie. Sa seule véritable famille.

Là, allongée dans ce lit, en pensant à la manière dont elle s'était débrouillée pour parvenir en Italie, jusqu'à cette île et même à ce château, elle se sentait au contraire investie d'un sentiment de puissance, certes modeste, mais pas négligeable. Elle était en mission, seule, et elle progressait. Elle en savait plus sur le château, sur les Parissi, sur le *schianto*. En une seule journée sur la côte méditerranéenne, elle avait beaucoup appris. Et ce n'était pas le même genre de connaissances que d'ordinaire. Contrairement aux chercheurs surdiplômés du labo où elle travaillait, qui gardaient tous les éléments de leurs études sous leur contrôle strict, son investigation ici se faisait à l'instinct. Il y avait tant à découvrir, à explorer en fonction des gens à qui elle parlait et des situations qu'elle rencontrait, des objets qu'elle voyait et de ceux qui lui restaient à découvrir.

Se levant du lit, elle alla jusqu'à sa valise et en sortit les pulls dans lesquels elle avait caché le *schianto*. Elle ne l'avait pas déballé plus tôt parce qu'elle trouvait dangereux de le sortir à l'air libre, même s'il n'y avait personne dans la chambre. Mais là, dans le noir, à la seule lumière de la lune et des étoiles qui pénétrait par la fenêtre, elle se disait que ça ne posait pas de problème de le tenir un peu entre ses mains. Il était beau, solide et majestueux avec sa forme ronde, ses bords moulés, les bandes alternées de granit rêche et de marbre poli. Elle caressa du bout des doigts le pilon, la douceur de son métal, la drôle de petite boule au bout, censée être capable d'écraser des particules en une fine poudre curative. Rien qu'en contemplant cet objet, en sentant son poids, sa masse, sa densité, elle avait un sentiment de contrôle. Elle n'était pas en position de faiblesse, mais de force.

Parce que c'est elle qui avait ce que tout le monde voulait. Elle avait le *schianto*.

Elle le remballa et le replaça dans sa valise en le cachant du mieux qu'elle pouvait. Elle tira la fermeture Éclair en faisant parfaitement le tour, puis fit rouler la valise jusqu'au placard qu'elle ferma. Tout était en ordre, comme sa grand-mère l'aurait voulu. Elle retourna au lit en décidant qu'elle n'éviterait pas Leo, malgré le conseil d'Erica. Parce qu'il savait tout ce qu'il y avait à savoir sur le château, sur les artefacts et les documents mis à jour durant les travaux de rénovation. Sans doute beaucoup plus que ce qu'il avait partagé avec le groupe.

Ainsi, elle venait de décider qu'elle ne se cacherait pas. Il avait menti pour elle, et il s'agissait de savoir pourquoi. Qu'y avait-il chez elle et dans son comportement au château qui lui avait donné envie de la protéger du *signor* Dorria ?

Elle irait lui parler. Elle devait comprendre pourquoi il voulait qu'elle reste dans les parages et découvrir quelles autres informations il pouvait lui fournir.

Elle espérait qu'il l'aide à faire toute la lumière sur l'histoire de sa grand-mère.

15

2018

Mardi

Le lendemain matin, revigorée par le soleil et la vue sublime sur la Méditerranée, Mia enfila une robe à bretelles jaune pâle et des sandales plates en se réjouissant que le temps lui permette de ne pas prendre de veste.

Le chapeau de Leo à la main, elle ferma la porte de sa chambre derrière elle et prit l'ascenseur pour le rez-de-chaussée. En dehors d'une poignée d'employés de l'hôtel, le hall était désert, les agents de voyages étant partis depuis une bonne heure en excursion. Les baies vitrées étaient ouvertes côté mer, et le vent qui pénétrait remuait doucement les rideaux fins avant de venir caresser ses épaules et ses bras nus. Elle fit quelques pas dans cette direction, ferma les yeux en se disant qu'elle pourrait rester dans cette position pour l'éternité. Elle se demanda si sa grand-mère avait senti la même brise sur son corps, si elle avait vu la même mer scintiller en contrebas. Il était logique qu'elle ait aimé Soundport. Encore aujourd'hui, Mia revoyait les couchers de soleil qu'elles contemplaient toutes les deux en toute saison, au son des vagues, et à la lumière de la lune.

Ayant repéré le *signor* Dorria à la réception, elle alla vers lui en prenant une profonde inspiration.

— *Signorina* Abrams, la salua-t-il comme si elle était une vieille amie. *Buongiorno !* Je vois que vous avez décidé de ne pas accompagner le groupe aujourd'hui ?

Il ne lui parlait pas sur le même ton que la veille, quand il la soupçonnait d'être une blogueuse.

— *Buongiorno*, en effet, je ne suis pas très intéressée par le shopping.

Elle regarda les alentours d'un air absent, en se passant la main dans le cou, essayant d'avoir l'air oisive.

— Et… hum… Leo est-il là, par hasard ?

— Je suis désolée, *signor*ina. Il ne travaille pas à l'hôtel aujourd'hui. Puis-je vous aider ?

— Oh, fit-elle, surprise par sa réponse.

Elle avait cru qu'il était employé par l'hôtel, chargé des relations avec la clientèle ou quelque chose dans ce goût, mais la réponse de *signor* Dorria laissait entendre qu'il avait un autre travail ailleurs. Maintenant qu'elle y pensait, Leo avait eu l'air très investi dans l'histoire de Patricio, la veille. Plus qu'elle ne l'aurait attendu de la part d'un guide professionnel.

— Savez-vous où je pourrais le trouver ? J'ai emprunté son chapeau et je voudrais le lui rendre.

Elle le souleva pour lui montrer la preuve.

— Je peux vous en débarrasser et le garder derrière le comptoir si vous voulez…

— Non, non, je vous remercie, dit-elle. Je voulais le voir, de toute façon. J'ai une question à propos de quelque chose qu'il a dit hier, pendant la visite. Il a dit… qu'il serait disponible en cas de questions.

— Il sera ici demain, répondit l'homme. Est-ce que ça peut attendre jusque-là ? À moins que vous préfériez que je l'appelle…

— Oh, non. Ce n'est pas important à ce point. Je le trouverai demain.

Elle préférait tomber sur lui comme par hasard plutôt que lui parler au téléphone. D'autant qu'elle n'avait pas de questions précises en tête et ne se voyait pas lui demander de but en blanc s'il pouvait la raccompagner au château.

— Certainement, *signorina*. Puis-je vous demander quels sont vos projets pour aujourd'hui ? Puis-je vous être utile ?

— J'ai envie de me promener sur l'île, d'aller faire un tour au bord de la mer, dit-elle. Histoire d'avoir une idée de ce que vivront mes clients quand ils viendront ici.

Elle hocha la tête pour appuyer son propos, se disant qu'elle faisait une professionnelle convaincante, au cas où il aurait encore des doutes.

— Enfin, dans l'immédiat, j'adorerais une tasse de café, ajouta-t-elle, désireuse de changer de sujet.

— Eh bien, nous pouvons vous en préparer un ici bien sûr, mais comme vous avez la journée devant vous, je vous suggère de descendre vers la plage, là où vous avez débarqué hier. En longeant le quai, vous trouverez plusieurs établissements très agréables. Le bus fait la navette toute la journée.

Cela paraissait un bon moyen de passer le temps, attendu qu'elle ne verrait pas Leo avant le lendemain.

— *Grazie*, dit-elle en partant vers la sortie.

— Oh, et *signorina* ? Vous pouvez aussi jeter un coup d'œil à ceci, dit-il en désignant des brochures dans un présentoir. Il y a une plaquette sur le château, vous y trouverez peut-être l'information que vous cherchez. La version en anglais est sur la gauche.

Elle acquiesça et en empocha un, puis sortit prendre le bus pour descendre la colline. Personne ne descendait à cette heure, sauf elle. Le chauffeur était gentil et essaya de lui faire la conversation, mais son anglais était rudimentaire, de sorte qu'ils durent se contenter de s'accorder sur le fait que la vue était « *bellissima* » et le soleil, « *forte* ». Elle avait honte de ne pas pouvoir communiquer avec lui en italien. Pourquoi Lucy ne lui avait-elle jamais appris quelques mots ? Elle se rappelait qu'Erica, dont les grands-parents étaient nés au Brésil mais avaient déménagé à Phoenix, se faisait toujours un plaisir d'enseigner aux filles, pendant le repas, quelques phrases en portugais : « *Eu amo sorvete de chocolate* – J'aime la glace au chocolat. Maintenant, à toi : *eu amo sorvete de chocolate !* »

Mais Lucy ne lui avait jamais parlé italien à la maison, et elle évitait toujours d'évoquer son enfance. Mia ne l'appelait même pas Mamie, alors que la grand-mère d'Erica se faisait nommer *Vovó*. Lucy, elle, refusait tout net la version italienne, *Nonna*.

Arrivée au pied de la colline, Mia demanda « Café ? », et le chauffeur lui désigna des bâtiments d'un étage aux couleurs vives, jaune, rose, orange, face à la plage. Après avoir posé le chapeau de Leo sur sa tête – quitte à l'avoir encore, autant qu'il serve –, elle se mit en marche. Sur la plage, une poignée de gens avaient planté des pare-soleil et étendu des serviettes tandis que dans l'eau, des kayaks ballottaient sur les vagues qui déferlaient doucement.

Le premier troquet devant lequel elle passa avait une jolie terrasse en pierre, et le dessus des tables était décoré de peintures estivales de citrons sur des feuilles vertes.

Trois couples y buvaient le café en mangeant des sortes de croissants qu'ils tartinaient de beurre ou de confiture. Les odeurs firent gronder son estomac, lui rappelant qu'elle n'avait pas encore mangé aujourd'hui. Elle s'assit à une table et, lorsque le serveur arriva, elle montra le couple à côté d'elle pour lui signifier qu'elle désirait la même chose.

En attendant son petit-déjeuner, elle sortit de son sac à dos la brochure que le *signor* Dorria l'avait invitée à prendre. C'était essentiellement un outil marketing, avec des photos de la cour, du grand escalier et de la majestueuse salle de bal, entièrement rénovés. Mais les dernières pages étaient consacrées à Patricio. Il y avait une grande photo en noir et blanc de lui, adolescent, debout à côté d'une jeune fille identifiée en légende comme Olivia, la petite sœur qui avait fini par être reniée. Mia examina Patricio, essayant de voir en lui le scientifique reclus, énigmatique et amer dont Leo leur avait raconté l'histoire. Mais elle ne distinguait rien de tout cela. Patricio avait été un grand adolescent timide et dégingandé aux cheveux ondulés, aux lèvres fines et droites, qui fixait l'appareil du photographe par en dessous. Sa sœur, en revanche, ressemblait exactement au concentré d'énergie que Patricio avait décrit : grande, avec des yeux noirs, un sourire aguichant et une épaisse chevelure brune qui lui tombait sur les épaules.

Elle tourna la page et lut l'encadré en troisième de couverture. Il expliquait qu'il restait très peu de photos de l'intérieur du château avant l'arrivée des nazis. Celles qui subsistaient apparaissaient sous le texte : une image granuleuse de la salle de balle, avec un petit orchestre et des couples qui dansaient, les grandes fenêtres ouvertes sur un ciel étoilé ; une autre du couloir semblable à un tunnel qui, d'après la légende, reliait la cuisine aux quartiers du personnel ; et la cuisine elle-même, où étaient alignés, sur une grande table, quantité de plateaux, chacun contenant une tasse de café, un panier de pâtisseries, une petite planche avec des fromages et des viandes, et une ou deux assiettes couvertes d'une cloche, ainsi qu'un petit vase fin avec une fleur. Comme les plateaux l'intriguaient, Mia se pencha sur la brochure pour lire la légende, imprimée en petits caractères.

> Les invités de Parissi se faisaient apporter chaque matin dans leur chambre le plateau du petit-déjeuner par des domestiques qu'on appelait « porteurs de plateaux ». Le repas, copieux, se composait d'œufs, de viandes, de fromages, de beurre, de fruits, de crêpes et de pâtisseries préparées à la demande pour chaque invité. Parissi insistait pour que la présentation soit « parfumée et esthétiquement plaisante ». Ainsi, chaque plateau était décoré d'un lys blanc entouré de feuilles d'eucalyptus.

Les doigts de Mia se mirent à trembler, et la brochure avec. Elle venait de comprendre pourquoi les plateaux l'avaient intriguée. Il y avait un lys et des feuilles d'eucalyptus sur chacun d'eux, c'est ce qui avait attiré son œil sans même qu'elle en ait eu conscience. Elle y avait pensé la veille en se rappelant sa première rencontre avec Ryan, et son commentaire sur le centre de table reconnaissable entre mille au petit-déjeuner.

Mia n'avait jamais beaucoup réfléchi à la manière dont sa grand-mère servait ce repas. Pour elle, c'était son goût particulier. Une petite marque personnelle. Elle comprenait maintenant que c'était plutôt une habitude prise jeune. « Parfumée et esthétiquement plaisante. » La tournure était trop particulière pour que ce soit un simple hasard.

Ma grand-mère a vécu au château, se dit Mia. Et même, elle en avait fréquenté les cuisines. Elle connaissait la décoration obligatoire de chaque plateau, et pourquoi.

Elle avait fait partie du personnel. C'était une porteuse de plateaux, sans doute.

Mia posa le coude sur la table et mit l'index contre ses lèvres. Au même moment, le serveur apporta sa nourriture. Elle la mit de côté et contempla la mer, absorbée dans ses pensées. Un peu plus loin, un bateau venant de la direction de l'île de Parissi se dirigeait vers le continent. *Peut-être des ouvriers du chantier*, songea-t-elle.

Puis, observant un peu plus en détail les gens sur le pont, elle en repéra un qui ressemblait à s'y méprendre à Leo. Plus elle le regardait, plus elle était certaine que c'était lui. Il avait le même maintien, les mêmes épaules larges, les mêmes cheveux noirs mi-longs, et aussi le même style de vêtements que la veille : chemise blanche aux manches remontées, pantalon kaki et chaussures bateau. En plus, il semblait être le seul sans chapeau, ce qui était logique puisque c'est elle qui avait le sien. Attirée par sa silhouette élégante et le souvenir de son sourire enchanteur, elle continua à le fixer tandis que le bateau accélérait. À un moment, il leva la main pour saluer quelqu'un de sa connaissance sur la côte. En le regardant passer, elle se demanda ce qu'il était allé faire sur l'île de Parissi aujourd'hui. Il ne comptait pas parmi les équipes du chantier et il n'était pas habillé comme quelqu'un qui aurait quelque chose à y faire.

Quel que soit son travail, en tout cas, elle ne s'était pas trompée. Il avait accès à l'île.

Et c'est exactement ce qu'elle recherchait. C'est pourquoi elle avait besoin de lui.

Après être revenue à l'hôtel dans l'après-midi, Mia mangea de nouveau dans sa chambre puis descendit dans le hall. Il était neuf heures passées, et l'ambiance était calme et tamisée. La seule autre personne en vue était le jeune employé à la réception, qui lisait un magazine. Mia avait décidé de se faire monter à manger dans sa chambre, ne voulant pas participer au cours de cuisine puis au dîner cinq étoiles prévus d'après le programme de la visite organisée. Au milieu de l'après-midi, elle avait reçu du *signor* Dorria un e-mail lui expliquant que tous les frais prélevés sur son compte venaient d'être remboursés, les gens étant des invités de l'hôtel, et qu'il regrettait son erreur. Mais elle ne voulait pas continuer à profiter de repas et d'activités auxquels elle n'avait pas droit. Elle avait décidé de tenir elle-même le compte de ce qu'elle faisait et de tout payer une fois qu'elle serait rentrée chez elle.

Cependant, après ce qu'elle avait découvert dans la brochure ce matin, elle avait eu envie de rester seule. Elle avait passé le reste de la journée à marcher le long de la plage, à regarder les kayaks et la mer et à observer le château au loin. Ryan l'avait appelée, elle lui avait parlé du lys et des feuilles d'eucalyptus, avait expliqué qu'elle était convaincue désormais que sa grand-mère avait travaillé aux cuisines du château. Il ne se souvenait pas de la décoration du petit-déjeuner que lui avait préparé Lucy lors de sa venue, et il lui avait de nouveau demandé si Erica et elle s'amusaient bien et si elle avait réfléchi à la vente de la maison de Soundport.

Mais elle l'écoutait à peine. Elle ne pensait qu'aux lys et aux feuilles d'eucalyptus qu'elle avait si souvent vus au cours de sa vie. C'était si beau, si odorant, et apparemment tellement chargé de sens. Quant à Ryan, il ne s'en souvenait pas. Pire encore, il balayait cela d'un revers de main. Il changeait de sujet. Il n'avait aucune envie de savoir ce qu'elle éprouvait à cette découverte.

Passant près du canapé du hall, elle adressa un petit sourire à l'employé derrière le comptoir. Elle avait conscience de dénoter, à rôder comme ça pendant que les autres membres du groupe étaient partis se coucher afin d'être en forme pour l'activité du lendemain, quelle qu'elle soit. Mais plus la nuit avançait, plus sa chambre lui avait paru petite et étouffante, malgré les fenêtres grandes ouvertes. Petite, elle allait souvent rejoindre sa grand-mère sur la terrasse le soir parce qu'elle pensait qu'elle devait se sentir seule. Elle se rendait compte maintenant qu'elle aussi aimait prendre l'air le soir, sous la voûte étoilée.

Elle arriva sur la terrasse adjacente au hall. Le restaurant était fermé à cette heure, elle marcha le long du muret qui délimitait le périmètre. Elle s'assit sur un des bancs en pierre, sans dossier, pour faire face au château de Parissi, que les étoiles et la demi-lune rendaient visible.

Pourquoi n'avait-elle jamais interrogé Lucy sur ses décorations de table, le lys et les feuilles d'eucalyptus ? Il ne lui était jamais venu à l'esprit de le faire ; ç'aurait été comme lui demander pourquoi elle choisissait toujours des brosses à dents bleues, ou pourquoi elle portait des shorts l'été plutôt que des jupes ou des robes. Certaines choses étaient telles qu'elles étaient, *point*. Mais maintenant, elle se demandait ce qui clochait chez elle. Quelle petite-fille avait-elle été ? Lucy l'avait élevée avec dévouement, elle était là tous les jours quand elle rentrait de l'école, le dîner était prêt à l'heure, ses vêtements, lavés, sa chambre, rangée et propre pour que Mia puisse se concentrer sur ses devoirs. Elle faisait tout cela en travaillant comme correctrice d'épreuves, pour payer les factures tout en s'assurant que Mia ne soit presque jamais seule.

Mia, elle, ne s'était jamais autant intéressée à Lucy. C'est vrai, les enfants et les ados sont égocentriques, tout le monde le sait et elle ne l'ignorait pas non plus. Mais cela faisait quatorze ans maintenant qu'elle avait quitté la fac, des années et des années de vie d'adulte, et pendant ce temps, Lucy était toujours en vie. Que pensait-elle du fait qu'elle n'ait jamais cherché à rien savoir d'elle ? Était-elle contente que Mia se contente des bribes d'information qu'elle lâchait, sans poser de questions ? Aurait-elle voulu, espérait-elle même une invitation à s'ouvrir, notamment les dernières années, quand elle affrontait la perspective de sa propre mort ? Attendait-elle un signe de Mia pour évoquer les souvenirs qu'elle s'était donné tant de mal à refouler jusque-là ? Lui aurait-elle parlé du *schianto* et de la robe de mariée si Mia lui avait montré ne serait-ce qu'un début d'intérêt ?

— C'est beau, n'est-ce pas ? dit une voix dans son dos.

Elle se tourna et vit Leo approcher.

— Vous savez ce qu'on disait à propos de l'île de Parissi ? Que le ciel restait lumineux la nuit même quand il n'y avait pas de lune et pas d'étoiles. C'est pour cela qu'elle était surnommée *Isola della Notte Brillante*. Je ne sais pas si c'est vrai ou si quelqu'un a inventé cette histoire. Mais j'aime bien venir ici, fermer les yeux et imaginer ce que ça donnait.

Il arrivait près du banc.

— Je peux ? demanda-t-il en montrant la place vide sur le banc à côté d'elle.

— Bien sûr, dit-elle, gênée d'être surprise ainsi, perdue dans ses pensées.

Il s'assit et se pencha en avant, les deux mains sur ses genoux, avant de tourner la tête vers elle.

— On m'a dit que vous me cherchiez.

— Oui… je…

Elle se rappelait qu'elle s'était sentie pleine d'audace la veille, elle voulait l'interroger, lui demander pourquoi il avait menti pour la défendre. Mais elle ne se voyait plus si audacieuse, maintenant. Les révélations sur sa grand-mère l'avaient perturbée.

— J'ai toujours votre chapeau, dit-elle simplement.

— C'est tout ?

Elle n'arrivait pas à savoir s'il voulait dire que ce n'était pas très grave ou s'il était déçu qu'elle n'ait pas une raison plus importante de le voir. Ses yeux scintillaient au clair de lune, et la lumière tamisée venant de l'intérieur de l'hôtel produisait une sorte d'aura derrière lui.

— Vous pouvez le garder tant que vous êtes ici, ajouta-t-il en souriant. J'en ai d'autres. Quelque part.

— Merci, répliqua-t-elle.

Elle n'avait pas besoin de ce chapeau. Elle pouvait très bien en trouver un autre. Mais il lui fallait savoir qu'elle le reverrait. Après ce soir. Au cas où elle aurait besoin de lui demander quelque chose.

— Vous avez apprécié votre café face à la mer ce matin ? demanda-t-il. Avez-vous goûté les *cornetti* ? Vous y voyez sans doute un croissant, mais c'est un peu différent en réalité. J'espère que quelqu'un vous a recommandé d'en manger un.

Elle en resta sans voix.

— Vous ne m'avez pas vu ? demanda-t-il. J'étais sur le ferry qui venait du château et nous sommes passés devant le café où vous étiez installée. Je vous ai salué d'un geste. Je croyais que vous m'aviez aperçu.

— Oh. Je… j'ai vu le bateau et les gens… mais je n'étais pas sûre que c'était vous, balbutia-t-elle, ne voulant pas révéler qu'elle l'avait remarqué.

Puis elle se demanda ce qu'il faisait au château, de bon matin. Comment y était-il retourné ?

— Vous étiez au château ? demanda-t-elle. Avec un autre groupe ?

— Non, je travaillais avec l'équipe sur la rénovation, aujourd'hui. On ouvrait un mur dans la cuisine, et je me suis dit que je trouverais peut-être quelque chose d'intéressant.

— Donc vous travaillez sur le chantier. Je croyais que vous étiez guide touristique.

— Ni l'un ni l'autre, dit-il. Je suis professeur d'histoire italienne. J'enseignais à l'université de Chicago jusqu'à l'année dernière. Ensuite, l'opportunité s'est présentée d'organiser l'exposition ici, pour le nouveau propriétaire de l'île, et je n'ai pas pu résister. Je voulais découvrir les lieux depuis que je suis tout petit. J'ai aussi accepté de travailler avec les gens de l'hôtel pour les aider au marketing. Les visites comme celles d'hier entrent dans mes attributions.

— Oh ?

C'était la dernière chose qu'elle s'était attendue à entendre. Elle n'avait pas imaginé avoir affaire à un universitaire. Il paraissait beaucoup trop décontracté pour cela. Elle n'aurait pas imaginé non plus qu'il ait vécu dans le Midwest.

— C'est donc pour ça que vous n'avez pas le même accent que les gens d'ici. On dirait un Américain.

— Parce que je suis américain, répondit-il. Je suis né à Philadelphie, mais mes parents se sont installés à côté de Rome quand j'étais petit. Ma mère est italienne. Mon père est argentin, mais sa famille était originaire du nord de l'Italie. Nous avons une longue histoire dans ce pays.

— Et comment vous êtes-vous intéressé aux Parissi ? demanda-t-elle.

La question ne lui semblait pas particulièrement personnelle. C'est lui qui avait ouvert la porte à une certaine intimité en dévoilant des informations sur son passé. Mais il sembla considérer qu'il valait mieux ne pas s'appesantir sur le sujet.

— Disons simplement que j'ai mes raisons, déclara-t-il.

Elle se sentit mal de passer pour une fouineuse.

— Ma foi, reprit-elle après un court silence, je comprends qu'on s'y intéresse. L'histoire que vous nous avez racontée sur le bateau est extraordinaire. Qui n'aurait pas envie d'en savoir plus ?

Il laissa son regard se perdre vers la mer, et elle comprit qu'il ne dirait rien de plus sur lui-même pour le moment.

— Et vous ? demanda-t-il. Que faites-vous aux États-Unis ?

— Je travaille dans un hôpital à New York. Dans la recherche médicale.

— Oh, vous êtes chercheuse, comme moi. Dans quel domaine ?

— L'immunologie. C'est la spécialisation de mon labo. En fait, je coordonne l'activité du laboratoire. Je supervise les techniciens et j'aide les autres chercheurs à conduire leurs expériences. Même si j'espère pouvoir faire mes propres recherches un jour.

— Je vois. (Il se tourna vers la mer.) Alors, *signorina* Mia. Il y a une excursion en bateau au programme de votre groupe demain matin. Y serez-vous ?

Elle regarda son profil. Il était calme, mais elle sentait qu'il cherchait à la déstabiliser. Il la mettait au défi, d'une certaine façon. Posait-il cette question pour voir jusqu'où elle était prête à aller afin de ne pas avoir à avouer la vérité ?

— Vous savez que je ne fais pas partie de ce groupe, répondit-elle d'une voix tranquille.

— Tout à fait. Mais je ne voulais pas vous mettre dans l'embarras, au cas où vous auriez eu l'intention de continuer à prétendre le contraire.

Elle l'examinait sans arriver à savoir où il voulait en venir.

— Je ne comprends pas, dit-elle. Pourquoi avez-vous menti, hier soir ? Nous ne nous connaissons pas. Pourquoi vous soucier qu'on me fasse quitter l'hôtel ?

— Parce que… répliqua-t-il lentement… je crois que vous avez des informations qui m'intéressent.

Elle haussa les sourcils. C'était lui qui avait des informations ! Il avait accès au château, il y passait ses journées, à rechercher de nouveaux artefacts. Pourquoi pensait-il qu'elle savait quoi que ce soit ?

— Qu'est-ce qui vous fait dire cela ? demanda-t-elle.

— En tant qu'historien, je parle à des gens très différents les uns des autres, dit-il. Et j'ai appris à repérer ceux qui ont des informations. Vous, je l'ai vu à votre manière de vous comporter durant la visite. Vous n'étiez pas comme les autres.

— Je… je regardais simplement.

— Non, il y avait plus. (Il parlait avec assurance, certitude.) Je vous ai observée quand vous vous êtes retrouvée à la traîne sur la terrasse. Ensuite, j'ai vu comment vous regardiez la vitrine vide du *schianto.* On aurait dit que vous aviez un fantôme devant les yeux. Je pense que vous avez eu comme une apparition, non ?

Elle retenait son souffle, choquée de tout ce qu'il avait compris. Pour autant, il ignorait beaucoup de choses. Par exemple, qu'elle avait le *schianto*. Et aussi qu'elle était la petite-fille de la femme soupçonnée de l'avoir volé. Peut-être n'avait-il même pas connaissance de la lettre envoyée au bureau de Milt. Possible qu'il n'ait pas été informé par le propriétaire de l'hôtel. Auquel cas il fallait qu'elle obtienne son aide avant qu'il l'apprenne, c'est-à-dire sans abattre ses cartes. Elle devait lui donner une raison, une justification rationnelle, afin qu'il la fasse revenir avec lui au château.

— Disons que, comme vous, j'ai mes raisons de m'intéresser à ce château. (Elle décida d'aller un cran plus loin.) Et aussi au *schianto.*

— Vous savez où il se trouve ? demanda-t-il en se tournant vers elle, le front plissé.

— Quelqu'un que j'aime a vécu dans les lieux à l'époque où Patricio y était, dit-elle en ignorant sa question. Je veux savoir pourquoi ma... cette personne est venue là et en est partie. J'ai besoin de retourner sur l'île pour découvrir la vérité sur cette histoire.

— De qui s'agit-il ? s'enquit-il.

— Je ne suis pas encore prête à vous le dire.

— Je vois, dit-il. Eh bien, je serais très heureux de vous emmener au château si c'était possible. Mais je n'en ai pas le droit. C'est interdit. Nous pourrions tous les deux avoir des problèmes.

— C'est un risque que je dois prendre. Je ne peux pas rentrer chez moi sans rien savoir de plus que lorsque je suis partie.

— Je ne crois pas être en mesure de vous aider. (Il commença à se lever.) Je suis désolé mais...

— Non, attendez, dit-elle en le retenant. D'accord, je sais des choses sur le *schianto.* Si vous m'aidez à en savoir plus sur l'histoire de... cette personne, je vous aiderai à le localiser.

Il regarda ses mains, posées sur ses genoux. Puis il releva la tête vers elle.

— Je vous crois, Mia. Et j'ai envie de savoir ce que vous savez.

— Et moi, j'ai envie de savoir ce que *vous* savez, répondit-elle avec un petit sourire.

Il rit doucement.

— Vous avez quelque chose dont j'ai besoin, et vous avez besoin de quelque chose que j'ai, résuma-t-il. Donc j'imagine que nous sommes dans le même bateau. (Il soupira, comme quand on prend une décision difficile.) Retrouvez-moi demain matin à neuf heures sur le quai. Ne dites à personne où vous allez ni que vous venez me retrouver. Et ne soyez pas en retard.

Sur ces mots, il se leva et rentra dans l'hôtel. Elle le regarda s'éloigner à la lumière des étoiles et de la lune.

16

1943

Août

— Attends… Ta mère est Olivia Parissi ? demanda Aldo. La sœur de Patricio ?

Malgré ses yeux baissés, Annalisa sentit Aldo changer de position sur le muret, se tourner vers elle et l'examiner longuement.

— Oui, elle *était* sa sœur, répondit Annalisa. Elle est morte il y a des années.

— Donc le *signor* Parissi est… ton oncle ?

Elle acquiesça.

— Mais tu ne comprends pas ce que ça signifie ? Tu es une Parissi ! Tu n'as pas besoin d'entrer en douce dans le château et de travailler aux cuisines. Tout ça, c'est à toi, dit-il en écartant les bras d'un geste qui embrassait le château, l'île et plus encore.

L'air, le ciel, l'eau en contrebas lui appartenaient, c'était sûr et certain pour Aldo.

— Tu te trompes, répondit-elle. Ma mère a été déshéritée. Je n'ai droit à rien. Vu ce qu'il pense de mon père, il ne voudrait même pas de moi à la cuisine. Il ne sait peut-être pas que ma mère est morte. Il nous détesterait sans doute encore plus s'il était au courant.

— Mais il ne détestait pas ton père. C'est son père à lui qui le détestait.

— Alors pourquoi n'a-t-il jamais tenté de nous retrouver ?

— Parce qu'il ne savait pas par où commencer. C'est ce que m'a dit mon mentor. Il ignorait où se trouvait ta mère.

— Tu es sûr qu'il ne hait pas mon père ? Parce qu'il a brisé l'unité familiale ?

Aldo se rassit.

— Dit comme cela, c'est sûr…

— Je sais, dit-elle. C'est très compliqué. Et mon père n'a plus beaucoup de temps.

— Alors que comptes-tu faire ? Comment vas-tu t'y prendre pour qu'il partage son invention avec toi ?

Annalisa croisa les bras en travers de sa poitrine. Il avait fait chaud toute la journée, mais elle commençait à avoir froid.

— Je ne sais pas. Je n'avais pas anticipé que le château serait aussi grand. Et je ne savais pas que personne ne le voyait, ni qu'on travaillerait toute la journée à la cuisine et qu'on aurait si peu de temps libre. Il y a beaucoup de choses que j'ignorais, en fait. Mais ce n'est pas grave. Je vais réussir, poursuivit-elle en se tapotant le menton du bout des doigts. Il me faut juste un plan.

Elle se tourna vers lui.

— Emilia m'a dit qu'il aime que les domestiques soient curieux et aient envie d'apprendre. Alors… je n'ai qu'à lui montrer que son invention m'intéresse. D'ailleurs c'est vrai, c'est pour cela que je suis ici. Je ne suis pas obligé de commencer par lui dire qui je suis. Je n'ai qu'à jouer l'étudiante intéressée pour le conquérir.

— Tu crois qu'il va partager son invention avec toi juste parce que… tu t'y intéresses ?

Aldo ouvrit de grands yeux pour marquer son scepticisme.

— Pourquoi pas ? Il vaut peut-être mieux ne pas évoquer nos liens familiaux dans un premier temps Je lui dirai la vérité ensuite, quand il m'aimera bien. (Elle le regarda.) Non ? Qu'est-ce que tu en penses ?

Il leva les paumes comme pour se rendre.

— Je ne sais même pas quoi en penser. Je suis là depuis des mois et j'essaye encore de savoir ce que je veux faire de moi. Mais toi… tu arrives ici, et en une journée, tu sais déjà ce que tu es venu faire, comment tu vas le faire, et ce que tu feras ensuite.

— Parce que je n'ai pas beaucoup de temps. Mon père a besoin d'aide.

— Je dis juste que tu m'impressionnes, affirma-t-il en sautant du muret. Je ferais mieux de retourner au hangar. En espérant que la nuit soit plus calme qu'hier.

— Attends ! dit-elle en sautant à son tour. Est-ce que je te reverrai ?

Elle savait que c'était une erreur de s'attacher à quelqu'un ici. C'était une distraction qui risquait de la faire dévier de son objectif. Mais elle ne pouvait s'en empêcher. Elle aimait sa compagnie. Elle le soupçonnait d'éprouver la même chose à son égard.

— Bien sûr, dit-il. Je suis toujours dans les parages le soir, mais pas tout le temps à la même heure. Ça dépend de ce qu'on me fait faire.

— Alors comment saurai-je quand te trouver ?

— Hum. (Il fit passer sa langue sur sa lèvre inférieure tandis qu'il réfléchissait.) Quel arrangement pourrait-on trouver ? Je ne veux pas venir frapper à ta porte et risquer à chaque fois de réveiller tes sœurs. Tu n'as sans doute pas envie que les gens sachent que je viens frapper à ta porte. Il y a beaucoup de ragots ici. Ah, poursuivit-il en s'appuyant contre le muret. Regarde cette pierre, elle bouge. La *signora* Russo me laisse parfois des listes de courses que je fais passer aux gens qui prennent le bateau pour retourner sur le continent.

— Pourquoi cache-t-elle des listes de courses ? demanda Annalisa.

— Je ne sais pas. Mais ce n'est pas la question, dit-il en secouant la tête. Il y a un bloc-notes et un crayon cachés là. Quand je saurai à quelle heure je peux venir le soir, je l'écrirai et tu n'auras qu'à venir le lire après avoir mangé, par exemple.

— OK, dit-elle. Ça devrait fonctionner.

— Oui, sûr et certain. Maintenant, tu as besoin d'aller te coucher. Tu as veillé toute la nuit passée et une grosse journée de travail t'attend.

Il la salua d'un signe de la main et s'en alla vers l'entrée du château. Elle le regarda s'éloigner jusqu'à ce qu'il ait disparu. Puis elle baissa les yeux sur la pierre qui cacherait ses messages. Elle se sentait exaltée, peut-être parce que la nuit semblait vraiment luire, grâce à l'intelligence et aux possibilités concentrées en ce lieu. La promesse contenue entre les murs de ce château était infinie. Elle était maintenant convaincue qu'elle ne serait pas la même en rentrant chez elle qu'au moment où elle était partie. Elle se sentait capable d'inverser le cours du destin promis à son père, de réparer les divisions dans sa famille, peut-être même de modifier le cours de l'histoire humaine. Elle pourrait devenir celle qui guérit les malades.

Parce qu'en vérité, elle changeait déjà. Elle devenait quelqu'un qu'elle connaissait à peine.

Quelqu'un qui savait ce que c'était de tomber amoureuse.

Trois jours plus tard, elle aperçut enfin Patricio.

Elle portait son plateau chaque jour maintenant, elle quittait la chambre avant l'aube en essayant de ne pas réveiller ses sœurs, même si Emilia avait le sommeil léger et qu'elle grognait inévitablement, en enfouissant sa tête sous l'oreiller. Dans la cuisine, elle attendait que la *signora* Russo ait préparé le plateau de Patricio puis le prenait sur la table métallique avant qu'aucun autre garçon ou fille d'étage soit arrivé pour commencer le travail. Ensuite, elle montait jusqu'au troisième étage et traversait le couloir jusqu'à la tour. À sa gauche, il y avait un balcon qui avançait tellement à l'extérieur du château qu'il semblait flotter en l'air. Elle s'y arrêtait un moment pour contempler la mer avant de continuer son chemin. Puis elle posait le plateau sur son bras gauche et poussait la lourde porte en bois sur sa droite, la laissant se refermer doucement pour ne pas faire de bruit. Il faisait noir dans cette aile, malgré les rais de lumière qui entraient par les étroites fenêtres verticales de l'escalier en spirale. À l'autre bout du palier se trouvait une grande porte, qu'elle imaginait donner sur l'appartement de Patricio. Elle déposait le plateau sur une table puis repartait en laissant la porte d'entrée de la tour entrouverte, dans l'espoir de le voir. Elle n'avait pas envie de le rencontrer tout de suite ; elle voulait d'abord avoir une occasion de l'observer.

Deux jours passèrent. Le matin, elle se cachait, guettant l'entrebâillement de la porte aussi longtemps qu'elle le pouvait, mais il fallait bientôt qu'elle redescende, sinon son absence aurait été remarquée. En fin d'après-midi, elle allait voir sous la pierre le message qu'Aldo lui laissait pour connaître l'heure de leur rendez-vous. Pendant le dîner, dans la petite salle où mangeaient les domestiques, elle faisait semblant d'écouter Emilia se plaindre de devoir laver trois fois les marmites de soupe avant que la *signora* Russo soit satisfaite de leur propreté, et Giulia se lamenter de la perte de Vincenzo, tandis qu'elle attendait de revoir Aldo. Quand ils se retrouvaient, plus tard dans la soirée, il lui demandait comment ça s'était passé le matin et réfléchissait avec elle sur la meilleure stratégie à adopter pour espérer apercevoir Patricio récupérer son petit-déjeuner.

Puis, le matin du troisième jour, elle se sentit assez à l'aise pour prendre deux plateaux en plus de celui de Patricio, afin de les livrer d'abord et de ne pas arriver trop tôt devant sa porte. Le stratagème porta ses fruits : depuis sa cachette, elle vit la porte s'ouvrir en grand – et il apparut.

Il avait l'air beaucoup plus gentil qu'elle ne s'y était attendue. Malgré les photos qu'elle avait vues, elle l'imaginait toujours tel qu'Aldo le lui avait dépeint : une sorte d'ogre corpulent, aux épaules voûtées, boitant peut-être, et le visage hérissé d'une épaisse barbe grise. En fait, il était très grand, très mince, avec des courts cheveux blancs gentiment peignés et pas la moindre barbe. Il avait des rides autour des yeux et sur le front. Rien que de plus normal pour un homme qui approchait la cinquantaine d'après ses calculs. Il portait des vêtements amples, ses manches tombaient bas sous ses poignets, comme sa chemise à sa taille.

— Il n'est pas du tout effrayant, se murmura-t-elle à elle-même tout en redescendant chercher des plateaux.

Elle répéta ces mots à Aldo le soir venu, quand ils se retrouvèrent.

Le lendemain matin, elle exécuta la même opération, ne lui apportant son plateau qu'après avoir déposé les deux premiers, et elle le vit de nouveau apparaître pour le récupérer tandis qu'elle était dans sa cachette. Le matin suivant, elle ralentit un peu le mouvement et attendit dans le couloir avec son plateau jusqu'à entendre le bruit de ses pas.

Il ouvrit la porte et la scruta un instant, davantage surpris qu'en colère.

— Vous êtes en retard.

Un constat, pas un reproche. Sa voix était un peu aiguë pour quelqu'un de sa taille. Elle le dévisagea et sentit des larmes lui monter aux yeux en voyant ses lèvres fines, ses joues rouges et ses cils fins et longs. Elle revoyait sa mère en lui.

D'une main délicate, il écarta une mèche de cheveux de son visage. L'espace d'un instant, elle se demanda s'il n'allait pas tout bonnement lui prendre le plateau des mains avant de lui claquer la porte au nez. Elle comprit soudain qu'il ne le ferait pas. Il y avait quelque chose dans l'ambre de ses yeux, qui lui rappelait sa mère. Ce n'était pas leur couleur, sa mère les avait noirs, mais la douceur de leur expression qui lui était familière. Cet homme était amer, elle le savait, et blessé, mais pas méchant. Elle le sut immédiatement. C'est la solitude qu'elle lisait dans son regard. Comme dans celui de sa mère, parfois, quand ses yeux se perdaient au loin par la fenêtre. Peut-être quand elle pensait à la famille qu'elle avait perdue.

— Je suis désolée, Monsieur, dit-elle. Je voulais vous voir.

Il haussa un sourcil.

— Tu voulais me voir ?

— J'ai lu des choses sur vous, dit-elle. Vous travaillez sur un appareil médical. C'est pour cela que je suis sur cette île avec mes sœurs. Je voulais travailler à la cuisine, en espérant que vous m'apprendriez comment fonctionne votre appareil et ce qu'il est capable de faire. Est-ce… est-ce que vous auriez besoin d'une apprentie ?

Elle vit ses épaules se détendre et ses yeux se réchauffer. Il était ému par ce qu'elle venait de dire.

— Tu as lu des choses sur mon invention ?

— Oh oui, des tonnes. Tous les articles et les chapitres de livres que j'ai trouvés.

C'était vrai. Elle avait appris ce qu'il faisait en cherchant des remèdes pour la maladie de son père. En voyant une photo de lui dans l'un de ces ouvrages, elle avait reconnu l'homme dont sa mère gardait une photo dans le tiroir de sa commode. Elle parlait parfois avec tendresse de son grand frère, Patricio, qu'elle aimait, et de leur horrible père, qui ne croyait pas à l'amour. Annalisa avait toujours cru que Patricio était mort, mais en découvrant le cliché dans ce volume, elle avait compris qu'elle s'était trompée.

— Comment t'appelles-tu ? demanda-t-il.

— Annalisa, murmura-t-elle.

Elle aurait bien voulu s'inventer un prénom, mais cela aurait risqué de poser problème avec la *signora* Russo et les autres porteurs de plateaux. Il ne restait plus qu'à espérer qu'il ignorait l'existence de ses nièces.

— Es-tu au courant que je ne parle à personne ? La *signora* Russo ne t'a pas recommandé de ne pas m'adresser la parole ?

— On nous a demandé de ne déranger personne, répondit-elle. Mais je veux apprendre. J'ai tellement envie que vous m'appreniez, je suis désolée.

— Tu sais que je ne parle jamais à personne, répéta-t-il d'un air surpris et presque scandalisé, comme s'il n'arrivait pas à croire que quelqu'un dans ce château ait eu du mal à intégrer cette demande simple et définitive.

— Je sais, dit-elle. Mais je sais aussi que vous croyez à l'éducation, que vous encouragez les autres à enseigner aux domestiques. Je ne veux apprendre que de vous. Je veux vous aider. Je veux que les gens malades guérissent.

Elle soutint son regard pendant qu'il l'étudiait. Elle ne voulait pas qu'il pense qu'elle était du genre à faire machine arrière.

Pour finir, il reprit la parole.

— Es-tu capable d'obéir scrupuleusement à des instructions ? De ne pas poser trop de questions ? Peux-tu faire ton travail discrètement ? Et ne pas te mettre en travers de mon chemin ?

Elle hocha la tête.

— Oui, je travaillerai comme vous me demanderez de le faire.

Il réfléchit un instant.

— Tu as raison. J'ai eu ces mots au sujet de l'éducation. Et je le pense. Il est important de transmettre. De ne pas se couper de la génération suivante. Si tu veux apprendre, entre.

Elle le suivit dans son appartement. La pièce principale était immense et sombre, les fenêtres étant couvertes d'épais rideaux rouges. Comme il la faisait passer par une porte intérieure, elle remarqua qu'il avait un début de calvitie à l'arrière du crâne. Cela lui donnait un air un peu vulnérable, et elle sourit avec affection. Le grand frère de sa mère.

La chambre du fond semblait être son laboratoire. Elle regarda autour d'elle. Il était plus spartiate qu'elle ne l'aurait imaginé. Il y avait une longue table, lourde d'apparence, en fer peut-être, et un tabouret. Sur la table se trouvaient deux tas, l'un de sable et de terre, l'autre, de feuilles et de pétales.

Il prit une poignée de terre.

— Ça a tellement de pouvoir, tellement de potentiel, ici au bord de la mer, dit-il. Ce n'est pas pour rien que les gens gravitent autour des rivages. Cela déclenche quelque chose de très profond. C'est primitif. Il y a des minéraux dans le sable et l'eau, ici. Ils ont des vertus curatives. Le magnésium. Le soufre. Le fer. Ils soutiennent la vie depuis la nuit des temps. Il faut juste que j'arrive à les exploiter correctement, à les extraire et à les utiliser.

— Comment faites-vous ? demanda-t-elle avant de se couvrir la bouche de la main, se rappelant soudain qu'elle ne devait pas poser trop de questions.

Mais ça ne sembla pas le déranger. Elle avait droit aux questions pour l'instant, parce qu'il lui présentait son travail.

— Avec ça, expliqua-t-il en allant à l'autre bout de la pièce, jusqu'à une armoire en acajou, pareille à une garde-robe, qu'il ouvrit en grand.

L'intégralité des étagères était vide à l'exception de celle du milieu, éclairée par une petite ampoule fixée tout au fond, sous l'étagère du dessus, qui projetait une lumière dorée.

— Le *schianto grandioso*, murmura-t-il.

C'était un grand bol composé de bandes alternant pierre rêche et marbre rose et lisse, sur une base noire luisante. Il avait presque la forme d'un V, sauf que la bande supérieure de marbre était légèrement incurvée vers l'intérieur. Grâce à une charnière fixée sur le bord, une sorte de marteau pendait au centre du bol, avec une boule rose à son extrémité.

Il le posa sur la table. Elle mourait d'envie de le toucher, de l'examiner de ses propres mains. À la manière dont il le tenait, elle se doutait qu'il était lourd et fragile à la fois. Elle avait envie de toucher le pilon, de comprendre comment il bougeait, et de passer la main sur les surfaces pour confirmer les différences qu'elle voyait, le soyeux du marbre, la rugosité du reste.

Il fit courir ses doigts sur le bord du bol, aussi doucement que son père lui avait caressé la joue le jour où il lui avait annoncé que leur mère était morte.

— Il broie le sable et libère les minéraux, dit-il. Il faut encore que je le perfectionne. Mais c'est le travail du pilon. La petite boule, ici, dit-il en montrant le bout arrondi du maillet.

Elle était excitée, ravie, et ne voulait rien d'autre qu'étudier avec lui. Apprendre avec lui. L'aider à faire fonctionner son appareil.

— C'est… extraordinaire, murmura-t-elle, émerveillée.

Elle leva les yeux et observa son oncle. Elle reconnaissait sa mère en lui, il avait la même soif de connaissance, la même révérence pour le potentiel de l'esprit humain. Elle savait qu'elle trouverait le moyen d'entrer dans son cœur parce qu'il n'était pas normal qu'une famille comme la leur soit brisée. La magie du *schianto*, ce n'était pas seulement les guérisons, mais la réunion qu'il permettrait. Elle était la fille de son père, mais elle était aussi celle de sa mère et la nièce de Patricio. Elle était la somme de toutes ces parties.

Si elle arrivait à les rassembler, qui sait ce qu'elle pourrait encore accomplir…

Ce soir-là, comme d'habitude, ses sœurs et elle dînèrent avec les autres domestiques. Pendant que tout le monde parlait du cadeau qu'un porteur de plateaux avait reçu de Patricio par l'intermédiaire de la *signora* Russo – un carnet de notes relié en bois et un stylo-plume –, elle alla discrètement sur la terrasse chercher le message d'Aldo, qui disait qu'il la retrouverait à vingt et une heures trente.

Plus tard, dans leur chambre, elle peigna les cheveux humides d'Emilia en écoutant ses sœurs débattre de leur plat préféré, de l'âge de la *signora* Russo, dont elles pensaient qu'elle était plus vieille qu'il y paraissait, et auraient voulu savoir si elle était célibataire ou si elle avait un mari et des enfants qui vivaient ailleurs. N'étant pas prête à avouer, même à elles, ses sentiments croissants pour Aldo, elle attendit l'heure prévue puis sortit de la chambre.

— Je vais chercher de l'eau à la cuisine, dit-elle en guise d'excuse, comme chaque soir où elle partait avant qu'elles s'endorment.

— Tu nous en rapportes ? demanda Emilia.

— D'accord, dit Annalisa en masquant avec difficulté son impatience, mais je dois aller voir quelque chose aussi… Donc ne m'attends pas.

Dans la cuisine, elle se dissimula dans un recoin sombre pour mettre sa robe de coton verte, sa préférée, qu'elle avait prise sous son bras en sortant de la chambre. Ramenant ses cheveux derrière ses oreilles – elle qui n'avait jamais aimé se donner du mal avec sa coiffure, elle aurait bien aimé une jolie barrette ou une fleur pour les fixer sur le côté à cet instant –, elle se rendit sur la terrasse. Aldo l'attendait, assis sur le muret.

— On me dit que tu as pénétré la forteresse imprenable, lança-t-il comme elle approchait. Tout le monde ne parle que de ça au château. Patricio a une apprentie.

— Comment l'as-tu appris ?

Elle s'assit à côté de lui et prit le verre de vin qu'il lui tendait.

— La cuisine ne perd pas grand-chose, reprit-il d'un ton moqueur. Apparemment, Patricio a fait passer le message : à partir de maintenant, c'est toi qui lui apporteras son petit-déjeuner. Tu es dispensée de toute tâche à la cuisine parce qu'il veut que tu travailles avec lui chaque matin. Tu as réussi l'impensable, ma très intelligente amie. Tu as brisé la malédiction. Attends un peu, et il te fera bientôt installer dans une belle chambre. C'est à toi qu'on apportera le petit-déjeuner.

— Mais non…

— Ça arrivera. C'est pour cela que tu es venue. Et tu vas grimper les échelons…

— Toi aussi, tu le peux. Tu as la musique. Aucun de nous n'est obligé de rester à la cuisine. N'es-tu pas venu pour faire de la musique ?

— Je te l'ai dit, répondit-il en haussant les épaules. Je ne sais pas pourquoi je suis ici. J'ai suivi mon professeur, et maintenant il n'est plus là. Mais toi… tu as parlé à Patricio. Ça change tout. (Il lui serra le coude.) Je suis content pour toi. J'ai su tout de suite que tu étais spéciale. Depuis que tu m'as roulé pour que je t'amène ici…

— Je ne t'ai pas roulé…

— Je sais, je sais. Mais tu étais déjà en route. Je suis content de t'avoir connue.

Elle le regarda, soudain plus grave.

— Qu'est-ce que tu racontes ? Ce ne sont pas des adieux. Il lui reste encore beaucoup à faire. Je ne vais pas partir de sitôt. Je te retrouverai ici chaque soir.

— Et je serai là, à fixer le ciel et à t'attendre.

Ils restèrent assis en silence quelques longues minutes, puis ce fut l'heure pour Aldo de retourner au hangar. Sans prévenir, il passa un bras autour de ses épaules, elle le laissa faire et mit son bras autour de sa taille. Cela ne dura qu'un instant, mais elle eut l'impression que toute sa vie avait changé. Il lui tenait chaud et il sentait bon, comme la terre après la pluie. Il la relâcha, lui serra la main, puis elle le regarda disparaître au coin du château. À cet instant elle comprit qu'elle voulait Aldo autant que le remède de Patricio. Oui, elle voulait le remède, elle voulait dire à Patricia qui elle était, et elle voulait Aldo. Sa mère avait choisi son amour avant sa famille, et Patricio avait sans doute choisi ses obligations envers celle-ci avant son amour pour sa sœur. Il s'était engagé dans une vie solitaire.

Mais ces choix étaient-ils nécessaires ? Ne pouvait-elle avoir à la fois Aldo et le remède pour son père ? L'amour et la famille ? L'amitié et la connaissance ? Le cœur et la tête étaient-ils irréconciliables ? C'était une sorte d'expérience scientifique. Un problème à résoudre, un défi. Elle trouverait comment faire pour tout avoir et garder Aldo dans sa vie.

Parce qu'il le fallait. Elle ne tolérerait pas qu'il en aille autrement.

Elle continua à y croire les jours suivants, quand elle commença à passer beaucoup plus de temps avec Patricio qu'à la cuisine. Comme il avait émis l'hypothèse qu'ajouter de la matière végétale au mélange minéral pourrait augmenter sa puissance ou son absorption dans le sang, il la mit à contribution en lui demandant de documenter les propriétés et les effets de différentes plantes. Jour après jour, elle compulsait des livres, et, sur sa demande, notait dans un carnet, en les termes les plus simples, ce qu'elle découvrait.

Camomille : détend les muscles ; réduit les inflammations ; calme l'énergie nerveuse.
Sauge : combat l'infection et la douleur.
Hysope : aide la digestion et la respiration.
Fenouil : réduit l'inflammation.

C'était un travail ardu car les livres qu'il lui donnait, même ceux qu'il avait commandés récemment, étaient remplis de jargon scientifique et d'abréviations latines qu'elle ne comprenait pas, si bien qu'elle devait sans cesse aller chercher des définitions dans d'autres ouvrages avant de revenir au premier. Parfois, elle passait de l'un à l'autre avec toujours plus de questions, au point qu'elle ne se souvenait plus où elle avait commencé ou ce qu'elle lisait au départ, des heures plus tôt.

À d'autres moments, il lui donnait des échantillons de plantes et lui demandait de les analyser pour noter leurs propriétés afin qu'il puisse prédire leur comportement une fois mélangées avec les minéraux. C'était le type de recherches qu'elle préférait, car cela mettait en jeu tous ses sens. Elle avait toujours considéré que le seul moyen de connaître vraiment quelque chose était de s'y confronter. Elle examinait l'échantillon, le tournait et le retournait pour en analyser la forme, les nuances de couleur, la présence de signes distinctifs. Elle respirait sa fragrance et le touchait même du bout de la langue afin d'en déterminer le goût. Elle le malaxait du bout des doigts, le frottait contre ses joues, puis notait ces remarques : translucide, coloré, veiné ; âcre, terrien, herbeux ; doux, amer, métallique ; poudreux, gommeux, collant ou piquant.

Elle retournait dans sa chambre chaque soir après avoir retrouvé Aldo sur la terrasse pour le tenir au courant de l'avancée de son travail et de sa relation de plus en plus tendre avec Patricio. En général, quand elle arrivait, ses sœurs étaient endormies. Mais un soir, à son retour, Giulia l'attendait. Elle fit signe à Annalisa de la suivre dans le couloir pour que leur conversation ne réveille pas Emilia.

— Je descends régulièrement sur le quai voir Vincenzo quand il livre des marchandises, murmura-t-elle. Je ne t'en ai pas parlé parce que tu aurais essayé de m'en dissuader et parce que tu penses que ce n'est qu'une passade. Mais aujourd'hui, il m'a répété quelque chose qu'il a entendu d'un de ses cousins, qui vit en ville. (Elle marqua une pause.) Il dit que papa ne va pas bien.

Annalisa sentit son souffle se couper.

— Comment ça ? Son cœur ?

— Oui, mais pas seulement. La situation empire pour les Juifs. Beaucoup de gens refusent de fréquenter sa boutique. Vincenzo raconte que papa devrait se dépêcher de fuir l'Italie.

— Fuir l'Italie ? Mais où ira-t-il ?

— Il n'ira nulle part sans nous. (Elle se mit à pleurer.) J'ai peur pour lui, Pippa. Je pense qu'on devrait aller le retrouver. D'après ce qu'on a dit à Vincenzo, il a beaucoup maigri. Il a besoin d'aide.

Annalisa ne fit pas remarquer à Giulia qu'elle avait employé le surnom qu'elle n'aimait pas. Les nouvelles étaient trop horribles, il fallait faire quelque chose. Elle avait prévu de laisser passer trois à quatre semaines avant d'annoncer à Patricio qui était son père et de quoi il souffrait. Trois ou quatre semaines pour gagner sa confiance et son affection. Ensuite, elle pourrait lui dire qui elle était ; et lorsqu'il l'aurait acceptée, elle dirait à ses sœurs qu'il était leur oncle

Mais il semblait qu'elle n'avait pas tant de temps que cela devant elle. Il fallait que Patricio en termine avec le *schianto* et la laisse le rapporter chez elle.

Elle n'avait pas le choix. Dès le lendemain, elle révélerait son identité à Patricio.

17

2018

Mardi

Après le départ de Leo, Mia resta sur la terrasse un moment pour digérer ce qu'il lui avait dit. Puis elle retourna dans sa chambre appeler Erica. Il fallait qu'elle informe son amie des dernières nouvelles, et elle l'aurait appelée même si ç'avait été le milieu de la nuit à New York. Heureusement, il était quatre heures de l'après-midi.

— Et il ne sait pas que le *schianto* est là, dans ta valise ? demanda Erica quand Mia eut fini de tout lui raconter.

— Non, je n'avais pas envie de le lui apprendre, répondit son amie, assise sur son lit, éclairée par la lampe de chevet et la lumière blanche des étoiles. Je lui ai raconté que j'ai des informations à ce sujet. Je ne voulais pas tout lui dire, pour qu'il ait envie de m'aider encore. En plus, j'ai peur à cause des mots qu'il a eus hier pendant la visite, tu sais, sur le fait qu'ils veulent poursuivre en justice ceux qui ont le *schianto*. Je ne lui en parlerai pas tant que je ne pourrai pas prouver que ma grand-mère ne l'a pas volé.

— Et il a accepté de t'emmener au château ?

— Oui ! Demain. Je me sens mal de ne pas lui avoir dit la vérité, mais je n'ai pas le choix.

— Ooooh, pas d'autre possibilité que de passer la journée avec un bel Italien. Tu n'as vraiment pas de chance…

Mia leva les yeux.

— N'importe quoi, Erica. Et puis il n'est pas italien. Il est américain. De Philadelphie. Sa famille est arrivée ici quand il était petit. Mais ce n'est pas la question. J'ai un petit ami, je te rappelle. Je ne suis pas venu pour ça.

— Pourtant, il a l'air de te faire forte impression…

Elle eut un moment de silence en comprenant qu'Erica avait raison.

— C'est vrai, reconnut-elle finalement, parce qu'il a quelque chose, je ne sais pas. Une sorte de sincérité. Un peu de tristesse aussi. Ou alors c'est juste qu'on était assis tous les deux, seuls, et qu'il faisait noir. Mais on aurait dit qu'il cherchait quelque chose. Bien sûr, il cherche le *schianto*, mais il a aussi dit qu'il avait un lien particulier avec le château. Ça a l'air personnel. Ce n'est pas pour une banale exposition qu'il veut récupérer un maximum de pièces, je le sens. Je suis curieuse de savoir quels sont les enjeux pour lui.

— Il se pose sans doute la même question à ton sujet, dit Erica.

Mia hocha la tête. Oui, une fois de plus, Erica tapait dans le mille. Voyait-il chez elle la même intensité qu'elle pressentait chez lui ? Était-ce pour cela qu'il avait accepté de l'emmener au château le lendemain ? Cherchait-il lui aussi des informations sur quelqu'un ? Reconnaissait-il chez elle un besoin semblable au sien ?

— Je ne veux pas te mettre la pression mais il ne te reste pas beaucoup de temps, reprit Erica. Demain, on sera déjà mercredi. Tu repars à Rome dimanche pour ton vol retour.

— Je sais, soupira Mia en s'allongeant. C'est pour cela que je dois retourner au château dès demain matin. Et jeudi, et vendredi, et samedi s'il le faut. Je ne peux pas rapporter le *schianto* à la maison et revenir au point de départ. Et je ne veux pas partir d'ici sans savoir pourquoi il est entre mes mains. (Elle serra le poing.) J'ai besoin de réponses. Lui aussi. Enfin, je crois. Et tu sais quoi ? Il n'aura pas les siennes tant que je n'aurai pas les miennes. C'est comme ça.

— Absolument. Tu n'as pas fait tout ce chemin pour rien, lui rappela Erica.

— Exact. Moi aussi, je peux me montrer impitoyable, dit Mia. J'ai vu comment s'y prend Ryan. Tu fais miroiter ce qu'ils veulent aux gens, jusqu'à ce qu'ils plient. Bon, ça n'a pas marché avec ma grand-mère mais elle était particulière. Chacun a un prix, c'est ce que dit toujours Ryan. Le *schianto*, ce serait la timbale pour quelqu'un comme Leo, non ?

— Je suppose, répondit Erica, qui n'avait pas l'air si convaincue. Mais peut-être qu'il n'a pas les réponses que tu cherches. Peut-être qu'il voudrait bien t'aider mais qu'il ne le pourra pas, quoi que tu puisses lui donner en échange.

Mia soupira. L'idée lui avait traversé l'esprit, bien sûr.

— Ouais, répondit-elle. Et tu sais le pire ? Je n'ai pas du tout envie d'être impitoyable avec lui. Il est charmant, et il ne mérite pas que je la joue à l'envers avec lui. D'autant que son but est noble, après tout. Il veut juste que le *schianto* retrouve la place qui est la sienne.

Elle avait les yeux rivés sur ses jambes, étalées devant elle. La vérité, c'était que Ryan ne se laissait jamais entraver par des questions de principe. Quand quelqu'un comme sa grand-mère lui résistait, il haussait les épaules et passait à autre chose.

— La comparaison n'est pas vraiment flatteuse pour Ryan ou je me trompe ? ajouta-t-elle en se détestant de poser la question à voix haute.

Mais il le fallait. Son opinion sur son ami avait changé depuis son retour chez sa grand-mère, vendredi dernier. Ou plutôt, elle se rendait compte qu'elle avait toujours eu conscience de son manque d'empathie mais que celui-ci n'avait jamais eu de conséquences aussi directes pour elle.

— Non, non, tu as raison, dit Erica d'une voix à la fois sûre et peinée de devoir reconnaître la vérité devant son amie. Mais vous êtes tous les deux stressés et très loin l'un de l'autre. Les textos et les coups de fil, ce n'est pas le meilleur moyen de communiquer.

— C'est vrai, admit Mia.

Cependant, elle n'avait aucun mal à communiquer avec Erica, qui était loin elle aussi. Erica ne s'était pas montré indifférente ni insensible cette semaine. Elle était une merveilleuse amie, comme toujours.

— Allez, ne te mets pas dans cet état. Pense juste… à ce que tu vas faire demain. Qui sait ce qu'il en sortira ? On trouvait que tu avais eu de la chance d'aller au château la première fois, et regarde, tu vas y retourner ! Garde espoir, OK ? Il y a des travaux de rénovation. On en abat des murs, on modifie les plans. Apparemment, Leo suit de près ces transformations. Il est au courant de tout. Vous arriverez peut-être à trouver ce que tu cherches, d'accord ?

Mia promit de rester positive, comme depuis le début de son périple, et raccrocha. Erica avait raison, il se passait cette semaine dans le château des choses qui pouvaient conduire à des révélations. Mais elle ne cessait de penser à Leo. Il lui semblait malhonnête de continuer dans cette voie. Il avait menti pour elle, et elle lui mentait en taisant qu'elle avait le *schianto*, deux étages au-dessus de la terrasse où ils avaient discuté.

Son téléphone vibra, elle avait reçu un message de Ryan. Il ne lui demandait pas ce qu'elle faisait ni si elle avait appris quoi que ce soit sur sa grand-mère. Il n'avait pas l'air de s'intéresser à ce qu'elle vivait durant ce voyage. Non, il ne parlait que de ses propres histoires, visiblement convaincu que ses priorités à lui étaient également les siennes. Il disait qu'il était désolé, qu'il avait été trop occupé pour l'appeler, mais que l'affaire qu'il essayait de monter allait sans doute fonctionner en fin de compte, car tous ceux qui s'y opposaient au départ avaient fini par donner leur accord. « Donc, cool, non ? » écrivait-il.

On fêtera ça comme il faut quand on sera tous les deux rentrés à la maison.

Elle reposa son téléphone sur le lit en se demandant comment il avait fait pour renverser la vapeur. Avait-il bluffé, maintenu son offre sans jamais la modifier, ou bien l'avait-il augmentée petit à petit ? Elle se demanda aussi si quelqu'un, au cours de ses réunions, l'avait regardé comme Leo l'avait regardée, elle, avec la même intensité dénuée de la moindre vénalité.

Effleurant ses lèvres de l'index, elle repensa au conseil que sa grand-mère lui avait martelé toute son enfance, celui qu'elle avait intégré plus que tout autre : « Examine les faits avec tous tes sens quand tu dois prendre une décision. » Pour ce qui était de ses sens, ils ne lui disaient pas grand-chose à cet instant vu qu'elle était seule dans une chambre d'hôtel en Italie. Pourtant, elle savait que sa grand-mère lui aurait quand même demandé d'examiner les faits. Mia avait observé Ryan, elle avait appris à le connaître. Il s'était révélé un homme responsable et un petit ami dévoué. Mais il y avait une partie de lui à laquelle elle n'adhérait pas. Un aspect de sa personnalité qui ne lui convenait pas tout à fait.

Elle avait dit à Erica qu'elle pourrait se comporter comme lui avec Leo, se montrer impitoyable. Ensuite, elle s'était corrigée. Au fond, elle ne serait jamais comme Ryan. Elle n'avait pas envie de l'être.

Ces éléments froidement actés, ne lui restait que cette question : que faisait-elle avec lui ?

Le lendemain matin, Mia enfila un legging, un tee-shirt et des baskets, en se disant qu'il y aurait sans doute pas mal de gravats et de poussière au château.

Comme elle allait prendre le chapeau de Leo resté sur la poignée de la porte, son téléphone sonna. C'était Ryan. Elle eut un temps d'arrêt avant de répondre, car elle ne voulait pas qu'il lui dise quoi que ce soit qui la fasse douter d'elle-même ou de sa conduite ; mais il ne l'avait pas appelée à cette heure depuis son arrivée en Italie, et elle eut soudain une vague inquiétude.

— Allô, Ryan, dit-elle. Ça va ? Il est quelle heure chez toi, c'est le milieu de la nuit, non ?

— Ouais, dit-il, l'air en colère. Ça va, si on veut. Je t'ai envoyé un texto hier soir pour te dire que j'avais réussi à boucler cette affaire et tu ne m'as même pas répondu pour me féliciter.

— Oh… je…

Elle était à court de mots. Il avait raison. Il lui avait annoncé une bonne nouvelle, une nouvelle que n'importe quelle petite amie aurait dû accueillir avec enthousiasme, et elle n'avait pas une seconde pensé à le rappeler. Non, son message l'avait fait réfléchir à ce qui les séparait. Et ce n'était pas Ryan qui s'en sortait le mieux à ce jeu-là.

— Je suis désolée, dit-elle enfin. J'aurais dû te répondre. C'est juste que je suis très loin et qu'il se passe beaucoup de choses ici.

— Pas grave, rétorqua-t-il d'un ton qui semblait le démentir. Mais ce n'est pas très agréable, je dois dire. C'est super important pour moi que ça avance. Je pensais que ça compterait pour toi aussi. J'étais là, dans cette salle de réunion, avec deux avocats, un comptable, et les managers…

Elle hocha la tête pendant qu'il continuait, et elle se dit qu'une semaine plus tôt, elle aurait réagi exactement comme il l'aurait voulu. S'il lui avait envoyé le même message pendant qu'elle était au boulot, elle l'aurait rappelé aussitôt pour qu'il lui raconte tout en détail : qui doutait de son projet, qui avait fait quelles objections, comment il avait réussi à vaincre les réticences et à retourner en sa faveur ses adversaires. Elle savait à quel point il voulait quitter son entreprise pour lancer la sienne. Gagner de l'argent, par le biais de commissions et de bonus, était le moyen de financer son rêve, et il croyait qu'elle partageait ses rêves, qu'ils construisaient quelque chose ensemble.

C'était en partie la faute de Mia. Elle l'avait laissé penser pendant des mois qu'elle était derrière lui. Elle ne lui avait jamais demandé de soutenir son propre rêve, qui était de finir son doctorat, peut-être parce qu'elle n'avait jamais considéré que ses espoirs avaient autant d'importance que les siens. Elle ne croyait pas avoir le droit d'être soutenue dans ce projet.

Pourquoi avait-elle laissé cette relation évoluer ainsi ? Pourquoi n'avait-elle jamais exigé plus de respect ? Et pourquoi ne voyait-elle le problème que maintenant ?

Pendant que Ryan parlait, Mia retourna son téléphone pour voir quelle heure il était. Elle n'avait pas envie d'arriver en retard à son rendez-vous avec Leo, et elle ne savait pas combien de temps elle devrait attendre la navette pour le quai.

— Ça a l'air génial, Ryan, dit-elle. Il faudra que tu me racontes tout ça, mais je dois y aller…

— Qu'est-ce qui t'arrive ? Erica est pressée de prendre le petit-déjeuner ? plaisanta-t-il.

Sa voix avait repris de l'assurance, comme si échanger avec elle avait calmé son *ego* blessé.

— Dis-lui que c'est ma faute. Que j'ai besoin de te parler et que vous aurez dix minutes de retard pour la plage, OK ?

Mia prit une grande inspiration. Elle regrettait de s'être excusée, maintenant. Il lui reprochait de ne pas prendre garde à ses sentiments, mais il lui faisait exactement la même chose. Non, c'était encore pire. Il niait ses sentiments et prenait son voyage pour de simples vacances à la plage, parce qu'il en avait décidé ainsi. Il réécrivait son histoire, son rapport avec son passé. Il lui indiquait même ce qu'elle devrait dire à son amie.

— Très bien, répondit-elle froidement. Je vais raconter ça à Erica.

Elle raccrocha, prit le chapeau de Leo sur la poignée de la porte et quitta la chambre.

Dans l'ascenseur, elle se força à calmer sa respiration et son rythme cardiaque. Ce serait un jour de découverte et d'exploration du passé. C'était excitant, comme l'avait prédit Erica. Et elle ne laisserait pas cette conversation avec Ryan lui gâcher le plaisir. Dans le hall, le *signor* Dorria, derrière le comptoir, lui demanda où elle se rendait et, respectant la promesse faite à Leo, elle lui répondit qu'elle retournait au café de la veille manger un autre *cornetto* parce qu'elle avait trouvé cela délicieux. Il lui souhaita une bonne journée en lui rappelant que la navette était à sa disposition, le départ du groupe pour le bateau n'étant pas prévu avant une heure.

Le bus démarra dès qu'elle fut à bord, et une fois en bas, elle remercia le chauffeur. Elle n'avait plus le temps de petit-déjeuner à cause du coup de fil de Ryan, et elle se dit qu'elle allait devoir se contenter d'un cappuccino, aussi fut-elle enchantée de voir Leo sortir du bar de la veille avec un sac de viennoiseries et un plateau sur lequel étaient posées deux tasses de café.

Il portait un jean et un tee-shirt vert bouteille, et la brise ébouriffait ses cheveux. Marchant vers elle, il secoua la tête pour écarter une mèche tombée devant ses yeux puis déposa la nourriture sur une rambarde à côté du quai. Alors il lui fit signe de le rejoindre. Tout en s'approchant, elle se fit une fois de plus la remarque qu'il était d'une beauté infernale avec ses cheveux ondulés et sa barbe parfaitement tondue, ni trop courte, ni négligée, ses épaules larges, sa taille mince, sa démarche assurée. Mais ce qu'elle trouvait le plus charmant chez lui était sans doute ce grand sourire chaleureux – la bouche entrouverte, le menton légèrement en l'air, les pommettes hautes et les yeux plissés. Il était étourdissant quand il souriait. Elle sentait qu'elle allait passer la journée à essayer de le faire sourire.

— *Buongiorno*, sourit-il quand elle arriva près de lui. J'ai interrogé le patron à propos de l'Américaine au grand chapeau qui est venu hier. Il se rappelait bien de vous. Il m'a dit que vous aviez aimé le *cornetto*. Alors j'en ai acheté. Et du café.

Elle se sentait coupable de lui avoir tordu le bras pour l'obliger à l'emmener au château, et lui, au lieu d'être fâché contre elle, il arrivait avec des croissants et du café.

— Vous n'étiez pas obligé de…

— Vous avez petit-déjeuné ? demanda-t-il

— Non mais…

— Alors j'ai eu raison. Nous passerons peut-être un bon moment sur l'île, et il n'y a nulle part où manger là-bas. Je n'ai pas envie que vous vous évanouissiez au milieu du chantier. Vous n'aurez peut-être rien d'autre à vous mettre sous la dent d'ici ce soir.

Elle le suivit sur le bateau, où il s'adressa en italien à quelques hommes costauds portant des jeans et des bottes de travail. Puis il salua le capitaine d'un geste et la conduisit vers un banc.

— J'ai raconté que vous étiez mon assistante, lui apprit-il tandis que le moteur du bateau se mettait à ronfler. Personne n'a l'air de s'en soucier. Ils vont démolir l'ancienne cuisine aujourd'hui, alors ils sont assez excités. Faites-moi une faveur, ne vous blessez pas, et essayez d'avoir l'air habituée aux endroits de ce genre, OK ?

Elle hocha la tête, contente d'avoir eu l'intelligence de mettre un legging et des sneakers plutôt qu'une robe et des sandales.

Il posa les cafés et le sac entre eux, puis lui tendit sa tasse. Elle souleva le couvercle, inspira le parfum de la boisson puis en but une gorgée. Elle était délicieuse, comme la veille. Leo ouvrit le sachet et le lui présenta, elle plongea la main dans l'ouverture pour en sortir un *cornetto.* Il était encore chaud et avait l'air appétissant. En mordant dedans, elle se sentit à la fois enchantée par son goût et gênée par la cascade de miettes qui tomba sur son legging et le devant de son tee-shirt.

— Donc, tout le monde est excité, dit-elle à la fois parce que cela l'intéressait et pour faire diversion. Qu'espèrent-ils trouver ?

— On ne sait pas, répondit-il en mangeant lui aussi. Si on doit trouver quelque chose d'important, ça pourrait être dans la cuisine. Comme je l'ai exposé pendant la visite, la seule confidente de Patricio était la *signora* Russo. Elle dirigeait les lieux. Elle n'était pas vraiment cuisinière, elle gérait plutôt le personnel et elle tenait des registres sur les invités, ce qu'ils aimaient au petit-déjeuner, quels livres ils lisaient, ce qu'ils faisaient pour se divertir, comment ils souhaitaient que leurs vêtements soient pliés et quels draps et serviettes ils préféraient. Elle tenait aussi à jour la liste du personnel. Elle dressait toutes sortes de listes pour les bateaux chargés du ravitaillement du château.

« Nous avons retrouvé des notes de sa main un peu partout, ajouta-t-il. Mais on a des raisons de penser que l'essentiel de ce qu'elle écrivait devait être caché dans la cuisine, où elle passait le plus clair de son temps.

— Pourquoi aurait-elle dissimulé ses notes ? s'enquit Mia.

Leo but une gorgée de café puis reposa sa tasse sur le banc.

— Elle est assez mystérieuse, répondit-il. Autant la plupart des invités étaient assez naïfs quant aux nazis, autant la *signora* Russo semblait avoir conscience de la gravité des événements. Ses écrits, qui n'ont pourtant rien de spécial (ce sont des listes de commis de cuisine, d'invités, de commandes de petit-déjeuner, etc.), ont été cachés au fond de placards et d'armoires, voire dans des compartiments creusés à même les murs. On pense qu'elle craignait que l'île soit détruite et qu'elle voulait sauver ce qui pouvait l'être.

— Si elle soupçonnait ce qui allait se passer, pourquoi n'est-elle pas partie et n'a-t-elle pas poussé les autres à fuir ?

— C'est une excellente question. Je ne crois pas qu'elle s'attendait à une telle dévastation, à la cruauté débridée des nazis. Le plus intrigant, c'est qu'on n'a jamais retrouvé sa dépouille ni aucun document indiquant son envoi dans un camp de concentration. Certains pensent qu'elle travaillait pour les Américains, qu'elle recevait des informations et envoyait des messages par le biais des bateaux de marchandises. On se demande si *Russo* était son vrai nom. Il est possible qu'elle ait été déportée et torturée avant d'être tuée.

— Oh mon Dieu ! s'exclama Mia.

Elle ne s'attendait pas à une histoire si atroce. Leo n'avait rien laissé entendre d'aussi sinistre pendant leur visite, l'autre jour. Il s'était concentré sur les inventions, les créations, la contribution de Patricio aux arts et à la science. Le ton était nostalgique, pas effrayant.

— C'est ma théorie, et elle est partagée, dit Leo. Désolé si cela vous bouleverse, mais l'histoire n'est pas aussi aseptisée que ce qu'on raconte pendant la visite d'un futur hôtel de luxe. Je pense que la *signora* Russo a laissé une mine de documents pour s'assurer que l'histoire ne se répète pas. J'espère que nous les découvrirons au cours de la démolition de la cuisine. Si elle était une héroïne, elle doit être reconnue comme telle.

Mia le regarda. Ce n'était plus le charmeur qu'elle avait rencontré avec les agents de voyages. C'était un homme beaucoup plus complexe, qui l'attirait irrésistiblement.

— Cela compte beaucoup pour vous, n'est-ce pas ? Connaître cette histoire.

— Cela devrait compter pour tout le monde, rétorqua-t-il. Cela ne compte-t-il pas pour vous ? Ne m'avez-vous pas raconté que vous connaissiez quelqu'un qui était lié à l'histoire de l'île ?

Il y avait de la passion dans sa voix.

— Oui, c'est le cas. Et c'est important, bien sûr.

Elle préféra ne rien dire de plus, ne voulant pas qu'il s'enflamme davantage. Elle avait l'impression de l'avoir offensé en paraissant détachée, comme si c'était son projet à lui et non quelque chose qui importait pour le monde entier, et qui continuerait à importer pour les générations à venir. Oui, elle avait un lien avec l'île, comme elle l'avait dit. Mais sa grand-mère était visiblement partie avant l'arrivée des nazis. Elle avait vécu longtemps, elle avait eu une bonne vie. C'était la première fois qu'elle entendait parler de l'horreur qui avait eu cours ici.

— Je connais quelqu'un qui a vécu au château, révéla-t-elle. Mais elle n'est pas morte ici. Elle a vécu ensuite à New York.

Elle attendit un instant, puis décida de lui donner une autre information qu'elle avait retenue la veille.

— C'était ma grand-mère.

— Votre grand-mère ?

Il la regarda d'un air surpris. À l'évidence, il n'avait pas pensé que ce lien était aussi personnel.

— Oui. Je n'en suis pas sûre, mais je crois qu'elle était l'une des employées qui apportaient les plateaux du petit-déjeuner aux invités. C'est à cause d'une photo sur laquelle j'ai vu les plateaux et de leur décoration. Et à cause de ce que Patricio en disait. J'ai trouvé cela dans une brochure de l'hôtel. Ma grand-mère a utilisé les mêmes ornements toute sa vie. Et à leur sujet, elle prononçait les mêmes mots, exactement, que Patricio.

— Je vois, dit Leo. Donc vous avez bien connu votre grand-mère ?

Elle pencha la tête d'un côté et de l'autre.

— Plus ou moins. Elle m'a élevée. Mais à certains égards, je savais peu de choses sur elle.

— Vous avez de la chance, dit-il. Je n'ai jamais rencontré mon grand-père. Il est mort ici. Avec Patricio et les autres. Aux mains des nazis.

Elle porta instinctivement la main à sa poitrine.

— Oh, je suis désolée.

— C'était un peintre, dit-il. Savio Peralta. Patricio l'avait invité pour lui permettre de travailler à son chef-d'œuvre. Une fresque avec des robes. Une robe de mariée, une robe de bal, une chemise de nuit, et ainsi de suite. Il étudiait les tissus, il voulait exprimer avec précision leur manière de balancer, de se draper, de faire des plis. Il avait demandé à des jeunes femmes des cuisines de coudre et porter les robes pour qu'il puisse observer leurs mouvements, et une apprentie s'occupait des travaux de couture les plus complexes. Je n'ai jamais rencontré mon grand-père. J'ai seulement entendu les histoires que ma grand-mère me racontait sur lui. Il avait quitté leur maison en Argentine pour se rendre au château et se dévouer à son art. Ma grand-mère ne s'est jamais remise de son meurtre.

— Oh, Leo… Je suis désolée, répéta Mia, bien qu'elle eût conscience de l'inanité de sa réponse.

— Il lui a écrit des lettres dans lesquelles il disait à quel point il était heureux d'être ici. Il se sentait honoré que Patricio l'ait invité. Il ne reste rien des œuvres sur lesquelles il a travaillé au château. Tout a été détruit, du moins, c'est ce qu'on pense. Seuls les croquis qu'il a envoyés à ma grand-mère existent encore. Je vous les montrerai à l'hôtel. Elle avait beaucoup entendu parler de sa fresque dans ses lettres. Après sa mort, elle a essayé de la récupérer. Son plus grand regret était de n'avoir pas réussi.

« Il avait tellement de talent, soupira-t-il. Mais nul ne l'a jamais su. J'ai de la peine pour lui, et pour le monde.

(Il secoua la tête, et elle entendit sa voix se raffermir.) Nous ne sommes ici qu'un court instant. Une goutte d'eau dans l'océan du temps. Et nous ne voulons qu'une chose : faire savoir que nous avons existé. Une fois que nous sommes partis, nous méritons que notre histoire soit préservée, qu'on sache qui nous étions et comment nous avons vécu.

Il y eut un long silence pendant lequel elle songea à la beauté de ce qu'il venait de dire, puis elle poursuivit la conversation :

— Croyez-vous que vous retrouverez la fresque dans le château ?

— Je l'espère. Mais la mission que je me suis donnée va plus loin. Je veux que le monde sache ce qui s'est passé ici. Chaque histoire doit être racontée, et tout ce qui était ici doit y revenir. C'est le sentiment qui m'habite, Mia. Je resterai mû par la colère tant que tout n'aura pas été mis au jour.

Elle laissa son regard se perdre au fil de l'eau tandis que le château grossissait à vue d'œil.

— Vous parlez du *schianto* ? demanda-t-elle dans un souffle.

— Oui, le *schianto* aussi. C'était le remède censé guérir la maladie et changer le monde. Patricio était un homme brisé, mais il avait la vision d'un monde différent. Il comptait énormément pour mon grand-père et il est scandaleux que quelqu'un se soit approprié cet objet. Pourquoi l'avoir volé, d'ailleurs ? demanda-t-il avec force. Quelle est sa valeur ? Il ne soigne pas, bien sûr, il n'a jamais fonctionné. Mais c'est le rêve qu'il portait, l'espoir, qui fait sa valeur.

— Peut-être n'a-t-il pas été volé, suggéra Mia. Peut-être la personne qui l'a pris avait-elle ses raisons…

— Peut-être, mais sa place est ici. Il fait partie de l'histoire de ces lieux. De leur grandeur et de leur dévastation durant la guerre. Une histoire qui ne doit pas se répéter. Le *schianto* est mon histoire, la vôtre, et celle de tout le monde. L'invasion est notre histoire. L'histoire du peuple juif est notre histoire. Comment vivre dans un univers où la mémoire serait divisée ? C'est la racine de toutes les guerres.

Mia savait qu'il avait raison. Ses mots la touchaient. Cet homme passionné l'émouvait. Elle n'avait jamais fréquenté quelqu'un comme lui. On lui avait toujours appris qu'il fallait rester calme, que c'était préférable, que ça permettait d'arriver à ses fins. Sa grand-mère n'avait jamais fait étalage de ses émotions mais peut-être l'envie ne lui avait-elle pas manqué ; peut-être ne savait-elle pas comment faire, ou alors préférait-elle étouffer ce qu'elle avait vécu et qui l'avait poussée à fuir l'Italie. Elle se sentit triste pour elle. Elle avait envie de la protéger, de la serrer dans ses bras. Il avait dû être dur et épuisant de ne jamais rien montrer.

— Qu'y a-t-il, Mia ? demanda Leo. Je suis désolé. Je ne voulais pas…

— Non, non, ça va. Je suis juste confuse. J'essaye de comprendre. Simplement, je… (Elle secoua la tête.) Je pense à ma famille, moi aussi. J'ai découvert que ma grand-mère avait des secrets. Des choses dont elle ne m'a jamais parlé. Je ne sais pas pourquoi.

— C'est pour cela que vous êtes venue en Italie ?

Elle hocha la tête.

— Je suis content que vous soyez ici, dit-il.

Ils gardèrent le silence jusqu'à ce que le bateau accoste. Une fois à quai, Leo sortit deux bouteilles d'eau d'une glacière, et elle prit une grande inspiration avant de se diriger vers l'escalier et de commencer l'ascension.

En haut, dans la cour, Leo sourit en la voyant s'appuyer contre un des bancs. La montée était vraiment pénible et

Mia avait du mal à croire qu'il ne soit même pas essoufflé. Il lui tendit sa bouteille, encore à moitié pleine, et elle retira le chapeau pour en vider l'eau sur sa tête. Le geste manquait sans doute de dignité, mais le rafraîchissement la soulagea instantanément.

— Vous vous moquez de moi ! dit-elle en le voyant sourire.

Il haussa les épaules.

— Ah, les touristes… railla-t-il.

En représailles, elle secoua la tête pour l'asperger de gouttelettes. C'était un geste spontané qui les fit rire tous les deux aux éclats tandis qu'elle remettait le chapeau. Après la gravité de leur discussion à bord, ce badinage joyeux, bon enfant, faisait du bien.

Au même moment, un homme apparut sur le côté du château.

— Leo ! *Sbrigati !* lança-t-il avant de faire demi-tour et de disparaître.

Leo recouvra immédiatement son sérieux.

— Ils ont trouvé quelque chose, dit-il d'une voix soudain tendue. Il m'a demandé de me dépêcher.

Sur ces mots, ils partirent à grands pas vers la cuisine.

18

2018

Mercredi

Mia le suivit à travers la cour puis ils longèrent le flanc du château. Sur le côté s'étendait une grande zone boisée, en pente, qui semblait s'étirer jusqu'à l'horizon et se fondre avec le ciel. Elle n'avait jamais vu une telle luxuriance, les grands arbres et les taillis épais qui se bousculaient sur cet éperon rocheux lui donnaient l'impression d'être suspendue au milieu des nuages. Mais Leo, insensible à cette poésie, semblait avoir oublié jusqu'à sa présence. Il tourna au coin de la muraille et s'engagea sur la grande esplanade à l'arrière de la bâtisse. Elle accéléra pour le rattraper, ses pas résonnant sur la terrasse en bois qui couvrait les pavés inégaux.

Il se dirigea vers une porte de bois temporaire et entra, Mia sur les talons. Regardant autour d'elle, elle devina qu'ils étaient arrivés dans la cuisine, mais uniquement grâce à quelques indices, notamment un immense bac en pierre qui avait dû faire office d'évier. Le lieu était vidé, les poutres, les colonnes et les tuyaux, exposés à la vue, le plancher nu s'étirant sur toute la surface. Il n'y avait qu'une table pliante au milieu de la pièce, sur laquelle étaient déroulés des plans et des croquis que des pierres maintenaient en place aux quatre coins. Six ou sept personnes faisaient cercle autour du meuble, un casque de chantier sur la tête. Elles tournèrent la tête en voyant Leo approcher. La plupart étaient des ouvriers, reconnaissables à leurs bottes coquées et leurs ceintures porte-outils. En apercevant un homme et une femme en pantalon et chemise boutonnée, Mia en conclut qu'ils devaient être ingénieurs ou architectes.

Leo attrapa deux casques sur un tabouret à côté de l'évier. Les sourcils froncés, il ôta le chapeau de Mia et le remplaça. Cette fois, on ne jouait plus, elle le sentait. Il était concentré, tel un médecin se préparant à une opération délicate. Il mit l'autre casque sur sa propre tête et jeta sa casquette sur le tabouret d'un geste impatient.

— *Cosa succede ?* demanda-t-il en approchant.

Perdue par la conversation en italien, Mia préféra rester sagement en arrière. En regardant par-dessus l'épaule de Leo, elle se rendit compte que le groupe n'était pas du tout en train d'examiner un plan, mais une sorte de feuille à carreaux. On aurait dit que le document avait été roulé, et l'un des hommes essayait de l'aplatir du plat de la main. C'était une liste manuscrite.

Leo, tournant la tête, lui fit signe de se placer à côté de lui. Elle approcha, et il tourna légèrement le papier pour qu'elle puisse mieux le voir. Elle appréciait qu'il tâche de l'inclure dans le groupe. Elle ne savait pas pourquoi elle était passée de la méfiance à la confiance avec lui, mais il semblait avoir suivi le même chemin à son égard. C'était peut-être lié à leur conversation sur le bateau, à la ressemblance de leurs histoires respectives, lui avec son grand-père, elle avec sa grand-mère. Certes, son aïeul à lui était mort dans des circonstances abominables alors que la sienne s'était éteinte paisiblement après une longue vie ; mais ils voulaient tous les deux des réponses.

Leo prit la feuille jaunie en la tenant avec précaution, comme si elle risquait de s'effriter à tout moment.

— Oh *Dio mio*, marmonna-t-il en secouant la tête.

Certains hochaient la tête autour de la table.

— Qu'y a-t-il ? demanda Mia.

— Venez, asseyez-vous, proposa-t-il en la conduisant vers un vieux banc en bois calé contre le mur, à côté de l'évier. C'est énorme.

Elle s'assit près de lui, sentant qu'il la prenait à part parce qu'il voulait son avis, et qu'elle avait donc le droit, voire le devoir, de poser des questions et de l'aider à analyser ce que révélait cette liste.

Le papier toujours entre les mains, Leo s'appuya contre le mur et laissa ses épaules s'affaisser légèrement. Il semblait ne pas croire ce qu'il avait sous les yeux.

— Ils l'ont trouvé sous les décombres quand ils ont ouvert un mur, là où se trouvait le cellier autrefois, dit-il. La *signora* Russo tenait la liste de tous les employés : leur date d'arrivée au château, ce qu'ils faisaient en cuisine, à quoi ils s'intéressaient. Mais elle s'arrêtait en mai 1943, or nous savions que ce n'était pas terminé, que d'autres étaient arrivés au cours de l'été. Les voilà, les noms de ceux qui sont venus travailler en juillet et août, cette année-là. Ceux qui vivaient ici juste avant l'invasion.

Elle regarda le document par-dessus son épaule. Il y avait huit noms dessus, et Leo expliqua qu'à côté figurait leur poste.

— Vous voyez le triangle à côté de certains noms ? ajouta-t-il. Patricio aimait offrir des cadeaux aux domestiques pour les aider à développer leurs talents. Des livres, des outils pour sculpter, des pinceaux, parfois du papier à musique. Comme vous le savez, il a vécu presque toute sa vie comme un reclus, et il envoyait des messages à la *signora* Russo pour lui indiquer quoi distribuer. Elle l'inscrivait sur la liste et dessinait un triangle pour montrer que cela avait été fait. Le mois dernier, nous avons retrouvé un carnet dans laquelle elle avait consigné toutes ces règles. Elle comptait le remettre à sa nièce, qui se préparait à prendre sa relève au château, car la *signora* Russo avait l'intention de le quitter l'année suivante afin de prendre soin de sa vieille mère. Mais cela ne s'est jamais fait.

Il baissa les yeux sur le document.

— Tenez, c'est intéressant, lança-t-il en sortant une paire de lunettes à monture carrée de sa poche avant de les mettre sur son nez pour examiner la page de plus près. Vous voyez ces petites parenthèses à côté des noms ? On pense qu'elles désignent les membres d'une même fratrie. Il y avait beaucoup de frères et sœurs parmi les domestiques. On dirait que les trois derniers à avoir été embauchés étaient de la même famille, vous voyez ? Il semblerait qu'elles soient arrivées en août, cette année-là.

Il se pencha en avant, la main au-dessus du document pour réduire l'éclat aveuglant du soleil qui pénétrait par les fenêtres.

— L'encre s'est estompée, il est difficile de lire les noms… Celui du milieu, c'est Giulia, non ?

Elle approcha pour mieux voir.

— Je crois…

— Regardez, il est écrit qu'elle travaillait comme *starta*, couturière. Elle était apprentie dans le studio du peintre. (Il secoua la tête.) Elle a dû connaître mon grand-père. Ma grand-mère disait toujours qu'il avait eu une apprentie, une jeune fille, dont il disait monts et merveilles. Il ne tarissait pas d'éloges sur ses créations de soies, de lin ou de laine fine. Il pensait qu'elle deviendrait styliste. C'est peut-être elle, Giulia.

Il retira ses lunettes et se frotta l'œil avec l'auriculaire. Mia lui laissa une minute pour se remettre de son émotion. Elle savait qu'elle serait affectée, elle aussi, si elle tombait sur le nom d'une jeune personne qui ait connu sa grand-mère.

Il se redressa, comme s'il chassait cette réaction personnelle, et étudia de nouveau la page.

— Là, ce nom, il ressemble à Emilia, je pense. Au-dessus, la grande sœur… Vous lisez Annalisa, vous aussi ?

— Oui, on dirait.

Il eut un petit rire.

— Eh bien… Nous avons enfin trouvé Annalisa. La porteuse de plateaux qui allait devenir l'apprentie de Patricio. Maintenant, nous savons quand elle est arrivée au château.

Mia réfléchissait. Comme elle l'avait dit à Leo, sa grand-mère avait été une de ces porteuses de plateaux. Et elle avait eu un lien avec Patricio ; n'avait-elle pas toujours dit que la table du petit-déjeuner devait être « parfumée et esthétiquement plaisante », soit exactement les mots employés par Patricio d'après la brochure de l'hôtel ? Si elle avait été l'apprentie de quelqu'un, cela ne pouvait être que d'un scientifique. Elle n'aurait jamais travaillé au service d'un artiste ou d'un musicien si elle avait pu choisir selon ses centres d'intérêt.

Cependant, sa grand-mère s'appelait Lucy, pas Annalisa. En plus, elle n'avait pas de sœurs. Elle ne le lui avait jamais dit explicitement, mais Mia l'aurait su, autrement. Elle n'avait jamais rencontré aucun membre de sa famille, ni cousine, ni oncle, ni tante. Et personne ne l'avait contactée après la mort de Lucy, alors que l'annonce de son décès avait été publiée sur le site internet de la maison funéraire et diffusée un peu partout.

Soudain, Mia se raidit en songeant à une drôle de coïncidence. Sa mère s'appelait Julia, la version anglaise de Giulia. Même si tout le monde l'appelait Mia, elle avait été baptisée Emilia à l'état-civil. Comme la troisième sœur sur la liste. Sa grand-mère lui avait raconté un jour que c'était elle qui avait suggéré ce nom à sa mère.

Et puis, ce nom… Annalisa. L'avocat italien ne l'avait-il pas mentionné dans la lettre que Milt lui avait montrée ? Il accusait Lucy d'avoir pris des noms d'emprunt dont, notamment, Annalisa.

Tout cela n'était-il que pure coïncidence ?

Remarquant que Leo n'était plus à côté d'elle, elle leva la tête et le vit parler à des gens sur le seuil. Après quelques secondes, il revint vers le banc.

— Ils ferment le site pour entamer de gros travaux d'excavation. Personne n'a le droit de rester ici. Le reste de l'équipe s'en va. Nous devrions retourner au quai, le ferry va bientôt partir. Je suis désolé, mais ça se passe comme cela parfois. Le chantier est prioritaire.

— Mais… voulut protester Mia.

Elle n'avait rien vu de ce qu'elle voulait voir. Elle n'avait pas exploré les lieux comme elle pensait le faire : et même si les coïncidences entre cette Annalisa et sa grand-mère semblaient trop nombreuses pour relever du pur hasard, elle ne savait pas réellement comment les interpréter. Cependant, il était inutile d'argumenter. C'était à Leo de décider.

Il lui restait encore le lendemain, le vendredi et le samedi, se dit-elle. Leo devrait la ramener ici autant de fois qu'il le faudrait parce que ce serait le seul moyen pour lui d'apprendre où était le *schianto.*

Elle ne renoncerait pas.

Dans l'après-midi, Leo était attendu pour une croisière au milieu des îles, puis dans la soirée, un banquet sur le continent, où il resterait dormir. Mais il disposait de quelques heures et il lui proposa de se joindre à lui pour déjeuner sur la terrasse. Elle accepta, heureuse de pouvoir passer du temps avec lui, car il lui plaisait de plus en plus. Elle regrettait seulement de ne pas avoir pu se changer. Elle détestait se sentir pleine de poussière. Les lieux invitaient à porter une jupe à fleurs, un haut en soie, et peut-être des espadrilles bleu ciel ou jaune vif. D'ordinaire, elle ne s'inquiétait pas beaucoup dc sa tenue. Au labo, elle portait souvent une blouse blanche, des lunettes et des gants. Tout le monde y était obligé, par sécurité ; malgré leurs précautions, la manipulation de produits chimiques était dangereuse. Mais aujourd'hui, c'était différent. Elle se sentait différente.

Ils s'assirent en terrasse, et le serveur leur apporta une carafe de thé glacé. Il bavarda quelques minutes en italien avec Leo. Tous ceux qu'elle avait vus aujourd'hui semblaient bien le connaître et l'apprécier. Il faisait partie des meubles, aurait-on dit, même s'il n'était là que depuis moins d'un an. Il était d'un abord facile et savait s'attirer rapidement la sympathic.

En l'observant, elle s'aperçut qu'il n'était pas simplement un « véritable Adonis », comme l'avait appelé la femme à bord du bateau. Non, il était unique. Complexe, intelligent. Aimable, chaleureux, délicat, mais ferme et passionné. Elle se rappela qu'en le voyant le premier jour, elle l'avait classé dans la catégorie des hommes beaux et peut-être un peu vains. Combien de fois avait-elle déjà fait cela ? Conclure sans rien connaître ? Qu'est-ce que cela disait d'elle ?

C'était sans doute lié à son travail. La classification était essentielle, dans la recherche, et cela l'aidait peut-être à se rassurer. Quand on peut mettre une étiquette sur quelque chose, c'est comme si on le possédait, d'une certaine manière. Sa grand-mère classait tout le temps les gens. Milt était attentif et généreux, Ryan était intelligent et fiable, Erica était une bonne amie. C'était une façon rapide de traiter les *stimuli* afin de savoir comment agir selon les contextes. Ce n'était pas pour être méchant ; c'était pour se protéger.

Elle but un peu de thé glacé, où des rondelles de citron avaient infusé. Les citrons, ici, n'avaient rien à voir avec ceux qu'elle achetait à l'épicerie, songea-t-elle. Ils n'étaient pas simplement acides ; ils étaient aussi acidulés, une fragrance qui faisait grimacer, mais pas d'une manière désagréable. Un peu comme quand on plisse les yeux face au soleil, mais qu'on l'apprécie. C'était un goût intense, et elle pensa que c'était exactement pour cela qu'il lui plaisait. Les expériences et les sensations intenses revigoraient. Comme le fait de venir seule, ici, en Italie. Elle se rendit compte qu'elle avait passé sa vie à fuir l'intensité. Or, même si elle pouvait nous déborder, elle nous aidait à nous sentir vivants.

Leo se retourna vers elle et lui expliqua que le serveur leur recommandait la sélection de *tramezzini*, des petits sandwiches triangulaires contenant notamment du thon, des olives et du *prosciutto*. Elle approuva volontiers ce choix.

— Dites-moi, qu'y avait-il de si spécial dans le dernier nom que vous avez lu sur la liste, Annalisa ? demanda Mia, une fois le serveur parti.

Elle avait toujours envie d'en entendre plus sur l'île, d'autant qu'elle adorait la manière dont Leo parlait des gens, comme s'il les avait connus. Surtout, elle voulait en savoir plus sur Annalisa. Même si elle avait grandi en pensant que Lucy n'avait ni frères ni sœurs, elle se demandait si Annalisa et sa grand-mère pouvaient n'être qu'une seule et même personne.

— Elle était l'apprentie de Patricio, expliqua-t-il. Nous savions qu'elle n'est restée que peu de temps au château et maintenant, nous connaissons la date exacte de son arrivée. Ce qui est remarquable, c'est que Patricio n'avait jamais pris d'apprentie, il ne voulait personne pour l'aider dans ses recherches jusqu'à ce qu'elle apparaisse. Donc quelque chose chez elle l'a intéressé. Et il y a mieux. Quelques semaines avant l'invasion, il a assisté à un concert dans la salle de bal – les débuts, d'ailleurs, du compositeur italien Aldo Verga. Il n'avait jamais fait une chose pareille avant l'arrivée d'Annalisa.

— Donc vous pensez que c'est grâce à elle ? Qu'elle l'a changé, d'une certaine manière ?

— Peut-être. Connaissez-vous Verga ?

Comme elle secouait la tête, le serveur leur apporta le déjeuner. Ils entamèrent aussitôt le repas. La nourriture était délicieuse ; le pain était chaud et croustillant, les garnitures, fraîches et pleines de saveurs. Mais Mia ne resta pas longtemps concentrée sur ce qu'elle mangeait. Elle était fascinée par cette jeune femme, cette apprentie qui avait peut-être changé la vie de l'héritier des Parissi et d'un compositeur en herbe. Elle voulait entendre la suite.

— Verga était un compositeur et un violoniste de classe mondiale, dit Leo. Il a commencé comme apprenti sur l'île. Il y a quelques années, il a écrit ses mémoires, un livre extraordinaire, où il évoque brièvement son séjour au château. On en trouve d'ailleurs une traduction anglaise dans le jardin d'hiver de l'hôtel, je vous la montrerai si vous voulez. Verga a connu un succès tardif avant d'être joué dans toute l'Europe. Dans ses mémoires, il raconte qu'il a commencé à composer des décennies plus tôt, au château, et qu'il a été inspiré par une femme qu'il y avait rencontrée. Le livre lui est dédicacé. Il a même composé une œuvre à son nom : « Pour Pippa ».

Mia en eut le souffle coupé. Pippa ! Elle s'en souvint immédiatement. C'était l'autre nom que l'avocat italien avait mentionné dans sa lettre. Annalisa et Pippa.

— Pippa, répéta-t-elle en essayant de contrôler son excitation. Qu'est-ce que cela signifie ?

— C'est le surnom de la personne qui l'a inspiré. Il venait peut-être de sa famille, on ne sait, Mais l'important, ici, c'est qu'Annalisa était dans le public aussi le soir où Patricio a assisté au concert, celui où Verga a joué cette œuvre pour la toute première fois.

— Qu'en déduisez-vous ? Vous pensez qu'Annalisa et Pippa étaient la même personne ? En quoi la présence d'Annalisa aurait-elle donné envie à Patricio de venir entendre la musique, lui aussi ?

— Cela, je l'ignore, répondit Leo en terminant un sandwich et en s'essuyant les doigts sur sa serviette. Mais je cherche des indices. Le fait qu'Annalisa soit devenue l'apprentie de Patricio, qu'elle soit allée au concert le même soir que Patricio… disons que je m'interroge.

— A-t-on demandé à Verga qui était cette Pippa ?

— Bien sûr. Mais il a joué avec les journalistes. Parfois, il disait qu'elle n'existait pas. Qu'il faisait seulement référence à la lune.

— Mais vous n'y croyez pas, s'anima Mia.

Leo leva les mains en l'air.

— C'est l'évidence. Sa musique est passionnée, romantique. L'amour, la rupture, le manque. La lune n'a rien à voir là-dedans. Tenez, je vais vous la faire écouter.

Il ouvrit son téléphone, y tapa quelques mots puis le tendit dans sa direction.

— L'orchestre de Vienne, dit-il. C'est la dernière fois que cette pièce a été jouée.

Elle écouta. La qualité du son était médiocre, mais Leo avait raison : c'était une musique pleine d'émotions, de violons étirés et d'accords mineurs. Cela montait en un *crescendo* avant de retomber vers une fin tout en langueur. C'était poignant et beau. Elle savait qu'elle n'oublierait pas cette mélodie.

— Je crois que Pippa était une femme et qu'il l'aimait, dit Leo avec conviction. Il l'a rencontrée au château et il craignait qu'elle lui brise le cœur. La musique… elle se termine sur une note de bonheur, vous ne trouvez pas ? Par une question. Vous entendez ? (Il remit les dernières notes.) Vous entendez ? Il y a de l'espoir, il n'est sûr de rien.

Il avait raison. La fin ne sonnait pas comme une fin. Elle donnait l'impression que tout pouvait continuer. La mélodie restait comme suspendue, de sorte que l'auditeur ne savait pas ce qui arriverait ensuite.

— Pourquoi n'a-t-il pas admis avoir écrit cet air pour quelqu'un qu'il avait aimé ? demanda-t-elle.

— Qui peut savoir ? Les gens ont bien des raisons de mentir. Vous en avez peut-être fait l'expérience vous-même.

Elle baissa les yeux sur la serviette posée sur ses genoux en espérant qu'il ne la voyait pas rougir comme une pivoine. Ou qu'il croirait que c'était à cause du soleil.

— Par la suite, Verga a été heureux en mariage pendant cinquante ans, dit Leo. Il a eu la chance de fuir l'île de

Parissi quand les nazis sont arrivés. Il s'est installé en Suisse, s'est marié, a eu six enfants et quatorze petits-enfants. Et deux arrière-petits-enfants. Peut-être est-ce pour cela qu'il ne voulait pas avouer son amour pour Pippa. Imaginez-le dire à son épouse, après cinquante ans de mariage, qu'il en aimait une autre, et cette autre personne avait inspiré l'œuvre la plus époustouflante de sa vie ?

Mia réfléchit un instant, consciente qu'elle ne pouvait éprouver les mêmes sentiments que Verga. Elle n'avait jamais été créative. Elle ne savait pas ce que cela faisait d'être inspiré par un authentique amour.

— Mais quelqu'un pourrait peut-être lui parler aujourd'hui ? Maintenant que vous avez la liste avec le nom d'Annalisa ? Personne ne peut lui demander si Pippa était Annalisa ?

Il secoua la tête.

— Il est mort l'année dernière, peu de temps après sa femme. On s'est beaucoup demandé pourquoi il avait recommencé à jouer une pièce composée depuis si longtemps. Peut-être savait-il qu'il allait mourir et voulait-il qu'on se souvienne de cette composition. Ou alors… je sais que c'est morbide, mais… après la mort de sa femme, il a pu se sentir libre de revenir aux souvenirs de celle qu'il avait aimée dans sa jeunesse. À vrai dire, après tout ce que j'ai appris ces derniers mois, j'ai le sentiment, non, la quasi-certitude qu'Annalisa était Pippa, que Pippa était le surnom d'Annalisa. Ce serait logique.

« Donc, comme vous le voyez, la découverte sur cette liste du nom d'Annalisa a une grande importance, continua-t-il. Nous savons qu'elle était là, qu'elle a existé, et quand elle est arrivée sur l'île. Nous pouvons maintenant commencer à imaginer d'où elle venait et si elle a pu en réchapper comme Verga. Parce qu'il y a une chose dont nous n'avons pas encore parlé. En tant qu'apprentie de Patricio, elle devait avoir accès au *schianto*.

« Sur un plan personnel, c'est la première fois que je découvre le nom de quelqu'un qui a connu mon grand-père, ajouta-t-il, les yeux remplis d'espoir. Si une seule des trois sœurs a survécu, Annalisa, Giulia, ou la troisième, dont je ne me rappelle pas le nom, si l'une d'entre elles est en vie ou a des descendants, qui sait ce que nous apprendrons encore ? (Il eut un sourire.) Aimeriez-vous voir le travail de mon grand-père ?

— Avec plaisir, dit-elle.

Il fit un signe de la main au serveur pour dire qu'il réglerait l'addition plus tard, puis la conduisit dans le hall. Il lui montra alors un livre d'art sur la table, et en fit défiler les pages jusqu'à tomber sur une photo.

— C'est mon préféré, un croquis, dit-il. Il avait envoyé l'original à ma grand-mère. Il s'était inspiré de sa robe de mariage, qui avait été cousue à la main ici, sur l'île…

Il tourna le catalogue dans sa direction et elle eut un mouvement de recul, saisie d'effroi. Elle ne pouvait se tromper.

C'était la robe de mariage qu'elle avait trouvée dans la penderie de sa grand-mère.

19

1943

Août

Le lendemain du jour où elle avait appris que son père était de plus en plus malade, Annalisa monta comme d'habitude en haut de la tour. Patricio la mit au travail sur les échantillons de botanique, à nettoyer les feuilles et tailler les tiges, pendant qu'il continuait à polir le maillet et le bol. Au bout de quelques minutes, il vint voir comment elle s'en sortait.

— Joli, observa-t-il. Continue un moment, ensuite tu pourras te remettre le nez dans les livres.

Elle leva les yeux vers lui, espérant attirer son attention avant qu'il retourne à son ouvrage.

— Professeur Parissi ?

— Hum ?

Il était déjà assis à sa table, le maillet à la main, et la regardait par-dessus ses lunettes.

— Est-ce que sera bientôt prêt ? demanda-t-elle en avançant vers lui.

— Rien ne sert de précipiter le travail scientifique, répondit-il en baissant les yeux sur son ouvrage. Ne t'ai-je pas demandé d'éviter de poser des questions idiotes ?

— Mais… et si quelqu'un avait besoin de votre remède ? insista-t-elle. Quelqu'un pour qui vous auriez énormément d'affection ?

Il releva la tête.

— Tu penses à quelqu'un ?

— Eh bien… oui.

Elle le vit s'adoucir, et à cet instant il ressemblait beaucoup à sa mère.

— Quelqu'un dont tu es proche

— Très proche.

— Quelqu'un qui est malade ?

Elle hocha la tête.

— Je suis désolé, dit-il. Je pensais que tu avais compris. La science ne s'adresse pas à l'individu, mais à l'ensemble de l'humanité.

— Je sais mais…

— Il n'y a rien de personnel là-dedans. Tu devrais le savoir.

— Oui, mais…

— Je suis désolé, répéta-t-il. Je ne peux pas aider ta famille.

— Ce n'est pas seulement ma famille, dit-elle.

— Comment cela ? s'ensuit-il, concentré sur son travail.

— Je dis que ce n'est pas seulement ma famille, insista-t-elle, plus fort cette fois. C'est votre famille. *Notre* famille.

Le maillet lui échappa et tomba lourdement sur la table.

— *Notre* famille ? demanda-t-il, l'air agacé. Qu'est-ce que tu racontes ? Quel est le rapport avec moi ?

— Le rapport, c'est ma mère.

— Ta mère ? Mais… Oh, et puis non ! s'emporta-t-il. Assez d'énigmes pour aujourd'hui !

— Écoutez-moi, s'il vous plaît, s'écria-t-elle. Ce ne sont pas des énigmes ! Ma mère était votre sœur. Et la personne qui va mourir, c'est mon père. Le mari de votre sœur. (Elle prit une profonde inspiration, sachant qu'elle venait d'ouvrir une porte impossible à refermer.) Je suis votre nièce. La fille d'Olivia.

Le silence qui suivit lui parut durer une éternité. Elle se tordait les mains en passant la langue à l'intérieur de sa joue, se tortillant les orteils dans ses chaussures, ne sachant plus où se mettre tandis que Patricio la dévisageait, une expression indéchiffrable sur le visage. Il retira ses lunettes, se leva, et elle remarqua pour la première fois que des cernes noirs creusaient son visage usé, las. Elle vit sa bouche s'ouvrir, puis se refermer.

— Tu es *quoi* ? demanda-t-il d'une voix qui était presque un grognement animal.

Elle ignorait quoi faire et quoi dire, ne sachant comment il allait réagir. Il semblait capable de n'importe quoi, la frapper, hurler, quitter la pièce en furie. Elle le connaissait si peu. Que ferait-elle s'il s'en allait ? Resterait-elle à l'attendre ? Continuerait-elle ses recherches ? Elle ne faisait plus un geste, le regard rivé au sien.

Puis, après quelques longues et terrifiantes secondes, les épaules de Patricio retombèrent, il baissa les yeux, et elle comprit que ça irait.

— Tu es… la fille d'Olivia ? commença-t-il d'une voix étranglée.

Elle hocha la tête, même s'il regardait par terre.

— Nous sommes trois. Je suis l'aînée. Mes sœurs sont là aussi.

— Olivia a trois filles… Trois filles adultes ?

— Oui, enfin, pas tout à fait adultes. J'ai dix-huit ans. Giulia en a dix-sept et Emilia vient d'avoir quinze ans.

— Et ta mère… C'est elle qui vous a envoyées ici ?

Elle pencha la tête, espérant que la vérité ne lui fasse pas trop mal.

— Ma mère est morte il y a des années. Désolée de vous l'apprendre.

— Olivia... est morte, répéta-t-il d'une voix faible.

Il alla à la fenêtre, face à la Méditerranée, et plongea les mains dans les poches de son pantalon. Puis il tourna la tête et la regarda par-dessus son épaule.

— Comment est-ce arrivé ?

— Elle est morte en couches. Elle attendait notre quatrième sœur. Il y a eu une complication. Elles n'ont pas survécu.

— N'avait-elle donc pas de médecin ? s'écria-t-il. N'a-t-on rien pu faire ?

— Je ne sais pas, dit-elle. Je n'avais que six ans.

Elle se souvenait d'être allée passer la nuit chez une voisine. À son retour le lendemain matin, elle avait découvert que sa mère et le bébé n'étaient plus là. Son père était assis, immobile, près de la fenêtre. Une lointaine tante de son côté était venue vivre avec eux plusieurs mois pour l'aider, et quand elle avait dû partir, une vague parente lui avait succédé.

Annalisa ne gardait presque aucun souvenir de ces premiers mois. Elle ne se rappelait que la douleur intense de son père, qui avait duré des mois. Elle essayait de ne pas pleurer parce qu'elle avait peur que ça le fasse partir, lui aussi. Il avait fini par se reprendre et se remettre au travail. Mais il était resté triste, fragile, avant même que son cœur ne commence à montrer des signes de faiblesse. La jeune fille avait ensuite décidé que le mariage n'avait rien de bon. Si l'issue, c'était cela... L'un mourait et l'autre était réduit à une coquille vide.

— Olivia… est morte, répéta Patricio en se tournant vers la fenêtre. Maintenant, tu es là pour ton père ? Tu veux que je sauve l'homme qui a tout détruit.

— Ce n'est pas sa faute, dit Annalisa. Il l'aimait.

— L'aimait-elle autant qu'elle nous le disait ?

— Oui. Elle a renoncé à tout pour lui.

— Elle te l'a dit.

— Je l'ai vu. J'étais jeune, mais je me souviens. Elle adorait travailler dans la boutique avec lui. Ils se tenaient tout le temps par la main. Elle chérissait les mains de mon père, à cause du travail qu'il faisait. Malgré les piqûres d'épingle et les cals. Elle disait qu'on se savait amoureux quand on était heureux de tenir simplement quelqu'un par la main.

— Professeur Parissi… mon oncle, continua-t-elle, enhardie par le souvenir de ses parents. J'aimais ma mère, et j'aime mon père. Je ne veux pas qu'il meure. Je veux qu'il guérisse pour pouvoir l'emmener ailleurs, dans un endroit sûr. Les gens diront peut-être que c'était idiot de ma part de venir jusqu'ici. Et c'était peut-être idiot de la part de ma mère de quitter sa famille. Mais elle l'a fait. Et je suis là.

Il secoua la tête, l'air accablé.

— Je l'ai entendue se disputer avec mon père dans son bureau, dit-il. Il traitait ton père de tous les noms d'oiseau. Il l'a menacée de lui couper les vivres si elle allait au bout de ce qu'il appelait sa folie. Mais je savais qu'elle n'était pas folle. Je connaissais ton père, je l'avais rencontré. C'était un homme bien.

Il garda le silence quelques secondes avant de poursuivre.

— Je n'ai même pas essayé de l'aider. J'avais trop peur. Mon père disait tout le temps que j'étais faible. J'aurais pu faire quelque chose, mais je n'ai rien entrepris. Je voulais prouver à mon père qu'il se trompait sur mon compte.

— Elle ne vous en voulait pas.

Il la regarda avec scepticisme.

— Tu en es sûre ?

Elle acquiesça.

— Elle disait qu'elle aimait beaucoup son frère.

— Elle m'a hurlé dessus ce soir-là. Elle m'a traité de lâche. Elle n'a même pas dit au revoir.

— Elle vous a pardonné. Elle avait de bons souvenirs de vous. Elle se rappelait vos promenades jusqu'au rivage, quand vous alliez ramasser des coquillages et des galets. Elle se rappelait que vous examiniez les pierres en vous demandant ce qu'il y avait à l'intérieur. Elle vous posait des questions sur le soleil, la pluie, les nuages. Elle disait qu'elle n'avait jamais connu quelqu'un de plus intelligent. Elle ne pensait pas que vous étiez lâche, ajouta-t-elle. Le lâche, c'était son père. Votre père.

Il retourna à la fenêtre.

— J'ai essayé de la retrouver après la mort de mon père, dit-il. Mais je ne savais pas où ils étaient allés.

— Ils se sont installés dans un village, près de Rome, lui dit-elle. Nous avions une vie très heureuse. Je me rappelle les amis, les fêtes, des moments merveilleux. Elle était heureuse, je vous le promets. Son seul regret était d'avoir perdu son grand frère.

Il retourna à la table et se laissa tomber sur son fauteuil.

— Et votre père… il est malade ?

— Il est très faible, à peine capable de marcher.

— Et il demande mon aide ?

— Non. Il ignore que nous sommes là, mes sœurs et moi. Il serait fou s'il le savait. Il vous en veut, ainsi qu'à votre famille, pour la mort de ma mère. Comme vous lui en avez voulu.

— Et vous êtes tout de même venue…

— Parce que… vous étiez son frère. Et nous avons besoin de vous. Ne pourrions-nous pas tous bien nous entendre ?

Il rit doucement.

— Tu lui ressembles tellement. Tellement directe, et curieuse. Et tu n'acceptes pas qu'on te dise non.

Elle sourit.

— Vous aussi, vous lui ressemblez. Je l'ai remarqué dès que je vous ai vu. Parfois, cela me trouble au point de me déconcentrer… Elle voudrait que vous aidiez mon père, insista-t-elle. Pour elle, cela serait un moyen d'enterrer une bonne fois pour toutes les querelles et les ressentiments du passé.

Il posa un coude sur la table et se gratta le front, les yeux rivés aux documents qu'il avait devant lui. Quand il releva la tête, il avait les yeux rougis par l'émotion. Ses lèvres fines esquissèrent un sourire, et elle se dit qu'elle se tenait face à la personne que sa mère voyait quand elle était toute petite.

— Je suis content que tu sois venue, Annalisa, dit-il. Je suis content que tu sois là. Je sais qu'elle serait d'accord avec ce que tu me demandes. Finissons le *schianto*. Ensuite, nous verrons ce que nous pouvons accomplir d'autre ensemble. Je vais me racheter auprès de ta mère. Je ferai de toi une scientifique, celle qu'elle aurait pu être si elle était restée. Ce sera mon cadeau pour elle. Ce sera son héritage.

Il ouvrit les bras et, sans hésitation, elle courut se jeter contre lui. L'espace d'un instant, ce fut comme si sa mère était revenue. Elle savait qu'elle aurait été fière qu'elle ait réussi à rassembler une famille brisée, à réunir la tête et le cœur – la tête de son oncle, et le cœur de sa mère.

Et bientôt, son père serait guéri.

À partir de ce moment, Patricio parut régénéré, rajeuni même, on aurait dit un adolescent. Annalisa avait peine à croire au changement qui s'opérait en lui. Elle comprit qu'il avait passé des années à ployer sous le poids de la culpabilité, il s'en voulait de la division de sa famille, de la perte de sa sœur, de la terreur qu'il éprouvait devant son père ; et maintenant qu'elle était arrivée dans sa vie, il entrevoyait le moyen de se racheter.

Ce soir-là, elle fit venir ses sœurs dans la cuisine, toujours déserte à cette heure, pour leur expliquer que Patricio, le maître du château, le scientifique qu'elle était venue trouver dans l'espoir de sauver leur père, n'était autre que leur oncle. Au départ, elles ne voulurent pas la croire. Elles posèrent mille questions : comment l'avait-elle appris ? Comment avait-il réagi quand elle avait expliqué qui elle était ? Que se passerait-il maintenant ? Alors qu'elle tentait des explications, c'est la *signora* Russo qui fournit la réponse à la dernière question. Elle arriva au moment où Annalisa expliquait à ses sœurs que leurs affaires avaient été déménagées du quartier des domestiques vers une suite, où elles auraient chacune leur chambre.

Aucune d'elles n'avait jamais connu un tel luxe. Les lits et les oreillers en plume, les penderies immenses et les superbes meubles d'acajou. Elles avaient même leurs propres salles de bains, avec une baignoire en marbre et des tas de serviettes épaisses et moelleuses.

Le temps de s'installer dans leurs appartements, il était onze heures passées et elles étaient toutes les trois épuisées. Annalisa se rendit compte qu'elle avait oublié d'aller voir sous la pierre du muret de la terrasse si Aldo l'attendrait. Elle se sentit mal d'avoir raté un éventuel rendez-vous. Il l'avait avertie que leur amitié prendrait fin dès que Patricio apprendrait son identité mais elle n'avait pas voulu le croire, et elle ne le croyait toujours pas. Elle s'excuserait quand elle le verrait pour son absence de ce soir. Et il comprendrait. Il serait heureux de tout ce qui lui arrivait.

Les jours suivants, Patricio rencontra Giulia et Emilia et demanda aux trois filles de le considérer en toutes choses comme leur oncle. Il les invita à dîner dans la grande salle à manger, et y fit une apparition lui-même afin de les présenter aux invités. Apprenant qu'Emilia aimait cuisiner, il la chargea de proposer des menus et d'aider à gérer les équipes de cuisine ; quant à Giulia, qui aimait coudre, il la présenta au peintre Savio Peralta, qui fit d'elle son apprentie afin qu'elle l'aide à créer toutes sortes de vêtements, notamment une robe de mariage d'une sophistication exquise.

Son enthousiasme pour le changement n'avait désormais d'égale que son énergie. Il ordonna à la *signora* Russo de modifier la décoration de la tour, en ôtant les rideaux épais des fenêtres pour les remplacer par des voilages qui laissaient entrer le soleil. Il exigea que les tapis usés soient retirés au bénéfice de tentures bleues comme la mer et le ciel. Il commença à remettre lui-même les cadeaux et livres aux domestiques qu'il souhaitait récompenser. Il se prit même au jeu d'ajouter lui-même les triangles orange dans le carnet de la *signora* Russo.

Dans la tour, avec Annalisa, il redoublait d'efforts pour achever le *schianto*. Son projet n'était plus uniquement théorique ou scientifique ; désormais, il aurait de vraies conséquences, une personne en chair et en os pourrait bénéficier de son travail. Savoir que cette personne était le père de ses nièces semblait décupler son dévouement à son art. Annalisa et lui travaillaient souvent tard dans la nuit, il arrivait même à la jeune fille de s'endormir sur des livres de botanique et de se réveiller, la joue collée à une page. Elle se secouait et se remettait à ses recherches, notant les noms des plantes et leurs propriétés :

Psyllium : aide la digestion ; possible renforcement du muscle cardiaque.
Romarin : réduit les inflammations ; traite peut-être les infections.

Pendant ce temps, au labo, Patricio travaillait sur la charnière du maillet, cherchant la tension optimale pour réduire le mélange de minéraux et de végétaux en une poudre qui se dissoudrait dans l'eau afin de produire un breuvage buvable et efficace.

Le seul manque qu'éprouvait Annalisa était celui d'Aldo. Les jours passèrent ; une semaine s'écoula ; puis deux. Elle ne trouvait jamais un moment pour descendre au rez-de-chaussée et sortir voir si elle avait un message sous la pierre descellée. Elle aurait aimé avoir plus de temps pour lui, et elle espérait qu'il savait qu'elle pensait beaucoup à lui. Elle aurait voulu qu'il monte la voir dans sa chambre d'invitée comme il était venu la chercher dans les quartiers des domestiques lors de sa première soirée au château. Elle espérait qu'il apprenne par la *signora* Russo qu'elle travaillait dur avec Patricio à parfaire le remède pour son père, et elle espérait aussi qu'il comprenne pourquoi les choses avaient changé. Surtout, elle espérait qu'il veuille toujours être son ami. Il lui manquait, son sourire, son rire, leurs conversations… Sa façon de l'écouter et de la mettre en valeur lui manquait, comme ses envolées inspirées par la musique, l'art, les invités et l'avenir.

Un jour, ne supportant plus de rester sans nouvelles, elle descendit à la cuisine parler à la *signora* Russo.

— Avez-vous vu Aldo ? demanda-t-elle en essayant d'avoir l'air de le chercher pour des raisons professionnelles.

Son interlocutrice sourit, apparemment peu dupe de la véritable nature de son intérêt.

— Pas aujourd'hui, répondit-elle. Ni ces derniers jours. Il est très occupé. La dernière fois que je l'ai aperçu, il avait du nouveau. Vous n'êtes pas au courant ?

Annalisa secoua la tête.

— Il travaille de nouveau sur sa musique, dit-elle. Même s'il s'était arrêté depuis longtemps. Il a retrouvé sa détermination. Il a même demandé à présenter son travail lors d'un concert jeudi soir prochain. Nous l'entendons répéter chaque soir. (Elle arqua un sourcil.) Je crois que c'est pour vous qu'il écrit, Annalisa. Il veut que vous l'admiriez, comme tout le monde ici vous admire.

Annalisa esquissa un sourire, sentant la tension quitter son corps. Quel soulagement, et quelle nouvelle fabuleuse ! Il allait bien et pensait toujours à elle !

— Je suis ravie de l'apprendre, dit-elle. Je ne le vois plus, donc je ne pouvais pas savoir. Pouvez-vous lui transmettre quelque chose de ma part la prochaine fois que vous le verrez ?

— Bien sûr.

— Dites-lui que je serai au concert pour entendre sa musique, que j'ai hâte et que je suis très heureuse pour lui.

— Je n'y manquerai pas. Et je suis certaine qu'il sera enchanté de l'entendre.

Annalisa remonta en courant à son travail. Elle se sentait beaucoup mieux maintenant. Cela faisait déjà trois semaines qu'elle était arrivée au château, et elle s'était donnée un mois avant de retourner vers son père. Elle rentrerait bientôt chez elle avec le remède.

Elle était heureuse, aussi, de pouvoir assister à la performance d'Aldo. Elle n'aurait raté cela pour rien au monde.

20

2018

Mercredi

— Je suis fatiguée et un peu perdue, soupira Mia au téléphone. On dirait qu'elle avait des sœurs. Elle est venue avec elles sur cette île, et est devenue l'apprentie d'un homme très important. Mais elle n'a rien voulu m'en dire avant sa mort. Pourquoi ?

— Aucune idée, dit Ryan. Mais elle a toujours été un peu bizarre, Mia. Tu ne voulais pas le voir parce qu'elle s'est occupée de toi quand tu étais petite. Mais tout le monde le savait, et il faut que tu l'admettes. Elle n'était pas si géniale que ça.

— Quoi ? Elle n'était pas… *quoi ?*

Mia n'arrivait pas à en croire ses oreilles. Elle était montée directement dans sa chambre après avoir vu le dessin de la robe de mariée en bas, prétextant une soudaine migraine auprès de Leo, parce qu'elle avait besoin de réfléchir à ce qu'elle avait appris et à ce que cela signifiait. Assise sur le tapis de sa chambre, adossée au matelas et les jambes étirées devant elle, elle avait été contente que Ryan se soit levé tôt pour l'appeler. Elle se disait qu'il l'aiderait à comprendre ce qu'elle avait découvert. Il la rassurerait, comme il savait le faire. Il la persuaderait que quoi qu'il arrive, tout irait bien. La dernière chose qu'elle attendait était qu'il se mette à critiquer Lucy, et plus durement que jamais.

— Qu'est-ce que tu racontes ? continua-t-elle en se raidissant. Quel est le rapport ? Elle vient de mourir, et j'essaye encore de m'y habituer tout en faisant face à ces découvertes. Pourquoi veux-tu m'enfoncer ?

— Je ne veux pas t'enfoncer ! protesta Ryan d'un ton plus agressif, comme toujours quand il était sur la défensive. Elle ne vient pas de mourir, Mia, c'était il y a un mois. Il est temps que tu reconnaisses qui elle était. Que tu appelles un chat un chat.

Mia se leva et commença à faire les cent pas dans sa chambre, scandalisée par ce qu'il venait de dire.

— Tu te trompes sur toute la ligne ! s'exclama-t-elle. Ce n'était pas une mauvaise personne, Ryan, quoi que tu en penses…

— Je ne dis pas ça. Mais ce n'était pas non plus une sainte, contrairement à ce que tu prétends. Elle n'était pas très aimable. Elle n'était même pas normale.

— Normale ? Qu'est-ce que ça veut dire ?

— Ça veut dire qu'elle n'a jamais été ce que tu voudrais qu'elle ait été, ce que tu prétendais qu'elle était. Je n'ai pas beaucoup de mal à croire qu'elle ait été capable de voler ce truc débile. Écoute, je comprends. Quand tu étais petite, tu voulais être comme tes amis, et donc qu'elle ressemble à leurs mères. Tous les enfants veulent se fondre dans la masse. Tu t'es convaincue qu'elle était juste un peu bizarre et détachée du monde, mais d'une façon mignonne parce qu'au fond, c'était une scientifique. Elle n'a jamais été cette personne. Tu l'as inventée. Elle n'existe pas. Tu avais juste besoin de…

— Stop ! Arrête ! cria Mia en levant sa main libre. Tu crois que tu me connais parfaitement ? Eh bien, laisse-moi te répondre que ce n'est pas le cas. Ne me dis pas qui j'étais ni ce que je voulais quand j'étais petite. Comment saurais-tu ce dont j'avais besoin ?

— J'essaye juste de te montrer ce que tu ne vois pas toute seule…

— Je ne t'ai pas demandé d'interpréter mon enfance pour moi, rétorqua Mia d'une voix tremblante de colère. Je t'ai demandé, non, j'ai espéré que tu me réconfortes, que tu m'accompagnes dans les raisons de ma présence ici, que tu comprennes que c'est important pour moi, ne serait-ce que parce que je te le dis. Est-ce qu'on ne peut pas se mettre d'accord sur le fait que tout ce qui s'est passé avant que nous arrivions dans ce monde mérite d'être connu, exploré, voire honoré ? Ne parle pas de ma grand-mère comme tu viens de le faire ! Elle a traversé des épreuves, comme tous les gens qui ont vécu ici, ils ont connu des horreurs que tu n'imagines même pas. Ta vie est facile, comparée à la leur. Tes projets, tes contrats, tes réunions et tes dîners ne sont *rien* par rapport à l'existence de ma grand-mère soi-disant anormale !

— Qu'est-ce qui t'arrive, Mia ? dit Ryan. On dirait une autre personne. Depuis la nuit que tu as passée chez elle…

— Et je vais t'apprendre autre chose sur ma grand-mère, le coupa Mia. Je n'ai jamais dit que c'était une sainte. Je n'ai jamais pensé que sa personnalité était mignonne. Mais elle m'aimait, et elle me donnait tout ce qu'elle avait. Elle me soutenait, elle m'aidait à accomplir mes rêves. Elle était fière de chacun de mes pas pour aller de l'avant, de mon boulot, de mes projets…

— Alors pourquoi ne l'es-tu pas ? demanda-t-il, plein de morgue.

— Pourquoi ne suis-je pas quoi ?

— Une scientifique ? Pourquoi es-tu encore assistante ? Ça fait une éternité que tu parles de ton envie de diriger un labo. Mia, avoue-le. Tu as choisi cette carrière parce que tu voulais désespérément qu'elle t'approuve.

— Ce n'est pas vrai ! hurla-t-elle, furieuse contre l'injustice de cette affirmation.

— Alors pourquoi ne retournes-tu pas à la fac passer ton doctorat ?

— Parce qu'il faut de l'argent pour quitter son job et se consacrer à ses études à plein temps ! Tout le monde ne naît pas dans une famille capable de financer l'université comme s'il s'agissait de payer une tasse de café. Après la mort de mon grand-père, ma grand-mère exerçait comme correctrice pour gagner un peu d'argent tout en m'élevant. Tu sais à quel point ça a été dur pour elle ?

— C'était dur parce qu'elle n'en avait pas envie, répondit-il. C'est évident. Elle n'était pas faite pour élever un enfant, encore moins sa petite-fille, et tu as passé ta vie à essayer de lui plaire parce que tu avais peur qu'elle t'abandonne. Tu te serais retrouvée toute seule. Mia, il est temps d'arrêter ces bêtises. Elle est partie, OK ? Donne le bol à Milt, donne la robe à celui qui t'a montré ce dessin et vends cette foutue maison. Pense à notre avenir.

— Tu veux dire, à *ton* avenir, c'est ça ?

— Non, je parle de nous deux. Écoute, les réunions ici ne se sont pas seulement bien passées, je sais maintenant que je peux quitter mon boulot et lancer ma propre affaire. D'ici six à huit mois maximum. J'ai besoin de toi à mes côtés. Ta grand-mère n'est plus là, ne la laisse pas te hanter avec tout ce qu'elle exigeait de toi. C'est fini. Tu ne lui dois plus rien !

Debout près du lit, Mia résista à l'envie de jeter son téléphone par terre. Ça n'aurait servi à rien. Elle en avait besoin parce qu'elle voulait dire quelque chose à Ryan une bonne fois pour toutes.

— Maintenant, c'est toi qui m'écoutes, commença-t-elle d'une voix pleine d'une rage à peine contenue.

Elle ne pouvait pas en être certaine parce qu'il n'y avait pas de miroirs à côté d'elle, mais elle était presque sûre d'avoir les yeux plissés et la bouche serrée. C'était l'expression qu'Erica lui avait décrite le soir où elles étaient allées manger chez Caryn's, celle qu'elle disait avoir vue aussi sur le visage de Lucy. Il n'y avait aucun doute. Cette expression lui venait de sa grand-mère.

— Tu n'as aucune idée de ce dont tu parles, reprit-elle. Tu es tellement déconnecté. Tu as beau te croire intelligent, tu ne sais rien de ma grand-mère. Le pire, c'est qu'après tout ce temps que nous avons passé ensemble, tu ne me connais pas non plus. Je n'ai pas changé, Ryan, je suis la même qu'il y a une semaine, avant de dormir chez ma grand-mère. Simplement, je trouve enfin ma voie. C'est moi, Ryan, que ça te plaise ou non. C'est ce que je suis !

Elle raccrocha puis se jeta sur le lit en poussant un grand « Aaaah ! ». Elle avait envie de relâcher la pression car il lui semblait avoir la poitrine dans un étau. Elle marcha jusqu'au balcon et regarda du côté du château. Comment en était-elle arrivée là ? Ryan et elle avaient passé tellement de temps ensemble, à partager les mêmes expériences, à voir les mêmes situations, à accumuler les mêmes données, pour ainsi dire. Comment pouvait-il lui affirmer que son rêve de décrocher un doctorat n'était qu'une vaine tentative de gagner l'affection de Lucy ?

Revenant dans la chambre, elle s'assit sur la causeuse et remonta les genoux contre son menton. Elle se souvenait du soir où elle avait trouvé sa grand-mère dehors, pleurant son père. Elle était remontée se coucher et, tout en frissonnant sous ses draps malgré la chaleur qui régnait, elle était restée éveillée aussi longtemps qu'elle l'avait pu. Elle espérait entendre les pas de Lucy dans l'escalier, voir la lumière de sa lampe de chevet s'infiltrer sous sa porte, sentir Lucy s'affairer dans la salle de bains le temps de se nettoyer le visage et de se brosser les dents. Mais elle s'était endormie avant que ça arrive. Le lendemain matin, elle s'était précipitée dans la cuisine et y avait découvert Lucy en train de préparer des flocons d'avoine.

— Qu'y a-t-il ? Tu es toute rouge, avait-elle remarqué. Tu es malade ?

— Je… Non, je vais bien, avait balbutié la jeune fille.

— Tu as eu trop chaud dans ta chambre cette nuit ?

— Je ne crois pas.

— Alors va t'asperger le visage d'eau froide et habille-toi pour l'école. Le petit-déjeuner sera bientôt prêt.

Mia avait hoché la tête avant de repartir à l'étage. Là-haut, elle s'était arrêtée devant la salle de bains. Adossée au mur, les yeux fermés, elle avait respiré profondément en posant la main sur sa poitrine pour sentir son cœur ralentir. Elle avait été tellement inquiète, la nuit précédente, que Lucy ne monte jamais à l'étage, que le souvenir de l'anniversaire de son père soit la goutte de trop, qu'elle décide finalement qu'elle ne pouvait plus vivre là.

En pensant à cette nuit-là, Mia se dit qu'il était facile pour quelqu'un comme Ryan de conclure qu'elle était terrifiée à l'idée d'être abandonnée et prête à tout pour convaincre Lucy de rester. Mais sa théorie était trop simple. Mia n'avait pas décidé de se lancer dans une carrière scientifique parce qu'elle avait peur de Lucy ; non, c'était parce qu'elle l'aimait. Elle avait senti ce soir-là qu'elle ferait tout son possible pour réparer ce qui était brisé chez sa grand-mère, pour soigner cette tristesse dont Lucy avait souffert et qui semblait née avec la maladie cardiaque de son père. Même si elle était jeune, Mia avait compris qu'une douleur telle que celle-là, qui s'étalait sur plusieurs générations, pouvait transformer quelqu'un en une personne qu'il n'aurait jamais dû être. Mia sentait qu'elle devait s'attaquer à cette douleur, découvrir sa source mystérieuse et lui faire perdre sa force. C'est pour cela qu'elle avait voulu faire de la science. Pour aller au fond de la souffrance qu'elle voyait sous son toit, jour après jour. Une douleur que même l'amour – celui qu'elle éprouvait pour Lucy – ne pouvait guérir.

Bien sûr, Ryan ne voyait rien de tout cela. Il n'était pas fait pour lire entre les lignes. Elle se souvenait qu'une fois, au printemps dernier, l'un de ses collègues avait négocié un super prix pour une parcelle de propriétés résidentielles à Manhattan. Ryan était en état d'apoplexie. Pas parce qu'il était jaloux du gars ou qu'il regrettait de ne pas avoir d'intéressement dans cette affaire ; non, il aurait juste aimé le savoir. Elle repensa aux instructions qu'il lui avait données pour la maison, avant qu'elle parte en Italie : mettre des programmateurs sur les ampoules extérieures ; installer des caméras et des détecteurs de mouvements ; s'assurer que le jardinier enlève les feuilles. Pas des mauvais conseils, en soi. Mais son instinct lui commandait toujours de jeter une lumière crue partout. Contrairement à Lucy, il ne faisait pas confiance aux ténèbres. Il ne savait pas que, parfois, les réponses les plus importantes sont cachées dans des recoins, des crevasses, de vieux livres d'art, des greniers, des garde-meubles ou des châteaux restés trop longtemps à se délabrer.

Ou dans les tréfonds du cœur de quelqu'un.

Mia resta assise un long moment dans le fauteuil. Elle finit par se lever et, quand elle récupéra son téléphone, vit qu'il était cinq heures. Il s'était écoulé plus d'une heure depuis qu'elle avait répondu à l'appel de Ryan.

Sentant sa peau la démanger à cause de la poussière du château, elle alla prendre une douche. Après avoir enlevé son legging et son tee-shirt, elle s'étonna de la couche de poussière accumulée sur ses vêtements. Elle provenait des murs, des sols et des plafonds du château où elle était dans la matinée avec Leo, mais aussi du bord de mer, de l'escalier, des rochers, des structures qui étaient là depuis des décennies, voire des siècles, et des éléments naturels présents depuis encore plus longtemps. Elle ne put s'empêcher de se demander si certaines de ces particules avaient aussi touché les chaussures ou effleuré la peau de sa grand-mère. Ou la peau de Giulia et Emilia ? Ou même de Patricio, Aldo et le grand-père de Leo ? Qui étaient ces gens ? Ces pauvres innocents qui auraient dû vivre de longues années de créativité ? Elle laissa courir ses doigts le long de ses bras avant d'entrer dans la douche. Elle aurait aimé les connaître et s'imprégner de leur chaleur et de leur lumière.

Elle leva la tête et laissa l'eau froide couler sur son visage. Elle regrettait à moitié d'avoir répondu à Ryan en arrivant dans la chambre, parce qu'elle ne voyait pas comment continuer après cette conversation. C'était difficile d'affronter cette vérité alors qu'elle était seule, loin de chez elle. Elle avait fini par s'appuyer sur lui parce que, jusqu'à maintenant, il avait toujours eu le don de lui remettre les pieds sur terre. D'autant plus ces derniers mois, quand la santé de sa grand-mère s'était dégradée et que les nouvelles des médecins étaient toujours plus mauvaises. Cela avait été un soulagement d'être avec quelqu'un qui accueillait tout cela sans être perturbé.

Ryan avait grandi dans une grande maison du Michigan, et ses parents étaient adorables. Elle les avait rencontrés une fois, quand ils étaient venus lui rendre visite. Ils avaient trois garçons dont Ryan était le cadet, et une famille étendue des deux côtés. Ce soir-là, après le dîner, ils avaient parlé sans fin avec Ryan des oncles et des tantes qui faisaient tel ou tel voyage, des cousins qui attendaient un bébé, des grands-parents qui préparaient déjà Noël. C'étaient des gens intelligents, capables de parler de tout. Elle les avait beaucoup aimés. Surtout sa mère. Elle était très élégante dans son pantalon brun large et son haut noir sans manches. Elle avait beaucoup d'assurance, de présence. C'est ce qui l'avait le plus frappée chez elle : cette maman était *là*. Contrairement à la sienne. Elle se souvenait de sa paralysie, petite, quand ses amis lui demandaient pourquoi elle vivait avec sa grand-mère, puis lui exprimaient leur sympathie quand elle expliquait que ses parents étaient morts dans un accident de voiture. Elle se sentait bête de n'avoir pas plus de détails à donner, mais sa grand-mère n'avait jamais envie d'en parler. Parfois, elle essayait d'aborder le sujet de manière détournée, en espérant la pousser à lui en révéler plus.

— J'aimerais bien avoir une maman comme celle d'Erica, avait-elle remarqué un samedi en rentrant de chez son amie, où elle avait dormi pour fêter son douzième anniversaire. Elle est jolie, et puis elle lui fait des câlins et des chatouilles.

Elle s'était inquiétée un instant que sa grand-mère se sente insultée par ses mots, mais Lucy avait répondu sans émotion.

— Les regrets ne servent pas à grand-chose, c'est une perte de temps, avait-elle dit en posant son assiette sur la table de la cuisine.

— Mais c'est ce que je ressens, avait répondu Mia en s'asseyant. Je ne contrôle pas ce que je ressens.

— Non, c'est vrai. Mais nos émotions nous font faire de mauvais choix. Il faut les contrôler, les tenir en respect.

— L'amour est un mauvais choix ? Le fait que je t'aime, c'est un mauvais choix ? Ou le fait que tu m'aimes ?

— L'amour n'est pas un choix, avait exposé Lucy. C'est triste, ça se termine. Si je pouvais, je choisirais de ne pas aimer. Mais je t'aime malgré tout, Mia. Je ne me l'explique pas. Les hommes ont une faiblesse, ils aiment.

Ce soir-là, dans son lit, Mia s'était réconfortée en repensant aux paroles de sa grand-mère. « Je t'aime malgré tout. » Mais plus tard, à l'adolescence, elle avait éprouvé de la colère en songeant à cette conversation. « Si je pouvais, je choisirais de ne pas aimer. » Qui adressait un message aussi tordu à un enfant ? Qu'est-ce qui avait poussé sa grand-mère à lui dire une chose pareille ?

Sortant de la douche, elle enfila un jean et un tee-shirt et, comme elle séchait ses cheveux, son regard tomba sur le chapeau de Leo, accroché à la poignée du placard. Sa grand-mère était-elle Annalisa ? Si oui, pourquoi n'avait-elle jamais parlé de ses sœurs ? Peut-être la liste était-elle fausse, ou les parenthèses signalaient-elles une autre fratrie ? Mais alors, comment Lucy se serait-elle retrouvée en possession de la robe de mariage cousue par celle qui s'appelait Giulia ? Giulia était-elle la sœur de sa grand-mère, c'est-à-dire sa grand-tante ?

Et qu'en était-il de ce concert, le concert d'Aldo, auquel Patricio et Annalisa avaient tous deux assisté ? Sa grand-mère se faisait-elle surnommer Pippa ? Avait-elle inspiré le chef-d'œuvre d'un musicien ? Mia s'assit sur le lit, la serviette humide autour des épaules. Sa grand-mère n'avait jamais été quelqu'un de romantique. Pourtant il y avait eu cette étincelle, cette magie, rien qu'une fois, se souvint soudain Mia. C'était en août, deux mois plus tôt, elle avait pris le ferry avec elle pour leur voyage annuel sur Shelter Island. Elles s'étaient assises sur des transats, Lucy, avec un foulard autour du cou, les yeux rivés sur la lune à peine surgie du néant. À un moment, elle avait marmonné quelque chose, une phrase lente, rythmée. On aurait dit de l'italien, ce qui avait surpris Mia. Elle n'avait jamais entendu sa grand-mère parler italien.

— Que dis-tu ?

Sa grand-mère avait répété, en anglais cette fois, et les mots qu'elle prononçait étaient si beaux qu'elle lui avait demandé de les prononcer une deuxième fois pour les graver dans sa mémoire. « Tu es trop loin pour que je t'attrape, trop près pour résister, trop forte mais sans avoir besoin de te détourner. Je brûle pour toi, je m'incline devant toi, je t'embrasse de loin, mon étoile, ma muse, mes mots, ma musique. »

Mia avait médité un moment.

— D'où ça vient ? Un poème ?

Lucy avait secoué la tête.

— Juste les mots d'un ami.

— Quel ami ?

Elle n'avait jamais entendu sa grand-mère parler d'amis.

— Peu importe, avait dit Lucy. C'est loin, tout ça. Ça ne devait pas exister. Il parlait de la lune. Pas de moi.

— Qu'est-ce que ça signifie ? avait demandé Mia.

— Pardon ?

Soudain, Lucy avait semblé ne même pas savoir de quoi elles parlaient toutes les deux.

Plus tard, sa grand-mère avait insisté pour qu'elles aillent en ville prendre un verre. Elles s'étaient servies de la lampe torche du téléphone de Mia pour retrouver leur voiture sur le parking, puis avaient trouvé un petit restaurant italien ouvert. Elles s'étaient installées à une petite table en terrasse pour admirer les bateaux amarrés. Lucy leur avait commandé un Limoncello, et elle avait ri en flirtant avec le jeune serveur qui avait servi leurs verres. On aurait dit que quelque chose avait changé chez elle ce soir-là, sur cette plage, avait pensé Mia. Son esprit semblait apaisé, comme si elle avait trouvé une sorte de liberté que Mia ne lui connaissait pas.

C'était la dernière soirée qu'elle avait passée avec sa grand-mère.

En repensant à leur conversation, Mia revint à la question qu'elle avait posée à Ryan au début de leur désastreuse discussion téléphonique. Pourquoi Lucy avait-elle caché tant de choses ? Ce n'était pas qu'elle n'avait pas d'émotions, comme l'avait péremptoirement affirmé Ryan. Non, elle avait énormément d'amour. Mais tout ce qu'elle faisait, tout ce qu'elle disait, venait d'une douleur indicible. Lucy avait eu des secrets parce qu'elle ne supportait pas l'idée de dévoiler la vérité. Peut-être avait-elle trop peur d'affronter ses démons.

Néanmoins, quelles qu'aient été ses raisons, songea Mia en contemplant le château au loin, elle avait retenu les leçons enseignées par sa grand-mère. Elle aussi avait des secrets, maintenant. Quand c'était nécessaire, cela lui venait naturellement.

Elle avait caché à Ryan la vérité concernant le passeport d'Erica ; elle n'avait pas eu envie de l'entendre insister pour qu'elle annule son voyage, ce qu'il aurait certainement fait. Elle avait caché à Milt la vérité sur le garde-meubles ; elle s'était convaincue que c'était pour le protéger, mais au fond c'était surtout pour qu'il ne puisse pas croire un seul instant aux accusations portées contre sa grand-mère ; elle avait caché à Leo la vérité sur le *schianto* et la robe de mariée, de peur qu'il ne veuille plus l'aider dans ses recherches.

Et il y avait autre chose. Un fait qu'elle devrait bien finir par affronter. Elle avait menti pendant des années à sa meilleure amie, Erica, qui croyait que ses parents étaient morts dans un accident de voiture. Mia avait inventé cette histoire lorsqu'elles s'étaient rencontrées, à l'école primaire, parce qu'elle avait peur qu'Erica ne l'aime pas si elle avouait que ses parents l'avaient abandonnée, d'abord son père, et ensuite sa mère, alors qu'elle n'était qu'un bébé. Un accident de voiture, ça avait l'air « normal ». Ce n'était pas difficile d'avoir l'air convaincante et de toujours s'en tenir à cette version. Elle avait même fini par se persuader elle-même de cette explication. Après tout, ça aurait aussi bien pu être un accident de voiture ; c'était un événement tout aussi plausible, non ?

Mais à la fin, comprit-elle, Lucy avait décidé de s'ouvrir. Elle avait dû regretter d'avoir gardé des secrets. Elle avait choisi de révéler son histoire, même si elle n'avait pas su le faire tant qu'elle était en vie.

Mia aussi voulait accepter son histoire. Mais la différence, c'est qu'elle ne voulait pas attendre.

Parce qu'elle ne voulait pas laisser Ryan contrôler son histoire. L'illusion de sécurité qu'il lui offrait n'était pas une contrepartie suffisante. Elle avait fait preuve d'un soupçon d'initiative, d'individualité, quand elle était restée toute seule à la maison de Soundport, et encore plus en décidant de partir en Italie pour défendre la réputation de sa grand-mère.

Jusqu'où irait-elle au cours de cette semaine en Italie ?

Elle n'en savait rien. La seule chose qu'elle savait, c'est que la réponse dépendait d'elle, et uniquement d'elle.

21

2018

Mercredi

Après sa discussion avec Ryan, trop agitée pour rester dans sa chambre, elle décida de redescendre au lobby.

Il était dix-huit heures, Leo était peut-être encore dans les parages, travaillant à la réception ou bavardant avec des clients. Elle se disait qu'il pourrait sans doute lui indiquer quand les travaux d'excavation auraient lieu au château et quand ils pourraient y retourner – peut-être aujourd'hui, tant qu'il faisait jour et qu'il y avait des ferries. Mais quand elle arriva en bas, il n'y était pas. Elle sortit sur le perron et vit le bus plein de passagers, avec Leo à l'avant, qui s'adressait à eux. Elle se rappela soudain qu'il l'avait prévenue : sa soirée était prise, il accompagnerait un groupe dans une excursion en bateau, puis il dormirait sur le continent.

Elle leva les bras, se disant qu'il serait sans doute préférable de passer la soirée avec le groupe plutôt que de rester seule, mais le bus démarrait déjà et personne ne la vit. Son bras retomba. Elle ne savait pas à quel moment Leo rentrerait. Elle ne pouvait pas espérer lui parler, lui dire la vérité au sujet d'Annalisa et Giulia, ni retourner sur l'île de Parissi, avant demain.

Elle rentra à l'hôtel et s'assit dans un fauteuil du hall, à regarder la brise faire danser les fins rideaux blancs des baies vitrées. Au moins, maintenant qu'elle n'avait plus de distractions, elle pouvait réfléchir à toutes ses découvertes du jour, comme le fait que sa grand-mère, à supposer qu'elle était bel et bien Annalisa, était arrivée au château en août 1943, et qu'elle avait fait partie du dernier groupe d'employés à quitter le continent pour rejoindre l'île de Parissi. Elle devait avoir dix-huit ans, pas plus. Qu'est-ce qui l'avait poussé à faire le voyage jusqu'au château, ses deux sœurs sur les talons ? D'où venait-elle et pourquoi était-elle partie ? Mia ignorait où sa grand-mère avait grandi. Combien de temps avait duré son voyage ? À quoi ressemblait sa vie auparavant, sa famille ? Mia ne savait même pas si les parents de Lucy – ses arrière-grands-parents – étaient encore en vie en 1943. Elle ne savait rien à leur sujet. Sauf la toute petite information que lui avait donnée Lucy ce soir-là, sur la terrasse extérieure, c'est-à-dire qu'elle adorait son père et qu'il était mort d'une maladie du cœur.

Il y avait donc une forme de logique à ce qu'elle veuille rencontrer Patricio. Mais était-elle venue après sa mort ou était-il encore vivant à son arrivée ici ? Connaissait-elle l'invention de Patricio ou en avait-elle entendu parler une fois sur place ? Croyait-elle aux vertus du *schianto* ? Et même si elle était au courant du projet alambiqué de Patricio, comment un homme aussi important s'était-il intéressé à elle, pauvre domestique ? Pourquoi l'avait-il choisie comme apprentie alors qu'il y avait des dizaines d'employés, voire plus, au château ? Pourquoi avait-il même pris une apprentie alors que tout le monde racontait qu'il vivait comme un reclus ? Y avait-il un rapport entre l'arrivée de Lucy et la décision de Patricio d'assister au concert d'Aldo ?

Quel était le fil, le lien, entre Patricio Parissi et sa grand-mère ? Et comment cela avait-il conduit Lucy à avoir le *schianto* entre les mains ?

Mia se leva et traversa le hall pour aller contempler la mer. Le plus déroutant, pour elle, restait la révélation sur ses deux sœurs. Mia pouvait admettre que Lucy ait eu une bonne raison de dissimuler le *schianto*, mais pourquoi avoir donc nié l'existence de Giulia et Emilia, tout en donnant leurs noms à sa fille et à sa petite-fille ? Mia et sa grand-mère avaient toujours été assez seules, elles formaient un petit cercle entouré de rares personnes qui les aimaient et les aidaient, comme Milt et Erica. Oui, Lucy s'était coupée de beaucoup de parents, comme la famille du côté du père de Mia. Mais elle n'avait pas de lien de sang avec elle. Ses propres sœurs… c'était autre chose. Où étaient-elles aujourd'hui ? C'était atroce d'y penser, mais avaient-elles été assassinées au château ? Avaient-elles pu s'échapper, comme Lucy ? Mia avait-elle des cousins et des cousines, quelque part ? Pourquoi sa grand-mère n'avait-elle jamais évoqué cette possibilité ?

Son téléphone sonna à cet instant, et elle espéra dans un élan du cœur que ce soit Leo. Elle avait envie de parler avec lui de leurs grand-parents respectifs et de l'amener à révéler d'autres choses sur le fonctionnement du château. Elle ne lui avait pas donné son numéro, mais elle supposait qu'il pouvait facilement le trouver grâce à l'hôtel. Elle sortit son portable de son sac et vit que c'était Erica. Elles avaient prévu de discuter plus tard, mais elle devait être curieuse de son excursion au château. Une conversation avec son amie, voilà quelque chose qui ne pouvait lui faire que du bien, se dit-elle.

— Comment s'est passée ta matinée ? demanda Erica. Tu es retournée sur l'île avec le gars des excursions ? C'était comment ?

— Oui… et je ne sais pas quoi en penser. Je viens d'avoir une énorme dispute avec Ryan, comme jamais. Il m'a dit des choses horribles sur ma grand-mère, mais je pense qu'il parlait plutôt de moi, des raisons pour lesquelles j'avais besoin de venir ici, de ce que ça dit de nous, etc. Honnêtement, je ne vois pas comment je pourrais continuer avec lui.

— Tu veux rompre avec lui ? Mia, qu'est-ce qui s'est passé ? Reprends depuis le début.

Mia s'assit sur un canapé du hall et expliqua ce qu'elle avait appris sur Parissi, la liste, les sœurs, le nom d'Annalisa et son surnom, Pippa, ainsi que la robe de mariage.

— Elle m'a caché tellement de choses. Maintenant, je me retrouve avec plein de questions sans réponses. Elle aurait dû m'expliquer tout ça au lieu de me laisser avec un puzzle dont il manque des pièces. Donc, quand Ryan appelle, je lui raconte tout, et au lieu de m'aider à comprendre, il me dit que c'est exactement la personne qu'elle était : froide, bizarre et pas très aimable. Avec d'autres trucs qu'il a l'air de penser depuis un bon moment.

— C'est ridicule… Il a tort. Il a déjà fait ce genre de choses, Mia. Il dit ce qui l'arrange, parfois.

— Je sais. Et je savais qu'il n'aimait pas trop ma grand-mère, mais de là à raconter des horreurs pareilles… C'était dur de l'entendre. Parce qu'elle n'était pas froide. Elle était blessée, brisée. Pour quelqu'un qui dit m'aimer et vouloir passer sa vie avec moi, il devrait être capable de le voir.

— Évidemment.

— Ce que j'ai découvert aujourd'hui, c'est tellement plus énorme que ce à quoi on s'attendait. Toi et moi, on a lu des choses sur ce qui s'est passé au château avec les nazis, mais ça n'a rien à voir avec ce que j'ai appris ici. Ils ont détruit l'île, brutalisé ses habitants, puis les ont tués ou envoyés dans des camps. Des gens qui auraient dû vivre, aimer, faire des choses, avoir des familles, fabriquer des souvenirs… Ma grand-mère était là quand c'est arrivé. Je ne sais pas comment elle en a réchappé, et je ne sais pas ce qu'elle a vu de ses yeux, mais je suis certaine que ce qu'elle a traversé l'a détruite de l'intérieur. Je pense qu'elle aurait été très différente autrement.

— Oh non, dit Erica. Mia, je suis navrée que tu sois seule pour découvrir tout cela. Pardon de ne pas être là.

— Ne t'inquiète pas. Je vais bien. En revanche, je ne vois pas comment la protéger des accusations qui pèsent contre elle. Après tout ce qu'elle a vécu, être considérée comme une voleuse… Je ne veux pas laisser passer ça. Mais me voici de nouveau au point de départ. Leo est convaincu que le *schianto* a été volé. Même si j'essayais de lui expliquer sa personnalité, je ne vois pas pourquoi il me croirait.

— As-tu une explication sur ce qui l'a conduite à emporter le *schianto* à New York ? L'homme chez qui elle était apprentie, le propriétaire…

— Patricio.

— Oui, tu crois qu'il pourrait le lui avoir donné ?

Mia réfléchit à cette possibilité, puis secoua la tête.

— Je ne pense pas. Il y avait une sorte de gouvernante qui tenait des registres, elle notait tout, y compris les cadeaux, parce qu'il en distribuait beaucoup. Elle griffonnait des petits triangles dans son carnet à côté du nom de celui qui les recevait. Il n'y a aucun triangle à côté du nom de ma grand-mère. D'ailleurs, ça n'aurait eu aucun sens qu'il lui donne le *schianto*, à elle ou à n'importe qui d'ailleurs, ajouta-t-elle. C'était l'œuvre de sa vie.

Il y eut un court silence.

— Alors qu'est-ce que tu vas faire ? lui demanda doucement Erica.

— La seule chose : dire la vérité à Leo, lui expliquer qui je suis et ce que j'ai dans ma valise. Il mérite de savoir, et je ne veux plus lui mentir. Je ne voyais pas le problème hier, mais aujourd'hui je sens que ce n'est pas possible. Je commence à le connaître, je comprends pourquoi il veut réunir toutes ces pièces. Et… je ne sais pas, ses motifs sont nobles. Il défend l'héritage de Patricio et de tous ceux qui ont vécu ici. Mais comment le convaincre que ma grand-mère n'a rien volé ?

Mia soupira.

— Je ne sais plus à qui faire confiance ni comment avancer. Je ne peux pas perpétuellement défendre ma grand-mère alors que je n'ai pas le moindre élément allant dans ce sens.

Elles se turent toutes les deux un moment. Puis Erica reprit la parole.

— Commence par le commencement. D'abord, ôte-toi de la tête tout ce que t'a raconté Ryan, OK ? Ta grand-mère était adorable, elle avait bon cœur et elle ressentait les choses intensément, même si elle ne le montrait pas toujours. Je me souviens. Je ne sais pas si je t'ai déjà raconté que le mois dernier, quand je l'ai emmenée chez le médecin parce que tu avais du travail et que tu ne pouvais pas revenir, elle était tranquille. Mais quand on est sorti du cabinet, elle a prononcé ces vers, tirés d'un poème. C'était très beau. À propos d'une étoile… d'une muse…

— « Tu es trop loin pour que je t'attrape, trop près pour résister, récita Mia, trop forte mais sans avoir besoin de te détourner. Je brûle pour toi, je m'incline devant toi, je t'embrasse de loin, mon étoile, ma muse, mes mots, ma musique. »

— Oh mon Dieu ! C'est ça ! s'exclama Erica. Donc tu le connais, toi aussi ?

— Elle l'a récité lors de notre dernier séjour à Shelter Island, expliqua Mia. Je lui ai demandé de le répéter et je l'ai mémorisé. Je ne l'avais jamais entendue le prononcer.

— Qu'est-ce que ça signifie ? demanda Erica.

— Je n'en suis pas sûre mais il y a autre chose. Leo m'a parlé d'un concert qui a eu lieu quelques jours avant que les nazis débarquent sur l'île. Ma grand-mère y était, et Patricio aussi. Il y avait encore ce compositeur italien, il est devenu très célèbre ensuite et il est mort l'an dernier. Leo pense que la présence de ma grand-mère et de Patricio avait une certaine importance…

Elle se remémora leur conversation au déjeuner. Il lui avait parlé du musicien, Aldo Verga, et de la composition vers laquelle il était revenu juste avant sa mort, celle qu'il avait jouée lors de son unique concert au château… et…

— Oh mon Dieu, il faut que j'y aille, dit-elle précipitamment. Je viens de penser à quelque chose. Je te rappelle plus tard, Erica. Il faut vraiment que j'y aille.

Elle raccrocha et traversa le couloir en courant jusqu'à tomber sur le jardin d'hiver dont Leo avait parlé. Il y avait quelques étagères de livres. Elle les passa en revue et finit par tomber sur celui qu'elle cherchait. Une tranche noire avec des lettres dorées : *Pippa. Mémoires d'Aldo Verga.*

Elle le prit et regarda la couverture. La photographie d'un jeune homme, au début de la trentaine, portant un smoking noir et dirigeant un orchestre sur une grande scène avec le public flou en arrière-plan. Il était beau. Des boucles brunes tombaient sur ses épaules ; un visage d'ange, doux, avec un front large et de grands yeux passionnés. Elle ouvrit le volume et tomba sur un cliché de lui, vieillard ridé mais toujours charmant, ses cheveux blancs tombant encore sur ses épaules.

Elle feuilleta le livre sans savoir exactement ce qu'elle cherchait. Elle le vit, faisant une révérence, puis, beau jeune homme, et entouré de ce qui devait être sa famille : des adultes, des enfants, des bébés, et une vieille femme corpulente, sans doute la sienne, assise à côté de lui.

Elle tourna quelques pages. Les caractères étaient petits, les pages, denses, et elle ne se sentait pas la patience de tout lire. Alors elle alla chercher l'index, à la fin, qui comprenait une liste de podcasts auxquels il avait participé au début de sa tournée mondiale avec « Pour Pippa ». La plupart étaient en des langues étrangères, mais elle finit par en repérer un qui avait été enregistré par une radio publique de Pittsburgh, d'où il avait lancé son tour américain. Elle ne savait pas à quoi s'attendre, mais cela ne l'empêcha pas de sortir son téléphone et de copier le lien dans son navigateur. Elle espérait que l'interview soit en anglais.

C'était le cas.

Le journaliste présenta Aldo, puis commença l'entretien.

— Dites-moi, monsieur Verga, qu'est-ce qui vous a inspiré « Pour Pippa » ?

— Oh, il y a tellement d'influences, répondit Aldo en riant doucement.

Il parlait lentement, mais d'un ton amical, avec un accent chantant.

— J'ai commencé son écriture quand j'étais apprenti, à dix-huit ans, sur l'*Isola della Notte Brillante*, la merveilleuse résidence artistique. Le ciel était si clair alors qu'on voyait à peine la lune et les étoiles. L'idée de s'accrocher à quelque chose qui ne pouvait pas durer avait un profond attrait. La guerre approchait. C'était évident. Mais personne ne voulait l'admettre.

— Oh, vous parlez du château de la dynastie Parissi, le relança l'intervieweur. Il paraît que vous y avez vécu, en effet.

— Je suis arrivé avec mon mentor, qui est mort peu après. Je suis resté et j'ai essayé d'utiliser ce qu'il m'avait enseigné pour composer mes propres œuvres. Je travaillais aussi au hangar à bateaux, et autour de la cuisine. C'était un endroit merveilleux. Il y avait tellement d'art, tellement de beauté. Tellement d'amour.

— Ce morceau, il parle d'amour, justement, non ? Pippa est-il le nom d'une femme ?

— Il y avait beaucoup, beaucoup de gens que j'aimais sur cette île, répondit-il. J'y suis revenu pour eux tous.

— Mais n'y avait-il pas quelqu'un en particulier ? Une femme du nom de Pippa ?

— Hum, fit Aldo, comme s'il hésitait à répondre. Comme je vous l'ai dit, c'était pour eux tous. Le *signor* Parissi. La *signora* Russo…

— Oui, la *signora* Russo. Il y a eu des rumeurs à son sujet, elle aurait été une espionne pour le compte des Alliés. Vous étiez au courant ?

— J'en ai entendu parler des années plus tard, confirma Aldo. Je crois que je soupçonnais vaguement quelque chose, à l'époque. Elle cachait les listes des marchandises dont elle avait besoin sous une pierre de la terrasse, et je les apportais aux bateaux qui nous livraient pour qu'ils les donnent à qui de droit sur le continent. Je pense qu'elles contenaient des messages codés. Elle était très courageuse. Malheureusement, c'est peut-être à cause d'elle que les nazis ont été si brutaux quand ils sont arrivés. La vérité, c'est que nous nous croyions invincibles. Mais nous ne l'étions pas.

— Comment vous êtes-vous échappé ?

— Un petit groupe dont je faisais partie a été envoyé sur une île proche, expliqua-t-il d'une voix prise par l'émotion. Nous étions censés mener des travaux d'excavation en vue de la construction d'un nouveau château, mais je pense que la *signora* Russo a voulu protéger ceux qui l'aidaient avec ses messages. Nous n'étions plus là à l'arrivée des nazis. Au départ, nous ne savions pas vraiment ce qui se passait. Mais le bateau qui devait nous ramener n'est jamais venu, et nous avons compris qu'il était arrivé quelque chose. Heureusement, nous avions suffisamment de vivres et d'eau, et des outils pour construire un radeau. Nous avons dérivé trois jours avant que des pêcheurs nous repèrent. Nous aurions voulu aider à sauver les gens du château, mais il était trop tard.

— Vous avez fini rentrer chez vous ?

— Oui. Je me suis marié, j'ai eu des enfants, ils ont grandi et fait des enfants à leur tour. L'acte ultime de courage. De foi. J'ai bien vécu. J'ai été un bon mari et un bon père. Que peut-on faire de mieux, au bout du compte ?

— Et votre muse, Pippa ? insista l'intervieweur. Elle existait ? Vous nous le confirmez ?

— Je ne sais pas comment répondre à cette question, dit Verga. Au fond, la Pippa dont je me souviens est juste un idéal à mes yeux. Je crois parfois la voir quand il m'arrive de regarder le ciel nocturne.

— Puis-je vous poser une autre question ? Réciteriez-vous le court poème que vous avez écrit en accompagnement de la pièce ? Celui qui est dans le programme du concert de ce soir ?

— Bien sûr. « Tu es trop loin pour que je t'attrape, trop près pour résister, trop forte mais sans avoir besoin de te détourner. Je brûle pour toi, je m'incline devant toi, je t'embrasse de loin, mon étoile, ma muse, mes mots, ma musique. »

Mia n'écouta pas le reste de l'interview. Les mots qu'il avait prononcés résonnaient dans ses oreilles. Alors qu'elle allait revenir en arrière pour réécouter ce passage de l'interview, un message s'afficha sur son écran. Elle ne connaissait pas le numéro, mais il venait d'Italie. Elle l'ouvrit.

Mia, c'est Leo. Les travaux d'excavation sont terminés. Je pars d'ici après le petit-déjeuner demain matin pour retourner au château. Je peux demander au ferry de s'arrêter pour te prendre à onze heures. Si tu veux venir, rejoins-moi au quai.

Elle répondit en une fraction de seconde.

Bien sûr. Je serai là.

22

1943

Août

Cette semaine-là, Annalisa travailla comme jamais. Les révélations sur son identité ainsi que sur le déclin de la santé de son père galvanisaient toujours Patricio, qui était désormais aussi déterminé que sa nièce à finaliser son remède pour le soigner. Penchés sur leurs notes, ils s'accordèrent à dire que les anti-inflammatoires étaient sans doute les meilleurs compléments aux minéraux curatifs que Patricio voulait utiliser dans son mélange. Il lui demanda de plancher sur les plantes anti-inflammatoires qu'il avait fait venir du continent ou trouvées sur l'île, lui ordonnant d'en arracher les tiges et de découper en petits morceaux les feuilles et les pétales, puis de les écraser avec diverses pierres de sa collection et de lui présenter un rapport sur la réaction obtenue : se déchiraient-elles ou formaient-elles des flocons ? Y avait-il des changements de pigmentation ? Toutes les modifications pouvaient avoir leur importance, soulignait Patricio, sur l'effet du médicament, et donc sur le dosage requis.

En travaillant, Annalisa laissait parfois son esprit vagabonder, et elle s'imaginait Aldo composant et répétant sa musique. Elle était heureuse pour lui, et fière de lui. Il avait enfin trouvé le moyen d'aller de l'avant en surmontant la perte de son mentor et ses questionnements sur les raisons de sa présence. Elle était contente qu'ils soient tous les deux en train de créer des choses qui n'avaient jamais existé auparavant, cela l'aidait à se concentrer pour achever sa tâche le plus rapidement possible, car elle savait que lui aussi mettait tout son cœur dans ce qu'il faisait. Par-dessus tout, elle avait hâte de l'entendre jouer.

Le jeudi venu, elle descendit de la tour après avoir fini son travail afin de se préparer pour le concert. En traversant le château, elle vit que les préparatifs allaient bon train. Les invités et les domestiques semblaient avoir autant d'amitié et d'affection pour Aldo qu'ils en avaient eu pour son mentor, et chacun faisait de son mieux pour que la soirée soit spectaculaire.

Elle jeta un coup d'œil dans la salle de bal. Elle avait été nettoyée de fond en comble, les lustres étincelaient et au sol, le marbre brillait de mille feux. Une grande scène avait été dressée contre le mur du fond, des rideaux rouges pendaient à de longues tringles et des projecteurs avaient été disposés. Des rangées de chaises à motif floral étaient installées face à la scène, et des vases en porcelaine débordant de lys et d'eucalyptus étaient savamment positionnés au pied de l'estrade. Le long d'un mur latéral, une longue table couverte de damas rouge attendait certainement les gâteaux, les crèmes renversées, les tartes et les chocolats que la *signora* Russo avait préparés pour la célébration après le concert.

La soirée serait plus glorieuse que toutes celles qui avaient jamais eu lieu ici. Non seulement elle marquait les débuts d'Aldo comme compositeur, mais ce serait la première fois que Patricio assisterait en personne à l'un de ces événements. La nouvelle circulait depuis plusieurs jours qu'il comptait venir, et même si Annalisa ne le lui avait pas demandé directement – elle ne voulait pas le distraire alors qu'il se donnait tant de mal pour soigner son père –, elle se douta, à voir les efforts de décoration de la salle de bal, qu'il avait confirmé sa venue. Comme l'occasion invitait à s'habiller de manière formelle, elle fut enchantée lorsque Giulia lui annonça que Savio, son mentor, proposait aux sœurs de porters les robes de leur choix parmi celles qui avaient été réalisées pour sa fresque.

Annalisa, Giulia et Emilia mangèrent en vitesse et passèrent le début de la soirée dans le studio de Savio à essayer divers modèles. Emilia choisit une robe rose à paillettes tandis que Giulia opta pour une robe échancrée au dos nu. Annalisa, elle, préféra quelque chose de plus modeste, une robe couleur améthyste au corsage ajusté et au col haut, qui lui descendait jusqu'à la cheville. Elle se fichait pas mal de la mode mais elle trouvait ce vêtement fascinant, notamment la façon dont la jupe enveloppait les jambes avec des plis asymétriques.

Il y avait quelque chose de frivole à se préoccuper d'habillages. Le plus important, bien sûr, était la santé de leur père. En même temps, elle avait envie qu'Aldo la voie dans une tenue aussi belle. Elle ne l'avait pas revu depuis le jour où elle avait révélé son identité à son oncle. Et oh, comme elle se rappelait la soirée précédente ! Son contact, son odeur, son bras si fort autour d'elle. Jamais un homme ne l'avait prise dans ses bras. Elle se demandait si sa mère avait vécu la même chose avec son père. Si c'était le cas, elle comprenait parfaitement qu'elle ait eu envie que cela ne s'arrête jamais. Il semblait naturel, et même raisonnable, d'être prêt à renoncer à tout pour connaître ce niveau de félicité.

Elle espérait qu'il ressentait la même chose pour elle, parce qu'ils ne pourraient continuer à se voir chaque soir que si lui aussi se sentait incapable de nier ce qui les unissait. Les événements étaient contre eux, Aldo n'avait pas manqué de le dire la dernière fois qu'ils s'étaient vus. Ils venaient de deux mondes différents, et à l'instant où elle annoncerait son identité à son oncle, leur amitié changerait. Elle se demanda si leurs chemins ne s'étaient simplement pas croisés ces derniers temps, ou s'il l'avait évitée depuis qu'elle avait révélé qui elle était. À moins que ce fût elle qui l'évitât sans en avoir conscience. Elle comprenait maintenant le poids qui s'était abattu sur les épaules de sa mère. Quitter une vie pour une autre… Sa mère aussi était écartelée entre deux mondes. Même quand le *schianto* serait fini, il y aurait d'autres expériences, d'autres projets. Elle était l'apprentie de son oncle maintenant, peut-être même sa collaboratrice. Il voulait faire d'elle ce que sa propre sœur n'avait pas pu devenir : une scientifique.

Pourtant, cet élan du cœur qu'elle éprouvait pour Aldo, pour son amitié, son beau sourire et ses bras… Comment choisir ? C'était comme se prononcer entre le soleil et la lune. Tout ce que Patricio représentait et tout ce qu'Aldo pouvait lui offrir – elle voulait les deux. Elle avait besoin des deux. Mais était-ce possible ?

À vingt et une heures, une ambiance électrique régnait au château. Annalisa le sentit en entrant dans la salle de bal avec ses sœurs et en prenant place sur les sièges réservés pour elles dans les premiers rangs. Les fenêtres ouvertes lui rappelèrent le soir de leur arrivée, quand des bribes de musique lui étaient parvenues et qu'elle avait entrevu des gens danser tandis qu'Aldo les guidait dans l'escalier.

Elle avait eu envie de faire partie de ce monde, un monde de gens passionnés. Aldo lui avait dit que personne parmi les invités ne prêtait attention à l'extérieur, tant tous étaient plongés dans leurs plaisirs intellectuels, grisés par leurs découvertes et leur art.

Mais elle décelait un soupçon d'insécurité, qui devait déjà rôder dans les esprits ce soir-là. Son père était malade et la guerre faisait rage. Les Juifs étaient de plus en plus pourchassés et bientôt plus personne ne serait à l'abri. Aldo avait peut-être raison. Peut-être les invités dansaient-ils et buvaient-ils pour repousser la réalité du monde loin de leur existence, ici, au château.

Soudain, la foule retint son souffle. Elle se retourna et vit son oncle, Patricio, apparaître sur le seuil. À la fois hardi et timide, il s'avança dans la salle, vêtu d'un smoking légèrement trop grand pour lui. Il regarda la scène, et elle n'aurait su dire si l'éclat vitreux de ses yeux était dû à des larmes ou à un reflet des projecteurs. Elle avait de la peine pour lui. Il n'était pas fait pour ces extravagances ; non, c'était un homme discret, maladroit en société, qui aurait été heureux de ne pas être né Parissi ; il aurait voulu se consacrer à ses livres, à ses expériences et à son amour de ce que l'esprit humain était capable de produire. Soudain, il la remarqua, et ses sœurs avec elle, et cette fois elle fut sûre qu'il pleurait. Il avait choisi la solitude toutes ces années, mais il semblait clair qu'il l'avait subie plutôt que désirée. Il avait été victime de son éducation et de son nom.

Le silence se rompit soudain, l'assistance se levant comme un seul homme pour applaudir. Elle vit son oncle tourner la tête en tous sens, comme s'il n'en revenait pas de l'affection qu'on avait pour lui. Il avait eu une vie difficile ; il n'avait pas eu de mère dans son enfance, il craignait son père, puis il avait perdu sa sœur, la seule qui apportait un peu de lumière dans sa vie. Il s'était refermé sur lui-même, se croyant sans doute indigne de la moindre affection puisqu'il avait déçu à la fois son père et sa sœur. Elle était heureuse qu'il se rende compte de l'amour et de la gratitude qu'ils avaient pour lui, car il avait créé ce lieu extraordinaire pour eux.

Un instant plus tard, Savio, homme élégant, élancé, aux longs cheveux noirs tirés en arrière, monta sur scène. En tant que plus ancien invité de l'île, il fait office de maître de cérémonie, lui avait dit Giulia, et il avait travaillé toute la semaine à son discours.

— *Signor* Parissi, nous sommes honorés que vous vous joigniez à nous ce soir, déclara-t-il. Et c'est un honneur d'avoir ici vos jeunes nièces, dont la jeunesse et l'énergie nous inspirent tous. Nous vous sommes reconnaissants de nous offrir cet espace pour que nous puissions produire nos meilleures œuvres, en espérant qu'elles apportent un peu de beauté dans ce monde. Nos contributions à cet univers fragile et complexe, c'est à vous que nous les devons.

Le public applaudit à tout rompre tandis que son oncle remontait l'allée centrale. Giulia et Emilia se décalèrent, et il passa devant Annalisa pour s'asseoir entre Giulia et elle. Elle lui prit la main et elle la sentit qui tremblait. Puis il la leva vers son visage et lui caressa tendrement la joue, et elle se dit qu'elle avait bien fait de prendre le risque de faire le voyage jusqu'à cette île.

— Ce soir, nous avons une surprise, continua Savio. Parce que nous savons à quel point vous appréciez les jeunes talents et aimez les aider à apprendre, nous sommes ravis de vous offrir les débuts comme compositeur de l'un de vos hôtes les plus doués depuis longtemps. À son arrivée au château, il était l'apprenti de Flavio Rusetti, que nous avons eu la douleur de perdre. Mais le talent de Flavio et son héritage sont vivants dans la musique que vous allez entendre. Mesdames et Messieurs, je vous présente Aldo Verga, qui va vous interpréter sa première œuvre, intitulée « Pour Pippa ».

Annalisa porta instinctivement la main à sa bouche. Il avait baptisé sa première œuvre avec le surnom qu'il avait entendu Emilia lui donner. C'était une petite plaisanterie, seules ses sœurs pouvaient comprendre. Sa main retomba.

Le rideau s'ouvrit, révélant une simple chaise en bois, et le public applaudit de nouveau. Aldo apparut, un violon sous le bras. Il était très beau dans son smoking, les cheveux soigneusement peignés sur le côté. Elle sentit Giulia lui effleurer le coude. Aldo resta un moment debout à côté de la chaise. Lorsque son regard tomba sur elle, pour rien au monde elle n'aurait détourné les yeux. Elle ne le connaissait que depuis quelques semaines, ils n'avaient passé que peu de soirées ensemble, mais elle comprit subitement qu'elle l'aimait. Et elle était sûre qu'il l'aimait aussi. Il sortit un bout de papier de sa poche de poitrine, et lut :

— Tu es trop loin pour que je t'attrape, trop près pour résister, trop forte mais sans avoir besoin de te détourner. Je brûle pour toi, je m'incline devant toi, je t'embrasse de loin, mon étoile, ma muse, mes mots, ma musique.

Puis, s'asseyant sur la chaise, il leva le violon contre son menton tandis que la lumière se réduisait jusqu'à ce qu'il ne reste plus qu'un projecteur braqué sur lui. Il n'avait pas de pupitre, ce n'était pas nécessaire ; il connaissait sa pièce par cœur. Sa tête s'inclina légèrement et il commença à jouer.

Annalisa était certaine que c'était la plus belle musique qui soit. Rien n'avait jamais sonné aussi harmonieusement à ses oreilles, et elle était persuadée que rien ne la surpasserait à l'avenir. Cela commençait lentement, avec des mouvements paisibles, une mélodie prenante qui répétait deux notes aiguës, puis deux notes graves. Suivait une mélodie plus vive, plus joueuse, un rythme effréné qui fit battre son cœur plus fort avant de revenir à quelque chose de plus mélancolique. Elle avait l'impression que ce rythme imitait leur relation, les débuts lents, le milieu joyeux et endiablé, et la section finale tendue, la fin menaçant d'être trop rapide. C'était une histoire d'amour entière, toute une vie en un morceau. Il était là, seul sur scène, et c'était comme s'il lui racontait une histoire des plus intimes – un amour si fort, si beau, si personnel, et pourtant éternel. Son bras semblait danser sur l'instrument ; l'archet était une extension de son bras, et son bras, une extension de sa musique. Elle ne pouvait détacher les yeux de lui, pas plus qu'elle n'était capable de retenir les larmes qui roulaient sur ses joues, même si elle sentait sur elle le regard de son oncle. Elle était transfigurée.

Il termina sur une note longue, glaçante, presque interrogative, puis laissa tomber sa main. Le public mit un moment à se rendre compte, à entendre, que c'était fini. Et alors il lui offrit un tonnerre d'applaudissements, tout le monde se levait et criait : « Bravo ! » tandis que les projecteurs se rallumaient. Elle aussi se leva, et ils continuèrent à se regarder comme s'ils étaient seuls au monde. Elle avait trouvé ce qui rendait la vie digne d'être vécue. Oui, l'art et la science étaient importants, mais c'est le lien entre deux personnes, leur rencontre magique, qui donnait son sens au monde. Pas étonnant que sa mère ait abandonné sa famille et son avenir tout tracé.

Aldo inclina la tête devant le public et les projecteurs s'éteignirent tandis que le rideau se refermait. Elle se leva et passa précipitamment devant son oncle pour sortir de la salle. Il fallait qu'elle le voie tout de suite. Mais elle fut retardée par ceux qui venaient se présenter à elle. Elle finit par réussir à s'extirper de la foule et, une fois dans le couloir, elle ne sut où le chercher. Il y avait tellement de coins et de recoins, elle marchait dans tous les sens, tournant ici et là jusqu'à tomber sur un petit corridor simplement éclairé par le ciel nocturne derrière les fenêtres.

Alors elle le vit. Elle courut se jeter dans ses bras et sentit qu'il l'embrassait. Elle l'embrassa en retour, lui donna un baiser fougueux, profond, intense. Elle n'avait jamais embrassé, ne savait pas comment faire, mais cela lui vint naturellement. C'était facile. Elle l'embrassa comme dans toutes les histoires d'amour écrites dans le passé et comme on embrasserait encore dans celles qui continueraient d'être écrites, toutes ces histoires détruites par la haine, la peur et la guerre. Elle l'embrassa pour avoir quelque chose qui dure, quelque chose d'indestructible. Elle lui mordilla la lèvre, sentit ses larmes sur ses joues. Elle avait envie de lui dire qu'il était beau, que sa création était belle, qu'ils étaient beaux ensemble, qu'elle ne pourrait jamais aimer personne d'autre, pas après avoir éprouvé les émotions qu'elle ressentait à cet instant. Il était là, le sens de la vie, la raison pour laquelle on venait au monde. Comment le père de sa mère n'avait-il pas pu comprendre cela ?

— Stop ! tonna une voix pleine de colère.

Une applique s'alluma, jetant une lumière crue dans le corridor. C'était Patricio.

— Mon oncle, dit-elle. Tout va bien. C'est…

— Non, ça ne va pas ! s'emporta-t-il en tirant Aldo par le bras pour l'écarter d'elle. Ne l'ensorcelle pas avec ta musique et tes mots. Elle est faite pour la grandeur ! Ne te mets pas en travers de son chemin !

— Mais, je… commença Aldo.

— Tu n'es rien. Tu ne vaux pas la moitié de Flavio. Tu n'es pas digne de…

— Mon oncle, arrêtez ! protesta Annalisa. Ne dites pas cela ! Vous vous trompez. Il a du talent, et il n'empêche rien pour moi…

— Annalisa, lui susurra doucement Aldo à l'oreille pour la calmer. Ça va aller…

— Non, dit-elle en se tournant vers lui pour le regarder dans les yeux. Il ne va pas détruire mes sentiments ! Il ne va pas te détruire ! Mon oncle, arrêtez, vous ne comprenez pas. Vous vous trompez… comme vous vous êtes trompé avec ma mère !

— Tu n'es pas ta mère, grogna Patricio. Tu es différente. Meilleure. Tu as un avenir…

— Je ne suis pas meilleure qu'elle, dit Annalisa. Elle a eu raison de partir vivre avec mon père. Vous avez tort de…

— Annalisa, non, la coupa Aldo en lui serrant le bras. Ton oncle est en colère. Ne crie pas. Il mérite ton respect.

Il se pencha un instant, de sorte que sa joue effleure la sienne. Puis il s'éloigna et disparut au coin d'un couloir.

Elle se tourna vers Patricio.

— Regardez ce que vous avez fait ! Vous le peinez le soir de son triomphe ! Pourquoi ? Je l'aime.

— Tu ne sais pas ce que c'est, d'aimer.

— Si. Je l'aime.

— De grandes choses t'attendent. Tu peux contribuer à la science ! s'exclama-t-il. Changer le monde. Ne gâche pas ta vie comme ta mère l'a fait…

— Elle n'a rien gâché. Elle aimait mon père.

— Elle n'a rien accompli. Et elle est morte…

— C'est faux. Elle a aimé mon père et nous a donné la vie, à mes sœurs et à moi.

— Elle aurait pu avoir tout ça et beaucoup plus.

— Non, elle ne pouvait pas. Elle a dû choisir. Ne m'obligez pas à choisir !

— Si tu veux te consacrer à la science, tu dois être pleinement investie. Ton père attend…

— Je suis investie ! Je veux les deux !

— Tu ne peux pas te disperser à cause d'un garçon qui joue une jolie chanson. Sors-toi ces bêtises de la tête !

— Non ! Mon oncle, non, ne m'obligez pas à choisir ! Je ne veux pas me prononcer entre la santé de mon père et mon amour. Je peux avoir les deux.

Elle s'enfuit en courant en direction du grand escalier, passant au milieu des invités, devant la nourriture, le vin et les danses de la salle de bal. Tout cela lui semblait si vain maintenant. Oui, elle aurait pu manger, boire, danser, apprendre et oublier le reste du monde. Mais elle le refusait. Elle ne voulait pas choisir une vie contre une autre, comme sa mère. Elle ne voulait pas fonder un foyer et devenir mère de famille dans la fuite. Elle avait un cœur et un esprit, et elle méritait d'avoir l'existence qu'elle désirait. Elle méritait la liberté. Comme tout le monde.

Arrivée au rez-de-chaussée, elle traversa la cuisine en espérant qu'Aldo soit sur la terrasse, comme les soirs où ses sœurs et elle étaient encore domestiques au château. Mais la terrasse était déserte. Pensant qu'il était peut-être parti au hangar, elle se dirigeait déjà vers l'escalier lorsqu'elle remarqua quelque chose qui dépassait de la pierre descellée du muret de la terrasse. Elle s'y précipita et trouva un bout de papier. Il contenait le court poème qu'Aldo avait lu au début de son concert, celui dans lequel il l'appelait sa muse. En dessous, il avait ajouté une note manuscrite d'une main tremblante :

Ton oncle a raison. Tu n'as rien à faire avec moi. J'ai eu tort de jouer pour toi et de donner ton nom à cette composition. Vis la vie que tu désires, Annalisa. Sois heureuse. Aldo.

Elle n'arrivait pas à croire qu'il renonce si facilement. Comment pouvait-il la laisser partir ? Elle se laissa tomber sur le muret. Peut-être son oncle avait-il raison. Il n'était peut-être pas celui qu'elle pensait.

Elle écrasa la note dans son poing, puis sortit son carnet et son stylo et lui répondit.

Très bien. Sois heureux toi aussi.

23

2018

Jeudi

Le lendemain matin, Mia enfila un jean et remit ses sneakers avant de descendre dans le hall. Il était vide, le groupe n'étant pas encore rentré du continent. Le petit-déjeuner l'attendait sur la terrasse. Elle s'assit à une table et commanda un cappuccino, qui arriva accompagné d'un assortiment fort appétissant de *biscotti*. Elle but une gorgée, se préparant à retrouver les caractéristiques du café italien : le goût fort, amer, sous le tourbillon léger du lait et de la poudre de cacao.

Le regard tourné vers l'île de Parissi, elle repensa à l'interview d'Aldo qu'elle avait écoutée, à sa manière cryptique et pourtant poignante de parler de Pippa, la femme dont elle était maintenant persuadée qu'il s'agissait de sa grand-mère. Pour avoir écrit les vers qu'il prononçait à la fin de cette interview, il avait dû l'aimer follement. Et si Lucy se souvenait de ces mots des décennies plus tard, si elle était encore capable de les réciter par cœur à la fin de sa vie, c'est qu'elle l'aimait aussi. Ils étaient séparés, sur deux îles différentes, au moment où les nazis étaient arrivés ; certes, mais pourquoi ne s'étaient-ils pas retrouvés ensuite ? Qu'est-ce qui avait entraîné Lucy à New York, sans lui ? Pourquoi n'avait-il pas cherché à l'y rejoindre ?

Et pourquoi Lucy avait-elle fini avec le grand-père de Mia, un homme qu'elle n'avait jamais vraiment aimé ? C'était évident, même sur leur photo de mariage, alors que cela aurait dû être le jour le plus heureux de sa vie. Lucy n'arrivait même pas à sourire sur ce cliché. Qu'était-il arrivé à la jeune femme qui avait inspiré cette musique à Aldo Verga ?

Elle n'en savait rien, pourtant il fallait qu'elle réussisse à faire comprendre à Leo qui était sa grand-mère lorsqu'elle lui révélerait la vérité. Comment le convaincre que Lucy était une femme intègre ? Comment le convaincre que Lucy n'aurait jamais volé le *schianto*, même si tous les éléments semblaient prouver le contraire ? Elle se montrerait honnête avec lui. Parce qu'en vérité, sa famille à elle était responsable des vaines recherches de Leo autant que du chagrin de sa grand-mère. Sa famille à lui n'avait conservé qu'un croquis de la robe de mariage alors qu'elle possédait l'objet lui-même ; et il ne détenait qu'un vieux dessin jauni du *schianto* qu'elle avait dans sa valise.

Elle ignorait si sa grand-mère savait que des gens recherchaient ces objets. Quoi qu'il en soit, il y avait quelque chose de dérangeant à se dire que toutes deux avaient vécu paisiblement dans leur bulle de Long Island tandis que Leo et sa famille recherchaient la moindre information susceptible de les rapprocher du grand-père disparu dans des circonstances tragiques. Leo comprendrait-il qu'elle n'avait rien su de tout cela ? Ou se concentrerait-il sur le fait que Lucy, elle, savait tout ? Qu'elle savait ce qu'elle avait entre les mains ? Parviendrait-elle à le convaincre que Lucy avait été brisée par ce qui s'était passé au château ?

Parce qu'à la fin, elle allait avoir besoin de lui. Lorsqu'elle lui aurait révélé qu'elle avait le *schianto*, l'aiderait-il à prouver que Lucy était innocente ? Ou les preuves contre celle-ci étaient-elles trop accablantes ? Mia ne voulait pas gâcher le temps qu'ils avaient passé ensemble en révélant l'étendue de son mensonge – mais plus elle attendait, plus il serait fâché.

Au fond, il avait droit à l'histoire de son grand-père comme elle avait droit à celle de sa grand-mère. Sauf que c'était l'impossibilité pour sa grand-mère de parler de tout cela qui avait plongé la famille de Leo dans la douleur. Maintenant, elle aussi le faisait souffrir en gardant des secrets. Comme Lucy avant elle.

Après le petit-déjeuner, elle remonta chercher son sac et le chapeau de Leo. En entrant dans sa chambre, elle avisa un bouton rouge qui clignotait sur le téléphone de la table de chevet. Elle ne voyait pas du tout qui pouvait chercher à la contacter à l'hôtel, puisque tout le monde, y compris Leo, avait son numéro de portable. Elle jeta sa clé sur le lit, appuya sur le bouton et, après un court message en italien auquel elle ne comprit rien, elle entendit un *bip* puis un message vocal. « Mia, bonjour, c'est Missy ! Nous ne vous avons pas vue cette semaine, je voulais juste m'assurer que vous alliez bien ! Charlie m'a dit qu'il croyait vous avoir vue sur un ferry à destination de l'île de Parissi hier matin, et on se demandait comme vous aviez fait. En fait, on a plein de questions ! Le château est fabuleux, mais on se demande comment fonctionnera cet ascenseur le long de la falaise, et s'il y aura un moyen plus luxueux de faire la traversée. Si les clients doivent dépenser une fortune pour ce voyage, ils voudront un transfert plus élégant. Bref, si vous avez des informations, merci de nous rappeler pour nous éclairer ! »

Mia reposa le combiné. C'était gentil de la part de Missy d'appeler pour s'assurer qu'elle allait bien – même si elle était aussi curieuse, après l'avoir vue avec Leo, de savoir si elle avait eu droit à un accès privilégié au château ou si elle avait des informations particulières. Elle la comprenait, au fond ; à sa place, vu la taille de l'enjeu, elle aussi aurait cherché à avoir des informations. D'une certaine manière, Missy et elle se ressemblaient. Elles cherchaient toutes les deux des réponses. Comme tout le monde, sans doute. Peut-être était-ce ce qui nous rendait humains, finalement : non pas d'avoir des pouces opposables, mais de toujours vouloir en savoir un peu plus.

Elle descendit et embarqua dans la navette. Le groupe étant sur le continent, le chauffeur, Giuseppe, s'ennuyait, et il parut heureux de la voir. En songeant qu'il ne lui restait plus que quelques jours ici, elle se dit, tandis que le bus se mettait en route, que l'une des choses qui lui manqueraient le plus, c'était ce trajet jusqu'à la mer. Elle n'avait plus peur des virages en épingle car elle faisait confiance à Giuseppe. Après ouvert la fenêtre pour profiter de l'air, elle se laissa bercer par sa conduite jusqu'en bas, puis descendit et marcha jusqu'au quai. Avec la chaleur, le soleil étant déjà presque à son zénith, elle n'était pas mécontente d'avoir le chapeau de Leo. L'eau bleu clair s'étendait à l'infini devant elle. D'ici, l'île de Parissi paraissait plus étirée, plus fine, et le château semblait n'exister qu'en deux dimensions. Comme s'il n'était qu'un dessin, ou le fruit de son imagination.

— Mia !

C'était Leo qui l'appelait depuis le quai, un bras en l'air pour attirer son attention. Elle le salua à son tour et pressa le pas jusqu'au bateau.

Il était habillé un peu plus élégamment que la veille, en chemise blanche et en jean, sans doute parce qu'il arrivait du continent. Elle était heureuse de le voir, et pas uniquement parce qu'il était son ticket pour l'île. Elle aimait sa compagnie et sa passion pour le passé. Elle prit sa main pour monter à bord en se demandant si lui aussi était heureux de la voir. Mais elle s'en voulut aussitôt d'avoir une pensée pareille. Que son couple avec Ryan survive ou non, elle était toujours en relation avec lui. Elle n'avait pas à avoir des sentiments pour quelqu'un d'autre, et elle se sentit coupable, même si elle n'y pouvait rien.

Le moteur se mit à ronronner tandis qu'ils s'installaient sur un banc. Le capitaine salua Leo d'un signe de la main et ils partirent. Comme la veille, le château sembla grandir, gagner peu à peu en densité et en stature, s'abreuvant du soleil comme un enfant. Cela lui rappelait ces animations accélérées, dans les documentaires à la TV, où l'on voit en quelques secondes une fleur s'épanouir, ou les rues d'une ville se vider à mesure que le soleil se couche. Rien ne restait identique très longtemps. Tout était relatif. Le château n'était jamais le même ; il changeait en fonction de la position de celui qui le regardait.

La voix de Leo interrompit le cours de ses pensées.

— À quoi pensez-vous ?

— À rien d'important, dit-elle. Juste au château. Je me demandais s'il suscitait les mêmes émotions chez d'autres, dans le passé. J'ai l'impression qu'il devient plus gros et plus solide à mesure qu'on en approche. Et puis il y a l'attente, la perspective de poser le pied sur l'île et de grimper l'escalier.

— Ce devait être le cas, répondit-il. Mais on ne le saura jamais. Je ne vivrai jamais ce qu'a vécu mon grand-père.

Je ne peux que l'imaginer, je ne ferai jamais l'expérience du monde tel qu'il l'a connu.

— Oui. Mais j'aimerais être sûre de ce que les gens ressentaient en arrivant ici, savoir si ça les changeait ou si ça leur inspirait des choses. N'est-ce pas ce que vous essayez de découvrir, après tout ? Vous avez fait une pause dans votre carrière pour venir ici, dans cet endroit isolé. Vous tentez de recréer ce qui était. À quoi bon si nous ne pouvons pas connaître la vérité ?

— Eh bien, on peut s'approcher de la vérité, expliqua-t-il. Vous avez raison, j'ai renoncé à beaucoup de choses. Et je peux bien vous le dire, ce n'est pas juste pour monter une exposition que de riches touristes parcourront d'un œil distrait entre deux repas somptueux et des virées shopping. Alors, pourquoi ? Pour mon grand-père. Et pour les autres aussi. Mais qu'est-ce qui changerait pour moi si je trouvais d'autres créations de mon grand-père ? Je ne sais pas. N'empêche, c'est important. (Il tourna la tête, regarda au loin.) Assez pour mettre fin à une relation, par exemple.

— Oh ? fit-elle, curieuse d'en savoir plus.

— Tout le monde ne comprend pas qu'on veuille en savoir plus sur le passé avant de se choisir un avenir, dit-il. Nous avons rompu quand je suis venu ici. Elle trouvait que je courais derrière des fantômes. Et moi, je ne voulais pas changer celui que je suis pour elle. Cela ne me semblait pas une manière d'être heureux. Mais ne parlons pas de moi, poursuivit-il tandis que le bateau accélérait, les flancs battus par les vagues. Racontez-moi votre carrière de scientifique.

— Comme je vous l'ai dit l'autre soir, je ne me considère pas encore comme une scientifique à proprement parler, avoua-t-elle. Je travaille pour des scientifiques. Des gens brillants, je dois dire. J'aime beaucoup ce que je fais. Mais ce que je voudrais vraiment, c'est devenir investigateur principal. Concrètement, cela signifie diriger mon propre laboratoire de recherche.

— Oh ? Et quand pourrez-vous l'être ?

— Pas tout de suite, l'éclaira-t-elle avec un petit rire gêné. Je dois économiser pour me payer les dernières années d'étude. Ensuite, il faudra que je dépose une candidature et que je sois acceptée.

— Où iriez-vous étudier ?

— Je ne suis pas encore sûre. L'université de Boston a toujours été mon premier choix. Il y a un professeur là-bas, assez fascinant, qui travaille sur les mécanismes moléculaires responsables des maladies cardiaques. Mais je ne voulais pas m'éloigner trop de ma grand-mère. (Elle regarda ses mains.) Enfin, ce n'est plus un obstacle maintenant.

— Pourquoi ? demanda-t-il doucement avant de se reprendre. Pardon, je ne voulais pas…

— Non, ce n'est rien. C'est dur à expliquer. Mais si je n'ai plus besoin de rester à New York, c'est parce que… eh bien, ma grand-mère est morte récemment.

— Votre grand-mère ? Celle qui vous a élevée ? Je suis désolé, dit-il. C'est bien elle dont vous pensez qu'elle a travaillé au château ?

Mia acquiesça.

— Je suis sincèrement désolé, répéta-t-il en posant une main sur la sienne. C'est pour cela que vous êtes venue ici ? Pour elle ? Pour en savoir plus sur sa vie ?

— D'une certaine façon. Elle m'a laissée avec des questions. Comme votre grand-père.

— Donc nous avons tous les deux mis notre vie en pause pour y répondre.

Ils arrivaient au quai, Mia suivit Leo à terre. Il se pencha pour attraper deux bouteilles d'eau, puis eut un court échange en italien avec le capitaine.

— Il dit qu'il nous attendra, lui expliqua-t-il en lui tendant l'eau. Prête à grimper ?

Ils se dirigèrent vers l'escalier.

— Je suis content que vous soyez venue aujourd'hui, Mia, surtout après ce que vous m'avez appris. Je crois que vous allez adorer ce qu'on va voir.

— Pourquoi ? Ils ont découvert quelque chose aujourd'hui ?

— Non, pas à ma connaissance. Ils prévoient de casser la terrasse en pierre près de la cuisine pour la remplacer par une autre qui respecte les règles de construction actuelles. Mais je voulais vous montrer de nouvelles listes de gens arrivés précédemment. Votre grand-mère aurait travaillé dans les cuisines ? Les listes sont là-haut, et nous pourrons les consulter si vous voulez.

— C'est très gentil à vous, répondit-elle.

Mais elle se sentait coupable parce qu'elle avait déjà vu la liste sur laquelle figurait le nom de sa grand-mère : Annalisa. Seulement, elle ne le lui avait pas révélé.

Il s'arrêta au premier palier, et ils s'accoudèrent tous les deux au muret pour boire de l'eau.

— À vrai dire, reprit-il, j'avais une autre raison de vouloir vous faire revenir. Vous avez eu l'air troublée quand nous avons découvert la liste des nouveaux arrivés hier, et aussi quand je vous ai montré le croquis de la robe de mariée dessiné par mon grand-père. C'est difficile d'encaisser toutes ces découvertes, ces histoires de personnes disparues depuis longtemps dans les pires des circonstances. Et vous n'y étiez pas préparée. Je veux me racheter.

— Oh non, ça va, dit-elle en se rendant compte qu'il la croyait triste à cause de tout cela.

Elle était simplement stupéfaite par les révélations successives concernant sa grand-mère et ses liens avec le grand-père de Leo, et sur la responsabilité de Lucy dans une bonne partie de ce qui avait disparu.

— Vous n'avez pas à vous racheter auprès de moi, ajouta-t-elle.

— Je suis quand même content que vous ayez voulu venir, insista-t-il. Il faut que vous sachiez ce que Patricio avait créé ici. Pendant des années, ce lieu a été dédié à l'art, au génie humain, à la beauté et à la lumière. Tous ceux qui venaient ici le sentaient. Je voulais vous montrer quelque chose. Vous pouvez compter sur les doigts d'une main les gens qui ont posé le pied là où nous allons.

Il se remit en route et elle lui emboîta le pas. Malgré sa culpabilité, elle était curieuse de voir où il la conduirait. Arrivés à la cour, ils entrèrent par la porte de devant, puis montèrent l'escalier, par le même chemin qu'ils avaient emprunté avec le groupe deux jours plus tôt. Cette fois, ils dépassèrent la salle d'exposition. Ils franchirent ensuite une porte et l'espace changea drastiquement. Ils étaient sortis de l'aile rénovée du château. Ils suivirent un couloir, passèrent une double porte, et arrivèrent devant deux autres portes battantes, au cadre en voie de pourrissement, avec des panneaux vitrés qui donnaient sur l'une des structures les plus étonnantes que Mia eût jamais vues.

C'était un balcon en saillie, vaste et semi-circulaire, sur le flanc du château.

— Venez, dit Leo en lui faisant signe de ne pas avoir peur.

— C'est sûr ? demanda-t-elle.

— Complètement.

— C'est l'une des premières choses sur lesquelles les ingénieurs ont travaillé. Parce que c'est magnifique. Notre équipe a été surprise de la qualité de la construction, elle était encore très solide. Patricio l'appelait la *terrazo galleggiante*.

— Ce qui signifie ?

— La terrasse flottante. Il a demandé à l'un des cabinets d'architectes les plus réputés de Rome de la concevoir. Il disait qu'il voulait être tellement loin de l'île qu'il ne se sentirait limité ni par le temps, ni par l'espace. Comme s'il était sur un tapis volant. Il voulait se sentir à la fois proche du ciel et écrasé par son immensité. Imaginez-vous tous les grands penseurs venir ici en méditant sur leurs chefs-d'œuvre ? Imaginez-vous ce qu'ils ressentaient ? Faire partie de l'univers et pourtant en être distinct. Se sentir à la fois infiniment petit et tout-puissant. Patricio adorait les paradoxes, et c'était le paradoxe ultime.

Ils gardèrent le silence un moment. Mia réfléchissait à ce désir glorieux et énigmatique. Comment pouvait-on se sentir à la fois petit et tout-puissant ? C'était étrange, car d'une certaine façon c'est exactement ce qu'elle éprouvait. Elle faisait partie de l'univers tout en étant elle-même une unité totale et entière. Quel génie d'avoir eu cette vision et de l'avoir offerte à ses invités. Et construite, pour qu'elle dure indéfiniment. Elle entendait tout cela de la bouche de quelqu'un qui avait renoncé à une relation pour venir ici.

Elle l'admirait d'avoir fait une chose pareille. Elle commençait à se dire qu'elle avait fait de même.

Il la ramena à l'intérieur, fermant les deux battants derrière eux.

— Bon, on ferait bien d'aller voir ces listes d'employés, dit-il. Je n'ai pas beaucoup de temps. Il faut que je retourne à l'hôtel faire de la paperasse, puis que je me change et que j'aide aux préparatifs. Ce soir, c'est le repas consacré aux agents de voyages, on dansera.

— Ça promet, sourit Mia.

— Je préférerais rester ici pour explorer les lieux avec vous. Mais cela fait partie de mon boulot. Il s'avère que j'ai de grandes nouvelles à annoncer ce soir. J'ai reçu un message de l'avocat romain qui s'occupe de l'enquête. Ses associés ont examiné des documents de voyage, des registres officiels et même des photographies de port prises les jours qui ont précédé l'invasion de l'île par les nazis. Ils pensent avoir trouvé une personne susceptible d'avoir des informations concrètes sur le *schianto*. Une certaine Lucy, qui vit aux États-Unis depuis des décennies. Ils y envoient une équipe la semaine prochaine. Elle habite dans une ville qui s'appelle Soundport.

« Mais vous aussi, vous avez peut-être des informations sur le *schianto* ? Est-ce que ça vous paraît cohérent avec ce que vous savez ? Ou n'êtes-vous toujours pas prête à m'en parler ? Vous n'êtes pas obligée de vous décider tout de suite. Nous avons le temps de redescendre pour parcourir les listes des employés…

— Leo, le coupa-t-elle, incapable de dissimuler plus longtemps.

Leurs histoires les séparaient, pourtant elles étaient irrémédiablement imbriquées. Ce paradoxe aurait plu à Patricio. Surtout, elle ne voulait pas être malhonnête avec lui. Contrairement à Ryan, il avait été bon avec elle, compréhensif, même sans tout savoir d'elle.

— Hum ? demanda-t-il.

— Ces gens qui vont chercher la femme à Soundport, ils ne la trouveront pas. Parce qu'elle est morte. Ils ne trouveront pas non plus le *schianto* là-bas.

— Pourquoi ?

— Parce que cette femme, c'est Annalisa, même si elle a changé son nom pour Lucy en arrivant à New York. C'est la Annalisa que tvous avez trouvée sur la liste il y a deux jours. Si je le sais, c'est parce que je suis sa petite-fille. Les deux choses que vous avez tellement espéré retrouver, ma grand-mère les avait depuis tout ce temps.

24

1943

Septembre

Le lendemain matin, Annalisa resta au lit longtemps après le départ de Giulia et Emilia. Elles ne savaient rien de ce qui s'était passé la veille avec Patricio. Lorsqu'elle les avait retrouvées en fin de soirée, après minuit, elle n'avait pas eu le cœur de le leur raconter. À leur réveil ce matin, elle avait fait semblant de dormir encore. Elle avait entendu Giulia dire à Emilia de ne pas la déranger.

— Laisse-la, avait dit Giulia. Il est arrivé quelque chose de grave. J'ai un pressentiment.

— Quoi ? avait demandé Emilia en chuchotant.

— Je ne sais pas. Mais ne l'embêtons pas. Elle nous le dira quand elle sera prête.

Après leur départ, allongée dans son lit, elle essayait de se motiver à se lever pour retourner au labo. Il y avait encore du travail pour finir le *schianto* et inventer une potion qui soignerait leur père. Mais elle n'avait pas envie de voir son oncle. Elle aurait voulu pouvoir travailler sur les échantillons botaniques sans avoir à le croiser. Peut-être prévoyait-il de l'éviter, lui aussi, ce qui serait parfait. Elle n'avait plus confiance en lui. Quel changement par rapport à la veille, quand il était apparu à la porte de la salle de bal sous les applaudissements, et qu'elle avait éprouvé une affection sans bornes pour lui ! Depuis, il avait montré son véritable visage, celui qui avait poussé sa mère à le traiter de lâche.

Il avait détruit quelque chose qui était important, peut-être même vital à ses yeux : sa relation avec Aldo. Elle avait été tellement heureuse hier soir de le voir jouer sa composition. Pas seulement heureuse, mais fière de lui, qu'il ait produit quelque chose de si beau et extraordinaire, une mélodie si divine qu'il avait fait monter les larmes aux yeux du public. L'art pouvait bel et bien transformer les gens. Et il avait appelé sa pièce : « Pour Pippa ». Il ne l'avait pas oubliée ces deux dernières semaines. Elle l'avait inspiré pendant qu'il composait et pratiquait sa musique. De son côté, elle n'avait pas cessé de penser à lui.

Elle s'assit et ouvrit le tiroir de sa table de chevet, où elle avait rangé la note froissée qu'il lui avait laissée sous la pierre la veille au soir. La dépliant, elle lissa le papier du plat de la main et relut le poème. « Tu es trop loin pour que je t'attrape, trop près pour résister, trop forte mais sans avoir besoin de te détourner. Je brûle pour toi, je m'incline devant toi, je t'embrasse de loin, mon étoile, ma muse, mes mots, ma musique ». Elle avait été sa muse, c'est ce qu'il disait.

Mais alors, pourquoi était-il parti ? Elle comprenait qu'il ait eu peur de lui nuire en la détournant de sa famille : de son oncle, qu'elle venait de retrouver, et de son père, qui avait besoin d'elle. Elle savait aussi qu'il était au courant de l'histoire de sa mère, de son éloignement de sa famille, et il ne voulait sans doute pas qu'elle vive la même chose.

Mais pourquoi n'être pas resté pour le lui dire ? Pour lui montrer à quel point il serait dur pour lui de se passer d'elle, s'il le fallait vraiment ? Elle lui avait dévoilé ses secrets les plus intimes sur ses parents, ses peurs et la santé de son père. Lui aussi lui avait raconté son passé. Avec les derniers événements de leur vie et du monde autour d'eux, cela devait compter, non ?

Sa seule réponse, c'est qu'il n'avait jamais eu pour elle des sentiments aussi forts que ceux qu'elle avait pour lui. Ce n'était qu'une illusion, une histoire qu'elle s'était racontée. Peu importait la manière dont il l'avait regardée en terminant son récital la veille, peu importait le poème qu'il lui avait écrit, peu importait qu'il ne l'ait pas quittée des yeux jusqu'à ce que la lumière s'éteigne sur la scène – quoi qu'il ait ressenti, cela n'avait rien à voir avec ce que ses parents avaient partagé. Parce que sa mère n'avait pas été capable de tourner les talons.

Elle s'habilla lentement, grignota quelques restes du petit-déjeuner que ses sœurs avaient laissé pour elle sur la table, puis elle monta à la tour. Le plateau de son oncle était sur la table, intact. Elle se demanda s'il souffrait autant qu'elle de leur dispute de la veille. Elle avait été tellement fière, au début de la soirée, que ses sœurs et elle lui aient donné une raison de renouer avec le monde extérieur. Maintenant, il se retirait de nouveau. Qu'avait-elle fait de mal ? Si elle lui avait parlé avant le concert, elle aurait pu lui expliquer davantage qui elle était et quelle vie elle désirait. Elle lui aurait dit qu'elle était comme sa mère, encore plus qu'il le pensait. Mais elle-même n'avait pas conscience de la force de ce qu'elle éprouvait pour Aldo, elle ne l'avait compris qu'au moment de leur indescriptible étreinte, après le concert. Comment aurait-elle pu lui décrire des sentiments qu'elle ignorait éprouver ?

Devant la porte fermée de Patricio, elle regretta de ne pas pouvoir redevenir celle qu'elle était avant de débarquer sur l'île, dévouée à la science, déterminée à rencontrer Patricio et à rapporter son invention chez elle pour soigner son père. Elle était si concentrée. Que lui était-il arrivé ?

Je suis humaine, pensa-t-elle. C'était humain d'aimer, de se soucier des autres, de vouloir créer des liens. Elle était contente d'être humaine. Jamais elle ne voudrait effacer ce qu'elle ressentait pour Aldo. Elle était contente de l'avoir embrassé et serré contre elle. Elle recommencerait si elle le pouvait. Même en sachant ce qui devait advenir, elle ne changerait rien. Elle aurait été incapable d'écouter ce concert puis de quitter la salle de bal comme si de rien n'était.

Annalisa resta un moment là où elle se trouvait, puis entra sans bruit dans une petite pièce adjacente où son oncle et elle stockaient des matières végétales qu'ils triaient, manipulaient et observaient avant de noter leurs réactions. Au bout de quelques heures – toujours sans nouvelles de lui –, elle commença à s'inquiéter et décida de descendre demander si quelqu'un l'avait vu aujourd'hui. Elle arriva dans la salle à manger au moment où on servait le déjeuner aux invités, mais comme elle n'avait pas envie de se restaurer, elle demeura sur le seuil. L'ambiance autour était morose, très différente du brouhaha jovial ordinaire des déjeuners auxquels elle avait assisté. On entendait les couverts cogner contre la vaisselle en porcelaine, et même le son que faisaient l'eau et la limonade versées dans les verres. C'était pour le moins inhabituel. Étaient-ils tous simplement fatigués ? Avaient-ils continué à danser jusqu'à l'aube, comme le soir de son arrivée avec ses sœurs ? Ou bien avaient-ils entendu sa dispute avec son oncle ? Pensaient-ils que Patricio allait de nouveau se retirer dans sa chambre, et si oui, la rendaient-ils responsables de cette retraite ? Elle partit, n'ayant aucune envie de devoir se défendre si elle était la cause de leur tristesse.

Elle alla dans la cuisine voir si la *signora* Russo avait aperçu son oncle depuis le début de la journée. Mais la *signora* semblait aussi préoccupée que les invités de la salle à manger. Assise à une table de travail, le menton dans le creux de la main, elle avait le regard perdu au loin. Plongée dans ses pensées, elle sursauta en entendant Annalisa entrer.

— Oh, *signorina* Parissi ! Je suis désolée, j'étais perdue dans mon monde. Le déjeuner est en cours, ça vous intéresse ? Et votre oncle ? Descend-il ?

— Non, merci, dit-elle. Mon oncle… Je ne l'ai pas vu de la journée. Je me demandais si vous l'aviez croisé.

La *signora* Russo fit signe que non.

— Étrange. Il ne s'est pas caché comme cela depuis que vous lui avez révélé votre identité. Peut-être travaille-t-il comme un forçat. Ou alors il dort. J'ai cru comprendre que la fête avait fini tard après la performance d'Aldo.

— C'est pour cela que tout le monde est si calme aujourd'hui ? demanda Annalisa. L'ambiance dans la salle à manger est lugubre.

— Je suppose. Nous avons aussi des nouvelles du continent ce matin. La bonne, c'est que les Alliés ont pris la Sicile, mais on s'inquiète de la réaction des Allemands. Les choses vont peut-être empirer un temps avant que la situation s'améliore vraiment. Enfin, je ne suis pas certaine que les invités soient très attentifs à tout cela. Ils ne s'informent pas et ne pensent que rarement au monde extérieur, d'autant plus après une grande nuit de fête comme celle-ci. Cela me fait penser… Je n'ai pas vu Aldo non plus aujourd'hui. Je voulais lui dire au revoir avant qu'il parte, conclut la *signora* Russo.

— Avant qu'il parte ? s'étrangla Annalisa, incapable de contenir son émotion. Il a quitté le château ?

— On conduit des travaux d'exploration sur une petite île à l'ouest que votre oncle envisage d'acheter. Il est parti avec une poignée d'autres. En éclaireur, en somme.

— Savez-vous combien de temps ils seront partis ?

— Quelques jours. Peut-être un peu plus. Cela dépendra du temps qu'il leur faudra pour faire le travail.

— Oh.

Annalisa se demandait si Aldo était parti à cause de son message : « Très bien. Sois heureux toi aussi. » L'avait-elle poussé à s'en aller ? Elle était en colère et blessée quand elle l'avait écrit, mais elle ne s'attendait pas à ne jamais le revoir. Essayant de ne pas laisser paraître son inquiétude, elle sortit et approcha de la pierre descellée, espérant y trouver un mot lui disant qu'elle se trompait, qu'ils se trompaient tous les deux, qu'il avait ressenti la même chose qu'elle quand ils s'étaient embrassés, et qu'ils ne pouvaient pas y renoncer, qu'ils convaincraient son oncle qu'ils devaient être ensemble.

Elle retourna la pierre. Il n'y avait rien. Son message avait disparu. Il l'avait lu et était parti.

Elle s'assit sur le muret, les mains sur ses cuisses. Il fallait qu'elle lui parle. De tout : de son concert, de son oncle, de son père, ; de l'ambiance au château et des nouvelles que venait de lui annoncer la *signora* Russo ; du fait que la situation pouvait empirer avant de s'améliorer. Qu'est-ce que ça voulait dire ? Aldo l'avait avertie que la guerre approchait, que les invités faisaient l'autruche, la tête enfouie dans le sable. L'inquiétude de la *signora* Russo était palpable, Annalisa l'avait vue fixer le vide à son arrivée dans la cuisine. Aldo avait-il raison ? Le Shangri-La construit par son oncle atteignait-il sa date de péremption ? Qu'est-ce que cela signifiait pour eux deux ? Et pour les autres ?

Elle replaça la pierre et retourna dans le château en se demandant si elle pouvait demander d'autres renseignements à la *signora* Russo. Mais ce fut cette dernière qui l'aborda en premier, une enveloppe à la main.

— *Signorina* Parissi, je dois vous remettre ceci, dit-elle. C'était avec les marchandises qui sont arrivées du hangar ce matin. Ça vient du garçon qui nous apporte la farine, Vincenzo. Les hommes m'ont demandé de vous le donner au plus vite. Il attend votre réponse au hangar.

Elle ouvrit l'enveloppe et en sortit une lettre.

Annalisa,

On m'a dit que l'état de santé de ton père s'était encore dégradé. Il a des douleurs à la poitrine tous les soirs, il a du mal à respirer et est très faible. Il tient à peine debout. Il semble avoir abandonné tout espoir de vous revoir, tes sœurs et toi. S'il te plaît, dis-moi quel message je peux lui faire porter. Quelque chose qui l'aiderait à tenir un peu plus longtemps, jusqu'à ce que vous soyez prêtes à rentrer. J'attends ta réponse.

V.

Oh non, pensa Annalisa. *Qu'ai-je fait ?*

Mettant la lettre dans sa poche, elle monta aussitôt au studio de Savio. Elle y trouva Giulia seule, Savio n'étant pas encore rentré du déjeuner pour se remettre au travail.

Giulia, une épingle à la main, leva la tête de la robe blanche qu'elle avait sur les genoux.

— Que se passe-t-il ? Il y a un problème ?

Annalisa lui tendit la lettre.

— Oh Pippa, dit-elle après l'avoir lue. Qu'allons-nous faire ? Il a besoin de nous. Devons-nous y retourner ?

— Impossible, dit Annalisa en secouant la tête. Le *schianto* n'est pas encore fini. Je n'ai pas de remède.

— Mais l'attente le tue. Tu crois que ça marchera ? Et si notre oncle était rêveur, comme les autres ?

Annalisa la regarda. Elle n'aurait pas cru Giulia si perspicace. Mais elle aussi se posait cette question.

— Je ne sais pas, répondit-elle. Mais je ne suis pas encore prête à renoncer. Son idée est bonne. Je pense qu'il sait ce qu'il fait. (Elle réfléchit un moment.) D'accord, papa ne peut plus rester seul. Renvoyons Emilia pour qu'elle s'occupe de lui. Elle lui remontera le moral et lui dira que je travaille sur quelque chose, que nous rentrons bientôt.

Giulia hocha la tête.

— Va au hangar expliquer notre plan à Vincenzo, dit Annalisa. Il attend là-bas. Je vais chercher Emilia et l'aider à faire ses valises. Dis-lui que nous la rejoindrons dès que possible.

*

Un peu plus d'une heure plus tard, Annalisa et Emilia arrivaient sur la plage. Emilia avait revêtu la même tenue de voyage qu'elle portait à leur arrivée. Elle était calme, même si Annalisa savait qu'elle craignait l'idée de rentrer seule. Elle avait peur de voir leur père malade et de ne pas être capable de bien prendre soin de lui. Annalisa la comprenait. Elle ne s'attendait pas à devoir renvoyer Emilia ainsi. Au moment de leur départ, elle n'aurait jamais imaginé que les choses deviendraient si compliquées. Elle se rendait compte qu'elle avait été bien naïve.

Penser qu'elle pouvait guérir son père, conquérir son oncle et régler les problèmes du monde entier… Elle n'avait même pas pensé à l'impact de la guerre ni au fait que la santé de leur père risquait de décliner sans elles.

Vincenzo les attendait près du bateau, la main de Giulia dans la sienne. Il prit la valise d'Emilia, puis l'aida à monter à bord. Le ciel s'assombrissait. Une tempête approchait.

— Prends soin de papa, lança Annalisa à Emilia. Dis-lui que nous reviendrons bientôt avec un remède. Assure-toi qu'il mange et qu'il prend ses médicaments.

— Ne t'en fais pas, répondit sa sœur. Et dépêche-toi ! Revenez vite.

— Ne t'inquiète pas, dit Vincenzo à Annalisa, je te donnerai de leurs nouvelles.

Il se tourna vers Giulia et lui caressa la joue. En regardant sa sœur, Annalisa se dit que, comme Emilia, elle avait mûri en quelques semaines. Emilia n'était plus un bébé et Giulia n'était plus une jeune écervelée rêvant d'amour à tout bout de champ.

Vincenzo monta sur le bateau et se mit à ramer en direction du continent.

— Tu penses que ça ira pour papa ? demanda Giulia en les regardant s'éloigner.

— Je crois qu'il tiendra encore un moment. Il sera content d'avoir Emilia. Ça lui remontera le moral.

— Et le remède sera bientôt prêt ?

— Je crois.

Giulia la considéra pensivement.

— Qu'y a-t-il, Annalisa ? Qu'est-ce qui t'est arrivé la nuit dernière ? On t'a cherchée après le concert, Emilia et moi. Tu avais disparu. Aldo aussi. Et notre oncle. Ensuite, ce matin, tu n'as pas voulu te lever.

Annalisa secoua la tête.

— Ce n'est rien. Je vais bien.

— Quelqu'un m'a dit qu'on avait entendu notre oncle crier. C'était en rapport avec toi ?

Annalisa garda le silence.

— J'ai vu comment Aldo te regardait quand il jouait, reprit Giulia. Tout le monde l'a remarqué. Il a même donné ton surnom à son morceau !

— C'est juste un nom…

— Bien sûr que non. N'essaye pas de me prendre pour une idiote, Annalisa. Je sais ce que je dis.

Annalisa leva les paumes en signe de reddition.

— Le nom de ce morceau n'a aucune importance. C'était idiot, cette manière de se regarder. Je n'aurais pas dû le laisser faire.

— Mais c'est quelqu'un de bien. De très bien. (Elle réfléchit une seconde.) Tu crois que maman avait de grandes idées profondes quand elle est partie ? Qu'elle pensait à son héritage, à l'avenir, à sa riche famille ? Moi, non. Mais elle savait qu'elle avait rencontré un homme bon. Je pense que c'est tout ce qui compte : avoir un homme bon et qui t'aime. Bien sûr, il y a la guerre, les combats, les dangers, les maladies. Mais tu ne crois pas que l'important, c'est d'avoir une personne qui t'aime, ne serait-ce qu'une minute ?

Annalisa contempla la mer, où le bateau de Vincenzo n'était plus qu'un point à l'horizon. Elle ne savait pas comment répondre à Giulia. Pas maintenant, après avoir perdu à la fois l'amour de son oncle et celui d'Aldo. Elle restait là, à regarder la mer étale et les îles et les montagnes au loin, et ce ciel qui restait lumineux, même après la nuit tombée. Ne pouvait-on rien faire d'éternel ? N'était-ce pas le but de la science, de construire quelque chose qui dure ? Ou, comme l'avait dit Giulia, l'important était-il simplement d'avoir un amour qui rachète tout le reste ? Si l'invention de Patricio fonctionnait, elle maintiendrait son père en vie quelques années, une décennie peut-être. Dans l'histoire de l'univers, ce n'était guère plus d'un instant.

Elle se tourna vers le château tandis que Giulia jetait un dernier regard au bateau. Elle se demandait ce que sa mère lui aurait conseillé.

Mais elle n'avait aucun moyen de le savoir.

25

2018

Jeudi

Mia regardait Leo, qui était sous le choc après ce qu'elle venait de lui apprendre.

Même si elle ne le connaissait que depuis une semaine, elle avait passé beaucoup de temps avec lui, et elle n'avait jamais vu cette expression sur son visage. Ce n'était pas de la colère, pas de la surprise non plus. C'était indéchiffrable : le menton levé, les lèvres légèrement retroussées ; mais ses yeux en disaient plus long qu'il n'était prêt à le faire lui-même. On aurait dit qu'il venait de recevoir une gifle et qu'il essayait de comprendre pourquoi. Pas tant pour envisager des représailles mais pour savoir à quel moment il s'était trompé, quelle erreur il avait commise, pourquoi il avait donné sa confiance à tort.

Pourtant elle n'avait pas trahi. Elle avait suivi les règles, en bonne scientifique. Sauf qu'ici, on n'était pas dans le domaine scientifique. Ils étaient deux à essayer de comprendre d'où ils venaient, à chercher la confirmation que ce qu'avaient vécu leurs aïeux avait son importance, à chercher comment aller de l'avant, en faisant la paix avec eux-mêmes, parce que ce serait aussi la paix pour ceux qui n'étaient plus là. Et elle avait gardé son secret trop longtemps. Comme sa grand-mère.

Ils retournèrent en bas et sortirent du château sans prononcer un mot. Une fois dans la cour, elle passa devant lui et se tourna pour lui faire face.

— Leo, je suis désolée. J'aurais dû vous le dire plus tôt. Je suis navrée de vous avoir laissé croire que j'étais triste à cause de ce qui s'était passé sur l'île alors que j'étais surtout stupéfaite par ce que j'apprenais sur ma grand-mère.

Il mit les mains dans ses poches et secoua la tête, la tête basse.

— Ce n'est pas grave, fit-il d'un ton neutre, détaché. Vous vouliez des informations. Vous m'aviez prévenu que vous ne me diriez pas tout tant que vous n'auriez pas ce que vous vouliez.

— C'est vrai. Mais quand vous m'avez amenée ici pour voir la terrasse flottante et que vous m'avez parlé de création, d'imagination, de vision… j'ai compris que j'avais tort. Que nous faisons plus qu'échanger des informations.

Il tourna la tête vers l'escalier au bout de la cour, sans doute pour éviter son regard.

— Venez, dit-il. Le bateau va nous attendre.

Ils descendirent la colline en silence. Elle savait que, objectivement, il n'avait aucune raison d'être en colère, mais ça ne l'empêchait pas de se sentir horriblement coupable. Elle appréciait Leo, et elle espérait qu'elle n'avait pas détruit l'amitié qui se nouait entre eux.

Le bateau était là, comme prévu. Ils s'assirent sur un banc, et il garda une certaine distance avec elle. D'une glacière, il sortit des sandwiches qu'il avait pris à l'hôtel, et il voulut lui en donner un, mais aucun d'eux n'avait faim. Mia regardait droit devant elle, ne voulant pas voir le château s'éloigner. Elle se disait que Leo ne se sentirait nullement obligé de la faire revenir ici, et cette pensée était presque insupportable. Elle voulait retourner sur les traces de sa grand-mère, en apprendre plus sur sa vie et celle de ses sœurs, en apprendre plus sur Patricio, comprendre pourquoi il avait choisi sa grand-mère plutôt que n'importe quel autre apprenti. Elle voulait tout savoir sur Aldo – et surtout comment Lucy et lui avaient échappé aux nazis. Elle aurait peut-être obtenu des réponses si elle avait été honnête plus tôt.

Comme le bateau accélérait, elle se tourna vers Leo.

— Je veux que vous compreniez dans quelle situation j'étais en arrivant ici. Nous sommes très différents, vous et moi. Vous avez une famille qui s'est serré les coudes après la mort de votre grand-père. Je sais que votre grand-mère a souffert de la disparition de son mari, mais elle avait ses enfants et ses petits-enfants. Elle a partagé avec vous ce qu'elle savait. N'est-ce pas ironique ? Votre grand-père est mort et votre famille est restée forte. Ma grand-mère a vécu, mais notre famille a été brisée. Elle m'aimait, mais pas d'un amour de grand-parent. L'amour n'était pas une source de réconfort pour elle. C'était le signe de notre imperfection. Je ne pense pas qu'elle ait toujours été comme cela. Mais elle avait changé.

Elle baissa la tête.

— Maintenant, je sais pourquoi, continua-t-elle avec résignation. Je n'étais pas la petite-fille qu'elle voulait. La famille qu'elle voulait, c'est celle qu'elle aurait dû avoir avec Aldo, parce qu'elle était Annalisa, sa muse. Quand elle l'a perdu, elle s'est perdue.

Quelques secondes s'écoulèrent, puis Leo glissa sur le banc, se rapprochant d'elle, et passa un bras autour de ses épaules.

— Oh, Mia… murmura-t-il en l'attirant contre lui.

Elle se laissa faire et perçut la chaleur de son corps à travers sa chemise. Elle se sentait un peu coupable d'aimer ce contact alors qu'elle avait toujours un petit ami. Mais elle ne pouvait pas bouger. Elle avait beau connaître Ryan depuis un an et Leo depuis moins d'une semaine, elle était certaine que ce dernier comprenait ce qu'elle traversait alors que Ryan y aurait été imperméable.

— J'ignorais que ma grand-mère avait des sœurs, dit-elle, le visage près de son épaule. Je ne savais pas qu'elle avait aimé un autre homme plus qu'elle avait jamais aimé mon grand-père. Je ne savais pas qu'elle aspirait à être une scientifique, ni que Patricio l'avait choisie comme apprentie. Je ne savais même pas qu'elle avait vécu ici. Je ne savais rien avant de lire la lettre que votre avocat romain a envoyée, et qui a entraîné le reste.

« La seule raison pour laquelle j'ai découvert tout cela, c'est parce qu'elle est morte. C'est pour cela que j'ai trouvé le *schianto* et la robe de mariée, parce qu'elle est morte et que ses secrets sont remontés à la surface.

Elle sentit son menton entrer en contact avec l'épaule de Leo.

— Moi aussi, je suis désolé, Mia, dit-il. Je suis désolé que vous appreniez cela maintenant, si loin de chez vous, juste après avoir perdu votre grand-mère. Vous avez raison. D'étrange façon, même si mon grand-père est mort, j'ai eu de la chance. Et d'étrange façon, même si votre grand-mère a survécu… ce ne sont pas toujours les survivants qui triomphent, n'est-ce pas ?

Il s'écarta pour croiser son regard.

— Parlez-moi de la robe de mariée. L'avez-vous vue ?

— Oui, elle est extraordinaire, dit-elle. Une création incroyable, d'une beauté à tomber. On croirait qu'elle flotte avec ses perles luisantes et le drapé qui fait des plis incroyables... Je ne peux même pas vous la décrire. Il faudrait que vous la voyiez. Et vous la verrez. Je vous le promets. Je vous l'enverrai.

— Et le *schianto* ? Vous l'avez vu, lui aussi ?

Elle sourit.

— Oui. Et je peux vous le montrer. Tout de suite.

Lorsque le bateau eut accosté, Leo appela Giuseppe par radio afin qu'il vienne les chercher. Peu après, ils étaient à l'hôtel. Elle le conduisit à sa chambre, puis s'agenouilla devant sa valise et l'ouvrit. Après en avoir tiré les pulls, elle le lui tendit.

Il s'accroupit à côté d'elle et elle sentit sa chaleur lorsqu'il le saisit. Ses mains recueillirent le précieux objet.

— Incroyable, murmura-t-il. Oh, Mia, imaginez-vous ce que ça me fait ? Je le cherche depuis si longtemps.

— C'est époustouflant, n'est-ce pas ? Avant même de comprendre son importance, je la pressentais.

— C'est encore plus extraordinaire que je l'imaginais, poursuivit-il dans un souffle.

Il se leva et s'approcha de la fenêtre, où il le leva pour l'admirer dans la lumière déclinante du soleil.

— Regardez ça. C'est fabuleux. Voyez comme les facettes du granit étincellent. Et les veines du marbre ! Patricio était un scientifique mais c'était aussi un artiste. Il correspondait avec mon grand-père, des lettres qu'il faisait envoyer de la tour au studio, parce qu'il avait besoin de parler avec quelqu'un. Il a fait travailler les tailleurs de pierre pendant des mois. Il leur renvoyait de temps à autre leur ouvrage, expliquant à quoi le marbre devait ressembler, où devaient se trouver les veines. Il espérait que cet objet guérisse le monde entier. Il voulait soigner les gens parce que lui-même était blessé.

— C'est tellement triste, dit Mia. Il avait tellement envie que ça fonctionne.

— C'est surtout triste qu'il n'ait pas eu de famille pour lui rendre honneur. Au moins, mon grand-père m'a eu, moi. Mais Patricio n'avait personne. Personne pour ressentir la magie que j'éprouve devant les croquis de mon grand-père. Que j'éprouverai quand je verrai la robe de mariée.

Il secoua la tête et s'écarta de la fenêtre. Après lui avoir rendu le *schianto*, il s'assit au bord du lit.

— Et votre grand-mère l'avait depuis tout ce temps ? Elle ne vous en avait jamais parlé ? Comment l'avez-vous trouvé ?

Mia remballa le *schianto* et le remit dans sa valise. Puis elle s'assit à côté de lui.

— Elle voulait que je le trouve après sa mort. Elle m'a laissé des indices qui m'ont conduite à l'étage, dans le grenier, où j'ai trouvé la robe, puis dans un garde-meubles où elle conservait le *schianto.* Et maintenant ? demanda-t-elle. Que va devenir le *schianto* ? L'avocat va vouloir que je le rende ?

— Il est à Patricio, répondit-il. Sa place est au château. Sur l'île. Le promoteur a tout acheté, c'est pour cela qu'il est si agressif. À quoi vous attendiez-vous ?

— À rien… Mais on l'accuse de l'avoir pris alors qu'il ne lui appartenait pas. Je ne crois pas qu'elle aurait fait une chose pareille. Elle n'était pas parfaite, elle avait ses défauts. Mais elle était intègre, et honnête.

Elle lui raconta l'épisode de l'affiche à l'école et la manière dont sa grand-mère avait défendu sa réputation.

— C'est pour cela que je suis venue ici, dit-elle. Pour prouver qu'elle n'était pas une voleuse.

— Je vous crois, Mia. Mais ça ne changera rien. Ces gens veulent le *schianto* pour l'exposition. Ils n'accepteront pas sans preuves l'idée qu'elle l'a légitimement possédé.

— Patricio ne pourrait-il pas le lui avoir donné ?

— Vous pensez à un cadeau ?

— Je ne sais pas. Mais vous avez dit qu'il faisait des cadeaux…

— Il offrait des stylos, des babioles. D'ailleurs, je vous ai parlé des registres. S'il lui avait offert quelque chose, il y aurait un triangle devant son nom.

Il l'étudia un moment.

— Mia, poursuivit-il. Vous voulez conserver le *schianto* ? C'est ce que vous essayez de faire ? Le garder caché dans ce garde-meubles ? C'est sa place, d'après vous ?

— Non, non. Je ne veux pas l'enfermer à double tour. S'il a sa place ici, je serai heureuse de vous le laisser. Mais je ne veux pas qu'on pense qu'elle l'a volé.

— Personne ne croit cela. Et personne n'en saura rien. Ils veulent juste son retour au château.

— Mais moi, je le sais. Et elle le saura, où qu'elle soit. Ça ne me va pas. On se rappellera d'elle comme d'une voleuse. Je ne peux pas laisser faire ça.

Il se leva.

— Quelle est l'alternative ? On pourrait chercher pendant des années sans jamais rien trouver qui prouve qu'elle l'a pris de manière légitime. Vous demandez l'impossible. Soit vous le gardez et vous vous battez, soit vous le rendez. Mais ce que vous demandez… Ils n'accepteront pas l'idée qu'elle avait le droit de le posséder si vous n'apportez aucune preuve. Il vous faut choisir, Mia. Si vous voulez que je nie l'avoir jamais vu, je me tairai. Mais ils vous retrouveront. Ces enquêteurs sont doués. Ils traîneront le nom de votre grand-mère dans la boue pour récupérer le *schianto*. À quoi cela servira-t-il ?

— Vous pensez que je devrais juste abandonner et me rétracter ? s'enquit-elle d'un ton qui ne laissait pas de doute sur le fait que c'était la dernière chose au monde qu'elle accepterait.

— Je ne sais pas quoi vous dire. Vraiment.

Elle alla à la table et s'effondra sur une chaise. Leo se dirigea vers la porte.

— Il faut que j'aille me changer et aider à préparer le banquet de ce soir, dit-il. Pourquoi ne m'y rejoindriez-vous pas tout à l'heure ? Mettez ces idées de côté pour l'instant.

— Non, je ne supporterai pas une fête.

— Il faut que vous mangiez quelque chose, dit-il en montrant la glacière avec les sandwiches qu'il avait rapportée du bateau.

— Ne vous inquiétez pas, je mangerai, répondit-elle.

Il poussa un soupir.

— Je déteste vous laisser dans cet état. Mais il faut vraiment que j'aille en bas. Ça fait partie de mon boulot.

Elle sourit en se disant qu'il était gentil de se sentir obligé de lui expliquer pourquoi il devait partir. Comme s'il avait préféré rester. Mais il ne lui devait rien. C'était son problème. Il avait eu ce qu'il voulait, et il aurait bien aimé lui donner ce qu'elle voulait. Mais il ne le pouvait pas. Il n'avait rien en sa possession pour prouver l'innocence de sa grand-mère. Et aucun moyen de l'aider.

— Je vous en prie, allez-y, dit-elle. Ça va. Je vais bien.

Mais elle n'allait pas bien, même si elle avait tenté de s'exprimer d'une voix convaincante. Il l'avait perçu, évidemment.

— Vous êtes certaine que vous ne voulez pas venir ?

— Sûre. Mais préparez-vous, ajouta-t-elle pour tenter d'alléger l'atmosphère. Missy a plein de questions pour vous. Elle veut vous demander s'il n'y aurait pas un moyen de transport plus luxueux que le ferry pour amener les clients sur l'île.

Il haussa les épaules.

— Elle n'a pas tort, je dois dire. Merci pour l'avertissement.

Elle se leva pour le raccompagner, et il se tourna vers elle au moment où il arrivait devant la porte.

— Si vous changez d'avis, descendez. À n'importe quel moment. Sinon, je vous verrai demain, d'accord ? Nous passerons encore un peu de temps ensemble avant que vous rentriez chez vous.

— Ce serait agréable, répondit-elle.

Il partit et alla s'asseoir sur le tapis, jambes écartées et dos au lit. Elle envoya de brefs textos à Erica et Ryan pour leur dire qu'elle allait bien mais qu'elle était occupée et qu'elle les rappellerait le lendemain. Elle n'avait envie de parler à personne. Ce n'était pas comme ça qu'elle avait prévu les choses. Ce n'était pas ce qu'elle imaginait quand elle avait regardé le soleil se coucher sur les pistes de l'aéroport JFK. Elle était décidée à rendre son honneur à sa grand-mère, à la libérer de ses horribles accusations.

Soudain, c'était un échec de plus. Une fois encore, elle n'était pas à la hauteur. Toute sa vie, elle avait échoué à rendre sa grand-mère heureuse. Elle avait échoué à lui montrer que l'amour, même celui qui unit une grand-mère et sa petite-fille, est loin d'être imparfait ; que c'est la chose la plus merveilleuse du monde. Elle s'était toujours sentie tellement coupable que ses parents soient partis, d'abord son père, puis sa mère, comme si elle avait provoqué cela rien qu'en naissant. Elle s'était donné tellement de mal pour ne pas être un poids, pour prouver à sa grand-mère, malgré ses souffrances, que la vie et l'amour comptaient quand même.

Elle s'était efforcée de se débrouiller avec ce qu'elle avait, parce que sa grand-mère ne faisait pas autrement. Si elle n'avait pas fait de doctorat, elle pouvait bien se l'avouer maintenant qu'elle était au point le plus bas de sa vie, ce n'était qu'en partie par manque d'argent ou parce qu'elle ne voulait pas trop s'éloigner de Lucy. C'était surtout qu'elle n'avait pas pu se résoudre à déposer des candidatures et à poursuivre ses études et sa carrière. Cela lui avait toujours paru trop égoïste. Elle ne supportait pas l'idée d'aller plus loin, plus haut que sa grand-mère, qui était si intelligente et avait tellement de potentiel, mais qui avait fait avec ce qu'elle avait.

Maintenant, ce qu'elle voulait par-dessus tout pour son aïeule était sauver sa réputation, et elle n'y arriverait pas non plus. On se souviendrait d'elle comme d'une voleuse, si on se souvenait d'elle. Mia était venue jusqu'ici et s'apprêtait à restituer la seule chose que Lucy avait gardée en la cachant. Elle se résignait à laisse ce triste et injuste souvenir de sa grand-mère.

On frappa à la porte. Elle se força à aller ouvrir, se disant que c'était sans doute Missy qui venait l'inviter à boire un verre avant la fête avec Charlie et Pete. Alors qu'elle réfléchissait à un moyen poli de refuser cette proposition, ouvrant la porte, elle découvrit Leo sur le seuil.

Elle le regarda en secouant la tête.

— Je… ne peux pas, se plaignit-elle, ne sachant pas elle-même pourquoi.

Elle aurait dû dire qu'elle ne pouvait pas aller à la fête, ni rentrer chez elle, ni passer encore une nuit seule dans cette chambre, à contempler l'île en sachant qu'elle avait échoué. Mais rien ne vint.

Comme elle commençait à refermer la porte, ne voulant plus rien entendre, il posa la paume dessus pour l'en empêcher.

— Attendez. J'ai pensé à quelque chose. Ça ne marchera peut-être pas, mais ça vaut le coup d'essayer. Mais vous devrez suivre mes instructions, faire exactement ce que je vous dis. C'est possible ?

Il n'eut pas besoin de poser la question deux fois.

26

1943

Septembre

Les jours suivants furent presque impossibles à supporter pour Annalisa. Elle continuait à travailler, mais en ayant le plus grand mal à se concentrer. L'ambiance au château restait tendue, la *signora* Russo semblait de plus en plus inquiète, et même les invités avaient pris conscience que la guerre s'intensifiait et que le danger était imminent, pour eux comme pour les familles qu'ils avaient laissées derrière eux. Annalisa angoissait pour son père et Emilia, elle pensait à eux dès le réveil et désespérait chaque soir de ne pas avoir de nouvelles par Vincenzo. Elle n'osait plus sortir sur la terrasse car cela lui rappelait trop à quel point Aldo lui manquait ; elle détestait aller au labo par la fenêtre duquel elle apercevait son oncle, en bas sur la plage, au bord de l'eau, qui passait des heures à prendre du sable entre ses mains avant de le laisser filer entre ses doigts.

Même de loin, il paraissait faible, accablé, l'ombre de ce qu'il avait été. Elle se demandait à quoi il pensait en étudiant le sol. Regrettait-il de les avoir laissées entrer dans sa vie, ses sœurs et elle ? Aurait-il préféré qu'elles ne réapparaissent jamais ? Qu'avait-elle donc fait de si terrible ? Elle était tombée amoureuse. Était-il trop amer pour accepter une chose si naturelle, pour comprendre que dans la vie, il n'y avait pas uniquement ce que l'esprit pouvait imaginer et ce que les mains pouvaient construire ?

Quand elle pensait à son attachement à son invention, elle ne pouvait s'empêcher de se rappeler la mise en garde d'Aldo au sujet des habitants du château : des rêveurs sans aucune prise avec la réalité. Elle repensait aux questions de Giulia, quand elles étaient remontées de la plage après avoir laissé partir le bateau de Vincenzo. Retourneraient-elles bientôt chez elles avec un remède pour leur père ? Et si Patricio poursuivait une chimère ?

Tout semblait sur le point de s'écrouler. Pourtant, six jours après le départ d'Emilia et Vincenzo, l'impensable se produisit.

Annalisa avait été réveillée tôt par des bruits de course et des cris. Laissant Giulia dormir, elle était sortie et avait constaté qu'un remue-ménage sans précédent s'était emparé du château. Les invités, qui auraient dû attendre le petit-déjeuner à cette heure, sortaient précipitamment de leur chambre en tirant des valises, de grosses malles, et interpellaient les domestiques avec une familiarité qui n'avait pas cours d'ordinaire. Les portes des chambres étaient grandes ouvertes, et de là où elle se trouvait, elle vit que nombre d'entre elles ne semblaient plus occupées, les livres et les photographies en avaient disparu. Les porteurs de plateaux ne portaient pas les plateaux des petits-déjeuners, mais de grandes caisses de déménagement.

Après s'être habillée en vitesse, et en silence pour ne pas déranger Giulia avant d'avoir compris ce qui se passait, Annalisa descendit à la hâte aux cuisines. Là, elle trouva la *signora* Russo en train de couper du pain, du fromage et de la viande pour faire des sandwiches, qu'un assistant emballait dans des serviettes en tissu.

— Que se passe-t-il ? demanda-t-elle.

Sans arrêter de travailler, la *signora* Russo lui répondit sobrement :

— On a appris tôt ce matin par un des bateaux de ravitaillement que l'Italie a capitulé devant les forces alliées. Le pays est attaqué par les Allemands. Les nazis ont envahi le nord. Rome est sous contrôle nazi.

Annalisa se laissa tomber sur une chaise. Même si elle avait entendu Aldo et qu'elle était informée des avancées de la guerre, elle avait visiblement été aussi oublieuse de sa réalité que les autres habitants de l'île. C'était un soulagement d'apprendre que la guerre avec les Alliés était terminée. Mais la prise de contrôle par les nazis était catastrophique. Elle avait renvoyé Emilia à Caccipulia afin qu'elle prenne soin de leur père. Le village n'était pas loin de Rome. Étaient-ils en sécurité ?

— Il ne faut pas rester ici, lui dit la *signora* Russo. Si les nazis approchent, ils débarqueront certainement dans la région. Ta sœur et toi, vous devriez faire vos bagages, vous aussi. Je n'ai jamais vu une chose pareille. Nous avons peu de temps devant nous.

— Mon oncle est-il au courant ? demanda Annalisa.

— Personne ne l'a vu. J'ai envoyé quelqu'un en haut de la tour, mais il refuse d'ouvrir sa porte. J'aimerais qu'il descende. Nous avons besoin que quelqu'un prenne des décisions. (Elle fit un signe de tête vers le couloir, où on se bousculait :) C'est le chaos, dit-elle.

— Combien de temps avons-nous, d'après vous ? demanda Annalisa.

— Quelques jours avant que les nazis arrivent ici. C'est ce qu'ont annoncé les hommes du bateau.

— Et ceux qui travaillent sur l'autre île ?

— Là où se trouve Aldo ? Je m'inquiète aussi pour eux. On essaye de les avertir. Avec un peu de chance, on pourra aller les chercher plus tard dans la journée pour qu'ils rejoignent le continent comme les autres. Et j'allais oublier, ajouta-t-elle, un des hommes m'a confié un message pour toi.

Elle plongea la main dans sa poche et en sortit une enveloppe.

Annalisa l'ouvrit et lut :

Chère Annalisa,
Je suis au regret de te dire que tout a changé pour le pire. J'ai appris que ton pauvre père est allé se coucher il y a deux jours et qu'il ne s'est jamais réveillé. J'espère qu'il a rejoint un monde meilleur. Mais les nouvelles sont plus inquiétantes pour Emilia. Sa vie est en danger à cause de la guerre, et parce qu'elle est juive. Il semblerait qu'elle soit partie se cacher. Je vais tâcher de la retrouver et de l'aider à passer en Suisse. Prends soin de Giulia, s'il te plaît, dis-lui bien que je pense à elle et que j'espère la revoir très vite.
V.

Annalisa s'écarta de la *signora* Russo. Son regard alla se perdre sur la terrasse. Elle était trop triste pour pleurer. Son père était mort. Elle ne l'avait pas sauvé. Elle n'avait même pas été là pour le réconforter et lui dire adieu. Elle avait laissé cette épreuve à Emilia, qui était maintenant elle-même en danger. Pourquoi s'était-elle montrée aussi égoïste et entêtée ? Pourquoi s'était-elle obstinée à inventer un remède qui n'avait jamais existé ? Elle ne valait pas mieux que les invités qui dansaient depuis tous ces mois. Elle aussi, elle dansait, la tête enfouie dans le sable. Elle avait refusé de voir ce qui se passait.

Seul Aldo avait eu les idées claires. Il avait vu le danger, il avait prévenu que les invités vivaient dans l'illusion. Il avait dit qu'ils étaient naïfs et idiots, comme des enfants. Elle l'avait entendu, mais n'avait rien changé à ses projets. Elle n'aurait pas dû rester sur l'île, si merveilleuse soit-elle, même si les recherches de Patricio l'intriguaient et même si elle adorait Aldo. Elle aurait dû fuir l'Italie avec ses sœurs et son père depuis des semaines. Oui, il était fragile, mais elles l'auraient aidé à voyager. Qui sait, peut-être aurait-il été vivant à cette heure.

Elle mit le message de Vincenzo dans sa poche. Ce n'était pas le moment de se lamenter sur ses erreurs. Pour l'instant, il fallait qu'elle prenne ses responsabilités. Giulia était en danger ici, et Emilia, à la maison. C'est elle qui les y avait conduites, c'était à elle de trouver le moyen de les mettre à l'abri. Mais comment ?

Immédiatement après s'être posé cette question, elle trouva la réponse. Il fallait que son oncle les aide. Ils traverseraient cela tous ensemble. Elle se rappela à quel point il avait été heureux d'apprendre qu'elle était sa nièce. Maintenant que tout le monde quittait l'île et partait retrouver sa famille, ils devaient faire de même. Patricio était sa famille. Elle devait se réconcilier avec lui.

Elle grimpa quatre à quatre les marches menant à de la tour et entra dans sa chambre, mais en vain. Réfléchissant une seconde, elle sut où elle le trouverait. Elle quitta les lieux et alla le rejoindre sur la terrasse flottante. Il portait sa tenue habituelle, chemise blanche trop grande et pantalon large, et contemplait la Méditerranée qui s'étendait à ses pieds. Elle voyait l'arrière de son crâne, le début de calvitie qu'elle avait déjà remarqué. Il avait les épaules voûtées, comme s'il était écrasé par un poids insurmontable. Tout ce qu'il aimait, tout ce qu'il avait défendu, s'écroulait en ce jour.

— Patricio, dit-elle. Mon oncle.

Il se retourna.

— Tout le monde se prépare à partir ? demanda-t-il.

Elle hocha la tête.

— Il y a de la panique ?

— Non. Pas de panique. Juste… de la détermination. À partir au plus vite.

Il secoua la tête et laissa son regard se perdre au loin.

— Pourquoi rien ne dure-t-il jamais, Annalisa ? Quand on croit avoir réalisé quelque chose de merveilleux, et que tout ne pourra qu'aller mieux… pourquoi cela ne dure-t-il pas ?

Elle garda le silence un moment, ne sachant que répondre. Elle n'aimait pas le voir comme cela. Il y avait quelque chose d'effrayant à constater que les gens censés avoir les réponses n'en avaient pas.

— Je ne sais pas, finit-elle par dire. Mais n'est-ce pas ce que la science nous enseigne ? Que rien n'est éternel ? Les saisons, les marées. Les couchers de soleil. Vous le savez. C'est sur ces principes que vous avez pensé votre invention. Les éléments naturels ont des vertus curatives si on les manipule comme il faut. C'est vous qui me l'avez appris.

— C'est vrai. Oui. Mais je… je croyais que les choses parfaites duraient. La musique. L'art. Le génie. Tout ce que nous avons ici. C'est permanent précisément parce que cela sort de l'imagination humaine. Cela ne change pas, cela peut juste évoluer. Les choses sont censées aller de mieux en mieux. Quand elles viennent d'ici. (Il se tapota le crâne de l'index.) De la pensée, de l'esprit humain. Ce n'est pas mouvant comme ce qui vient du cœur. Ce n'est pas la mer, avec la lune et les marées. C'est la connaissance. L'esprit. J'ai dû mal m'y prendre, dit-il en secouant la tête avec force. J'ai dû penser de travers. Sinon, ça ne finirait pas.

— Vous n'avez rien fait de mal, lui assura-t-elle. C'est la guerre. Le mal. Vous n'avez aucun contrôle dessus.

— Je pensais pouvoir y échapper. Échapper au mal et à la laideur. Embrasser la beauté qui a toujours fait partie de l'humanité.

— Vous l'avez fait, au moins pour un temps.

— Je croyais que cela durerait éternellement. Telle a été ma bêtise. Ma folie. Je ne pensais pas être fou, Annalisa. Mais c'est le cas.

— Ce n'est pas vrai.

— Alors comment expliquer ce qui arrive ? demanda-t-il en levant les bras au ciel. Ce sont mes décisions. C'est mon échec. Comme mon père l'a dit.

— Vous vous trompez.

Elle ne voulait pas qu'il pense ainsi. Malgré ce qu'il s'était passé entre eux, malgré son rejet d'Aldo, elle avait toujours de la tendresse pour lui. Plus qu'elle ne l'aurait imaginé à ce stade. Ils étaient humains. Chacun dans le château faisait de son mieux, en vivant dans l'illusion d'avoir le contrôle sur sa vie, la maîtrise de son destin. Elle ne valait pas mieux que lui, ni que les autres invités. Elle aussi avait cru maîtriser les événements. Et pourquoi pas ? Y avait-il un autre moyen de vivre ? Sa mère aussi avait voulu choisir sa destinée, et elle ne se serait jamais imaginé laisser derrière elle un veuf et trois orphelines. Si

Patricio était fou, alors ils l'étaient tous. Mais ils n'étaient pas fous. Ils étaient humains.

Et il n'avait pas échoué. Il avait créé quelque chose de merveilleux, même si cela n'avait duré qu'un instant à l'échelle de l'histoire du monde. C'était ce qui comptait. Il l'avait fait avec le cœur, elle le savait maintenant. Il lui avait fallu de la foi, de l'espoir, des convictions. Tout cela venait du cœur.

Même s'il le niait, c'est avec le cœur qu'il avait agi. C'était cela, être humain.

Il se tourna vers elle.

— Ce n'est pas moi qui suis venu te trouver. C'est toi qui viens à moi. Que veux-tu ?

— Vous demander votre aide, dit-elle d'une voix mal assurée.

— Pour aller rejoindre ton père ?

Elle secoua la tête.

— On l'a appris ce matin. Mon… mon père est mort.

— Oh, mon enfant, dit-il avec un pas vers elle. Je suis désolé, tellement désolé. Je pensais pouvoir le sauver. Je ne t'aurais pas gardée près de moi, sinon.

— Je sais. Moi aussi, j'y croyais. Je ne serais pas restée si je n'y avais pas cru. Mais il y a autre chose. Emilia… Elle est partie il y a quelques jours pour s'occuper de lui. Maintenant, elle doit se cacher. Vincenzo, notre ami, qui travaille sur un bateau de marchandises, est parti essayer de la mettre à l'abri. Je dois aller l'aider.

— C'est impossible, lui répondit-il. Tu ne peux pas retourner là-bas. Tu es la fille de ton père. Tu es juive.

— Je ne peux pas abandonner ma sœur. Ni mettre cette responsabilité sur les épaules de Vincenzo…

— J'ai une meilleure idée. Viens.

Sans lui en dire davantage, il la ramena dans la tour. Une fois dans ses appartements, il se dirigea vers son bureau.

— Je peux vous faire prendre un bateau pour New York. Je l'avais déjà prévu, j'attendais que notre invention soit terminée et ton père, guéri. Nous aurions vécu un temps chez l'un de mes anciens étudiants, qui enseigne là-bas. Pars avant moi. Emmène Giulia. (Il sortit d'un tiroir ce qui ressemblait à des documents de voyage, puis des liasses de billets.) Prends cela, vous en aurez besoin, poursuivit-il en lui mettant le tout entre les mains. L'adresse de mon élève est là, sur les tickets. Payez sans négocier ce qu'il faudra, mais fuyez.

— Et vous ?

— Je retrouverai Emilia et Vincenzo. C'est plus sûr pour moi que pour vous. Et j'ai de l'argent, contrairement à ton ami Vincenzo, j'imagine. Je les retrouverai, et nous vous rejoindrons à New York.

Il alla à son cabinet et y saisit le *schianto*.

— Prends-le, s'il te plaît.

— Quoi ? frémit-elle. Votre expérience ? Non, non… Elle est à vous.

— Il ne serait pas en sécurité ici. Et je ne peux pas le prendre. Je t'en prie, Annalisa, emporte-le. Ça n'a plus aucune importance pour moi.

Après avoir réfléchi un instant, elle le lui prit des mains.

— D'accord, mais c'est temporaire. Je l'accepte parce que votre voyage est plus incertain que le mien, uniquement pour que nous continuions à travailler dessus à New York. Ensemble. En souvenir de mon père. En mémoire de mes parents.

Il prit son visage entre ses mains, puis l'embrassa sur la joue. Tenant le *schianto* d'une main, elle le serra contre elle de son bras libre, parce qu'il était de sa famille, qu'ils étaient de nouveau réunis.

Elle marcha vers la porte en refoulant ses larmes.

— Annalisa ? l'entendit-elle dire.

Elle se retourna.

— Oui ?

— Et Aldo ?

À cette mention, elle ne put davantage retenir ses larmes. Le regret était un sentiment inutile, mais elle s'en voulait beaucoup d'avoir laissé ce message à Aldo. Elle l'imaginait, agenouillé près de la pierre descellée, le visage tiré, ses beaux yeux rivés sur les mots qu'elle avait écrits. Comme elle aurait aimé revenir sur tout ce qui s'était passé depuis ce baiser, après le concert qu'il lui avait dédié.

— Je ne sais pas, dit-elle d'une voix étranglée. Je ne sais pas ce qui lui arrivera.

— Où est-il ?

— Il est parti après le concert. Il est allé avec une équipe sur l'autre île. On essaye de leur faire parvenir un message, pour s'assurer qu'ils savent ce qui se passe, mais…

— Oh, non, soupira Patricio.

Il approcha et posa la main sur son épaule, puis l'en retira, comme s'il ne se sentait pas le droit de consoler sa nièce.

— Je suis désolé pour ce que j'ai fait, s'excusa-t-il.

Elle croisa son regard, sachant que cette phrase avait dû lui coûter.

— Ce n'était pas votre faute, dit-elle.

— Mais les choses que j'ai dites…

— Non, croyez-moi, insista-t-elle.

Ce n'était pas lui qui avait chassé Aldo. C'était elle, en rédigeant cette note lapidaire, glaciale. Elle ferma les yeux et tenta de se reprendre. Ce n'était pas le moment de s'écrouler. Elle devait encore sauver ses sœurs.

— Il faut que je trouve Giulia, dit-elle en s'essuyant les yeux du revers de la main. Nous devons mettre votre plan à exécution le plus vite possible.

— Oui, dit-il. Va chercher Giulia. Nous ferons en sorte que tout fonctionne comme prévu, Annalisa. Nous sauverons notre famille.

Elle hocha la tête, et, le *schianto* entre les mains, dévala l'escalier pour rejoindre le studio de Savio. Il était vide, tous les tableaux en avaient été enlevés. Alors elle fit demi-tour et remonta en courant à leur appartement. Giulia s'y trouvait et elle préparait déjà sa valise.

— Oh, Annalisa ! Je ne savais pas où tu étais, s'écria-t-elle en se jetant dans les bras de sa sœur. Il faut qu'on aille rejoindre papa et Emilia. On ne peut pas attendre le remède de Patricio.

Annalisa posa le *schianto* sur une commode et fit asseoir Giulia sur le canapé.

— Tu ne sais pas tout. C'est pire que tu ne le penses, dit-elle en sortant de sa poche le message de Vincenzo.

Giulia le lut, puis leva ses grands yeux vers elle. Des larmes se mirent à rouler sur ses joues.

— Qu'avons-nous fait ?

— Ce que nous pensions devoir faire, argumenta Annalisa en déglutissant avec difficulté. Nous avons essayé de sauver papa. Il était tellement mal.

Giulia hocha la tête.

— Et maintenant ?

Annalisa lui expliqua le plan de Patricio, qui devait aller retrouver Emilia et Vincenzo pendant qu'elles prendraient le bateau pour New York.

— Et Aldo ? demanda Giulia.

— Il est sur une autre île.

— Mais il va revenir, non ?

Les larmes aux yeux, Annalisa haussa les épaules d'un air impuissant.

— Je ne sais pas. Il est parti avec une équipe sur l'autre île voici quelques jours, et on essaye de les joindre pour les faire revenir. Oh, Giulia, je… je ne peux pas penser à lui maintenant. Si je commence, je ne pourrai penser à rien d'autre parce que je… je l'aime.

Elle baissa les yeux, et un instant plus tard elle sentit les bras de Giulia l'envelopper.

— C'était une question idiote, je n'aurais pas dû la poser. Il va revenir, ne t'inquiète pas. On obtiendra de leurs nouvelles, et il reviendra dès qu'il saura ce qu'il se passe. Il t'aime. C'est lui qui devrait prendre ce bateau avec toi pour New York. Il devrait utiliser le deuxième ticket que notre oncle t'a donné.

— Non, tu viens avec moi. Tu es ma sœur.

— Ça ira pour moi, dit Giulia. Savio retourne à Buenos Aires et il a proposé de m'emmener, avec les deux autres couturières qui l'aidaient. De là-bas, je pourrai me rendre à New York. Comme ça, tu pourras faire le voyage avec Aldo. (Elle se leva, alla jusqu'au placard et en sortit la robe de mariée qu'elle avait cousue pour la fresque de Savio.) Tiens. Prends-la.

— La robe de mariée que tu as créée ? Mais pourquoi ?

— Savio veut que je la garde. Mais je préfère que tu l'emportes. Tu la porteras quand tu l'épouseras et nous danserons toute la nuit, comme les gens le soir où on est arrivées sur cette île de fous. Nous célébrerons ton mariage et nous nous rappellerons toujours comment Aldo et toi vous vous êtes rencontrés. J'ai toujours su que tu la porterais. C'est à toi que je pensais quand je la cousais. Et tu sais quoi ? Peut-être que je la porterai moi aussi, un jour. Quand je serai unie à Vincenzo. On a l'avenir devant nous.

Elles se serrèrent une dernière fois dans les bras l'une de l'autre, puis Giulia prit sa valise et repartit pour le studio de Savio. Annalisa la regarda quitter l'appartement en essayant de se forcer à croire qu'un jour ils seraient tous ensemble à New York. Puis elle se précipita dans l'escalier. Elle voulait savoir si quelqu'un avait des nouvelles d'Aldo et des autres, sur l'île. Autour d'elle, les gens couraient, pressés, en portant leurs valises – les musiciens, les artistes, les écrivains, mais aussi les domestiques, jeunes ou vieux. Elle se demanda un moment si toutes les belles œuvres commencées ici seraient achevées un jour. Aldo l'avait prévenue que les invités avaient tous énormément de potentiel, et que beaucoup d'entre eux n'avaient pas encore laissé leur trace sur le monde. Ils avaient des années de créativité devant eux. Qu'adviendrait-il de ce qu'ils avaient commencé à créer, de tout ce qui bouillonnait dans leur imagination ? Qui aurait cru, la veille encore, qu'ils en seraient réduits à fuir ?

Elle commençait à descendre l'escalier quand elle entendit la voix de son oncle derrière elle.

— Annalisa, attends ! Il me reste une chose à faire.

27

2018

Vendredi

Le lendemain soir, conformément aux instructions qu'elle avait reçues, Mia descendit dans le hall à dix-huit heures. Leo lui avait demandé de ne pas mettre son jean ni ses sneakers, pour éviter qu'on soupçonne qu'ils retourneraient sur le chantier de l'île de Parissi. À la place, il lui avait conseillé d'enfiler une robe, comme pour le cocktail et le buffet dressés pour le départ des agents de voyages. Après ce dîner, ces derniers feraient une croisière qui les amènerait sur le continent, où ils passeraient la dernière nuit avant de reprendre un train pour Rome, tôt le lendemain matin.

Incapable de tenir en place, trop nerveuse pour prendre le risque de croiser quelqu'un en bas et de devoir supporter une conversation, Mia était restée presque toute la journée dans sa chambre. Elle n'était sortie qu'un moment, pour ne pas devenir folle, le temps de prendre un peu l'air sur le côté le plus tranquille de la terrasse. Suivant les directives de Leo, elle avait ensuite enfilé une jupe large avec un haut sans manches et une veste, car il ferait certainement frais en mer dans la soirée. Elle avait mis ses sandales les plus jolies, qui lui paraissaient plus appropriées pour un cocktail que les plates. Elle espérait qu'elles ne la gêneraient pas trop pour monter l'escalier de pierre au pas de charge – Leo l'avait prévenue qu'ils auraient peu de temps.

Le hall était noir de monde, les agents de voyages se bousculant à la réception pour remettre leurs clés de chambre. Les lieux étaient encombrés par des valises de toutes les tailles et couleurs. Comme le lui avait demandé Leo, Mia resta à côté des ascenseurs jusqu'à ce qu'elle finisse par l'apercevoir à l'entrée. Il croisa son regard et lui fit un signe de tête, puis elle le rejoignit. Il n'attendit même pas qu'elle soit arrivée pour ressortir. Dehors, Giuseppe patientait près du bus, et il s'installa au volant dès qu'il les vit apparaître. Mia suivit Leo à bord et Giuseppe démarra immédiatement. Dans l'habitacle, personne ne parlait. On entendait juste les doigts de Leo, qui tapotait sur les barres métalliques séparant leur banquette du siège. Elle sentait qu'il était tendu à l'idée de s'embarquer dans quelque chose qui n'était pas autorisé, et bien qu'elle ne sût pas exactement de quoi il s'agissait, elle se sentait anxieuse de le voir dans cet état.

Une fois en bas, elle descendit du bus et admira la vue. Le ciel crépusculaire était couleur lavande, avec des touches orange et des fils d'or au-dessus de l'horizon. Elle se demanda si c'était à cela que le ciel ressemblait lorsqu'on lui avait donné son nom, *Isola della Notte Brillante*. Et ressemblait-il à cela lors de la première soirée que sa grand-mère avait passée ici ? Lucy avait-elle été aussi ébahie que Mia à cet instant ?

— Incroyable, murmura-t-elle.

Leo échangea quelques mots avec Giuseppe en italien, puis ce dernier remonta dans le bus et repartit vers l'hôtel tandis qu'ils marchaient jusqu'au quai.

— Venez, Mia, dit Leo. Nous avons à peine deux heures si nous voulons que Giuseppe nous remonte à l'hôtel. Ensuite, il sera occupé avec le groupe et nous devrons nous débrouiller. Allons-y, nous n'avons pas une minute à perdre.

Elle le suivit jusqu'au ferry et monta à bord, où elle retrouva la sensation familière du roulis. Elle se dirigea vers son banc habituel et s'y assit. Mais quelque chose était différent, et elle comprit vite quoi. Il n'y avait pas de capitaine à la barre. Et soudain, elle vit Leo grimper les marches vers la cabine.

— Leo ! l'appela-t-elle en se levant. Qu'est-ce que vous faites ?

Il la regarda depuis la marche du haut.

— Je nous emmène au château.

— Vous allez diriger le bateau ? Vous savez faire ?

— Suffisamment, j'espère.

— Mais pourquoi n'y a-t-il pas de capitaine ?

— Parce que nous allons dans un endroit où personne n'a le droit de se rendre. Maintenant, asseyez-vous. Le trajet ne sera peut-être pas aussi confortable que d'habitude.

Elle se rassit. Elle ne voyait pas quoi ajouter, et de toute façon, Leo ne semblait pas avoir envie de répondre à quelque question que ce soit. Si elle ne s'était vraiment pas sentie en sécurité, il aurait encore été temps de descendre. Mais elle lui faisait confiance, et puisque c'était le seul moyen de retourner sur l'île vérifier l'idée de Leo, alors elle était prête.

Elle regarda sur le côté du bateau tandis qu'il accélérait. La nuit tombait vite, et sans lune visible, la surface de l'eau virait au noir bleuâtre, avec ce qui ressemblait à un tapis de minuscules reflets dorés venant de la lumière de l'hôtel. Au loin, le château semblait fait d'onyx, et sa silhouette se découpait nettement contre le ciel.

— Une sacrée vue, hein ? Encore mieux que de jour, d'une certaine façon, lança Leo de là-haut.

— Oui !

Elle se leva pour se rapprocher un peu de la cabine, constatant avec soulagement qu'il avait l'air de savoir ce qu'il faisait.

— C'est à couper le souffle. Le ciel a vraiment une drôle de lumière, vous ne trouvez pas ?

Il réfléchit un instant.

— Peut-être.

— Il me semble qu'il luit. (Elle l'étudia un instant.) J'en suis sûre.

Leo accosta en douceur et amarra le bateau au quai. Même si le ciel était plus lumineux qu'on aurait pu s'y attendre, les arbres et la végétation assombrissaient l'île. Leo sortit son téléphone et alluma sa lampe torche ; Mia l'imita afin d'éclairer le chemin devant eux. Arrivé au pied de l'escalier de pierre, Leo s'agenouilla devant un boîtier électrique qu'elle n'avait pas remarqué auparavant, et qui était fixé sur un poteau. Ouvrant le boîtier, il bascula un interrupteur et soudain l'escalier fut illuminé par deux rangées de petites ampoules à la lumière blanche qui couraient de chaque côté.

Mia admira la vue.

— C'est très joli, s'extasia-t-elle.

Leo se releva.

— Pas très authentique, cela dit. On l'a ajouté pour l'hôtel, dans l'idée que cela pourrait permettre des promenades nocturnes, des chasses aux fantômes, ce genre de choses. À l'époque de Parissi, nul ne montait ou descendait ces marches de nuit. C'était beaucoup trop dangereux.

— Mais nous ne sommes pas censés être là. Vous n'avez pas peur qu'on nous voie de l'hôtel ?

— Je ne pense pas que ce soit possible. Plein d'autres lumières interfèrent et ces ampoules sont petites. J'éteindrai quand on sera en haut. Mais c'est notre seul moyen. On n'y arriverait jamais avec les lumières de nos téléphones.

Ils commencèrent à grimper. En haut, Leo approcha d'un deuxième boîtier et éteignit les lumières de l'escalier. Ils rallumèrent leurs téléphones. Ils entrèrent par la porte principale et montèrent aux étages, Leo n'allumant que les seules ampoules nécessaires à leur ascension. Ils passèrent devant les lieux habituels : la salle de bal, la salle d'exposition, la terrasse flottante, et continuèrent encore dans le couloir, jusqu'à trouver un autre escalier. En haut, il tendit la main vers un fil qui pendait du plafond et bascula du pouce un interrupteur. Des ampoules nues s'allumèrent.

Puis il la conduisit le long d'un couloir étroit jusqu'à une porte close. Elle se demandait ce qu'il pouvait bien vouloir lui montrer dans cette partie du château où rien n'était rénové. Mais dès qu'il ouvrit, tout changea. C'était comme s'ils étaient revenus quatre-vingts ans en arrière. Ce n'était pas une réplique parfaite de ce à quoi le château avait ressemblé, comme les pièces en bas. L'espace était d'origine. Un long couloir s'ouvrait devant eux, avec un tapis rouge défraîchi, des moulures et des tentures bleues, tachées par endroits.

— Où sommes-nous ? murmura-t-elle.

— C'est une aile que nous n'ouvrirons jamais au public, lui expliqua Leo. La suite de Parissi. Son appartement particulier ; il y passait tout son temps seul. Il ne l'a quitté qu'une semaine avant l'arrivée des nazis. C'était pour descendre écouter le concert d'Aldo Verga.

— Et vous n'êtes jamais venu ici ?

Il secoua la tête.

— Je pense que même en nous incluant tous les deux, on peut compter sur les doigts de la main les gens qui ont mis un pied dans ces lieux.

Devant eux, une porte était à moitié fendue et partiellement hors de ses gonds. Il la fit entrer. La pièce était immense. Les fenêtres, qui allaient du sol au plafond, étaient fissurées et rafistolées avec des bandes adhésives, et les lattes du plancher étaient tordues. Plusieurs lampes à batterie étaient posées par terre. Leo en alluma deux. En regardant autour d'elle, Mia vit un grand lit, deux tables de chevet et un immense bureau en bois avec six tiroirs. De l'autre côté de la pièce, un grand cabinet en bois au sommet incurvé surmontait une table en métal.

— C'était sa chambre ? demanda Mia.

— Sa chambre et son bureau, dit Leo. J'imagine que les nazis en ont fait un bureau. C'est sans doute pour ça qu'elle n'a pas été mise à sac comme la plupart des autres pièces.

— J'ai l'impression d'avoir remonté le temps, murmura Mia.

Leo acquiesça.

— C'est ici qu'il travaillait. J'imagine qu'il y a pire endroit pour vivre comme un reclus. Et… oh, attendez. Regardez, là.

Il alla vers le cabinet dont il ouvrit les deux portes. À l'intérieur, des étagères. Celle du milieu était la plus grande et il semblait qu'un système d'éclairage était fixé tout au fond, sous l'étagère du dessus, pour éclairer ce qui avait dû s'y trouver.

— Je n'ai vu cette étagère que dans des livres, dit-il. C'est là qu'il gardait le *schianto*.

Mia sentit un frisson lui parcourir la nuque.

— Je n'arrive pas à croire que je me trouve là où il travaillait.

— Il le sortait chaque jour pour travailler dessus. Puis il le remisait tous les soirs.

— Qu'est-ce qu'on fait maintenant ? demanda Mia.

— On fouille, répondit-il. C'est le seul endroit à ma connaissance qui n'ait pas été exploré. Jusqu'ici, je n'ai rien vu qui puisse indiquer que votre grand-mère ait eu le droit d'emporter le *schianto*, mais s'il existe une preuve, c'est peut-être ici que nous la trouverons. Personne n'a touché à rien depuis que les nazis sont partis. Voyons voir ce que nous trouverons dans les meubles.

Elle hocha la tête et ils se mirent au travail. Mia ouvrit les tiroirs du bureau tandis que Leo se concentrait sur les tables de chevet. Ils fouillèrent sous le lit, puis soulevèrent le matelas. Mia, ayant repéré une penderie, regarda aussi à l'intérieur. Il ne leur fallut pas beaucoup de temps pour faire le tour de la pièce. Elle ne contenait que de la poussière, des draps et quelques crayons dans les tiroirs, sans compter un vase à bec et une balance sur la table.

Mia se tourna vers Leo, qui se trouvait à l'autre bout de la chambre.

— Il n'y a rien. Comment est-ce possible ?

— Je ne m'attendais pas à ça, murmura Leo. Soit il a tout détruit, soit les nazis s'en sont chargés. Ou alors le nouveau propriétaire a déjà envoyé quelqu'un en faire le tour.

Il voulut s'asseoir sur le lit et se ravisa soudain, se disant qu'il n'était sans doute pas en état de recevoir son poids. Il leva les mains en l'air en signe d'impuissance.

— Je suis désolé, s'excusa-t-il. Ça m'est venu hier soir. J'ai pensé que si on pouvait trouver une preuve, ce serait dans l'appartement de Patricio. S'il avait écrit quoi que ce soit sur un don du *schianto*, le document se trouverait sans doute ici. Mais je me trompe peut-être.

Elle soupira.

— Ce n'est pas votre faute. Merci d'avoir essayé. Je sais que vous avez pris des risques.

Il haussa les épaules.

— J'ai fait mon maximum. Venez. Il faut que je ramène le ferry avant qu'on se rende compte qu'il a disparu.

Mia le suivit jusqu'en bas et ils sortirent du château. Elle avait l'impression de laisser tomber sa grand-mère. En arrivant en Italie, elle était certaine qu'elle découvrirait la preuve dont elle avait besoin. Mais elle repartait les mains vides. Son vol pour New York était dans deux jours, et elle n'avait pas envie d'accepter qu'elle resterait à jamais dans le noir. Il y avait un trou, un abîme, entre ce qui s'était produit et les informations qu'elle avait réunies. Pourtant, elle restait persuadée que la vérité était à portée de main. Quelque part sur l'île, elle en était convaincue, il existait une preuve que sa grand-mère avait été autorisée à emporter le *schianto* en Amérique, voire qu'on le lui avait demandé.

Et si cette preuve ne se trouvait pas dans la chambre de Patricio, se dit-elle, cela ne signifiait pas qu'il n'y en avait aucune. Qui d'autre aurait pu savoir que Lucy s'était emparée du *schianto* de façon légitime ? Qui d'autre aurait pu connaître la vérité et la noter, puis la cacher dans un endroit où elle serait encore…

Elle pressa les lèvres, plissa les yeux, passant en revue tous les éléments qu'elle avait rencontrés depuis son premier passage au château : le balcon, les listes de la *signora* Russo, la brochure qu'elle avait lue, l'interview d'Aldo… *Je t'embrasse de loin, mon étoile, ma muse, mes mots, ma musique…*

— Mon Dieu ! s'exclama-t-elle. Leo, attendez !

— Quoi ? demanda-t-il en se retournant.

— Et si nous n'avions pas cherché au bon endroit ? Si celui qui détenait la clé de ce mystère, ce n'était ni Patricio, ni ma grand-mère… mais Aldo ?

— Vous voulez dire qu'Aldo lui aurait confié le *schianto* ? Ça n'a aucun sens…

— Non, je parle de ce qu'Aldo a déclaré dans une interview qu'il a donnée à Pittsburgh avant d'y jouer « Pour Pippa ». Il disait que la *signora* Russo laissait des messages destinés aux Alliés sous une pierre descellée de la terrasse, et que lui apportait ces courriers jusqu'aux bateaux. Peut-être qu'il y a laissé d'autres traces écrites. Il connaissait si bien ma grand-mère, ils s'aimaient tellement, ils devaient tout partager. Et si la preuve que nous cherchions n'avait pas été rédigée par Patricio, mais par *Aldo* ?

— Je ne sais pas, dit Leo, mais rien ne nous empêche de chercher.

Ils retournèrent dans le château et traversèrent les cuisines pour en sortir par l'arrière, sur la terrasse, dont le sol était toujours couvert de contreplaqué. Les torches de leurs téléphones allumées, ils s'agenouillèrent sur le revêtement temporaire et commencèrent à fouiller le muret, en quête de pierres descellées. Plusieurs bougèrent, sans pour autant sortir du mur. Soudain, Mia trouva une pierre, près du bord, qui se descella lorsqu'elle tira dessus.

— Oh mon Dieu, murmura-t-elle, le souffle coupé. C'est la pierre dont Aldo parlait dans son interview.

C'est là qu'il récupérait les messages à transférer aux forces alliées. Elle avait l'impression de toucher du doigt la grande histoire.

Elle mit la pierre de côté, puis ôta la poussière restée sur ses doigts. Enfin, elle plongea la main à l'intérieur.

— Leo ! cria-t-elle. Il y a quelque chose ici !

Elle enfonça la main dans la petite ouverture et en sortit une feuille jaunie, couverte de taches et déchirée là où elle avait été pliée. Elle braqua sa torche dessus. L'écriture manuscrite était difficile à lire, mais elle la reconnut immédiatement. Ce n'était pas celle d'Aldo en fin de compte, mais celle de sa grand-mère.

Elle donna le message à Leo, qui le lut à voix haute en traduisant de l'italien.

Mon très cher Aldo,
Je suis venue ici poursuivre une recherche scientifique, trouver un remède pour mon père, et je repars avec des sentiments et des rêves que je n'aurais jamais cru avoir. Des sentiments amoureux pour toi, et le rêve que nous pourrions vivre ensemble pour toujours. Je pars pour l'Amérique ce soir et je veux que tu viennes avec moi. Mon oncle nous a payé les billets. Tu trouveras tous les détails dont tu as besoin sur la feuille pliée avec cette lettre. Giulia s'en va avec Savio en Argentine, puis elle viendra en Amérique, et mon oncle va retrouver Emilia avant de nous rejoindre lui aussi. Si tout va bien, nous serons réunis à New York. Giulia m'a donné la robe de mariée, j'ai aussi le *schianto*, nous nous rappellerons donc toujours ce que nous avions ici. Je t'aime, Aldo. Je veux passer ma vie avec toi. Je t'en prie, viens avec moi en Amérique. Je brûle pour toi, je m'incline devant toi, je t'embrasse de loin.
Avec tout mon cœur,
Annalisa

Mia lui prit la feuille des mains et étudia les mots étrangers. Si elle avait été du genre à pleurer, elle aurait été en larmes à cet instant.

— Oh, Leo, dit-elle. C'est ma grand-mère qui a écrit cette lettre. C'est son écriture.

— Il ne l'a jamais reçue, dit Leo. Il ne savait pas qu'elle l'attendait. Il n'est jamais revenu sur l'île. Il n'a pas eu ce mot.

— Pas étonnant qu'elle ait été si triste, déclara Mia. Elle était amoureuse. Elle croyait qu'ils se retrouveraient. Elle n'a sans doute jamais su s'il avait eu ou non son message. Après tout, il aurait aussi pu le lire et décider de ne pas la rejoindre parce qu'il ne l'aimait pas. La pauvre…

Elle soupira.

— Mais ça ne prouve rien pour le *schianto*, je me trompe ? demanda-t-elle. Ça montre qu'elle l'avait, mais pas qu'elle ait été légitime à l'emporter, n'est-ce pas ?

— Malheureusement, acquiesça Leo en secouant la tête.

Mia se releva et marcha sur la terrasse, le regard tourné vers la mer.

— Je ne sais plus quoi penser. Je me trompe peut-être. Il se peut qu'elle l'ait volé. Ou qu'elle ait cru le sauver, puisque les nazis arrivaient. Elle avait peut-être de bonnes intentions. Mais c'est écrit là, vous l'avez lu : « J'ai le *schianto.* »

— On ne peut pas lui en vouloir, la rassura Leo en venant à sa hauteur.

— Elle était tellement honnête. Elle n'aurait jamais volé quoi que ce soit.

— C'est peut-être pour cela qu'elle le cachait. Parce qu'elle s'est sentie mal durant toutes ces années.

Mia secoua la tête.

— Je n'ai pas voulu le croire, dit-elle. Mais je n'ai plus le choix. Je dois admettre la vérité et le restituer. Il n'aurait jamais dû quitter ces lieux.

D'un geste spontané, Leo lui caressa les cheveux.

— Elle avait peut-être raison. Il est possible qu'elle l'ait sauvé en l'emportant.

— Mais pourquoi l'avoir caché des décennies après la guerre ? Pourquoi avoir fait une chose pareille ?

— Elle avait peut-être peur qu'on l'accuse de l'avoir volé, justement. Ou alors elle ne voyait pas comment s'y prendre pour le restituer.

— Peut-être, mais elle aurait dû le faire, insista Mia en se tournant vers lui. Elle n'aurait pas dû le garder alors qu'il ne lui appartenait pas. Quelle qu'en soit la raison. Elle aurait dû trouver le moyen de lui faire retrouver sa place.

Elle porta la main à son front, serrant toujours la lettre entre ses doigts. Elle était revenue à son point de départ, en fin de compte.

— Je n'y crois pas ! s'exclama Leo. Mia !

— Quoi ? Quoi ?

— Regardez ! Au dos de la lettre !

Elle retourna la feuille et vit des lignes en italien. Mais il y avait une chose qui n'avait pas besoin d'être traduite. Un triangle. Le signe d'un cadeau de Patricio.

Puis elle lut les mots, même si elle ne les comprenait pas : « *Per Annalisa, mia nipote. Lo schianto di terra. Da tuo zio, Patricio.* »

— Qu'est-ce que ça signifie ? demanda-t-elle à Leo. C'est l'écriture de Patricio ?

— Absolument, répondit-il. Je l'ai vue un million de fois dans des carnets.

— C'est un cadeau ? Avec le triangle ? C'est ce que cela veut dire ?

— Plus que cela. *Mia nipote* signifie ma nièce. *Tuo zio*, c'est mon oncle. Votre grand-mère n'était pas seulement une apprentie. Elle était sa nièce. Il a donné le *schianto* à sa nièce. Elle était une Parissi, conclut-il avec le sourire. Et, Mia, cela veut dire que vous aussi.

28

2018

Samedi

Le calme était revenu sur la terrasse maintenant que les agents de voyages étaient partis, vidant l'hôtel. Mia portait la seule tenue vraiment élégante qu'elle avait apportée, une robe à volants bleu marine à fines bretelles et au corsage échancré. Erica l'avait fortement incitée à prendre un vêtement élégant en prévision de leur unique soirée à Rome. Mia avait un peu renâclé, car il y avait peu de chances qu'elle la porte étant donné l'heure matinale à laquelle elles devaient prendre le train pour la côte le lendemain. Mais elle était contente de l'avoir apportée. Il faudrait qu'elle se souvienne de remercier Erica d'avoir insisté.

Leo était appuyé contre un mur en pierre, mais il se redressa en la voyant arriver. Lui aussi s'était vêtu différemment, et elle le trouva d'une beauté désarmante avec sa chemise bleue rayée, son pantalon brun, ses cheveux soigneusement peignés.

Derrière son épaule, elle apercevait la silhouette du Castello del Poeta. Même s'il n'y avait qu'un croissant de lune, le ciel était d'une beauté renversante ce soir. Comme la nuit dernière, quand Leo avait piloté le ferry pour la ramener sur l'île de Parissi. Qu'est-ce qui causait cette lumière, la *notte brillante* ? Elle se demanda si elle avait une explication géologique. Peut-être cela venait-il des nombreuses âmes disparues depuis longtemps, qui donnaient à ce lieu sa magie ? Une magie qui n'avait pas sa place dans ce monde, eût-on cru. Peut-être les esprits rôdaient-ils. L'énergie ne disparaissait jamais, elle se contentait de changer de forme. Elle le savait. Elle était une scientifique, comme sa grand-mère.

— *Buona sera*, dit-il en lui prenant la main et en l'embrassant sur la joue. Vous êtes charmante.

Elle ferma les yeux, savourant ce baiser, puis les rouvrit comme il lui désignait une petite table ronde au milieu de la terrasse. Elle était joliment dressée, avec une nappe rose, des verres de cristal et des couverts en argent étincelants. Un lys entourait l'eucalyptus décoratif au centre de la table. Tout au bout de la terrasse, des serveurs en smoking disposaient la nourriture sur deux assiettes.

— Quelle soirée, dit-elle. Je n'arrive pas à croire que vous avez organisé tout cela.

Il rit doucement.

— Ce n'est pas moi, se défendit-il. C'est le *signor* Dorria. La nouvelle ne circule que depuis vingt-quatre heures mais vous êtes déjà une célébrité. Personne ne s'attendait à rencontrer une vraie Parissi.

— Je ne vous crois pas. Ça n'a aucun sens.

— Je sais. Je n'aurais jamais cru non plus que cette semaine se conclurait de cette façon.

— Vous me preniez pour une touriste pénible qui essayait de vous soutirer des informations secrètes.

— Et vous croyiez que j'étais obsédé par le pouvoir et que j'avais toutes les cartes en main.

Elle rit.

— Je suis vraiment heureuse que vous ayez menti pour moi, le premier soir.

— Moi aussi, *signorina* Mia.

Il posa délicatement la main dans son dos et la guida vers la table. Elle avait l'impression de rêver. Ils étaient repartis à la hâte la nuit dernière afin de ramener le ferry au quai et de prendre le bus avant que Giuseppe soit trop occupé. Ils avaient regardé le groupe des agents de voyages partir, puis s'étaient assis dans le hall où ils s'étaient regardés un moment en silence, interloqués par ce qu'ils venaient de découvrir. Puis Leo s'était installé derrière le comptoir de la réception pour envoyer un e-mail à ses employeurs afin de les informer à la fois qu'il avait rencontré une descendante des Parissi et retrouvé le *schianto.*

Pendant ce temps, Mia était remontée dans sa chambre. Elle avait besoin de réfléchir un instant, seule. Assise sur son lit refait, le message de sa grand-mère à Aldo entre ses mains, elle s'était soudain mise à pleurer. Une crise de larmes comme elle n'en avait jamais connu. Avec de grands sanglots, la respiration entrecoupée. Elle n'avait pas pleuré quand Milt l'avait appelée pour lui annoncer que Lucy était morte, et elle n'avait pas pleuré non plus à ses funérailles. Comment pleurer pour quelqu'un qu'on connaît si mal ? C'était vrai, elle connaissait mal sa grand-mère jusqu'à ce moment où elle avait découvert le message caché dans le muret du château.

Bien sûr, elle avait cru toute sa vie qu'elle connaissait Lucy. Elle n'avait aucune raison de penser le contraire. Son aïeule était la femme stricte, tranquille et étrange, mais toujours aimante, auprès de qui elle avait grandi.

Distante avec les inconnus mais dévouée aux gens qu'elle connaissait et qu'elle aimait, adorée de personnes comme Milt ou Erica, qui admiraient son approche franche et directe. La femme qui aimait les ciels nocturnes, la nuit et l'eau plus qu'elle aurait su l'exprimer. Celle qui persévérait afin d'élever seule sa petite-fille.

Maintenant, Mia voyait aussi la personne qui se cachait derrière cette façade. La jeune femme qui était venue sur l'île par amour de la science, pour trouver un remède à la maladie de son père, et qui était tombée amoureuse. La jeune femme qui avait de grands espoirs et avait tout perdu : ses sœurs, son père, son oncle et l'homme avec qui elle voulait passer sa vie. Elle avait eu beau écrire à Aldo, elle l'avait perdu. Avait-elle cru qu'il la rejetait ? Avait-elle pensé qu'il s'était fait tuer comme les autres ? Quoi qu'il en soit, il n'avait jamais lu sa lettre. Il n'avait jamais su qu'elle voulait fuir à New York avec lui, et elle, de son côté, n'avait jamais su qu'il n'avait pas lu son message. Il ne fallait pas s'étonner qu'elle ait épousé un homme qu'elle n'aimait pas et qu'elle ait passé le reste de son existence, détachée du monde. Rien d'étonnant à ce qu'elle n'ait jamais plus dansé, chanté ou voyagé. Cela expliquait pourquoi elle était toujours si discrète. Comment continuer après un tel désastre ? Comment surmonter le deuil et la culpabilité d'avoir survécu ? Elle avait continué à vivre, mais sans être celle qu'elle aurait dû et pu être.

Ils étaient tellement jeunes, tous. Lucy, Giulia, Emilia et Aldo. Même Patricio n'avait qu'une quarantaine d'années. Et les invités : les artistes, les écrivains, les inventeurs. Tous jeunes et prometteurs. Mais ça n'avait pas duré, et pour Lucy, cette existence ne s'était pas transformée en une vie plus mûre ou pleine d'espoir. Non, il n'y avait plus de place pour l'espoir sous son toit, se rappelait Mia. Il y avait la réalité, les obligations quotidiennes, les engagements. Ce qu'il fallait faire. Était-ce pour cela que sa propre mère était partie, parce qu'elle ne supportait pas le poids écrasant du chagrin de Lucy ? Mia pleurait maintenant pour sa grand-mère autant que pour tous ceux qui avaient vécu sur cette île. Pour tous ceux qui, à la surface de la terre, avaient affronté les forces du mal, pour tous ceux dont la vie avait été saccagée, et qui avaient survécu mais en perdant leur innocence, leurs rêves, leur ouverture d'esprit, et ce qui les rendait humains. Leur capacité à aimer. À donner et recevoir de l'amour avec joie.

Elle comprenait aujourd'hui que l'amour de sa grand-mère pour l'obscurité, la nuit, n'était sans doute qu'un moyen de se sentir à l'abri, de vivre à couvert. Elle se demandait si sa grand-mère voyait le jour se lever avec terreur, si c'était pour cela qu'elle avait peur de s'éloigner à plus d'une heure de chez elle, si c'était pour cela qu'elle s'accrochait à des gens comme Milt et Janet, à qui elle avait trouvé la force intérieure d'accorder sa confiance. Elle se dit qu'il avait dû lui falloir bien du courage pour lui dire au revoir, quand Mia avait quitté la maison pour ses études. Comme il devait être difficile de laisser partir quelqu'un quand votre vie était pleine de séparations et de deuils. Mia n'avait jamais deviné que sa grand-mère cachait tout cela. Elle n'avait eu aucune idée de sa douleur. Elle n'avait pas compris pourquoi elle refusait de s'ouvrir aux inconnus. Peut-être voulait-elle protéger sa petite-fille ou était-elle trop blessée pour le supporter elle-même.

Mais Mia avait toujours été sûre que sa grand-mère l'aimait. Elle l'aimait avec férocité, de toute son âme. Elle l'aimait, elle la protégeait et elle la surveillait de près. Elle s'était impliquée à l'école même si elle détestait cela. Elle assistait aux tombolas, aux pique-niques, aux spectacles, alors qu'elle ne supportait pas la foule. Plus important, elle avait su embrasser Mia et lui souhaiter bon vent quand l'heure avait été venue. Avec tout ce qu'elle avait perdu, ceux qu'elle n'avait jamais revus, ces adieux si tragiques, elle avait réussi à dire au revoir à sa petite-fille quand sa vie commençait et qu'elle avait été prête à partir.

C'était de l'amour. Il était remarquable qu'en dépit de tout, Lucy ait été capable d'amour.

Maintenant, assise face à Leo autour de la table élégamment dressée, Mia décida qu'il était temps de reléguer toute cette tristesse derrière elle et de profiter de sa dernière soirée en Italie. Elle était heureuse d'être là, sur cette somptueuse terrasse, par une belle nuit noire. L'obscurité n'était pas toujours synonyme d'évitement, songea-t-elle. Parfois, c'était la condition nécessaire pour un moment à nul autre pareil. Et parfois, c'est exactement ce dont on avait envie. La vie pouvait être une *Isola della Notte Brillante*, ne serait-ce que dans notre imagination.

Peu après qu'elle se fut assise avec Leo, quatre musiciens apparurent et prirent leurs instruments. Le quartet entama un air de jazz au rythme lent.

— Qu'est-ce que c'est ? demanda-t-elle.

— C'est Dorria qui a organisé cela, répondit Leo. Il pense que tous les Américains adorent le jazz, alors il voulait que vous en entendiez pour votre dernière soirée.

— Pourquoi ?

Il rit.

— Si j'étais généreux, je dirais qu'il a envie que vous passiez une dernière soirée délicieuse. Et si j'étais cynique, je dirais qu'il a envie de vous avoir dans sa poche au cas où vous auriez des parts dans le château.

— Comment cela ? Il pense que je pourrais lui couper l'accès au château ?

— Il s'en inquiète, en tout cas, et il préfère être prévoyant. Tout cela est si inattendu. Il peut se passer n'importe quoi. C'est aussi pour cela que la presse est là.

Il avait sans doute raison. Leo avait envoyé son e-mail au propriétaire de l'île la veille au soir, et dès cet après-midi, des journalistes avaient appelé tandis que d'autres débarquaient du continent pour vérifier la véracité des rumeurs.

— Mais pourquoi ? En quoi est-ce une nouvelle si importante ? demanda-t-elle.

— Les Parissi sont une famille mythique en Italie, et la mort de Patricio entre les mains des nazis n'a jamais été oubliée. La propriété de l'île et du château a fait l'objet d'une saga judiciaire pendant des années. Je ne sais même pas comment l'achat a été conclu l'année dernière. Mais s'il existe une héritière légitime…

— Je ne crois pas que ce soit le cas…

— Vous feriez bien de vous habituer à ce que les gens vous considèrent comme telle, répondit-il. Enfin, pas ce soir. Ce soir, vous êtes Mia. Et nous dînons. Disons juste que Dorria veut que nous passions une bonne soirée. *Una notte brillante*.

Mia acquiesça. C'est tout ce qu'elle voulait pour le moment, elle aussi. La musique était charmante, et puisque le dîner n'était pas encore servi, elle décida qu'elle avait envie de danser. Alors elle prit Leo par la main et l'entraîna sur la terrasse avant de passer ses mains autour de son cou. Ils commencèrent à bouger, et bientôt ils ne firent plus qu'un avec la brise, l'obscurité et la beauté de la Méditerranée.

— Nana, se murmura-t-elle à elle-même en serrant Leo un peu plus. Cette danse est pour toi.

— OK, je m'en occuperai pour toi, Mia, si tu es sûre que c'est ce que tu veux, dit Milt.

Elle hocha la tête.

— Il est temps.

Un mois s'était écoulé depuis son retour d'Italie. Elle avait fini de régler tout ce qui était resté en suspens dans sa vie. Elle était prête à aller de l'avant.

Mia se leva et fit le tour du bureau, contre lequel il s'appuya.

— Je ne sais pas comment je ferai pour passer devant sa maison en sachant que d'autres y habitent, dit-il. Combien de fois y suis-je allé avec des papiers à lui faire signer pour qu'elle me dise de revenir quand le soleil serait couché ? Parfois, même, il faisait zéro degré ! Elle disait toujours qu'elle réfléchissait mieux dans son patio. Je lui disais qu'elle ferait mieux de le fermer et de mettre du chauffage. Mais non, elle aimait faire à sa manière.

— Elle aimait la nuit, ajouta Mia en souriant. Elle l'a toujours aimée.

— Je vais mettre la maison en vente. Il ne faudra pas longtemps pour qu'elle trouve acquéreur.

Mia hocha la tête. C'était dur de vendre la maison. Mais elle n'avait plus sa place ici. Sa vie avait pris une autre tournure maintenant qu'elle connaissait mieux son histoire. Elle avait l'impression de se découvrir depuis qu'elle en savait plus sur elle-même. Elle était un mélange de traditions, l'arrière-petite-fille d'un tailleur juif et d'une italienne déshéritée, elle-même descendant de l'une des familles les plus riches et les plus antisémites du pays. Tout cela était si déroutant… et stimulant. Elle était à la fois juive et arrière-arrière-petite-fille d'un homme qui détestait suffisamment les Juifs pour renier sa propre fille et couper tout lien avec elle. Comment aller de l'avant, désormais ? Savoir tout cela la changerait-elle ? Était-ce nécessaire ?

— Alors, ma chère, quand pars-tu pour Rome ? demanda Milt.

— Je prends l'avion ce soir.

— Ne t'inquiète pas, je m'occupe de tout ici.

— Oh, je le sais bien.

Il s'assit sur le coin de son bureau.

— J'aurais quand même préféré que tu me préviennes…

— Je ne voulais pas que tu aies des problèmes ou que tu doives te compromettre pour moi, lui répéta-t-elle (il avait visiblement besoin de l'entendre encore).

— Je sais, mais quand je pense que tu as parcouru toute l'Italie avec cet objet présumé volé dans ta valise… Franchement, Mia, ça aurait pu mal tourner.

— Mais ça s'est bien terminé. Et je suis contente de l'avoir restitué moi-même.

— Ta grand-mère m'avait fait promettre de veiller sur toi. C'est l'une des dernières choses qu'elle m'ait demandées.

— Mais si elle avait voulu t'impliquer dans cette histoire, c'est à toi qu'elle aurait laissé la clé du garde-meubles, pas à moi. Je pense qu'elle voulait que j'y aille seule. Elle savait qu'il fallait que je découvre son passé par moi-même. Enfin, ça y ressemble.

Il haussa les épaules, comme s'il regrettait ce qu'elle avait fait tout en acceptant ses raisons.

— Et que feras-tu là-bas ? demanda-t-il.

— C'est encore à définir, mais j'ai beaucoup à apprendre, répondit-elle.

Elle prévoyait notamment de découvrir ce qu'étaient devenues ses grand-tantes Giulia et Emilia. D'après certains éléments, il semblait que la première ait péri lors du siège des nazis, mais elle n'avait aucune preuve définitive. Quant au sort de la plus jeune des trois sœurs, Emilia – celle dont Mia tirait son nom –, il n'était pas clair non plus. Il se pouvait qu'elles en aient toutes les deux réchappé, auquel cas Mia avait peut-être des parents quelque part.

Et puis, comme Leo ne cessait de le lui rabâcher, restait la question de savoir si, en tant que descendante des Parissi, elle avait des droits sur l'île ou le château, bien qu'Olivia ait été déshéritée. Il était étonnant de penser que sa grand-mère avait toujours connu son identité mais qu'elle n'en avait jamais rien fait. Sans doute parce qu'elle pensait ne rien mériter, se disait Mia. Elle avait caché le *schianto* et la robe parce qu'elle ne pensait même pas y avoir droit, alors qu'on les lui avait confiés. Ou alors, c'est simplement que tout cela l'attristait trop. Quoi qu'il en soit, Mia avait de la compassion pour la douleur et la culpabilité de sa grand-mère. Elle regrettait de ne pas avoir insisté pour en savoir davantage. Et ne trouvant aucun moyen de la soulager de son fardeau, elle avait failli vis-à-vis de Lucy.

Elle en éprouverait toujours une forme de culpabilité, mais pas au point de se retirer, comme l'avait fait sa grand-mère. Lucy n'aurait pas souhaité que Mia batte en retraite. Sinon, elle n'aurait pas semé tous les indices qui l'avaient conduite à l'*Isola della Notte Brillante*.

— Et ton boulot ? s'enquit Milt.

— J'ai demandé une autorisation d'absence, répondit-elle.

Néanmoins, elle n'était pas encore certaine de rentrer un jour. Elle était différente désormais. Il était temps pour elle de viser plus haut, par exemple en reprenant ses études pour décrocher son doctorat. L'argent de la vente de la maison pourrait lui servir à cela. Elle était sûre que sa grand-mère aurait approuvé ce moyen de financer cette nouvelle étape de sa vie.

Elle se leva et serra Milt contre elle. C'était triste de lui dire adieu, mais elle se tournait déjà vers son vol pour Rome, pour bien des raisons, notamment parce que Leo avait promis de l'attendre à l'aéroport à son arrivée. Celui-ci faisait partie du nouveau chapitre de sa vie qu'elle voulait ouvrir. L'ancien, celui dans lequel elle avait un avenir avec Ryan, appartenait désormais au passé.

Le jour où elle avait quitté l'Italie, un mois plus tôt, elle lui avait envoyé un texto pour lui annoncer son retour. Il avait répondu que lui aussi était sur le point de rentrer à New York. « Je sais que tu as beaucoup de choses à me dire, et moi aussi j'ai des choses à t'annoncer, avait-il ajouté à la fin de son texto. On devrait peut-être attendre une semaine avant de se voir. »

Assise devant la porte d'embarquement, elle avait relu plusieurs fois cette dernière phrase. Le connaissant, elle savait ce que cela signifiait : pour lui, leur relation était sans doute finie. Elle n'en était ni surprise ni bouleversée. À vrai dire, c'était même un soulagement qu'il ait compris qu'un changement profond s'était opéré entre eux. Il ne se sentirait pas pris de court quand elle lui dirait qu'elle voulait mettre fin à leur histoire – ce qui était préférable, car il détestait être pris de court. Mais, en attendant de monter dans son avion, elle avait pris un moment pour réfléchir. Ryan n'était pas un sale type, ce n'était juste pas l'homme dont elle avait besoin. La mort de sa grand-mère avait mis leur relation à l'épreuve, et au lieu de renforcer leurs liens, elle avait exposé leurs faiblesses. Parfois, même quand la situation paraît désespérée, la lumière prévaut.

Elle avait retrouvé Ryan pour dîner le samedi soir après son retour, dans un resto mexicain près de chez lui. Il portait une chemise rayée bleue sous un pull cargo gris, un jean parfaitement repassé et des chaussures en cuir marron. Il avait mis du gel dans sa mèche blonde pour qu'elle ne lui tombe pas sur le front. Il était chic et raffiné, comme toujours, mais en dépit de ses efforts pour apparaître sous son meilleur jour, elle ne put s'empêcher de le comparer à Leo, lorsqu'il l'avait attendu le vendredi matin pour la remmener au château, avec ses cheveux longs que le vent ébouriffait tandis que le bateau prenait de la vitesse.

Ils s'étaient assis, et les plats étaient arrivés tout de suite après la commande. Tout en mangeant des tacos et des chips, elle lui avait parlé de la lettre qui exonérait sa grand-mère, et il lui avait évoqué le collègue avec qui il avait échangé à San Francisco, et qui se disait prêt à monter une entreprise avec lui.

— J'y retourne dans deux semaines, avait-il annoncé. Il serait logique de monter notre start-up là-bas. J'aime bien L.A. Je pense que j'y serai heureux. Et toi ? C'est quoi la suite, pour toi ?

Elle lui avait appris qu'elle comptait retourner en Italie à la fin du mois. Elle superviserait l'installation du *schianto*, qu'elle avait laissé à Leo, dans la salle d'exposition du château. Elle voulait aussi poursuivre ses recherches sur le passé de sa famille.

— J'ai peut-être des oncles, des tantes ou des cousins dont je n'ai jamais entendu parler. J'ai trouvé la réponse que je cherchais, mais j'ai aussi plein d'autres questions.

— Donc… J'imagine qu'il ne sert à rien de te demander de venir avec moi à Los Angeles ? Il n'y a pas moyen de réparer les choses entre nous ?

Elle avait penché la tête, touchée par sa question. Puis elle avait secoué la tête.

— Je pense que ça ne marcherait pas, pour aucun de nous.

Il avait regardé de côté, puis tourné de nouveau la tête vers elle, et acquiescé.

— Dis-moi quelque chose. Il y a quelqu'un d'autre ?

Elle avait hoché la tête. Elle n'avait pas envie de le blesser, mais elle ne voulait pas non plus mentir.

— Même s'il n'y avait personne, je pense que nous ne pourrions pas rester ensemble, avait-elle dit. Ça s'est bien passé entre nous pendant un temps. Mais ça ne fonctionne plus. Et toi ? Tu as quelqu'un ?

Il avait secoué la tête.

— J'imagine que j'aurai des possibilités à l'avenir. Mais jusqu'à maintenant… il n'y avait que toi, Mia.

Elle chercha un instant les mots pour lui répondre.

— Je ne l'ai pas vu venir, avait-elle. Et peut-être que si ma grand-mère n'était pas morte, ou si elle ne m'avait pas laissé toutes ces choses à découvrir, ça ne se passerait pas comme cela ce soir. Mais je pense que ça aurait fini ainsi dans tous les cas. Je ne serais pas restée comme j'étais. Alors mieux vaut que ce soit maintenant, non ? Avant que les choses deviennent plus sérieuses et que ce soit encore plus dur.

Il but une gorgée de bière puis inclina la tête comme s'il devait admettre qu'elle n'avait pas tout à fait tort.

— Tu vas me manquer, Mia, dit-il. Je t'ai aimée.

Elle savait qu'il ne mentait pas. Leur relation n'avait pas été un mensonge. Mais maintenant, son monde s'ouvrait. Comme il ne s'était jamais ouvert auparavant.

Après avoir fait ses adieux à Milt et à Janet, elle sortit du bâtiment et retourna chez sa grand-mère récupérer sa valise. Son vieil ami lui avait recommandé de laisser la maison telle qu'elle était, à savoir trop meublée, parce que l'agent immobilier trouvait que ça ne posait pas problème. La seule chose qu'elle avait prise était la robe de mariée, qu'elle comptait donner à Leo. Sa grand-mère avait espéré la porter le jour où elle épouserait Aldo. Maintenant elle se demandait si un jour, peut-être, elle devrait la faire restaurer afin de pouvoir elle-même la porter. Peut-être même pour épouser le petit-fils de celui qui l'avait conçue.

Mais cette histoire restait à écrire.

Après avoir terminé sa valise, elle retourna en bas attendre qu'Erica vienne la chercher, comme le soir où elle avait décidé de partir en Italie. Elle la conduirait à l'aéroport après un dîner rapide chez Caryn's. Elles allaient manger un burger et des frites, accompagnés d'une bière, comme toujours quand elles étaient en ville. Bien sûr, elles se raconteraient leurs vieux souvenirs et parleraient d'avenir en se disant à quel point elles allaient se manquer. Mais elles étaient contentes l'une pour l'autre que leurs vies soient sur de bons rails.

Parce qu'elles étaient amies et elles le seraient toujours. Un dîner chez Caryn's avec Erica, Mia n'aurait pas pu rêver meilleure fête de départ. C'était une manière de laisser son passé derrière elle. Tout ce qu'elle connaissait. Pour mieux explorer le passé qu'elle ne connaissait pas.

En entendant la voiture d'Erica se garer devant la maison, elle ouvrit la penderie de l'entrée et décrocha le chapeau de Leo, suspendu depuis son retour. Elle l'avait gardé sur elle quand il l'avait accompagnée du bus au ferry, au début de son voyage de retour à Soundport. Elle le lui avait tendu en lui promettant de lui envoyer les informations sur son vol de retour en Italie dès qu'elle l'aurait réservé.

Il l'avait pris et l'avait remis sur sa tête, comme le jour de leur rencontre. Puis il avait saisi son visage entre ses mains et il l'avait embrassée. Un baiser long, langoureux, qui lui avait fait oublier le reste du monde un bref instant. Après quoi il avait ajusté le chapeau sur son crâne et l'avait à nouveau embrassée.

— Garde-le, avait-il dit. Je serai à l'aéroport à ton retour, tu me le rendras à ce moment-là.

Elle avait enfoncé le couvre-chef sur ses cheveux et pris l'initiative de l'embrasser une dernière fois, heureuse d'avoir son chapeau pour retourner à New York.

En sortant pour la dernière fois de la maison de sa grand-mère, elle sourit en repensant au fait qu'elle avait pesté à l'idée de devoir chercher Leo, après sa première visite au château de Parissi, afin de lui restituer son chapeau. Elle ne savait pas s'il était un ami ou un ennemi.

Cette fois, elle n'aurait aucun mal à lui rendre l'objet. Il l'attendrait à l'aéroport. Il serait là pour elle. Pour qu'ils puissent relier les derniers fils de leurs passés respectifs.

Et commencer leur prochaine aventure : écrire l'avenir.

Note de Barbara

L'été dernier, alors que j'étais plongée dans l'écriture de ce roman, j'ai eu la chance immense de passer deux mois à Greenport, un charmant village sur la côte au nord-est de Long Island. Greenport est situé pile entre le détroit de Long Island au nord et la baie au sud ; les levers et les couchers de soleil, la côte escarpée, le ressac de la mer, le ferry qui faisait l'aller-retour à Shelter Island, et la succession ininterrompue des jours à la chaleur aimable et des nuits fraîches m'ont aidée à me mettre dans les chaussures de Mia et Annalisa tandis qu'elles prenaient des décisions cruciales dans leur vie.

Mais Long Island avait une importance supplémentaire à mes yeux, car j'y ai grandi. Et même si j'en suis partie il y a longtemps, j'avais le sentiment d'être rentrée à la maison, ce à quoi je ne m'étais pas attendue quand j'avais imaginé ce séjour. Si vous avez lu mes premiers livres, vous savez que l'un des thèmes que j'aime explorer est justement celui de savoir comment l'on finit par se sentir chez soi quelque part, et aussi comment un endroit finit par ne plus nous sembler fait pour nous accueillir. Ce retour aux sources a été une grande source d'inspiration car *L'Île des trahisons* est aussi l'histoire d'un retour aux sources, et que le livre parle du courage qu'il faut quand on se rend compte que sa famille et sa maison ne correspondent pas du tout à ce qu'on croyait.

Et puis *L'Île des trahisons* est aussi l'histoire d'une petite-fille et de sa grand-mère. Et en l'écrivant, j'ai renoué avec l'histoire de mes propres grands-parents. J'étais encore adolescente quand ils sont décédés, mais j'ai appris ma leçon avec Mia et je sais maintenant que je ne serais pas ce que je suis s'ils n'avaient pas été ce qu'ils étaient.

J'espère que vous avez aimé *L'Île des trahisons* et, si c'est le cas, n'hésitez pas à donner votre avis. J'adorerais savoir ce que vous en avez pensé, et il n'y a rien de mieux pour inciter les autres lecteurs à découvrir l'un de mes livres.

J'aime que mes lecteurs et mes lectrices m'écrivent. Si vous le souhaitez, vous pouvez me contacter, *via* ma page Facebook, Twitter, Instagram, Goodreads ou mon site Internet.

FACEBOOK.COM/BARBARASOLOMONJOSSELSOHNAUTHOR
TWITTER.COM/BARBARAJOSS
INSTAGRAM.COM/BARBARA_JOSSELSOHN_AUTHOR
TIKTOK.COM/BARBARAJOSSELSOHNBOOKS

Remerciements

Je savais que l'écriture de ce livre, mon premier roman historique, serait difficile, mais je n'imaginais pas à quel point ! Plus que jamais, je suis reconnaissante à tous ceux qui m'ont soutenue, encouragée, aidée avec leur expertise, et l'amitié s'est encore une fois révélée être indispensable pendant cette intense année d'écriture. Je suis heureuse de pouvoir les remercier tous au moment d'envoyer ce livre, avec une grande fierté, vivre sa vie à travers le monde.

Je remercie en premier mon agente, Cynthia Manson, tout à la fois lectrice superbe, professionnelle d'expérience, soutien indéfectible et amie adorée. Son implication à toutes les étapes du livre, comme d'habitude, a été précieuse. Si je ne savais pas combien d'auteurs elle accompagne ainsi, je croirais être la seule ! Elle a guidé ma carrière avec une telle sagacité que je lui dois une bonne partie de ce que je suis.

En tant qu'écrivain, il est déjà assez miraculeux de travailler avec une grande éditrice, alors je m'estime particulièrement chanceuse d'en avoir eu deux cette fois ! L'extraordinaire Jennifer Hunt, l'éditrice de mes quatre derniers romans, a travaillé sans relâche avec moi à la fin 2021, tandis que j'imaginais ce livre et commençais à travailler dessus, m'offrant conseils et points de vue pertinents. Et quand elle est partie en congé maternité, c'est l'incroyable Jess Whitlum-Cooper qui a pris le relais. Nous ne nous connaissions pas, mais j'ai immédiatement fait confiance à son sens aigu des personnages, de l'histoire, de la narration, tout en apprenant à l'apprécier sur le plan personnel. La transition de Jennifer à Jess a été d'une facilité remarquable, et je n'aurais pas pu être plus contente de la manière dont l'année s'est déroulée !

Merci aussi aux équipes de la fabrication, du marketing et à tous les grands professionnels de Bookouture !

J'ai le privilège d'avoir une merveilleuse communauté d'amis écrivains qui m'inspirent chaque jour. Merci du fond du cœur à eux.

Un deuxième merci à mes amis pour leur aide avec les mots et phrases en italien et portugais dans ce livre. Votre aide rapide m'a évité de trépigner ! Un merci spécial, aussi, à Kerry Schafer, merveilleux romancier et personnalité extraordinaire !

Toute ma reconnaissance à la Women's Fiction Writers Association, au Writing Institute du Sarah Lawrence College, au Scarsdale Library Writers Centre et au Westport Writers Workshop. Et un grand salut virtuel aux blogueurs et blogueuses géniaux qui sont devenus si importants dans ma vie d'écrivain ! Même si nous n'avons échangé qu'en ligne, j'ai l'impression de vous connaître tous, et je vous considère comme des amis.

Une grande partie de ce livre a été écrit au cours de deux mois intenses, l'été 2022, dans la merveilleuse péninsule de North Fork, à Greenport, Long Island. J'ai adoré mon séjour là-bas – à tel point que la ville fictive de Soundport, dans le livre, est basée sur Greenport, et que l'île proche de Shelter Island apparaît aussi, dans des chapitres qui me sont particulièrement chers. Dans cette région, j'ai rencontré des gens remarquables, avec un amour pour les livres insurpassable. Merci au libraire de Burton's Bookstore à Greenport et aux bibliothécaires de la Floyd Memorial Library, de la Shelter Island Public Library, et de l'East Hampton Library, pour avoir rendu mon séjour encore plus mémorable. Et merci également à Rosemary Nickerson de m'avoir ouvert les portes de son adorable maison.

Merci à mes primo-lecteurs pour leurs remarques bienvenues concernant la visite de l'Italie et d'avoir passé au peigne fin les passages sur la recherche médicale. Et un grand merci aux propriétaires de Bronx River Books, la librairie de ma ville, pour le soutien qu'ils m'ont offert.

Enfin, comme toujours, mes remerciements les plus chaleureux et mon amour le plus profond à mon époux et à nos enfants. Vous êtes toujours prêts à me faire des propositions sur tous les sujets, des vêtements des personnages à leurs choix de carrière en passant par l'emploi de termes académiques, si bien que mes livres vous doivent beaucoup ! Mais surtout, merci d'être là, et de former ma famille. Vous êtes tout pour moi, je vous aime !

Retrouvez-nous sur les réseaux sociaux :

City Editions

www.city-editions.com
@cityeditions
www.facebook.com/cityeditions/
@CityEditions
@cityeditions

Achevé d'imprimer en mars 2024
sur les presses de la Nouvelle Imprimerie Laballery
58500 Clamecy
Numéro d'impression : 402485

Imprimé en France

La Nouvelle Imprimerie Laballery est titulaire de la marque Imprim'Vert®